雅典谋杀案

La Caverna de las Ideas

José Carlos Somoza

[西班牙] 何塞·卡洛斯·索莫萨 著
李继宏 译

译林出版社

图书在版编目（CIP）数据

雅典谋杀案 /（西）何塞·卡洛斯·索莫萨著；李继宏译．—南京：译林出版社，2022.11
ISBN 978-7-5447-8972-1

Ⅰ.①雅… Ⅱ.①何… ②李… Ⅲ.①长篇小说－西班牙－现代 Ⅳ.①I551.45

中国版本图书馆 CIP 数据核字（2021）第 253070 号

著作权合同登记号 图字：10-2018-231 号

雅典谋杀案 ［西班牙］何塞·卡洛斯·索莫萨／著 李继宏／译

责任编辑 金 薇
装帧设计 hanagin
手 写 竺文治
别册撰文 广 告
校 对 王 敏 戴小娥
责任印制 颜 亮

原文出版 Alfaguara, 2000
出版发行 译林出版社
地 址 南京市湖南路 1 号 A 楼
邮 箱 yilin@yilin.com
网 址 www.yilin.com
市场热线 025-86633278
排 版 南京展望文化发展有限公司
印 刷 江苏凤凰通达印刷有限公司
开 本 880 毫米 ×1240 毫米 1/32
印 张 15.25
插 页 2
版 次 2022 年 11 月第 1 版
印 次 2022 年 11 月第 1 次印刷
书 号 ISBN 978-7-5447-8972-1
定 价 78.00 元

José Carlos Somoza

寄中国读者

读者，你们拿在手上的这本书，永远改变了我的作家生涯，当然是好的那种改变；相信凡是读过它的人，生活亦将得到改善。

我能够举出大量来自世界各地的例子，证明此言非虚：许多读者毫无保留地表达他们的热爱。看来一本书是否受欢迎，无关乎它是用哪一种文字写就的；而阅读同一本大家都喜欢的书，则可以增进我们彼此之间的理解。

读者只要打开这本书，立刻会发现，《雅典谋杀案》恰恰与文字及其翻译有莫大的关系。

然而我要提醒你们，这是一部推理小说，不是什么美文，也不试图向读者灌输什么伟大的哲理。《雅典谋杀案》和侦探小说差不多，旨在吸引读者，让你们感到着迷和刺激。至于从中能得到什么启发，那是各位自己的事。

不妨把它当成一个游戏。游戏不是玩笑，所有孩子都懂得游戏和玩笑的区别。游戏可以是，也应该是非常严肃的。《雅典谋杀案》邀请读者把事物的意义、现实世界、自身的处境和思考当成一个严肃的游戏来玩。也许这正是它如此受欢迎的原因，因为我们大家关心的事情都是相同的。

得知新版《雅典谋杀案》将要和中国读者见面，我特别高兴。我知道译者李继宏先生和书中一个以译者身份出现的角色一样，出色地完成了这场游戏。

亲爱的读者，你们离我那么远，却又这么近。我希望通过书中的文字和你们交流。这些文字既是我的，也是李继宏先生的。一旦你们开始阅读，它们立刻也属于你们。

这在我看来像是一种魔法。

那么，现在就让魔法开始吧。

何塞·卡洛斯·索莫萨

2021年10月15日

[主要人物表]

Main Characters

在原文小说中

赫拉克勒斯
“解谜人”

伊蒂丝
特拉马舒斯的母亲

雅欣特拉
比雷埃夫斯港的妓女

安提苏斯和尤尼奥斯
特拉马舒斯在学园的同学

米纳伊苏穆斯
雕塑家、戏剧作家和演员

费罗德克图斯
作家

特拉马舒斯
柏拉图学园的年轻学生

狄亚哥拉斯
柏拉图学园的哲学教授

庞丝卡
赫拉克勒斯的奴隶

克兰托
流浪哲学家

柏拉图
学园中最负盛名的哲学家

在边注中

无名译者

海伦娜
译者的女伴

蒙塔洛
第一个接触《雅典谋杀案》原稿草纸，为其做注的学者

▼

实际上，有个理由能够很好地证明没有人能够写出刚才谈到的作品；这个理由我已经讲过很多次，但我觉得现在应该重申一遍。

一切事物知识都可以分为五种要素，第四种要素便是知识本身，第五种要素是真实存在的事物本身。而第一种是名称，第二种是定义，第三种是形象……

柏拉图《第七封信》

[目 录]

Contents

第一章[1]

译者注

① 起头五行文字不见了。蒙塔洛在他的誊清稿上注明，前五行文字的草纸被撕碎了。《雅典谋杀案》原稿已经失落，蒙塔洛的誊清稿是仅存的孤本，我从该稿件的第一句话开始翻译。

尸体躺在松散的桦木担架之上。胸膛和腹部有许多割开与撕裂的伤口，覆盖着凝结的血块和干硬的泥巴，但头部和手臂看上去完好无损。有个士兵拉开尸体的长袍，以便阿斯基罗斯能够对其进行检查。看热闹的纷纷凑过来，起初三三两两，后来人数增加得很迅速，在那可怕的残躯四周围成圆圈。蓝色的夜空泛起寒意，金色鬃毛似的火焰、黑色的斗篷衣裾和士兵头盔上以浓密马毛制成的羽饰在北风中飘动。围观者的目光跟随着阿斯基罗斯的动作，默默地看着他实施可怕的验尸。他像接生婆那样轻柔地分开各处伤痕，全神贯注地检测那些可怕的洞开的伤口，宛如读书人用手指划过草纸上的文字。他的奴隶将油灯举在他的头顶，并用手替油灯挡住阵阵寒风。所有人都沉默不语，只有老坎达乌鲁斯除外。当士兵抬着尸体出现时，他便在街道当中大声叫嚷，吵醒了住在附近的人，现在依稀还能听到他早先咆哮的回声。坎达乌鲁斯拖着萎缩的左腿，趔趄地围绕着旁观者走动，宛如人身羊脚的森林之神萨蒂尔迈着黑蹄，尽管浑身近乎赤裸，却显然没有受到寒冷的影响。他伸出瘦小的手臂，搭在其他人的肩膀上，不停地大喊大叫："看看他！他肯定是神！神明从奥林帕斯跌落凡间就是这样的！别碰他！你们没听到吗？他是神……卡里玛舒斯，快向他表达你的崇敬！还有你，尤弗尔布斯！"

鬃毛似的凌乱头发生长在他那棱角分明的脑袋上，仿佛是他精神错乱的标志。他的头发在风中飘舞，遮住他的半边脸。但人群并没有理睬他——人们宁愿盯着那具尸体，也不愿看着这个疯子。

戍边校尉在两名士卒的陪同之下，从最近的房子走出来，边走边扶着那顶带着长鬃毛的头盔：他认为在公众场合，他应该得体地展示自己在军队中的地位。校尉透过黑色的面甲，扫视围观的人群。看到坎达乌鲁斯之后，他抬手一挥，仿佛驱赶可恶的苍蝇。"看在宙斯的分上，让他别吵。"他威严地说，并没有特意去看那两名士卒。

有名戍卒向老坎达乌鲁斯走过去，举起他的长矛，随手击出，正中坎达乌鲁斯那活像起皱的草纸的肚皮。坎达乌鲁斯话没说完就张大了嘴巴，无声地弯下腰，仿佛被风吹折的头发。他躺在地上痛苦地扭曲着、呻吟着。人群感激这突如其来的安静。

“你有什么看法，大夫？”

医生阿斯基罗斯并没有立即回答，甚至没有抬头去看校尉。他讨厌被人称为“大夫”，何况这个称呼他的人还一副目中无人的样子。阿斯基罗斯虽然不是军队中人，但他的祖上原是贵族，本人也接受过堪称良好的教育：他精通《玉函要略》，严格遵守入行之初所宣的誓言，曾在科斯岛度过漫长的进修期，师从希波克拉底的衣钵传人阿斯克雷庇阿德，研习这门神圣的艺术。因而，他并非区区的戍边校尉就能轻易侮慢的人。他本来已经非常恼怒了：几名戍卒三更半夜把他吵醒，让他到街道中央来检查这个用担架从吕卡维多斯山抬下来的年轻人的尸体。他们请他来，当然希望他提出自己的看法。但正如每个人都知道的，他阿斯基罗斯是活人而不是死人的医生，他认为这项可耻的任务是对他的职业的侮辱。他的双手从血肉模糊的尸体中抬起，带起一片鬃毛似的血淋淋的液体。他的奴隶赶紧用浸泡过消毒液的湿布将它们擦干净。阿斯基罗斯假咳了两声，然后说：“我认为他遭到一群饿狼的袭击。他被咬伤和抓伤……心脏不见了。是被掏出来的。腹腔也有部分是空的……”

窃窃私语的声音宛如长长的鬃毛般在人群中此起彼伏。

“你听到他说的话了吗，赫莫多鲁斯，”有个男人低声对另外一个男人说，“又是狼。”

“肯定要采取一些对策，”他的同伴回答说，“我们将会在立法会上讨论这个问题……”

“他的母亲已经接到消息了，”校尉大声宣布，用坚定的声音盖住了所有的议论，“我没有跟她提起细节，她光是知道她的儿子死了。在克拉索比安的达米努斯到来之前，她不想看到尸体。达米努斯是他们家族唯一仍在世的男人，他到时将会决定怎么做。”穿着军服的校尉双腿分开，双手握成拳头，叉在腰上，他那习惯发号施令的声音十分洪亮。他好像是在跟他的下属讲话，但显然也因为得到平民百姓的关注而感到高兴。“至于我们，我们在这里的任务已经完成了！”他转向看热闹的平民，继续说道：“各位，请你们回家去！这里没有什么好看的了。回去睡觉吧……离天亮还有一段时间。”

仿佛被狂风吹得每一根毛发都独立地飘动的浓密鬃毛，这群无权无势的百姓渐渐消失了，有的独自离开，有的三五成群，有的沉默不语，有的议论着这件可怕的事情："赫莫多鲁斯，吕卡维多斯山上真的有很多狼。我听说有几个农民曾经遭到袭击……"

"现在轮到这个可怜的年轻人了！我们一定要在立法会上讨论这个问题……"

有个身材矮小、极其肥胖的男人落在后面，站在尸体的脚边，冷静地看着尸体，他那长满肥肉但很干净的脸上面无表情。他好像睡着了。纷纷离开的人群视若无睹地从他身旁绕过，仿佛他是一根柱子或者一块石头。有名戍卒走到他身边，拉动他的外套。"老兄，你没听到校尉说的话吗？回家去。"

那人毫无反应，依然凝视着尸体，不停地用肥厚的手指捻着修剪得整整齐齐的灰白胡子。戍卒以为他是个聋子，于是稍微用力地推动他，提高嗓门说："喂，我在跟你说话！你没听到校尉的吩咐吗？快点回家！"

"对不起，"那人说，不过他实际上依然对戍卒的命令无动于衷，"我等下就走。"

"你在看什么？"

那人眨了两下眼睛，将目光从尸体上抬起，另外一个戍卒正在用斗篷将尸体盖起来。他说："没什么。我刚才在想事情。"

"哦，那你回家躺在床上想吧。"

"你这个建议很好。"那人说，仿佛刚刚从瞌睡中醒来。他环顾左右，然后慢慢走开。

这时所有的旁观者都已经走了，正在跟校尉交谈的阿斯基罗斯匆忙道别，很快也消失得不见踪影。甚至连坎达乌鲁斯这个老头也爬着离开了，他依然痛苦难忍，不停地呻吟着——几个戍卒嫌他爬得慢，踢了他几脚——正在寻找某个阴暗的角落，以便在纷乱的梦境中度过残夜。他那头鬃毛似的白色长发仿佛充满了生机，飘动着贴住他的后背，然后高高扬起，变成一朵凌乱而雪白的云彩，恍如风中的棉絮。天空中，在帕提侬神庙清晰的轮廓之上，黑夜慵懒地散开了她那云霞作鬓、银光为边的鬃毛似的长发，像一个少女在缓慢地梳头。②

但这个仿佛被戍卒从梦中唤醒的胖子却没有跟随其他人，走上那些通向拥挤的中心城区的如鬃毛般错综复杂的街道。他似乎犹豫不决，再三思考他的行程，然后不疾不徐地绕过这个小小的广场。他朝着戍边校尉早先出来的那座房子走去，清楚地听见房子中传出一声可怕的哀号。尽管夜色微茫，但依旧可以看出这座房子里面居住的是相当富裕的人家：它是两层楼的大房子，前面有围着低矮围墙的巨大花园。在房子的入口处，几级台阶通向两扇大门，两边是多利安式的石柱。大门敞开着。墙壁上悬挂着火把，有个小男孩坐在火把之下的台阶上。

② 我吃惊地发现这一章通篇使用了大量和“鬃毛”“头发”有关的比喻，它们可能显示作者在创作的过程中使用了藏秘法，但我目前还不能肯定。蒙塔洛似乎什么也没有注意到，因为他在他的笔记中并没有提到这一点。

这人还在走过去的路上，有个老人跌跌撞撞地在门口出现了。他穿着灰色的奴隶罩衫。由于看到他打着趔趄，这人起初以为他要么喝醉了，要么腿部有残疾，但随后才意识到这个奴隶正在痛哭。擦身而过的时候，老人没有看他，只顾用污秽的双手掩住面庞，踉跄地沿着花园的小径走向一尊小小的赫耳墨斯神像，嘴里语无伦次地念念有词。这人只听清楚了几个诸如“我家夫人！”和“唉，真伤心！”之类的字句。这人重新把注意力转向男孩，他依旧坐在台阶上，小小的手臂环抱着双腿，毫不怕生地守着门。“你是这户人家的用人吧？”他问，掏出一枚生锈的银币给他看。

“是的，但我也完全可以成为你的用人。”

这人被男孩机敏的回答和放肆的语气吓了一跳。他应该还不到十岁。他头上扎着布条，绑住近乎蜂蜜颜色的凌乱金发，不过火把的光线比较昏暗，很难分辨清楚它的颜色到底是深是浅。从那张苍白的小脸来看，他并没有吕底亚人或者腓尼基人的血统，而很可能来自北方，是色雷斯人的后裔。他眉头微蹙，嘴角挂着歪斜的微笑，看上去十分机灵。他只穿着一件灰色的奴隶罩衫，手臂和小腿都裸露在外，但似乎并不觉得寒冷。他熟练地捡起银币，将其放进罩衫的褶裥之中。他依然坐着，摇晃着没有穿鞋子的双脚。

“目前我只需要请你找你家夫人，跟她说我来了。”这人说。

“我家夫人谁也不会接见。校尉刚才来过了，那高大的家伙跟她说她的儿子已经去世。现在她正在放声痛哭，一边揪着自己的头发，一边咒骂神明。”

仿佛他的话需要证明似的，就在此时，这座屋子的深处突然传来几个人的齐声哭喊。

“这些是她的女佣。”男孩镇定地说。

这人说：“听着，我是你家夫人的丈夫的朋友……”

“他是卖国贼，”男孩截断了他的话头，“他很久之前就死啦。他被判了死刑。”

“是的，他就是这样死的，被处决了。但你家夫人跟我很熟，我人都来到这里了，所以想向她致哀。”他从罩衫下面掏出另一枚银币，男孩像刚才那样迅捷地接了过去。“跟她说庞铎区的赫拉克勒斯来这里探望她。如果她不想见我，那么我就走人。但你一定要去说给她听。”

“我会的。如果她不接待你，我必须把这两枚银币还给你吗？”

“不用，你留着好了。但如果她肯见我，我会再给你一枚。”

男孩跳着站起来。“我敢当阿波罗的面说，你真会做人！”他走入黑暗的门廊，消失了。

赫拉克勒斯等待着他的回答，夜空中鬃毛般凌乱的云彩几乎没有发生形状的变化。不久之后，男孩的蜂蜜颜色的脑袋在黑暗中出现了。“给我第三枚银币。”他微笑着说。

大门之内的房子是一个阴暗的走廊迷宫，而走廊则是由众多活像血盆大口的石拱拼凑而成的。男孩在其中一条光线暗淡的通道停下来，准备将他手里的火把放进墙上的插口，但他够不着。尽管他没有开口请求帮忙——他踮起了脚尖，试图够到洞口——但赫拉克勒斯还是从他手里接过火把，轻松地将它插进去。

“谢谢你，”男孩说，“我还没有完全长大。”

“你很快就会长大的。”

悲哀的喧闹、咆哮和回声从看不见的嘴巴中响起，穿墙越壁而来，仿佛所有住在这座房子里的人齐声发出哀号。男孩——赫拉克勒斯看不见他的脸庞，因为他走在前面；瘦弱的他就像一只正在走进某种黑色怪兽张开的血盆大口的羔羊——突然说：“我们都很喜欢少爷，他人非常好。”他说话的时候没有回头，听起来他也像其他人那么动情。他发出一声哽咽，也有点像叹气或者抽鼻涕的声音，赫拉克勒斯在想他是不是哭起来了。“他通常不会打我们，除非我们犯了非常严重的错误，他从来没有惩罚过我和伊费马舒斯……你来的时候看到那个从屋子里走出去的奴隶了吗？”

“我没怎么留意他。”

“嗯，他就是伊费马舒斯。他是少爷的塾师。听到少爷的死讯之后，他十分难过。”他更加平静地补充说，“伊费马舒斯是个好人，就是有点愚蠢。我跟他相处得很好，不过话又说回来，我跟这里的大多数人都相处得很好。”

“这我能猜想得到。”

他们来到客厅了。

“你就在这里等吧，夫人很快就来见你。”

客厅是没有窗户的房间，中等大小，摆放着几个敞口瓶，里面被几盏石烛台上的灯火照得明暗不一。房间里还有两把看上去坐着不会太舒服的破旧靠背椅。等到客厅里只剩下赫拉克勒斯时，洞穴似的阴暗空间、无休无止的哭泣声和如同病人的呼吸般混浊的空气让他感到十分压抑。整座房子散发出死亡的气息，仿佛每天都有很多葬礼在此举办似的。这是什么气味？赫拉克勒斯觉得奇怪。他听到了女人的哭声。房间里弥漫着哀泣的女人的潮湿气息。

“庞铎区的赫拉克勒斯，是你吗？”

有个人影站在通往里间的门口。昏暗的灯光并没有照亮她的整个脸庞，只照亮了她的嘴部。所以赫拉克勒斯最先看到的伊蒂丝的身体部位就是她的嘴唇。当她说话的时候，她的双唇张开，形成一个中间宽两头小的洞口，活像在远方看着他的空洞眼眶，或者画中人物的眼睛。“你已经很久没有跨过我这座破房子的门槛啦。”这个嘴巴说。不等赫拉克勒斯回答，它又接着说：“欢迎光临。”

“谢谢。”

“你的声音还是没变，我记得很清楚。你的脸我倒是认不出来了。不过就算是经常见面的人，也很容易忘记对方的脸……”

“我们并没有经常见面。”赫拉克勒斯说。

“是的。虽然你的家就在附近，但你是男人，我是女人。我是孀居的寡妇，而你是有头有脸、在立法会上讨论国家大事的人……我是寡妇，你是鳏夫。我们都必须遵守雅典人的行为规范。”

嘴巴闭上了，苍白的双唇合成一道几不可见的漂亮曲线。也许是微笑？赫拉克勒斯发现这很难说清楚。两个女奴隶在伊蒂丝的人影之后出现；两人都在哭泣，或者啜泣，或者只是发出哽噎的声音而已，听起来就像凄厉的双簧管乐声。我必须容忍她的粗鲁无礼，赫拉克勒斯想，因为她刚刚失去了她的独生子。“请节哀顺变。”

他说。

“谢谢你。”

“有什么需要我帮忙的尽管开口。”

话音刚落，他就后悔了。他已经超越了寻常拜访的限度，试图架起桥梁沟通他们之间无限的距离，试图用几个字来弥补这么多年来的沉默。嘴巴张开了——就像一只虽然小但很凶残的动物在蛰伏或寐息中突然发现了猎物。

“看来你还念着你和梅拉格鲁斯的旧情，”她冷淡地说，“你不用再说什么了。”

“这跟我和梅拉格鲁斯的交情无关……我认为这是我的责任。”

“哦，责任，”这次嘴巴挂上微弱的笑容，“当然啦，这是神圣的责任。你说话的口气还是跟过去一样，庞铎区的赫拉克勒斯！”

她向前走，光线照亮了她笔挺的鼻子、脸颊——脸上有刚被抓伤的痕迹——和黑眼圈。她并不如赫拉克勒斯预料中苍老；塑造了她的艺术家的手笔依然完美如初，他想。伊蒂丝披着黑色的布袍，胸前是波浪起伏般的襟带。她的一只手隐藏在襟带里面，另外一只手紧紧地抓住布袍的两道开襟；正是在这只手上，赫拉克勒斯看到了衰老的痕迹，仿佛岁月从她的手臂流淌下来，染黑了她的手指。只有这些粗大的指节和弯曲的手指才显示出伊蒂丝是已迟暮的美人。

“谢谢你的好意。”她低声说。她的声音初次流露出诚挚的情感，这让他心旌摇动。“你怎么这么快就知道了？”

“他们把尸体抬过来的时候，街道上发生了骚乱，住在附近的人都被吵醒了。”

一声尖叫响了起来。然后又是一声。刹那间，赫拉克勒斯很荒唐地认为这两声尖叫是从伊蒂丝紧闭的嘴巴中发出来的，仿佛她的体内产生了咆哮，而她那瘦小的身体正随着这从喉咙发出的声音而颤抖共振。

但随后有个人发出震耳欲聋的尖叫声走了进来，这人推开两个女奴隶，从房间的一边挣扎着走向另一边，然后躲缩在墙角，不停地颤抖，仿佛精神病发作。尖叫声最后变成了无穷尽的低泣。

“伊丽亚更加伤心，”伊蒂丝略带歉意地说，似乎是为她女儿的行为道歉，“特拉马舒斯不仅是她的哥哥，也是她在法律上的监护人，是伊丽亚唯一了解而且敬爱的男人……”

伊蒂丝转身面对着女孩，女孩蜷缩在阴暗的墙角，双腿紧紧地贴在胸前，仿佛她想占用尽可能少的空间，或者像黑色蜘蛛网那样消失在阴影之中。她的双手抬起来挡在脸庞之前，眼睛和嘴巴都张得大大的（她的眼睛和嘴巴是三个填在她整张脸庞上的黑圈），哭得浑身发抖。伊蒂丝说："别闹了，伊丽亚。你忘记我们的家规了吗？你不能离开闺房，看看你现在是什么样子。在客人面前展示你的悲哀……这可不是大家闺秀应该有的举动！回你的房间去！"但女孩的哭泣声变得更加响亮了。伊蒂丝抬起手说："我不想再重复一遍！"

"让我来，夫人。"有个奴隶说。她匆忙跪在伊丽亚身边，低声对她说了几句赫拉克勒斯听不清楚的话。没隔多久，女孩的哭泣变成了低不可闻的说话声。

赫拉克勒斯再次望向伊蒂丝，发现她正在看着他。

"到底怎么回事？"伊蒂丝问，"校尉只跟我说有个牧羊人在吕卡维多斯山发现了他的尸首……"

"医生阿斯基罗斯说是因为遭到了恶狼的袭击。"

"我儿子那么强壮，要很多只狼才杀得死他！"

赫拉克勒斯心想，你这么凶，我看一两只狼也打不赢你。"那肯定有很多只。"他说。

伊蒂丝开始以一种温柔得很奇怪的声音说话，但不是对赫拉克勒斯说的，而是仿佛她正独自一人做着祈祷。她那张苍白憔悴的脸上的伤口又开始流血了。

"他是两天前走的。我像过去那样跟他道别，根本没有担心——他已经长大成人，完全能够照顾好自己……他对我说：‘我今天要出去打猎，妈妈。我要打一麻袋鹌鹑和歌鸫回来送给你。我还要用罗网设陷阱来抓野兔。’他说当天就回来，但没有回来，我正准备责罚他，可是……”

她的嘴巴突然张开，仿佛将要说出一个巨大的词汇。她这样维持了一阵，上下颚分开，她的喉咙宛如黑色的椭圆洞口，③在沉默中纹丝不动，然后她把嘴巴合上了，继续喃喃自语：“但现在我不能当面指责死亡……因为它不会以我的儿子的面貌重新出现，回来请求我的原谅……我的乖儿子啊！”

她这轻柔的声音比牛头怪的咆哮更加可怕，赫拉克勒斯惊奇地想。他说：“可能诸神也有不公平的时候吧。”他这么说，是因为他觉得自己应该说点话，但也因为他自己深深地相信这一点。

“别提起他们，赫拉克勒斯。别提起什么神明！”伊蒂丝的嘴巴因为愤怒而颤抖，“正是那些神明，用他们的牙齿来啮咬我儿子的身体，面带笑容地挖出和吃掉他的心脏，浑身舒爽地呼吸着他的血液的温暖气息！在我面前，别提起什么神明！”

伊蒂丝似乎想控制自己的声音，却是徒劳无功，她的喉咙发出一声震耳的咆哮，使她周围的人都陷入了沉默。两个女奴隶转过身来望着她，甚至连伊丽亚也默默

③细心的读者也许已经注意到了，本章后半部分所有的比喻和形象都跟“嘴巴”、“喉咙”、“尖叫”和“咆哮”有关。我们看到的显然是一篇藏秘文。

不语，极其敬畏地听着她母亲所说的话。

“我们家最后一棵大橡树的枝叶还没有长满，就被克罗尼乌斯山的宙斯砍倒了！我诅咒所有那些长生不老的神明！”她抬起手臂，摊开双手，做了个可怕的诅咒姿势。接着她慢慢降低了双手和她的声音，然后突如其来地说道：“诸神所能从我们这里得到的最崇高的尊敬就是沉默！”

“沉默”这两个字被一阵喧闹的三重奏打断了，它深深地刺进了赫拉克勒斯的耳朵，直到他离开这座恐怖的屋子之后还在他脑子里回响——那是伊丽亚和两个女奴隶发出的号哭，她们的嘴巴张开，下颚几乎要掉下来了，三个独特的、震耳欲聋的高音音符组成了一段乐章，那就是由喉咙发出的喧闹的送葬曲。

有非常确凿的证据表明本书——至少是第一章——采用了藏秘法。蒙塔洛对原稿进行了研究，却没有在他的誊清稿上提到这是一篇藏秘文，这让我感到非常意外。但也许他并不了解这种罕见的文学手段。即便是最为博学的翻译家，也往往对这种文学技巧一无所知。应用这种技巧的只有少数几个希腊作家——从某种意义上来说，他们也是最著名的作家——而且藏秘法的主要特征恰恰在于只有了解它的人才能够注意到它的存在。为了向好奇的读者举例，也为了诚实地说明我是如何发现隐藏在本章中的形象的，因为翻译家在他的注释中必须诚实，说谎是作者的特权，我将会复述昨天我和我的朋友海伦娜的简短对话。海伦娜是我十分敬重的同事，她学识渊博，经验丰富。当时我们聊起了彼此的工作，我兴奋地告诉她，我刚刚开始翻译的小说《雅典谋杀案》是一本使用了藏秘法的书。她盯着我看了好一会儿，手里拿着摆放在手边的果盘里的樱桃的果柄。

"什么法？"她问。

"藏秘法，"我解释说，"是古希腊作家为了在他们的作品中传达秘密的信息或者关键线索而发明的文学技巧。在藏秘文中，有些比喻和词语会反复出现，当敏锐的读者发现了这些比喻和词语之后，它们就会构成一个和原文没有关系的观念或者形象。例如，科林斯的阿基劳斯就曾经使用藏秘法，将对他深爱的少女的面貌的详细描写隐藏在一首貌似歌颂野花的长诗之中。马其顿的伊巴甫斯通过藏秘法在描绘英雄帕特罗克鲁斯之死的史诗中插入了他的遗嘱。还有尤利罗尼乌斯……"

海伦娜显得很不耐烦，但她微笑着说："真有趣啊。你能跟我说说这本无名氏所著的《雅典谋杀案》中隐藏了什么吗？"

"我要把整本书翻译完才能知道。在第一章，藏秘法涉及的词汇主要有'头发'或者'鬃毛'，发出尖叫和'咆哮'的'嘴巴'与'喉咙'，但是……"

"'鬃毛'和发出'咆哮'的'喉咙'？"她直接打断了我的话头，"这指的可能是狮子，对吧？"

然后她吃了那颗樱桃。

我讨厌女人总能够通过最便捷的路径毫不费力地到达真理。这次轮到我哑口无言、目瞪口呆了。"狮子，当然有可能……"我磕磕巴巴地说。

"我所不能理解的是，"海伦娜漫不经心地继续说道，"作者为什么会认为狮子这个观念如此隐秘，乃至他必须通过藏秘法将其隐藏起来……"

"等我翻译完我们就知道了。只有通读之后你才能够彻底地理解藏秘文。"我一边说话，一边想：当然是狮子啦……我怎么就没有想到呢？

"好吧。"海伦娜认为谈话已经结束了。她把伸直了架在椅子上的长腿收起来，把盛着樱桃的果盘放在桌子上，然后站起身。"你继续翻译吧，让我知道后面的情节。"

"蒙塔洛看过原稿，但居然什么都没有发现，这让我觉得很意外。"我说。

"你干吗不给他写信呢？"她提议说，"这样既显得你很有礼貌，又显得你很有才华。"

虽然当时我假装不同意她的提议，我不想让她知道她已经一举解决了我所有的问题，但我确实去函向蒙塔洛询问了。

第二章⑤

⑤"表面黏糊糊的，似乎有人用手指沾了油从上面抹过；中间部分薄如蛇皮。"蒙塔洛在第二章的开头如此描绘记载着原稿的草纸。难道这些草纸是用其他植物的叶子制成的？

几个奴隶依照习俗打扮寡妇伊蒂丝的儿子特拉马舒斯的尸体：从敞口细颈的陶罐里倒出油膏，填满那些可怕的创口；动作灵巧地将各种精油和香料涂抹在伤痕累累的尸体上面；尸体用精致的布匹加以包裹，然后再穿上干净的衣服；脸部没有任何遮盖，下巴被紧紧地绑住，以免死者的嘴巴会吓人地张开；黏糊糊的舌头下面摆放着一枚银币，那是支付给冥河渡夫卡戎的费用。随后尸体被安放到桃金娘和素馨花铺就的床铺之上，双脚朝着门口，一尊灰色的赫耳墨斯塑像在脚边守护着死者；守灵仪式将会持续一整天。花园的门口摆着盛了辟邪圣水的罐子，让公众得知家中有人去世，客人临走时也会在这个水罐里洗手，以便洗净身上的晦气。从中午开始，花钱请来的哭丧者便唱起了蜿蜒的送葬曲，前来吊唁的人络绎不绝。到了下午，一群人像蛇一样占满了花园的小径。所有的人默默地站在冰冷而潮湿的树木之下，等候轮到他们走进屋子的时间来临，然后依次从尸体旁边走过，向死者的家属献上他们的安慰。充当家长的是特拉马舒斯的叔父达米努斯，他居住在克拉索比安区，拥有很多艘船，在劳里安区还有几座银矿，是个腰缠万贯的富翁。前来吊丧的人大多数是看在达米努斯的面子上，很少有人是为了顾及他们原先和特拉马舒斯的父亲梅拉格鲁斯之间的交情或者出于对寡妇伊蒂丝的尊敬而来参加这个葬礼的，因为前者许多年前被指责背叛民主制度而遭到处决，而后者则因她丈夫的耻辱而蒙羞。

庞铎区的赫拉克勒斯在日落时分才来，因为他已经决定加入出殡的队伍，而出殡总是在晚上举行。他慢慢地、肃穆地走进了阴暗的前厅；前厅潮湿而冰冷，空气中弥漫着药膏的味道。他跟随蜿蜒前进的客人，环绕尸体走了一圈。他拥抱了达米努斯和伊蒂丝；伊蒂丝穿着黑色的布袍，披着巨大的头巾。他们没有交谈。赫拉克勒斯只是许多拥抱了伊蒂丝的人之一。在前进的过程中，他认出了某些客人，但也有些他并不认识。他认得普拉克辛诺和他那个英俊的儿子安提苏斯，据说安提苏斯是特拉马舒斯最亲近的朋友；还有伊西芬涅斯和埃菲阿尔特斯，这两个人是著名的商人，他们显然是因为达米努斯才来的。最让赫拉克勒斯吃惊的是，他还见到了雕塑家诗人米纳伊苏穆斯，这人穿着平时的便服，还打破了规矩，停下来低声对伊蒂丝说了几句话。最后，等到重新来到冰冷潮湿的花园时，赫拉克勒斯见到了身材壮实的哲学家柏拉图，他和其他几个人正在排队。赫拉克勒斯认为柏拉图之所以来，是因为他还没有忘记他和梅拉格鲁斯之间的旧谊。

出殡的队伍活像某种蜿蜒前行的巨大怪兽，沿着泛雅典娜大道走向墓地。怪兽的头部由如下几个部分组成：首先是四个奴隶，他们抬着摇摇晃晃的架子，尸体就躺在架子之上；紧接着是死者的近亲——达米努斯、伊蒂丝和伊丽亚，他们深深地陷入沉默的悲哀之中；然后是吹奏双簧管的乐手，这些年轻人穿着黑色长袍，等到下葬仪式开始，他们便会开始奏乐；最后是四个穿着白色布袍的哭丧者。构成怪兽身体的是死者家族的熟人和朋友，他们两两结伴，排队前进。

在冰冷潮湿的夜雾之中，这列队伍经由狄普利翁城门走出了雅典城，沿着神圣大道继续走下去，把城里的万家灯火远远地抛到了身后。陶瓷区墓园的碑石在火把的光芒中高低起伏，墓园四处散落着许多蒙着一层薄薄的夜露的神明与英雄的塑像，雕刻与装饰着波浪起伏的人像的石柱，还有爬满了常春藤的肃穆的坟墓。那四个奴隶小心翼翼地将尸体摆在火葬用的柴堆之上。双簧管蜿蜒的音符在空气中飞扬，花钱请来的几个哭丧者动作整齐地撕掉他们身上的衣服，同时齐声唱起寒冷而飘荡的送葬曲。几杯奠酒被洒在地上，向阴间的神明致敬。客人为了观看仪式而纷纷散开。赫拉克勒斯站在巨大的珀尔修斯塑像旁边；美杜莎的断头——她那由毒蛇构成的长发被英雄珀尔修斯紧紧地抓在手中——正好对着赫拉克勒斯的脸庞，仿佛正通过那双空洞的眼睛观察着他。哭丧者的合唱一曲终了，最后的悼词也已说出，四支火把的金色头部下降到柴堆的边缘：有着许多个头的大火猛然升起，挣扎扭动，它那数不清的舌头在夜晚冰冷潮湿的空气中不停地滚动。⑥

⑥ 本章的藏秘法似乎主要使用了"冰冷潮湿"，还有"波浪起伏的"和"蜿蜒的"动作等字句，以及后者的各种变体。这些显然构成了大海的形象，这在希腊文学中是非常典型的形象。但反复出现的"黏糊糊"又意味着什么呢？让我们继续读下去看看。

那个男人使劲敲了好几次门。没有人回应，所以他又敲了一次。几朵有着许多个头的云彩在雅典黑暗的夜空中扭转飘动。

门终于开了，开门的人身上裹着长长的黑色披巾，白色的脸上没有五官。男人既迷惑又害怕，磕磕巴巴地说："我前来拜访'解谜人'，庞铎区的赫拉克勒斯。"

开门的人退了几步，重新回到阴影之中；那个男人仍然犹豫不决，但还是走了进去。屋子外面不时传来轰隆隆的雷声。

庞铎区的赫拉克勒斯坐在他的小房间里的桌子旁边。他刚刚放下手里正在看的书，聚精会神地凝视着那条从天花板向下伸展到对面墙壁中间的蜿蜒裂缝。门轻轻地打开了，庞丝卡出现在门口。

这个戴面具的奴隶双手修长，她用灵巧的手指波浪起伏般地做出优雅的动作，赫拉克勒斯一边阅读她的手语，一边说："有客人。是个男的。想见我。"两只手立即上下摆动，十个手指头在空中传达着她的意思。"好的，请他进来。"

来客高高瘦瘦。他穿着破旧的羊毛外套，冰冷而潮湿的夜晚给外套涂上了绝似黏糊糊的鳞片的露水。他的头长得很端正，光秃的脑袋油光发亮，下巴留着修剪整齐的小胡子。他眼神明亮，但是双眼周围的皱纹明显透露出岁月的沧桑。这人一直惊奇地看着庞丝卡，在她离开之后，他转身面对着赫拉克勒斯。"那些有关你的说法是真的吗？"

"什么说法？"

"人们说你是个解谜人，能够像看书一样读懂人类的脸庞和事物的外表。还说你懂得表象的语言，而且能把它翻译出来。你的奴隶就是因此才把她的脸隐藏在空白的面具之后的吧?”

赫拉克勒斯站起来拿了一碗水果和一罐葡萄酒。他微微笑着说:“我可以当着宙斯的面说，我真的不愿意否认这样的赞誉，但我的奴隶之所以掩藏她的面孔，却并非为了她自己的安宁，而是为了不扰乱我的心绪。她曾经被几个吕底亚的强盗绑架，当时仍是嗷嗷待哺的婴儿；某天晚上，这些强盗喝了许多酒；酩酊大醉的他们为了找点乐子，居然用火烧伤她的脸庞，扯掉她的小舌头……请随便吃点水果……有个强盗似乎觉得她很可怜，或者预感到有利可图，于是收养了她。后来这强盗把她当成专门替人做家务的奴隶卖掉了。两年前我在奴隶市场买了她。我很喜欢她，因为她像猫一样安静，像狗一样听话，可是她被毁的容貌让我感到不舒服。”

“我明白,”客人说，“你是为她的遭遇而感到遗憾……”

“不是啦，不是这个原因,”赫拉克勒斯说，“是因为她的面容让我分心。我的眼睛常常忍不住要去察看她脸上错综复杂的伤痕。举例说吧，就在你来之前，我的眼睛一直盯着墙上那条好玩的裂缝，研究它的走向、分支和起源……嗯，我的奴隶脸上有无穷尽的、交错的伤痕，无论我再怎么凝视，她的面孔始终是无法解开的谜团，所以我决定让她戴上面具，隐藏这些伤痕。我喜欢周围的事物都是简简单单的：桌子是长方形的，酒杯是圆形的，反正都是些简单的几何图案。我的工作恰好与此相反，那就是解读复杂事物背后的含义。请坐啊，怎么舒服怎么坐好啦……来来来，吃点水果，尤其是这些很甜的无花果。我非常喜欢无花果，你呢？我还可以给你倒一杯没有兑过水的葡萄酒。”

客人听着赫拉克勒斯冷静的叙说，越听越感到震惊。这时他慢慢地向靠背椅坐下去。桌子上有盏小油灯，由于灯光的映照，他光秃的头部在墙上投射出浑圆的阴影。赫拉克勒斯的头的阴影——像顶端留着一小撮短发的圆锥体——伸延到天花板上。

“谢谢你，我只要坐下就好了。”客人说。

赫拉克勒斯耸了耸肩膀。他推开几卷书籍，把盛放水果的碗拉到自己面前。他坐下来，拿起一颗无花果。“喏，有什么需要我帮忙的吗？”他和善地说。

远处传来轰鸣的雷声。客人先是沉默了片刻，然后说：“我也不知道你能否帮上忙，真的。我听说你专门替人破解难题。我来找你，是因为我有个难题。”

“给我看看。”赫拉克勒斯说。

“给你看什么？”

“给我看你的难题啊。我只会破解我能够亲眼看到的谜团。那是一本书？或者是一件物品？"

客人又露出震惊的神色，他不停地皱眉，嘴巴张得大大的，像刚才那样。就在此时，赫拉克勒斯干净利落地捏断了无花果的头。⑦

"不，不是这样的东西，"客人慢慢地说，"我带来给你的难题算是一段记忆吧。或者是关于一段记忆的观念。"

"你怎么会认为我能够解决这种难题呢？"赫拉克勒斯笑着说，"我只翻译我亲眼看到的东西。我认为词语之外不存在别的东西。"

客人专注地凝视着赫拉克勒斯，仿佛正在挑战他。"词语之外肯定有观念的存在，尽管它们可能是隐形的，"客人说，"而且只有观念才是最重要的。"⑧客人垂下他的头，墙上浑圆的阴影随之降低。"至少我们认为观念是独立存在的。好啦，先让我来介绍自己吧。我叫狄亚哥拉斯，来自梅东特区。我在柏拉图主持的花园学校教哲学和几何学。你可能听说过这所学校……人们称它为'学园'。"

赫拉克勒斯点点头。"我确实听说过，我还认识柏拉图，"他说，"不过我必须承认，最近我很少跟他见面……"

"我能想象得到，"狄亚哥拉斯说，"他现在忙于写

⑦我按照字面的含义译出了"无花果的头"，但我并不是很清楚这个无名氏作者指的是什么。他指的可能是果肉圆润的部位，或者完全有可能是带果柄的末端。这也有可能只是作者要的花招，目的在于让读者注意"头"这个越来越像是本章的藏秘法中使用的字。

⑧在我看来，最后这两句话——"词语之外肯定有观念的存在……"和"只有观念才是最重要的"——除了充当小说中人物的对话之外，还可能是作者用来强调他使用了藏秘法的重要信息。蒙塔洛依然什么也没有发现。

一本关于理想政府的对话录。但我来找你不是因为他，而是因为……我的学生，特拉马舒斯，寡妇伊蒂丝的儿子。几天前，这个年轻人被恶狼杀死了。你知道我说的是谁吗？”

灯光昏暗，赫拉克勒斯胖乎乎的脸上依旧没有表情。啊，原来特拉马舒斯到学园念书去了，他心里想。难怪柏拉图会去安慰伊蒂丝。他点点头说：“我认识他的家人，但我不知道他是学园的学生。”

“他确实是，”狄亚哥拉斯说，“而且是个好学生。”

赫拉克勒斯一边玩弄自己肉乎乎的手指头，一边说：“你带来找我的难题和特拉马舒斯有什么关系吗？”

“有直接的关系。”这名哲学家说。

赫拉克勒斯略一沉思，然后随意地摆了摆手。“那你尽可能详细说来听听，我看能怎么解决。”

自灯芯升起的火焰像个圆锥体，梅东特区的狄亚哥拉斯凝视着它的尖头，慢慢地说出这番话：“我是特拉马舒斯的导师，他是我的得意门生。柏拉图认为年轻人若要成为优秀的雅典城卫士，就必须具备许多高贵的品质，这些品质他身上全都有：他极其英俊，只有蒙受诸神恩宠的人才会有那么好看的相貌；他的辩论十分机智；他的问题总是切中肯綮；他行为举止非常端正；他的灵魂和谐地与音乐共鸣；他经常到体育馆锻炼，身体修长而结实。他即将成年，迫不及待地想成为守卫雅典的士兵。我很喜欢这个学生，每当想起他很快就要离开学园，我便会黯然神伤，但我的内心也会感到高兴，因为我知道他的灵魂已经学会了我所能够教他的一切，能够很好地面对生活。”

说到这里，狄亚哥拉斯沉默了。他依然注视着轻轻波动起伏的火焰。接着他无奈地继续说下去：“但差不多一个月之前，我发现他的表现有点异常。他似乎有什么心事，上课的时候总是心不在焉。实际上，他会站在距他的同学很远的地方，背靠离黑板最远的墙壁；当我提问时，其他学生纷纷举起手臂，那些森林般密集的手臂像一些生长在颀长的脖子上的头，而他视若无睹，仿佛已经失去对知识的兴趣……起初我并不认为他的行为很严重。你也知道的，像他这般岁数的少年虽然会有很多烦恼，但它们来得快，消失得也很快。可是他无心向学的情况一直延续，甚至变得更加糟糕。他经常逃课，再也不去体育馆……他的同学也有几个发现他变了，但不知道是什么原因。难道他生病了吗？我决定找他聊聊……不过我还是认为他的问题并不严重……可能是为情所困吧……你应该明白我的意思……这在少年中并不少见……”令赫拉克勒斯始料未及的是，狄亚哥拉斯居然像年轻人那样脸红了。他咽了咽口水，然后说：“那天下午，在课间休息时，我发现他独自在花园里，就在斯芬克斯的石像旁边……”

在苍郁的树木中，年轻人安静得有点古怪。石像是狮身鹰翼的女人，他似乎正在凝视着它的头部，然而他如同石像般久久地纹丝不动，显然心里正在想着别的事情。中年男子看到他双脚并拢地站立着，双手下垂，贴在身边，头部稍微倾侧。当时已是黄昏，天气很冷，但年轻人只穿着薄薄的短衫——款式像斯巴达人的套头衫；寒风吹得短衫噼啪作响，他的手臂和苍白的大腿都裸露在外。他那头褐色的鬈发用丝带绑着。他穿着漂亮的皮拖鞋。中年男子心下迷惑，走上前去。就在此时，年轻人察觉到他的存在，于是回过神来。“啊，狄亚哥拉斯老师，原来是你。”

他作势要离开，但中年男子说：“等等，特拉马舒斯。我想跟你单独谈谈。”

年轻人站住了，他背对着中年男子，白皙的肩膀裸露着，然后慢慢转过身。中年男子的爱护之情溢于言表，看到那孩子柔滑的四肢因为紧张而变得僵硬，他露出微笑试图安慰对方。他说：“你穿得太少了吧？现在有点冷。”

“我不冷，狄亚哥拉斯老师。”

中年男子怜惜地抚摸着他的学生左臂上波浪起伏的

肌肉。“真的吗？你的皮肤冷冰冰的，可怜的孩子……你好像冷得发抖了。”

在怜爱的怂恿之下，中年男子向前迈上一小步，他用手指掠开飘荡在年轻人额前的褐色鬈发，动作轻柔得简直像母亲抚弄子女那样。他再次为年轻人完美无瑕的英俊相貌和那双眨巴着凝望着他的可爱棕色眼睛而赞叹不已。他说：“听我说，孩子。你的同学和我都发现你有点不对劲。你最近表现得很异常。”

“没有啊，老师，我……”

“你听我说。”中年男子轻柔而坚决地说。他抚摸着年轻人光滑的鹅蛋脸，像拿着纯金打造的杯子那样小心翼翼地用手托起后者的下巴。“你是我最好的学生，所谓知徒莫若师。这一个月来，你对一切毫无兴趣，也不参加讨论了——你听我说完，别打断我的话——你和你的同学之间也变得疏远了，特拉马舒斯。你一定有什么心事，我的孩子。但请你告诉我到底遇到什么问题了，我可以当着诸神的面发誓，我会帮助你解决的，因为我有巨大的能力。如果你不希望别人知道，我将会守口如瓶。我向你承诺。把实情告诉我吧。”

年轻人的眸子睁得大大的（也许睁得太大了），死死地看着中年男子的眼睛。刹那间，四周静寂无声。然后年轻人动了动嘴唇——粉红、湿润而冰冷的嘴唇，仿佛即将开口说话。但他什么也没有说。他继续凝望着，眼珠宛如象牙制成的小头那样鼓出，黑色的瞳孔变得很大。中年男子在那儿看到了奇怪的东西，中邪似的与年轻人对望，根本没有发现对方正在后退；年轻人依然直视中年男子的目光，他白皙的身体依然坚硬，嘴唇绷得紧紧的……

在年轻人逃跑很久之后，中年男子依旧岿然不动地站在那儿。

沉默了很久之后，狄亚哥拉斯说："他吓坏了。"

赫拉克勒斯又从碗里拿起一颗无花果。远处的雷鸣如同响尾蛇蜿蜒抖动发出的声音。"你怎么知道的呢？是他告诉你的吗？"

"不是。我跟你说，当时我觉得很奇怪，我还没有来得及开口，他就跑掉了……虽然我缺乏你这种看穿人们的脸庞的本领，但是害怕的表情我见到过太多次了，我敢肯定我看到的就是恐惧。特拉马舒斯的恐惧比我见识过的害怕更加严重。他的眼里没有别的东西。当他露出恐惧的眼神时，我不知道该怎么做。仿佛……仿佛他眼里的惊慌将我变成了石头。当我回过神来的时候，他已经不见了。后来我再也没有见到他。隔天他的朋友告诉我，说他去打猎了。我有点意外，因为从他前一天夜里的精神状态来看，他应该不会有心情去打猎取乐，但是……"

"告诉你他去打猎的是什么人？"赫拉克勒斯打断了他。许多无花果的头探出了碗口，这时他又拿起一颗。

"尤尼奥斯，是他的好朋友。还有安提苏斯，普拉克辛诺的儿子。"

"都是学园的学生？"

"是的。"

"很好。请继续讲。"

狄亚哥拉斯用手摸着头（在墙壁的阴影上，有只动物慢慢地爬过球体的光滑表面），他说："那天我想跟安提苏斯和尤尼奥斯谈谈。我在体育馆找到了他们。"

那些手高高举起，来回扭动着，在细如鳞片的水珠中玩耍；潮湿、修长的手臂；许多笑声和戏言混杂于水声之中，那些眼睑紧紧地闭着，那些头向上仰着；有人伸手推搡，笑声再度回旋飘荡。自高处俯视，这幅画面让人想起了一朵由几个少年的身体组成的花朵，或者一个有着几个头的身体；那些手臂如同波浪起伏的花瓣；蒸汽抚摸着许多赤裸的躯体；自滴水兽的嘴巴伸出来的水流之舌流畅地滑下；这肉体之花扭动起来，做出了各种蜿蜒扭曲的动作……突然间，迷蒙的水汽模糊了我们的视线。⑨

⑨表面上看，这奇怪的段落极富诗意地描述了几个年轻人在体育馆沐浴的场景；但这段简短的文字着重强调了第二章中几乎所有的藏秘法涉及的要素："潮湿""头""波浪起伏"和其他几个词汇。此外，值得注意的是反复出现的"许多"和"鳞片"，这两个词早些时候就出现了。至于"肉体之花"这个意象，我认为只是比喻而已，和藏秘法没有关系。

水汽散去。我们看到一个小房间——从粉刷成白色的墙上挂着的外套与长袍判断，这应该是更衣室——和几个不同程度裸露着的年轻男性的身体；其中有个趴在长椅上，身上几乎什么都没有穿，一双皮肤黝黑的强健的手从他后背滑过，慢慢地按摩着他的肌肉。更衣室中充满了笑声，这些沐浴完毕的年轻人在说俏皮话。几个装满了沸水的大锅咝咝冒出的蒸汽逐渐减少，最后终于消失了。有人拉开门帘，许多笑声戛然而止。这人是个高而瘦的中年男子，秃顶的头油光可鉴，留着修剪得整整齐齐的山羊胡子；他问候这些年轻人，他们匆忙应答。中年男子说话了。他们一边听着，一边继续各自的动作：穿衣服，脱衣服，用浴巾擦干他们健硕的身体，用油膏涂抹他们波浪起伏的肌肉。

中年男子专门招呼了两个年轻人——有个脸颊粉红，头发又黑又粗，正弯腰去穿他的鞋子；另外那个就是正在被按摩的赤裸少年。他的脸庞（如今我们能看见了）长得极其英俊。

房间如同这些身体，也散发出热气。然后一阵蛇形的浓雾在我们眼前回旋升起，这个场景消失了。

“我问起了特拉马舒斯的情况，”狄亚哥拉斯解释说，“刚开始他们并不太明白我为什么要问，后来两人都承认他们的朋友确实发生了变化，但他们并不知道原因。然后利希鲁斯，他也是学园的学生，正好在那里，透露了惊人的秘密：过去几个月来，特拉马舒斯一直悄悄地在跟比雷埃夫斯港的妓女雅欣特拉交往。‘改变特拉马舒斯的人可能就是她，老师。’他怨恨地说。安提苏斯和尤尼奥斯犹豫地证实了这段关系的存在。我感到震惊，而且从某种意义上来讲，我也有点伤心。不过我放下了心头的大石：我的学生受过那么高贵的教育，却还去港口找妓女，确实令人担忧，但我回头又想，如果问题仅仅如此，那也没什么好担心的。我当时决定再找他谈谈，等待合适的时机，理性地和他讨论他的灵魂如何犯下了错误。”

狄亚哥拉斯暂时住口不说了。庞铎区的赫拉克勒斯点燃了墙上的油灯，他们两个头的影子增加了一倍：赫拉克勒斯两个像是被拦腰斩断的圆锥体的头部影子同时在砖墙上移动；而狄亚哥拉斯的头部影子则是两个若有所思、静止不动的圆圈，后脑勺伸出的白发和修剪整齐的山羊胡子破坏了这两个浑圆的轮廓。狄亚哥拉斯继续说起他的故事，声音低得几乎听不见：“但是……那天晚上，就在天快亮的时候，几个戍卒敲响了我家的大门……有个牧羊人在吕卡维多斯山附近的森林发现了他的遗体，并通知了卫戍的士兵……在辨认出他的身份之后，他们便来找我，因为他家里没有男人可以接收这个噩耗，而他的叔父达米努斯又在雅典城外……”

他又停下了。远处的风暴和另一颗无花果被干净利落地砍头的声音清晰可闻。他的脸扭曲着，很费力地说出每个字。他说：“也许你会觉得很奇怪，但我确实感到很内疚……如果当天下午我能赢得他的信任，说服他告诉我到底发生了什么事情……那他可能就不会去打猎了……那他现在应该还活着。”他抬头看着这个和他交谈的胖子。赫拉克勒斯坐在椅子上倾听，往后靠着椅背，脸上的表情十分平静安详，仿佛即将入睡。“坦白跟你说，过去这两天来，有个想法不断地折磨着我：特拉马舒斯可能是为了逃避我，不想回答我的鲁莽问题，才决定踏上那段致他于死地的旅程……所以我才会来找你。在雅典城里，人们都说如果想知道未来，那么你必须去聆听智慧女神德尔斐的神谕，但如果要知道过去，那么你只要去找解谜人……”

“这真是无稽之谈！”赫拉克勒斯大声说。

他这突如其来的反应吓了狄亚哥拉斯一跳。赫拉克勒斯匆匆站起来，身后拖着他的头部的影子，轻快地在冰冷潮湿的房间中踱步，肥厚的手指抚摸着他刚从碗里拿起的黏糊糊的无花果。他焦躁地说下去：“只有当过去是我能亲眼看的东西——比如说是一本书、一件物品或者一张脸庞——时，我才能破解它的秘密。但你谈到的是记忆、印象和……观念！这些能够提供什么线索呢？你说你的学生有一个月似乎‘有什么心事’，但这句话是什么意思呢？”他仓促地抬起了手。“就在你走进房间之前，我正在凝视着那条裂缝，我也显得好像‘有什么心事’！你宣称你在他眼中看到了恐惧。恐惧！那么我问你：他的瞳孔里面用爱奥尼亚人的文字写着恐惧吗？我们额头上的皱纹刻着‘惊慌’这个词吗？它是像墙壁上的裂缝般的线条吗？也许有一千种不同的情感能够产生那种被你归入恐惧的表情！”

狄亚哥拉斯有点难堪地回答说：“我知道我看到的东西，特拉马舒斯当时很恐惧。”

“你知道的是你以为你看到的东西，”赫拉克勒斯说，“我们只能够认识我们所能够认识的真相。”

“柏拉图的老师苏格拉底的看法跟你差不多，”狄亚哥拉斯表示同意，“他说他只知道他自己是无知的。实际上，我们大家都同意这个观点。但是，心灵也有眼睛，我们能用它看到我们的肉眼所看不到的东西。”

“真的吗？”赫拉克勒斯突然站住了。“那好啊，请你告诉我你看到了什么。”他匆匆把一样东西拿到狄亚哥拉斯面前：一个深绿色的、黏糊糊的头从他肥厚的手指之间伸出来。

“无花果。”感到意外的狄亚哥拉斯说。

“是普通的无花果吗？”

“是的。它看上去很完好。色泽不错。是普通的无花果。”

“看吧！这就是你和我的差别！”赫拉克勒斯得意地说，“我看着这颗无花果，我也认为它*看上去*像普通的无花果。我甚至还会认为它非常有*可能是*一颗普通的无花果，但我会到此为止。如果我想知道更多，我必须把它掰开……刚才你说话的时候，我就把它掰开了。”

他轻轻地将一直并拢拿着的两半无花果分开：许多细微的头愤怒地从无花果黑色的内部喷涌出来，划出一道蜿蜒的曲线，还发出非常微弱的咝咝声。狄亚哥拉斯的脸庞因为恶心而扭曲。赫拉克勒斯说：“当我这么做的时候……虽然真相和我预期的相去甚远，但我不会像你那么吃惊！”

他把无花果合起来，放到桌子上。这位解谜人突然又安静了，像谈话刚开始的时候。他说：“我亲自在中央广场某个外地商人的小摊上挑选了这些无花果。他是个好人，几乎从来没有欺骗过我，实话跟你说吧，他非常清楚我是个无花果专家。但大自然有时候会耍花招。”

狄亚哥拉斯脸又红了。他高声说：“你到底是要接受这项任务，还是打算继续谈论无花果？”

“请你谅解，我无法接受这样的任务。”解谜人端起了酒罐，倒了一杯浓稠的、没有兑过水的葡萄酒。“不然我就违背了自己的原则。我能做些什么呢？只有猜测……而且还不是我的猜测，而是你的。”他摇摇头，“这是不可能的任务。你想喝点葡萄酒吗？”

但狄亚哥拉斯已经站起来了，笔挺得像芦苇。他的脸颊涨得通红。“不，我不想喝。我也不想再占用你的时间了。现在我明白我不该来找你的。对不起。我们的事情都已经做完了——我来请你帮忙，你拒绝了我。祝你晚安啦。”

“请稍等，”赫拉克勒斯漫不经心地说，仿佛狄亚哥拉斯遗漏了什么东西，“我只说我不能接受你安排的任务，但如果你乐意花钱让我完成*我自己的*任务，我会很高兴地收下你的钱。”

“你不是在开玩笑吧？”

赫拉克勒斯两粒眼睛的头部放射出许多狡猾的神色，仿佛他刚才所说的话确实纯粹是在开玩笑。他解释说：“戍卒带来特拉马舒斯遗体的那天夜里，有个叫坎达乌鲁斯的疯老头吵醒了住在附近的人。和大家一样，我也出去了，想看看到底发生了什么事，我看到了尸体。医生阿斯基罗斯当时正在对尸体进行检查，但这个无能的白痴看不见他胡子之外的东西。而我真的看到了某些我觉得很奇怪的迹象。我本来都忘记了，但现在又想起来啦。”他若有所思地捻着他的山羊胡子。然后，似乎突然下定了决心，他大声地说：“好的，我接受你的任务！我将会揭开你的学生的秘密，狄亚哥拉斯，但这并不是因为你认为你在和他交谈的时候所看到的东西，而是因为我看着他的尸体时所发现的线索！”

狄亚哥拉斯的头中形成了许多个问题，但解谜人一个都不予以回答，他只是说：“在把无花果掰开之前，我们先别谈论它。我有可能犯了错误，所以我现在不想再说什么了。但请你相信我，狄亚哥拉斯，如果我能解决我的谜团，那么你的谜团也很有可能将会得到解决。如果你愿意的话，我们可以来谈谈费用的事情。”

他们讨论了这件事的财务方面的许多头绪，并取得了共识。然后赫拉克勒斯说他将会在翌日就展开调查——他要去比雷埃夫斯港，看能否找到特拉马舒斯经常约会的那个妓女。

“我能跟你一起去吗？”狄亚哥拉斯热切地问。看到解谜人惊奇地盯着他，狄亚哥拉斯补充说：“我知道我没有必要去，但我很想去。我想陪你处理这件事情。那会让我觉得自己正在帮助特拉马舒斯。我保证按照你的吩咐行事。”

庞铎区的赫拉克勒斯耸耸肩，笑了起来。“没问题。反正钱是你出的，狄亚哥拉斯，我想你完全有权利参与调查。”

就在此刻，蜷伏在他脚下的许多蛇抬起了它们覆盖着鳞片的头，愤怒地吐出它们黏糊糊的舌头。

我相信读者看到最后这段话的时候会和我一样感到吃惊！我们当然不能将这些文字视为复杂的隐喻，但我们也不能完全拘泥于字面来理解它们——如果认为真的有"许多蛇""蜷伏"在赫拉克勒斯房间的地板上，并且因此像蒙塔洛那样认为狄亚哥拉斯和解谜人之间的谈话地点"充满了滑行的毒蛇，在这两个角色谈话的时候，这些冰冷的蛇显然慢慢地爬上了他们的手臂和大腿"，那未免太过偏离了作者的原意。蒙塔洛这个杰出的希腊文学专家提供了一个荒谬的解释，他说："只要作者愿意这么写，那房间里有许多蛇又何尝不可呢？能够决定小说世界中发生什么事情的人是作者，而不是我们。"但读者不应该烦恼：这段关于毒蛇的文字纯粹是幻想。这段话是虚构出来的，当然啦，前面那些段落也是，但我们要清楚的是：这个句子是读者不应该相信的幻想，而其他句子虽然同样是虚构的，但至少在阅读的过程中，读者应该信以为真，否则整个故事就没有意义了。实际上，在我看来，最后这段荒唐文字的唯一目的是强调作者使用了藏秘法。作者想要我们看到隐藏在本章中的形象。尽管如此，这也是个圈套，读者不应该想当然地得出结论！今天早上，就在我翻译到这里之前，海伦娜和我有了意外的收获：我们不仅正确地发现了藏秘法指涉的形象而且还发现了破译整本书的秘密的关键线索——至少我是这么认为的。我们立即告知了伊利奥，我们的老板。

"'冰冷潮湿'、'黏糊糊'、'蜿蜒的'和'滑行的'动作……这说的可能是蛇，对吧？"伊利奥说，"第一章，狮子；第二章，蛇。"

"但是'头'又怎么说呢？"我反对说，"为什么有那么多'许多的头'呢？"

伊利奥耸了耸肩膀。所以我让他看了我从家里带去的小塑像。这是海德拉的雕像，海德拉是神话传说中的怪兽，有许多个蛇头，它的蛇头被砍掉之后会成倍地增长。因而无花果的"砍头"也就可以理解了。

"但不仅如此，"海伦娜说，"击败勒纳湖怪兽海德拉是许多希腊传说中的英雄赫尔克利斯完成的第二件功劳。"

"那又怎样？"伊利奥问。

我兴奋地接着说："《雅典谋杀案》有十二章，而根据神话传说，赫尔克利斯总共完成了十二件功劳。他的希腊名字叫赫拉克勒斯。这本小说的主角的名字也是赫拉克勒斯。赫尔克利斯或者赫拉克勒斯的第一件功劳是杀死了尼米亚的狮子……而第一章中隐藏的形象是狮子。"

"第二章则是海德拉，"伊利奥紧接着说，"看起来若合符节……暂时解释得通。"

"你说'暂时'是什么意思？"他这句话让我感到有点恼怒。

伊利奥镇定地微笑起来。"我同意你的推断，"他说，"但藏秘法作品可能充满了陷阱。你必须记住，你在这里遇到的事情完全是想象出来的，不仅是词语还有……观念。以及这些提炼出来的形象。我们如何能够确定这就是破译小说包藏的秘密的关键线索呢？”

“很简单，”我回答说，“我们只需要证明我们的理论就可以了。在大多数传说中，第三件功劳是提到了厄律曼托斯山的野猪。如果第三章隐藏的形象果真是野猪，那么我们又多了一个证据……”

“就这样一直到最后。”海伦娜自信地说。

“我还是要表示反对，”伊利奥抓了抓他秃顶的脑袋，“在这本小说创作的年代，赫尔克利斯的功劳并不算什么秘密。为什么要用藏秘法把它们隐藏在文本中呢？”

我们两个都沉默了。

“有道理，”海伦娜赞同地说，“但如果说作者创造的是藏秘文的藏秘文呢，如果赫尔克利斯的功劳反过来又隐藏了其他的形象……”

“照这样无穷尽地推断下去吗？”伊利奥打断了她的话，“那么我们将永远不知道作者的本意。你不能这样推论的。根据这个观点，海伦娜，任何写下的文字都可能让读者想起一个形象，而这个形象又反过来让他想起另外一个，再另外一个……这会让阅读变成不可能的任务！”

他们两个充满期待地看着我。我承认我也毫无头绪。“蒙塔洛编辑了原稿，”我说，“但令人难以相信的是，他似乎没有注意到什么。我给他写信了。他的观点应该会有用……”

“你刚才说的是蒙塔洛吗？”伊利奥扬了扬眉毛说，“我想你白费时间了。蒙塔洛去年就死了。你不知道吗？那可是大新闻。

连你也不知道啊，海伦娜？”

“我不知道啊。”海伦娜说。她同情地看着我。“你真倒霉。”

“确实是。”伊利奥说。他转向我。“由于他的誊清稿是原著仅存的版本，而到目前为止你的稿件是唯一的译稿，看来找出《雅典谋杀案》的秘密就完全靠你啦。”

“责任重大哟。”海伦娜开玩笑地说。

我不知道该说些什么。我现在脑子里还一直想着这件事……

第 三 章[11]

⑪关于原稿，蒙塔洛写道：“仓促，粗心。本章的笔迹很潦草，有的地方难以辨认，仿佛抄写的人急于写完。”我本人希望能够弄清楚我是否能在这些文句当中“抓住”那头野猪。我现在开始翻译第三章。

现在似乎应该暂时打断迅速发展的故事进程，迅速地介绍一下当中的两个主要角色：赫拉克勒斯，弗莱尼舒斯的儿子，来自庞铎区；还有狄亚哥拉斯，伊亚姆普萨舒斯的儿子，来自梅东特区。他们是什么人呢？他们认为他们是什么人呢？其他人认为他们是什么人呢？

关于赫拉克勒斯，我们可以这么说⑫

至于狄亚哥拉斯⑬

现在读者完全熟悉了两个小说人物生活的各种细节，我们还是赶紧来看看他们到了比雷埃夫斯港之后发生了什么事情吧。赫拉克勒斯和狄亚哥拉斯去那里寻找那个叫作雅欣特拉的妓女。

⑫蒙塔洛指出：“接下来五行根本无法辨认。”虽然这部分的笔迹模糊不清，在那段文字中，蒙塔洛只能认出四个词汇：“谜”、“理性”、“妻子”和“脖子”。这位编辑了原稿的学者一本正经地写道：“读者只能试图通过这四个词汇来重新构建赫拉克勒斯的生平经历；这项任务看上去既十分简单，又极端困难。”

⑬ 无名氏作者用来描写人物狄亚哥拉斯的三行文字也无法辨认。蒙塔洛只能认出下面几个词语："他真有其人吗？"包括问号、"精神"和"激情"。

他们到处寻找她：穿过大海的味道迅速地在其中飘荡的狭窄小巷；迈入大门洞开的阴暗房间；上下海边的山岗和坡地；搜寻有人影——或男或女——默默站着的街角；走近三五成群的沉默的妇女，她们刚开始朝这两个正在靠近的男人微笑，然而被提问之后，就突然变得很严肃。他们询问了几个脸上化了彩妆的老女人，她们的脸毫无表情，涂满了白色的铅粉，看上去和周边的房子一样饱经沧桑。他们把银币放在那些如草纸般枯裂的颤抖手掌上；他们听到手臂挥舞着指向某个人或者某个方向时金手镯叮当的声音：去问高普斯娅斯，梅丽塔知道，可能在塔莉雅家里，亚姆菲特莱特也在找她，伊奥斯在附近住得更久，克里托和她比较熟，我不是塔莉雅，我是梅洛普；在此过程中，她们涂了厚脂粉的眼睑总是半开半合，眼珠在番红花色或白象牙色或赤金色的眼影的包围之中不停地迅速转动；似乎只有眼神才会透露出她们心里的真实感受，似乎她们努力抑制着黑色瞳孔里面的情感，那是什么呢——嘲弄？急切？仇恨？静止的嘴唇、木然的面孔和简短的回答隐藏了她们的想法，只能看到她们迅速转动的眼珠，那眼神恶狠狠的，很吓人。

这两人片刻不停地寻找了整个下午。最后，狄亚哥拉斯迅速地揉搓着斗篷之下的两条手臂，他终于忍不住说话了：“这天很快就黑了，时间过得真快，可是我们还没找到她……我们问了至少二十个女人，但得到的是含糊其词的回答。我相信她们不是想把她藏起来，就是想玩弄我们。”

他们继续沿着狭窄的街道向斜坡的顶端走去。屋顶之外，但见大海的尽头是紫红色的晚霞。熙熙攘攘、人来人往的比雷埃夫斯港也好，那些供人寻欢作乐的花街柳巷也好，都已被抛在身后：赫拉克勒斯和狄亚哥拉斯如今来到了她们居住的区域——黑暗匆匆地从这片石径与砖树的森林掠过，夜色提前降临了；这是一个荒凉的生活区，隐藏着许多看不见的眼睛。

“你倒是说话啊。”狄亚哥拉斯说，丝毫不想掩饰心中的烦躁——他觉得自己好像接连几个小时都在自说自话。他的同伴只顾走路，偶尔嗯哦几声，不停地从布袋里面掏无花果吃。“你说起话来伶牙俐齿的啊，我可以请宙斯做证……”他站住了，环顾左右，但跟着响起的，只有他们的脚步的回声。他厌恶地嚷道：“这些街巷堆满了垃圾，真是又臭又叫人恶心。人们不是常说比雷埃夫斯有许多‘漂亮的建筑’吗，都在哪里啊？据说这里的街道是米利都斯的希波丹姆斯设计的，难道著名的‘棋盘’格局就是这样的吗？我敢当天后赫拉的面说，这里根本不像是雅典的地方，我可没有看到什么巡检官，甚至连他的仆役和士兵也看不到！我觉得我并不在希腊，而是在野蛮人的世界……这不能完全概括我的印象，我还觉得这里是个危险的地方；我能够嗅到危险的气味，就像大海的咸味一样清晰。当然啦，我应该向你道谢，感谢你热切地和我交谈，你的言语安慰了我，让我快忘记自己身在何方啦……”

“你花钱请我来，又不是为了让我跟你讲话的，狄亚哥拉斯。”赫拉克勒斯极端冷淡地说。

“感谢阿波罗，我终于听到你的声音了！”哲学家讥讽地说，“就算在石像伽拉蒂雅开口说话的时候，皮格马利翁也不会像我现在这般吃惊！明天我将会杀一只羊，感谢……”

“别吵，”解谜人匆忙打断了狄亚哥拉斯的话头，“就是那座房子。”

那座房子临街的墙壁是灰色的，上面有几道裂缝，看上去摇摇欲坠，门口聚集着几个人影。

“这是第七座房子了，”狄亚哥拉斯抱怨道，“之前我已经询问了六座房子，却什么也没问到。”

“所以你要好好利用这么丰富的经验，我想你现在从这些女人口里套出点话来应该不是很难。”

她们迅速地掀开了黑色的面纱，脸带微笑注视着逐渐走近的狄亚哥拉斯。哲学家的脸颊上泛起了红晕。他结结巴巴地说："打扰了，我的朋友和我想找舞女雅欣特拉。我们听说……"

就像猎人无意间踩响树枝导致猎物匆忙躲进低矮的树丛，狄亚哥拉斯这句话在这群女人之中引发了意想不到的反应：有个少女飞快地沿着街道跑下去，而其他女人则纷纷走进了屋子。

"别走啊！"狄亚哥拉斯对着飞奔的人影大喊。"她就是雅欣特拉吗？"他问其他的女人，"看在宙斯的分上，请你们等等！我们只想……"

房门砰地关上。小巷已经没有其他人了。赫拉克勒斯慢慢地走开，狄亚哥拉斯心不甘情不愿地跟在后面。片刻之后，他说："现在我们该怎么办？为什么还要继续走下去呢？她已经跑了。她已经逃走了！你不会以为走这么慢能够跟上她吧？"赫拉克勒斯闷哼一声，镇定地从布袋里掏出又一颗无花果。哲学家气急败坏，他停下了脚步，愤怒地大喊："我在跟你说话啊！我们整天都在寻找那个妓女，走过了海滨和内陆的街道，迈进了声名狼藉的场所，搜遍了高处和低处的城区。我们匆忙地东奔西走，那些平庸的凡人、愚昧的灵魂、粗俗的鸨母和邪恶的女人说了假话，我们却信以为真……现在呢，显然宙斯开恩，我们找到了她，可是又让她给逃跑了！而你还慢条斯理地走着，活像一条吃饱了的狗……"

赫拉克勒斯不动声色地说："冷静点，狄亚哥拉斯。吃点无花果吧，吃了你才有力气来……"

"又是无花果，真受不了你！我想知道我们为什么要继续赶路！我认为我们应该去找那几个走进屋子的女人聊聊……"

"算啦。我们要找的女人已经逃跑了。"解谜人安静地说。

"那我们干吗不追上去呢？"

"因为我们都很累了。反正我是很累，你呢？"

"既然如此，"狄亚哥拉斯越来越恼火，"我们为什么还要赶路呢？"

赫拉克勒斯继续前进，一言不发地只顾吃着无花果。

"有时候呢，疲劳可以消除疲劳，"赫拉克勒斯说，"所以疲劳了许多次之后，我们便会变得精力充沛。"

狄亚哥拉斯看到他以同样的速度沿着街道走下去，只好不情不愿地跟上去。

"你不是说过你讨厌哲学吗？"狄亚哥拉斯嗤之以鼻地说。

夜幕渐渐降临，他们默默地走着。那女人刚才逃跑经过的小巷两边是绵延不断的破房子。天很快就要全黑了，到时他们恐怕连这些房子都看不清楚。

“这些小巷既阴暗又破落，”狄亚哥拉斯说，“只有雅典娜才知道那女人跑哪里去了！她那么年轻，动作那么敏捷……我相信她能够一口气跑到阿提卡……”

实际上，狄亚哥拉斯正在幻想：在洁白得像少女手中的百合花的月光中，她逃向附近的森林，赤裸的双脚在泥土上留下脚印，黑暗未能阻止她的前进（所以她肯定熟悉这条道路）。她在百合花丛中跳跃，她的气息随着呼吸从胸膛中喷出，她的脚步声随着距离加大而变得低微，她那双黄褐色的眼睛睁得非常大。也许为了跑得更快，她会脱掉身上的衣服，如同百合花般白皙的身体并没有受到树木的阻挡，闪电似的穿越森林，蓬松的秀发也没有被鹿角般的树枝——这些树枝像花草的茎秆或少女的手指那样修长——钩住，雪白的裸体迅速地移动，宛如奔跑中的少女手里的象牙花朵。⑭

他们来到了一个十字路口。再往前走，街道逐渐收窄，变成铺着石块的小径；左边是另一条街道的开端；右边有座小桥，桥底下是狭窄的河道，两边是高耸的房子，而桥的另一头隐身在黑暗之中。

“现在怎么办？”狄亚哥拉斯烦躁地问，“难道我们要抓阄来决定走哪条路吗？”他感到赫拉克勒斯抓住了他的手臂，在沉默之中，他顺从而迅速地跟着赫拉克勒

⑭ 原稿缺失了几个词汇，按照蒙塔洛的说法，这些字写得太“潦草”，所以“无法辨认”，这加深了我们理解这段神秘文字的难度。其中隐含的藏秘术似乎和“迅速”有关，这个词汇从本章开始就反复地出现；但也有和鹿——反而不是野猪——有关的形象：“黄褐色的眼睛”和“鹿角般的树枝”……这暗指的不是赫拉克利斯的第三件，而是第四件功劳：抓住了刻律涅亚山的公鹿。至于作者改变了赫拉克利斯传说的先后次序，我并没有感到意外，这是古代作家常用的伎俩。让我尤为注意的是文中出现的新形象：拿着百合花的少女。这个形象和追捕公鹿有什

斯走到河道旁边的街角处。

“我们就在这里等吧。”赫拉克勒斯低声说。

“不管那个女人啦？”

“等待也可以是一种追踪。”

“你不会以为她还会回来吧？”

“那当然啦，”赫拉克勒斯又掏出一颗无花果，“她肯定会回来的。”接着他压低了声音说，“别吓跑我们的猎物。”

他们等待着。月亮露出了它的白角。一阵短暂的寒风搅乱了夜的沉寂。这两个人裹紧了他们的外套。狄亚哥拉斯忍不住想打个寒战，尽管这里靠海，温度比雅典城里要高。

“有人来了。”赫拉克勒斯低声说。

听起来像是有个赤足的少女慢慢地走过来。但从十字路口对面的街道默默地向他们走过来的，却不是一个人，而是一朵花：那是被强壮的风之手摧残过的百合花，它的花瓣纷纷掉落在赫拉克勒斯和狄亚哥拉斯藏身之处附近的石板上，迅速地在弥漫着大海的咸味的空气中飘荡而过，在风中消失于街道那头，仿佛有个美貌少女——大海作双眸，明月为秀发——把它拿在手里跑掉了。

“原来什么也没有，只是一阵风。”赫拉克勒斯说。⑮

刹那间，时光似乎凝固了。冷得发抖的狄亚哥拉斯

么关系呢？莫非作者想以此象征阿耳忒弥斯女神——赫拉克利斯正是为了把公鹿献给她而展开猎杀——的纯洁吗？反正我认为不能像蒙塔洛那样忽略这个形象，他说“这是没有真实含义的诗歌般的意象”。

⑮ 果然不是什么也没有！当然啦，这两个小说中的人物看不到她的存在，但“百合花少女”又出现了。我承认这个突如其来的意象让我感到有点焦躁。据说伯里克利曾经敲打菲狄亚斯用黄金和象牙雕成的雅典娜雕像，希望她能够开口说话，如今我也用手捶打着稿件：“这到底是什么意思？你到底是什么意思？”当然啦，这沓纸并没有回答。现在我冷静下来了。

已经看不清赫拉克勒斯的脸孔，他压低了嗓门，对着解谜人壮硕的身影说话："我从来没想到特拉马舒斯……我想说的意思你明白的……我没想到他会……他有许多美德，其中就包括纯洁，至少在我看来是这样的。我真是做梦也没想到他……会来找一个粗俗的……他还不算是成年人啊！一直以来，我都没有想到他也有这些少年情怀……那天利希鲁斯告诉我……"

"别吵，"赫拉克勒斯的身影突然说，"仔细听。"

那是匆忙的脚步踩在石板路上的声音。狄亚哥拉斯的耳朵刚刚感觉到解谜人温暖的呼吸，就听到了他的声音。

"向她扑过去，动作迅速点。用一只手护住你的胯下，看好她的膝盖。让她冷静下来。"

"可是……"

"照我说的做，否则她又跑了。我会帮你的。"

"我会帮你的"这句话是什么意思呢？狄亚哥拉斯心里想，却想不出答案。但他已经没有时间再发问了。

有个敏捷、迅速而静默的影子在月光的照射下地毯似的蔓延过十字路口的地面。狄亚哥拉斯向影子扑过去，果然扑到了一个人。一抹芬芳的头发猛然撞上他的脸庞，有个人形在他怀里挣扎。狄亚哥拉斯使劲把那人推到对面的墙上。

“够啦，看在阿波罗的分上！”他紧紧把那人压住，大声喊道，“我们没有恶意，只想跟你说几句话。冷静点。”那人不动了，狄亚哥拉斯稍微往后退了点。他看不清那人的脸：她的脸被双手捂住了，但她的眼睛在百合花的茎秆般修长纤细的手指中窥望。“我们只想问你几个问题……关于一个叫特拉马舒斯的年轻人，你认识他的，对吧？”狄亚哥拉斯冷静了下来，他以为这女人将会打开双手形成的门，分开那些娇弱的枝叶，露出她的脸孔。就在此时，他感到小腹传来闪电般的剧痛。他先是看到一道白光，接着才感到剧痛：那道完美而耀眼的白光像液体迅速地漫过容器那样淹没了他的双眼。痛感在小腹停留了片刻，然后在他双腿盘桓，又愤怒地伸了个懒腰，如同飞溅的水晶碎片，突然侵入了他的意识。他咳嗽着扑倒在地，甚至不知道自己的膝盖重重地撞上了地面的石板。

人影晃动。赫拉克勒斯向那人扑了过去。他的动作可没狄亚哥拉斯那么轻柔：抓住她细长的手臂，猛力将她推到墙上。她倒抽一口冷气——听上去像男人的呻吟，赫拉克勒斯又推着她去撞墙。那人试图还击，但赫拉克勒斯用肥胖的身体压住她，这样她的膝盖就没用了。他看见狄亚哥拉斯挣扎着站起来。然后他迅速地对他的猎物说：“我不想伤害你，除非你逼得我没有选择。如果你再袭击我的同伴，那么我就别无选择了。”狄亚哥拉斯匆匆走过来帮忙。赫拉克勒斯说：“这次把她抓紧一点。我跟你说过提防她的膝盖的。”

“我的朋友……说得没错……”狄亚哥拉斯吃力地说，“我并不想伤害你……你明白了吗？”那人点了点头，但狄亚哥拉斯依然牢牢地抓住她的手臂。他说：“我们只想问几句话……”

这场搏斗突然停止了，就像寒冷从迅速跑步时发力的肌肉上消失那样。狄亚哥拉斯突然觉得那人迅速地转变成女子。他这时方才察觉到她那坚挺的乳房、纤细的腰肢、独特的体味和光滑的皮肤。他看到她黑色的鬈发、修长的手臂和分明的曲线。最终看清她的面容时，狄亚哥拉斯感到很意外。

狄亚哥拉斯的第一反应就是她长得真奇怪。他原来不知道怎么回事，一直以为这个妓女长得很漂亮，但实际上却并非如此：她的鬈发凌乱如同兽毛；她的眸子太大，而且非常明亮，像是野兽的眼睛，不过在迷蒙的月光中看不清它们的颜色；她瘦削的颧骨很高，挺着紧绷绷的皮肤。狄亚哥拉斯迷惑地从她身边退开，小腹依然隐隐作痛。他问：“你是雅欣特拉吗？”他说的话包裹在他呼出的白气之中。

他们两人都喘着气。她没有回答。

“你知道特拉马舒斯吗……他过去来找过你。”

“当心她的膝盖。”赫拉克勒斯的声音仿佛是从无穷远的地方传来的。

女孩沉默地注视着狄亚哥拉斯。

“他来的时候付钱给你吗？”狄亚哥拉斯不是非常清楚自己为何要这么问。

“他当然要给我钱。”她说。赫拉克勒斯和狄亚哥拉斯觉得她的嗓音比大多数青年男子粗糙，听起来就像双簧管在洞穴中的回声。“要获得酒神的青睐就得高唱赞歌，想得到爱神的眷顾必须付出银币。”

不知道为什么，狄亚哥拉斯觉得很生气：也许是因为这女孩根本不显得害怕。她那圆润的嘴唇真的在黑暗中嘲笑他吗，或者这只是他的想象而已？

“你是什么时候认识他的？”

“上次酒神节。我在游神队伍中跳舞，他看到我在跳舞，后来就追求我了。”

“他追求你？”难以置信的狄亚哥拉斯脱口而出，“他还没有成年啊。”

“追求我的少年多着呢。”

“也许你说的是其他人。”

“我说的是特拉马舒斯，”雅欣特拉说，“被狼咬死的那个年轻人。”

赫拉克勒斯不耐烦地插口说："你以为我们是什么人？"

雅欣特拉用水汪汪的眼睛看了他一眼，说："我听不懂你在说什么。"

"我们问起你的时候，你干吗要逃跑呢？你看上去不像那种会逃避男性的女人。你原本料到会有什么人来找你呢？"

"没有。我自己想逃跑就逃跑。"

"雅欣特拉，"狄亚哥拉斯似乎恢复镇定了，"我们需要你的帮助。我们知道特拉马舒斯生前遇到麻烦了。有个非常严重的问题纠缠着他。我……我们是他的朋友，想弄清楚那到底是怎么回事。你和他之间到底是什么关系已经无关紧要，我们只想知道特拉马舒斯是否曾经跟你提起过他的苦恼……"

他几乎想软语相求："求求你，帮助我吧。你不知道我有多么重视这件事情。"他愿意一百次哀声恳求帮助，因为他觉得自己像少女手中的百合花那么无助，那么脆弱。他的灵魂不再有丝毫的骄傲，而是变成了一个头发闪亮的蓝眼睛女郎，不断地呻吟着："帮助我，帮助我。"这哀求的欲望恍如白衣少女轻拂花瓣般温柔，恍如这个少女成熟诱人的裸体般炙热，但是它本身却没有被转化成言语。⑯

⑯ 明显的藏秘法形象"百合花少女"继续出现，除此之外，本段还四次出现了"帮助"这个词！

“特拉马舒斯话不多，”她说，“但他并没有流露出苦恼的情绪。”

“他请你帮过什么忙吗？”赫拉克勒斯问。

“没有。他干吗要请我帮忙？”

“你上次看见他是什么时候？”

“一个月前。”

“他没有跟你谈起他的生活吗？”

“谁会跟像我这样的女人谈起自己的生活？”

“他家里人认可你们的关系吗？”

“我们没有什么关系：他偶尔来找我，给了钱之后就走。”

“但也许他家里人并不赞同他们高贵的少爷偶尔来你这里寻找安慰。”

“我不认识他家里的人，我要取悦的又不是他们。”

“真的吗？你去他家做客的时候，没有遭到他的亲戚的反对吗？”

“我从来没见过他家的什么亲戚……”雅欣特拉匆匆地回答。

“但也许他父亲了解你的情况。”赫拉克勒斯冷静地说。

“他没有父亲。”

“哦，对，”赫拉克勒斯说，“我想说的是他的母亲。”

“我不认识她。”

双方陷入了沉默。狄亚哥拉斯看着解谜人，露出求助的眼神。赫拉克勒斯耸了耸肩。

“我能走了吗？”这女孩说，“我累了。”

他们没有回答，但她离开墙壁，匆匆走掉了。她围着黑色的披巾，穿着长衫，曼妙的身姿小心翼翼地前进，如同行走在森林里的野兽。看不见的脚镯和手镯随着脚步叮当作响。就在快要被黑暗吞没的时候，她转过身，对狄亚哥拉斯说："我不是故意要袭击你的。"

夜色已深，他们沿着长墙走廊返回雅典城。哲学家自从和妓女谈过话后便一直沉默不语，赫拉克勒斯遗憾地说："你被她的膝盖撞了，我为你感到难过。你还痛吗？……我提醒过你的……我很了解这些舞妓。她们非常机灵，而且懂得自我保护。她跑的时候，我就知道如果我们接近她，她肯定会袭击我们。”

他停了下来，以为狄亚哥拉斯肯定会说点什么，但他的伙伴只顾低着头继续走路，胡子垂在胸口。比雷埃夫斯港的灯火早就被他们抛在身后。这条伟大的石板路（据赫拉克勒斯说，虽然行人较少，但它比人们常走的路线更加安全和快捷）两旁的墙壁原是由狄米斯托克利兴建的，曾遭到莱桑德罗斯的破坏，后来又修复如初。长墙走廊在这黑暗的冬夜沉默地向前伸延。北方远处，是恍如在梦中的雅典城墙的幽微灯光。

“现在轮到你很久都不讲话啦，狄亚哥拉斯。你灰心了吗？……喏，你说过要帮我调查的，对吧？我的调查总是这样的：起初我们似乎毫无收获，后来就……你不会以为去比雷埃夫斯港询问那个妓女是浪费时间吧？……呸！凭我的经验，我可以告诉你，追踪线索肯定不是浪费时间，恰好相反：打猎就是沿着路线追击，即使它似乎是一条绝路。至于把箭射进野鹿的后背，那和大多数人的成见相反，要容易得多……”

“他是个孩子啊，”狄亚哥拉斯突然喃喃自语，仿佛是在回答赫拉克勒斯的问题，“他还是个稚气未脱的少年。他的眼神很纯洁。他的灵魂似乎受到雅典娜的洗礼……”

“别再自怨自艾啦，尽管我们已经到了牢骚满腹的年龄。”

狄亚哥拉斯的眼神第一次离开了黑黝黝的路面，轻蔑地向解谜人望去。

“你不会明白的。我们在学园里教导那些孩子，要爱智慧胜过爱其他一切，要拒绝危险的愉悦，因为它们只能带来直接而短暂的好处。特拉马舒斯懂得这个道理，他知道美德远比邪恶有用和有益，但是在实际行动中他怎么就忘记了呢?”

“你们学园用什么方法来培养学生的美德呢?”赫拉克勒斯问，他再次试图转移哲学家的注意力。

“通过音乐和身体运动的欢乐。”

又是一阵沉默。赫拉克勒斯抓了抓脑袋。

“好吧。我看特拉马舒斯认为身体运动的欢乐比音乐重要……”他说。但狄亚哥拉斯横了他一眼，于是他识趣地住了口。

“无知是万恶之源。如果人们懂得做某些事会造成最糟糕的结果，谁还会选择去做这些事呢？如果通过学习之后，你认识到邪恶比不上美德，错误比不上真理，短暂的快感比不上持久的欢乐，那么你怎么还会故意选择它们呢？举个例子吧，你知道被火烧到会很痛，你会故意把手放到危险的火焰上吗？……太荒唐了。居然整整一年都去找那个……女人。居然为他的欢乐付钱！这是谎言……那妓女欺骗了我们。我向你保证……你在笑什么啊?”

“对不起,”赫拉克勒斯说，“我想起了一个人，我曾经看见那人故意把手放到火焰上，他是我的朋友，叫作克兰托，也是庞铎区的人。他的想法恰好相反：他说理性不能让人选择最好的事情，因为人的行为受到欲望而非观念的指引。那天他想烧坏自己的右手，所以就把它放到火焰上，结果烧伤了。”

话音落下之后，两个人沉默了很久。最终，狄亚哥拉斯说：“你呢？……你同意他的观点吗？”

“完全不同意。我向来认为我朋友是个疯子。”

“他后来怎么样了？”

“我不知道啊。他突然想离开雅典，于是就走了。再也没有回来。”

一阵新的沉默。在石板路上又迈了几步之后，狄亚哥拉斯说：“好吧。人当然分很多种，但是我们的行动，无论看上去多么荒唐，都是我们经过和自己的理性争论之后选择的。苏格拉底当时完全可以避免被判有罪，但他喝下了毒药，因为他知道从理性上来看，这是他最好的选择。实际上也是如此，因为这是对他毕生花了很多心血维护的雅典法律的一种遵从。柏拉图和他的几个朋友试图改变苏格拉底的想法，但苏格拉底反而说服了他们。当人们认识到美德的功用之后，就不会选择邪恶。所以我认为那个妓女对我们说了谎话，否则……”他补充道，赫拉克勒斯能听出他话音里的痛苦，“我只好认为特拉马舒斯只不过是假装学习我所教的……”

“你对那个妓女有什么看法？”

“她是个危险而奇怪的女人，”狄亚哥拉斯浑身发抖地说，“她的面容……她的眼神……我看过她的眼睛，在里面看到了可怕的东西……”

在他的视线中，他发现她很奇怪，做着各种出乎他意料的事情：例如，她正在白雪皑皑的帕纳索斯山顶跳舞，身上只穿着薄薄的小鹿皮；她的身体如同少女手里的花朵，不假思索地、近乎不自觉地翩跹起舞，在万丈悬崖滑溜的边缘危险地旋转着。

在他的视觉中，她点燃了自己的头发，让这危险的头发在寒冷的空气中甩动；或者将她的头向后仰，让喉咙的骨头刺穿脖子的肌肉，像百合花的茎秆似的伸出来；或者大喊大嚷，仿佛正在求助，呼唤着人身鹿脚的酒神；或者高唱着“登高之夜”的急促赞歌。“登高之夜”是迷狂的舞女祭祀酒神的仪式，她们在冬日的山巅跳舞。众所周知的是，这些舞女会因为寒冷或者精疲力竭而死亡，没有人能够避免；同样众所周知的是——不过没有人亲眼见到——在跳舞的过程中，这些女人手中握着危险的、快速扭动的毒蛇；她们就像少女用白色的百合花编织花冠那样，无须别人的帮助，灵巧地将这些毒蛇的尾巴打成漂亮的结。人们还怀疑——但是没有人能够确凿地知道——在那些鼓声密集的危险的夜晚，这些女人没有穿衣服，涂了葡萄汁的身体在篝火的映照下闪耀着血红的光芒；她们勇敢地迈出赤裸的脚步，如同被猎人打伤的动物，在雪地里留下匆忙的痕迹，对理智的呼喊置若罔闻。理智宛如苗条的白衣少女，徒劳地请求她们停止这项仪式。“请你们帮帮忙。”有个微弱的声音说，但是没人听她的。因为对于这些舞女而言，危险就像河流彼岸娇艳的百合花：没有人能够抵制它的诱惑，根本就想不到要寻求帮助，只想快速地游过去，直到她们能碰到那朵花，能将它拿在手中。这个声音喊道：“当心，危险！”但是百合花太美丽了，所以这女孩听不见警告。

这就是狄亚哥拉斯看到的全部，他认为这些景象是真实的。⑰

⑰ 狄亚哥拉斯后面看到的景象重复了先前的藏秘法关键词语：“迅速”、“鹿”、“百合花少女”和“请求帮助”。除此之外，这段话还增添了“危险的警告”。所有这些能够指称什么呢？

“狄亚哥拉斯，你在别人眼中看到的东西可真奇怪！”赫拉克勒斯诙谐地说，“我毫不怀疑那妓女偶尔会在酒神节的游神队伍中跳舞，但是，说实在的，为祭祀酒神狄俄尼索斯而跳的迷狂舞蹈就算真的存在，也只出现于希腊半岛的偏远山区少数农耕部落之中，你说她参与这种仪式，那未免扯得太远了。我觉得你的想象力简直比得上莱瑟乌斯的天眼通……”

“我跟你说过我能够用思维的眼睛进行观察，”狄亚哥拉斯反唇相讥，“能够看到观念本身。你不应该急于贬低观念，赫拉克勒斯。我还跟你说过，我们都是理性的追随者，但我们认为存在着高于理性的东西，那就是观念本身；它是光，在它面前，充斥于世间的万事万物，包括我们在内，无非是模糊的影子而已。有时候，观念只有通过神话、寓言、诗歌或者梦境才能够被加以描绘。”

“你说得也许没错，狄亚哥拉斯，但你的‘观念本身’对我而言毫无用处。我只在一个我能够用自己的眼睛观察外界、用自己的逻辑进行推理的国度行动。”

“你在那女孩身上看出了什么呢？”

“没什么，”赫拉克勒斯谦虚地说，“不过我知道她对我们说谎了。”狄亚哥拉斯突然停下了匆促的脚步，转身注视着解谜人；后者略带歉意地微笑起来，如同一个由于玩了危险的游戏而遭到责备的孩子。“我给她设了圈套：我向她提起了特拉马舒斯的父亲。你知道吗，梅拉格鲁斯许多年前被判死刑，罪名是和卅人立法会狼狈为奸……”⑱

“我知道。和阿基努萨海战之后那些遭到审判的海军将领一样，梅拉格鲁斯也是冤枉的，他无辜地为许多别人做错的事付出了代价，”狄亚哥拉斯叹气说，“特拉马舒斯从来不愿意跟我提起他的父亲。”

“那就对了。雅欣特拉说特拉马舒斯很少跟她交谈，

⑱ 伯罗奔尼撒战争之后，在斯巴达人的监管之下，雅典成立了专制统治机构，它由三十个公民组成。这个推行酷政的政府处死了许多雅典人，后来被暴动起义推翻，雅典重新建立了民主制度。

却非常清楚地知道他的父亲耻辱地死去……”

“没有吧。她只知道他死了。”

“不是的！我已经跟你解释过了，狄亚哥拉斯，我能解开我看到的景象背后的秘密，我也能看穿别人说的话隐藏的意义，而且看得就像我现在看到城门上的火把那么清楚。我们做的每件事、说的每句话都是文章，能够被阅读和解释。你还记得她是怎么说的吗？她说的不是‘他父亲去世了’，而是‘他没有父亲’。我们通常会用这样的话来否认某个我们不愿意想起的人的存在……这很可能是特拉马舒斯本人使用的表达方式。我问你：如果特拉马舒斯曾经跟比雷埃夫斯港的妓女谈起他的父亲（这可是他甚至对你也不愿意提到的话题），那么他还跟那妓女说过其他什么你不知道的事情？”

“嗯，所以那妓女说谎了。”

“我是这么认为的。”

“所以我先前说得没错，我就说嘛，她肯定欺骗了我们。”狄亚哥拉斯自豪地说。

“是的，不过……”

“现在你相信了吧，赫拉克勒斯，思维的眼睛也能看清真相，尽管用的是其他办法？”

“恐怕我还是不能赞同你的观点，”赫拉克勒斯说，“因为你认为妓女在她和特拉马舒斯的关系这一点上说了谎，而我恰恰认为这是她唯一没有说谎的地方。”

在沉默中迅速地走了几步之后，狄亚哥拉斯说：“你的话，解谜人，像危险而迅速的箭，射进了我的胸膛。我可以当着诸神的面发誓，我绝对了解特拉马舒斯……”

“别这样，狄亚哥拉斯，”赫拉克勒斯摇摇头说，“你好像认为每个人都很高尚，我劝你最好放弃这样的观点。你整天待在学园里面教学生数学啦，音乐啦，我觉得你像一个金发少女，有着百合花般洁白的灵魂，非常漂亮，但是非常容易受骗，从来未曾离开过闺房，在初次见到男子的时候大声呼救：‘帮帮忙，帮帮忙，我碰到危险了。’”

“你对我的取笑还不够吗？”哲学家郁闷地回答说。

“这不是取笑，这是同情！但还是言归正传吧：还有件事让我感到大惑不解，雅欣特拉发现我们找她的时候为什么要逃跑呢……”

“我倒不奇怪，她肯定有她的理由；我所不明白的是，你怎么就知道她会躲藏在河道那边呢？”

“她还能躲在哪里呢？实际上她当时已经逃走了，但知道我们没办法追上她，因为我们又老又胖……我只是说我自己啦，”赫拉克勒斯抬起一只胖乎乎的手，及时拦住了狄亚哥拉斯的抗议，“所以我推断她认为自己无须跑得太远，只要找个地方躲起来就够了……还有什么比她家附近一条黑暗的河道更好的藏身之所呢？但是她为何逃跑呢？她恰恰是通过从不回避任何男人来赚钱过日子……”

“她肯定还做过其他危险的坏事吧，”狄亚哥拉斯脸色沉重地说，“你别笑我，解谜人，我真的没有见过这么奇怪的女人。我想到她的眼神就忍不住发抖……那是什么？”

赫拉克勒斯望向他的同伴所指的方向。有一群人举着火把，穿过城门附近的街巷。那些人戴着面具，抬着皮鼓。有个戍卒正站在那边跟他们讲话。

“酒神节开始啦，”赫拉克勒斯说，“原来日子已经到了。”

狄亚哥拉斯鄙夷地摇着头说：“这些人总是迫不及待地寻欢作乐……”

向守城的戍卒表明身份之后，他们穿过了城门，继续朝城里走去。狄亚哥拉斯说：“我们现在要干什么呢？”

“宙斯在上，我们要休息啦。我的脚痛死了。我的身体不是用来放在脚上的，而是用来像圆球那样从这里滚到那里的。明天我们去找安提苏斯和尤尼奥斯谈话。嗯，到时候你说我听。”

“我该跟他们说什么呢？”

“让我考虑考虑啊。明天我们再见面，狄亚哥拉斯老兄。我会派奴隶送口信儿给你。你回去歇着吧，让你的身体和精神得到休息。别让焦虑偷走你的美梦：请你记住，你已经聘请了全希腊最出色的解谜人。”

今天下午，我在海伦娜课间休息（她给一个有三十名学生的班级上希腊语）的时候找她谈话。见到她之后，我迫不及待地跟她说起我的发现："在第三章，除了鹿之外，还出现了新的形象：手持百合花的少女。"

她那双美丽的大眼睛变得更大了。"什么？"她问。

我给她看我的译稿。

"这个形象主要出现于书中某个主要角色的想象中，他名叫狄亚哥拉斯，是个信奉柏拉图主义的哲学家。但另外一个主角赫拉克勒斯也提到过它。这是个非常明显的藏秘法形象，海伦娜。这形象是个手持百合花的女孩，她恳求帮助，警示危险的存在。蒙塔洛认为它是诗意的隐喻，但它显然跟藏秘法有关。作者甚至还描绘了她的长相：金色的头发，海水般的蓝色眼睛，苗条的身材，白色的衣服……她的形象散见于本章各处……你看到了吗？这里作者提到了她的头发……这里写着她是'苗条的白衣少女'……"

"等等，"海伦娜打断了我的话，"这段话里面的'苗条的白衣少女'象征着理智，这种诗意的隐喻常见于……"

"不。"我承认我的声音响得连自己也感到意外。海伦娜吃惊地看着我（现在想起来真难为情）。"这不是简单的隐喻，而是藏秘法形象！"

"你这么有把握？"

我沉思了片刻。我的理论如此自恰，乃至我都忘了寻找证据来支持它。

“‘百合花’这个词反复地出现，”我说，“而这女孩的脸庞……”

“什么脸庞？你刚才说作者只提到她的眼睛和头发。其他都是你想象出来的吧？”我张开了嘴巴想反驳她，突然间却不知道该说些什么。“你这种藏秘法译读扯得有点远了吧？伊利奥提醒过我们，你记得吗？他说使用了藏秘法的小说可能充满了陷阱，我认为他说得很正确。你开始认为这些形象非常重要，原因只是它们不断地出现，这很荒谬：在《伊利亚特》中，荷马极其详尽地描绘了那些英雄人物所穿的衣服款式，但这并不意味着它是关于服装的藏秘法著作……”

“你看，海伦娜，”我指着译稿，“这里可以看到一个警示危险、正在求助的少女……你把这一章看完嘛。”

她也看了起来。我咬着指甲等待。看完之后，她又用那种伤人的同情眼神看着我。

“嗯，你知道的，我对藏秘文字的了解没你多，但在我看来，本章隐藏的形象主要和‘迅速’有关，这暗指赫尔克利斯的第四件功劳，捉住刻律涅亚山的公鹿，因为鹿是速度非常快的动物。‘女孩’和‘百合花’则是诗意的隐喻……”

“海伦娜……”

“你听我说完，它们是用来描绘狄亚哥拉斯的‘视觉’的诗意隐喻……”

“赫拉克勒斯也提到它们了。”

“但他指的是狄亚哥拉斯！你看……赫拉克

勒斯说……找到了……说他觉得狄亚哥拉斯'像一个金发少女，有着百合花般洁白的灵魂，非常漂亮，但是非常容易受骗……'它们指的是狄亚哥拉斯！作者用这些隐喻来描写哲学家温柔而率真的性格。"

我并没有被说服。

"那为什么专门提到'百合花'呢？"我反驳说，"为什么不是别的花呢？"

"你混淆了藏秘法和重复，"海伦娜笑着说，"作家有时候会在同一段重复地使用某些词汇。就本章而言，作者脑海里有'百合花'，所以每当他想到花朵，他就写下这个词……你干吗这副表情啊？"

"海伦娜，我确信百合花少女是一个藏秘法形象，但是我无法证明……真可怕……"

"怎么可怕啦？"

"因为你看了同一篇文章，却得出了相反的看法。我觉得可怕，是由于从书中的文句产生的各种形象和观念竟然如此多变……我在阅读的过程中看到了公鹿，还看到了手持百合花、不停地大声请求帮助的少女……你看到了公鹿却没有看到少女。如果让伊利奥来看这篇译稿，也许他会注意到百合花……其他读者又会看见什么呢？至于蒙塔洛……蒙塔洛看到了什么呢？他只看到本章的笔迹很潦草！但是……"

刹那间，我完全失去了自我控制，重重地拍打了译稿，"应该存在着一个独立于我们的观点之外的终极观念。你认为呢？这些词语到最后必须形成一个确凿的、具体的观念……"

"你听起来像坠入爱河的男人。"

"什么？"

"你已经爱上了那个百合花少女了吧？"海伦娜的眼睛中闪烁着嘲弄的神色，"你要记住，她连小说中的角色都不算：她只是你在翻译过程中自娱自乐地想象出来的观念。"看到我哑口无言，她心满意足地走回去上课，半路又转过身来跟我说："我给你提个建议啊：别沉迷得不能自拔。"

现在是夜里，在安详而舒适的书房中，我想起了海伦娜说的话：她是对的，我只是译者而已。可以肯定的是，换成别的译者，他肯定会用不同的词语译出不同的版本，从而激起不同的形象。这完全有可能吧？由于我执着于追随"百合花少女"的线索，这个形象也许是我用自己的词语构造出来的呢；因而，从某种意义上讲，译者也是作者……或者更准确地说，是隐藏在文中的作者——这个想法让我觉得很好玩——总是现身，也总是隐身。

是的，也许如此。但我为什么会肯定百合花少女真的是文本隐藏的信息呢？我为什么会觉得她恳请帮助的呼声和警示危险的警告十分重要呢？看来只有继续翻译下去我才能弄清楚。现在我要听取庞锑巴的猜谜人赫拉克勒斯的忠告："歇着吧……别让焦虑偷走你的美梦。"

第四章

雅典城正在准备欢度酒神节，冬天祭祀狄俄尼索斯的日子。

为了装扮街道，各区巡检官的仆役在泛雅典娜大道撒了成百上千朵鲜花，但是行人和牲畜的狂暴脚步将散落各处的五彩花瓣踩踏成芬芳的泥浆。先贤祠石匾上早前公告的歌舞比赛已在空旷处举行，可惜那些参赛者的歌声听起来普遍不那么悦耳，大多数舞者的步伐笨拙而狂暴，完全不符合双簧管的节拍。当权者并不想激怒民众，所以他们尽管认为街头的娱乐活动有伤风化，却也不加以禁止；来自各不同城区的青年人竞相在戏台上展示笨拙的演技，人们围聚在各处广场观看这些业余演员用狂暴的哑剧表现古代的神话传说。狄俄尼索斯戏院向初出茅庐的和久已成名的剧作家敞开大门，里面演出的多数是喜剧，因为伟大的悲剧要等到酒神节期间方始

(20) 昨夜的休息带来了奇迹。醒来之后，我开始觉得海伦娜说的其实很有道理。重新看了第三章之后，我现在认为“百合花少女”并非十分清晰的藏秘法形象。也许我被自己作为读者的想象力欺骗了。现在我开始翻译第四章。蒙塔洛说记载本章的纸张“有些地方褶皱破裂——难道曾被野兽踩踏过？这份手稿能够完整地留存至今，实在是个奇迹”。由于不知道本章隐藏的功劳是什么——因为正常的顺序被改变了——我在翻译的过程中必须非常小心谨慎。

上演；这些喜剧充满了狂暴淫秽的场景，通常只有男人才会去观赏。城中各地，尤其是中央广场和陶窑区，从早到晚都会有人尽情地饮酒作乐，爆发出阵阵喧哗声和笑声。

雅典以倡导自由为荣，这是它区别于蛮荒之地，乃至希腊其他城邦的特色，所以奴隶也被允许过节，不过他们的节日要简朴和凄凉得多。他们能够享受一年中最好的饮食，可以群聚跳舞；如果主人是最为尊贵的人家，他们有时还被允许去看戏，在戏院中能够看到他们自己，因为有些演员会戴上面具，扮成呆头呆脑的奴隶，以博取观众一笑。

但是节日的重中之重是某项宗教活动，也就是向酒神狄俄尼索斯致敬的大游行。这是一项结合了神秘主义和野蛮特性的活动：众多女祭司高举粗俗的木头阴茎，成群的少女跳着狂暴的舞蹈，其忘我的迷狂神态像极了传说中献身于宗教的酒神女郎——所有雅典人都相信这些疯狂的女人真的存在，但从来没有人在现实中看见过——还有许多男子戴上面具模仿酒神的三种化身（蛇、狮、牛），不时做出最为下流淫秽的姿势。

尽管雅典城里有这么多喧嚣狂暴的活动，卫城依然安宁而圣洁。[21]

第二天是个寒冷而晴朗的日子，有群不入流的底

㉑ 卫城是雅典守护女神雅典娜的神庙所在地，基本上只有泛雅典娜节的庆祝活动才会在里面举办，不过我想耐心的读者已经知道这一点。“狂暴”和“舞蹈”这两个观念出现的频率很高，它们很可能象征着本章最早出现的一些藏秘法形象。

比斯戏子获得了许可，在绘画长廊外面娱乐民众。有个老头手里拿着几把匕首抛来抛去，可是经常失手，那些匕首掉到地上，发出狂暴的撞击声；还有个身形高大、近乎全身赤裸的男子，他吞下两个火把的火焰，再狂暴地将火焰从鼻孔喷出来；其他几个则用破旧的皮奥夏乐器弹奏着乐曲。开幕表演过后，他们戴上面具，演起了关于忒修斯和牛头怪的滑稽戏。吞火的大个子扮演牛头怪，他低头做出用角去顶人的姿势，以取悦聚集在画廊周围的观众。这神话中的怪兽突然从袋子里掏出破旧的头盔，郑重其事地将它戴在头上。所有人都能看得出来它是斯巴达步兵的兜鍪。就在此时，那个饰演忒修斯的老人向怪兽扑过去，假装挥起匕首猛插，直到将怪兽击倒在地。这是一出浅显的讽刺剧，观众十分清楚内中寓意。有人大喊："为底比斯的自由而奋斗！"那些戏子跟着高声地喊，而那老人依旧胜利地站在卧倒的戴着面具的怪兽身旁。越来越兴奋的观众骚动起来了，那些戏子害怕引来士卒的干涉，匆匆终止了哑剧表演。但是观众正在兴头上，有人高呼反对斯巴达的口号，有人预言被斯巴达人的统治折磨多年的底比斯城很快就会解放，还有人提起了伯罗庇达斯将军——据说自从底比斯陷落之后他一直流亡在雅典——并称他为"解放者"。既由于雅典和斯巴达之间的积怨，也因为节日与葡萄酒造成的冲动，人们的情绪变得非常激昂。有些士卒过来干预，要人群安静下来，但他们发现这些叫嚷针对的不是雅典，而是斯巴达，于是也就睁一只眼闭一只眼了。

在这场狂暴的骚动之中，有个人始终保持镇静和冷漠，对人群的喧哗视若无睹。他高高瘦瘦，长衫外面披着朴素的灰色斗篷。他脸色苍白，脑袋光秃秃的，很像画廊两旁那些彩色的人像。另外一个男人——他的身材和前者完全相反，又矮又胖，粗脖子末端是顶上尖尖的脑袋——安静地向第一个人走过去。他们好像早就约好了，匆匆打过招呼之后，在散开的人群和逐渐消失的叫嚷——这时已经变成粗俗的辱骂——之中沿着街道朝南走下去，穿过卫城某个狭窄的出入口。

“这帮愤怒的贱民打着狄俄尼索斯的旗号来咒骂斯巴达人，”狄亚哥拉斯鄙夷地说，他笨拙地调节着自己匆忙的步伐，以适应赫拉克勒斯沉重的脚步，“他们错误地将醉酒等同于自由，将对抗等同于政治。我们连雅典自身的事情都不在乎，怎么会关心底比斯或者其他城市的命运呢？”

赫拉克勒斯对政治不无兴趣，身为良好的雅典公民，他也曾在立法会上进行激烈的辩论。他说：“我们的伤口还在流血，狄亚哥拉斯。实际上，我们希望底比斯摆脱斯巴达人的压迫，恰恰是因为雅典对我们来说至关重要。我们尽管被打败了，却永远不会忘记那些耻辱。”

“我们为什么会战败呢？全都怪我们这套荒唐的民主制度！如果不是由普通人而是由最优秀的人来管理，那么雅典现在说不定是个大帝国啦。”

“我喜欢的是一个允许我大声说话的小立法会，而不是一个迫使我保持沉默的大帝国。”赫拉克勒斯说。他觉得身上没带笔真可惜，因为他非常喜欢这句话，想把它记下来。

“你怎么会被迫保持沉默呢？如果你是最优秀的，你就能够大声说话，如果你不是，为什么不努力成为最优秀的人呢？”

“因为我不想成为最优秀的人，但我想大声说话。”

“我们现在讨论的不是你想要什么，而是怎样才能让雅典更好。举例说吧，你愿意让谁来决定轮船的航线呢？为数众多的水手，还是那个最精通航海知识的人？”

“当然是后者啦。”赫拉克勒斯说。片刻之后，他又补充说：“前提是这人允许我在航行期间说话。”

“说话！说话！”狄亚哥拉斯气愤地说，“你又很少行使说话的权利，它对你而言有那么重要吗？”

“你别忘了，说话的权利也包括了不想说话的时候保持沉默的权利。现在我要行使这项权利了，狄亚哥拉斯，让我们长话短说吧。人世间我最讨厌的事情是浪费时间，虽然我并不知道到底什么事情算是浪费时间，但我想，和哲学家讨论政治应该差不多算吧。你收到我的口信了吗？”

“收到啦。我跟你说，安提苏斯和尤尼奥斯今天早上没去学园上课，所以他们肯定在科隆诺斯体育馆。不过你应该看在宙斯的分上早点过来的。市场刚营业我就在这里等你，现在已经快中午了。”

“实际上我一大早就起床了，但直到现在才有空来赴约。因为我去调查了不少事情。”

“是和我的任务有关的吗？”狄亚哥拉斯高兴地问。

“不是，是跟我的任务有关的，”赫拉克勒斯说，他在售卖无花果的小摊面前停下来，“请你记住，狄亚哥拉斯，这项任务是我的，尽管出钱的人是你。我要调查的不是导致你的学生产生所谓的恐惧的原因，而是我认为我在他的身体上看到的谜团。无花果怎么卖？”

哲学家不耐烦地哼了一声，披着亚麻布斗篷的解谜人则把那个挂在肩膀上的小布袋装满了无花果。他们沿着倾斜的街道再次启程。

“你发现了什么吗？可以告诉我吗？”

“没发现什么啦，真的，”赫拉克勒斯坦诚地说，“先贤祠外的牌匾上贴了告示，说立法会昨天决定组织一支打猎队伍，准备消灭吕卡维多斯山的狼群。你知道这回事吗？”

“还不知道，但我觉得这件事做得对。可惜他们决定得太晚，否则特拉马舒斯就不用死于非命了。”

赫拉克勒斯点点头说：“我还看到了刚出炉的打猎队成员名单。安提苏斯好像应征了……”

“那很正常，”狄亚哥拉斯说，“他已经到了入伍的年龄。顺便告诉你，如果不走快点，等我们到了体育馆，他们早就离开啦。”

赫拉克勒斯又点头表示同意，但依然以同样的节奏迈着笨拙的脚步。

他说：“那天早晨没有人看见特拉马舒斯去打猎。”

“你怎么知道？”

“他们让我查阅了通往吕卡维多斯山的阿卡尼亚门和斐利门的记录。狄亚哥拉斯，我们应该向民主制度致敬！我们非常热衷于收集可以在立法会上讨论的信息，所以每天都会记录下所有带着东西进出雅典城的人的名字和阶级。这些记录是长长的单子，在它们上面你能发现这样的条目：‘米纳克勒斯，外地商人，四个奴隶，几个酒囊。’我们认为这么做可以更好地对贸易进行监控。打猎用的罗网和其他工具都会被一丝不苟地记录下来。但那些单子上找不到特拉马舒斯的名字。而且那天早晨没有人带着罗网出城。”

“也许他没带呢，”狄亚哥拉斯说，“也许他只是去捕鸟。”

“但他跟他母亲说他要去设陷阱抓野兔。反正他母亲是这样跟我说的。但我觉得很奇怪，如果他真的要去抓野兔，按理说他应该带个奴隶去看住陷阱和驱赶猎物，对吧？他为什么一个人去呢？”

“那你是怎么想的呢？他没有去打猎？还是有人陪着他？”

“在每天早晨这个时候，我习惯什么也不想。”

科隆诺斯体育馆是座巨大的柱廊式建筑，位于中央广场南边；各处大门两边伫立着小型的赫耳墨斯塑像，门上则篆刻了著名的奥林匹克运动员的名字。在体育馆的内部，太阳的光芒狂暴地照耀着角斗场；那是个长方形的露天场地，地面上的泥土被耙平了，角斗士的比武就在这里举行。空气中弥漫着拥挤的人群和跌打药膏的浓烈味道。角斗场虽然很宽敞，但是人满为患，其中有青年人，有的穿着衣服，有的赤裸上身；有正在接受训练的男孩子；还有身穿紫色斗篷的教练，他们手持长棍，指点着他们的徒弟……狂暴的嘈杂声妨碍了交谈。角斗场的另外一端有石拱廊，里面是几个有屋顶的房间——更衣室、沐浴室和按摩室。

当时角斗场上有两个人正在比武。他们近乎全裸，身上大汗淋漓，各自顶着对方，一副以头相撞的模样；他们那肌肉虬结的手臂死死扼住对手的脖子；尽管周边众声喧哗，他们使劲时发出的叫喊和咆哮依旧清晰可闻；白色的唾珠像野蛮人的怪异装饰品，挂在他们的嘴边。他们的角斗粗暴而惨烈，难解难分。

刚走进角斗场，狄亚哥拉斯马上拉了拉赫拉克勒斯的斗篷。

“他就在那边。”狄亚哥拉斯指着人群中的某个地方说。

“哇，阿波罗在上……”赫拉克勒斯低声说。

狄亚哥拉斯察觉到他的惊奇。“我没有夸大安提苏斯的英俊吧？”他问。

“让我感到吃惊的不是你的学生的英俊，而是那个正在和他说话的老人。我认识他。”

他们决定到更衣室去盘问安提苏斯。狄亚哥拉斯迫不及待地向安提苏斯走过去，赫拉克勒斯将其拦住，递给他一张草纸。

“待会儿你问他这几个问题。由你来问他比较好，这样我就能更专心地研究他的回答。”

就在狄亚哥拉斯看那张纸条的时候，人群中发出了一阵狂暴的叫喊，于是他们向角斗场望去。有个角斗士刚刚粗暴地用头撞上了对手的脸。如同一捆茅草被巨兽的狂暴脚步踩中发出的声音，这阵叫喊响彻了体育馆。被击中的角斗士脚步趔趄，仿佛就要摔倒，不过他脸上似乎没有受伤，却露出了吃惊的神色。他甚至都没有用手去捂住被撞的脸庞——它起初毫无血色，接着扭曲变形，好像一面被疯狂的野兽用角撞倒的墙壁——而是向后退了几步，眼睛睁得大大的，死死地盯着他的对手，仿佛有人刚刚跟他开了玩笑。刹那间，他眼睛以下结实的面部结构无声地崩塌，如注的鲜血从他的嘴唇上和大鼻孔里流下来。但他依然没有摔倒。观众大声辱骂，催促他奋起还击。

狄亚哥拉斯跟他的学生打了招呼，在他耳边说了几句话。他们朝更衣室走去，这时那个刚才跟安提苏斯交谈的老人看见解谜人，浑身黝黑干枯、活像被火烧过的他惊奇地睁大了缟玛瑙般黑色的眼睛。

“宙斯和德尔斐的阿波罗同时显灵啦，赫拉克勒斯，你居然也来这里！”他嚷道，声音听起来像曾被狂暴地从砂石地上拖过般粗哑。“我们应该向狄俄尼索斯敬酒，因为来自庞铎区的解谜人赫拉克勒斯竟然也肯踏足体育馆了！……”

“偶尔锻炼对身体有好处。”赫拉克勒斯友好地接受了这人狂暴的拥抱。赫拉克勒斯认识这个色雷斯奴隶许多年了——他曾在赫拉克勒斯家里当过用人——而且向来把他当成一个自由人。"你好啊，尤马舒斯。我很高兴看到你还是老当益壮。"

"听你这么说真开心！"这老人的声音毫不费力地盖过了周围狂暴的喧哗。"宙斯增加了我的年齿，但缩减了我的身体。而你呢，我发现你的这两样东西同步增长啊……"

"我的脑袋还是原来的那么大啦。"他们齐声大笑起来。赫拉克勒斯转头环顾左右。"跟我来的那人呢？"

"在那边，在我学生旁边。"尤马舒斯指着人群中的某个地方，伸出的手指上的指甲像兽角般长而扭曲。

"你的学生？你居然是安提苏斯的塾师？"

"以前是。我要再当他的老师，就让复仇女神将我杀了！"尤马舒斯做了个手势，以示驱赶提到伊琳叶斯带来的厄运。

"你好像在生他的气。"

"我干吗不能生他的气？他刚应征入伍，这个倔强的孩子突然说他想去保卫阿提卡的神庙，那地方离雅典非常远！他的父亲，尊贵的普拉克辛诺，请我说服他放弃这个想法……"

"那很好啊，尤马舒斯，青年人嘛，应该到最需要他的地方去。"

“看在蓝眼珠的守护神雅典娜的分上，赫拉克勒斯，请不要拿我的年纪开玩笑！”尤马舒斯大叫起来，“我虽然是个糟老头，但还是能够顶翻你的大肚子！什么地方最需要他呢？宙斯在上，他父亲可是今年立法会的执事之一！安提苏斯可以选择最为舒服的岗位！”

“你的学生什么时候有这个想法的？”

“几天前。我来这里就是为了劝他改变主意。”

“如今世道不同啦，尤马舒斯。现在还有谁想在雅典城里服役啊？年轻人要找的是新的体验……”

“如果我不是这么了解你，”老人摇着脑袋说，“我肯定以为你是真的这么想。”

他们从人群中走过，来到更衣室的门口。赫拉克勒斯笑着说：“是你让我又变得幽默起来的，尤马舒斯！”他把几枚银币放在这个奴隶塾师苍老的手掌上。“在这等我。我很快就回来。我想请你帮我做点事情。”

这意料不到的礼物让尤马舒斯很高兴，他说：“我将会像冥河的渡夫等待新的亡灵那样耐心地站在这里等你。”

狄亚哥拉斯和赫拉克勒斯站在狭小的更衣室里，安提苏斯坐在一张低矮的桌子上，双腿交叠。

狄亚哥拉斯并没有马上说话，而是默默地欣赏着安提苏斯的完美面庞，那清秀的轮廓，那头梳着最新流行发型的金发，看上去英俊得令人窒息。安提苏斯没穿内衣，只披着黑色的斜肩斗篷（这是他到了入伍年龄的标志）；但斗篷披在他身上显得随意而难看，似乎他还不习惯穿着这样的服装；斗篷不规则的敞开处显露出他那纯白色的平滑皮肤。他狂暴地摇晃着赤裸的双足，这孩子气的举动显示他和刚获得的成人身份并不相称。

“我们可以边等尤尼奥斯边聊起来。”狄亚哥拉斯说。他指着赫拉克勒斯。“他是我的朋友。有什么话在他面前但说无妨。”赫拉克勒斯和安提苏斯相互点了点头。“安提苏斯，上次我问你特拉马舒斯的情况，利希鲁斯说他去找过妓女，你还记得吗？我对那女人一无所知。我想你可能了解一些我不知道的事情。”

“什么样的事情呢，老师？”

“各种各样的。你所知道的关于特拉马舒斯的一切。比如说他怎么会有兴趣……他离开学园的时候喜欢做些什么……在他生前最后几天，我从他脸上看到的焦虑让我感到不安。我想尽力找出原因，确保其他学生不会遭遇同样的厄运。”

“他和我们在一起的时间不多，老师，”安提苏斯乖巧地回答，“至于他课外的活动，我敢保证他没有不良的喜好……”

“那还用说吗？”狄亚哥拉斯匆忙截住了话头，“孩子，我的学生个个相貌英俊，品行端正，这我十分了解。所以利希鲁斯的话让我很吃惊。但你们都证实他所言非虚。由于你和尤尼奥斯是他最亲近的朋友，我感觉肯定还有些事情你们出于礼貌或者善意而不敢向我坦白……”

一阵宛如物体摔裂的狂暴声音填满了沉默的更衣室：角斗士的比武显然更加激烈了。四周的墙壁似乎因为某些巨兽的脚步而抖动起来。就在一切恢复平静的时候，尤尼奥斯走进了房间。

狄亚哥拉斯立刻将他们进行比较。这并非他第一次这么做，因为他喜欢详细地观察每个学生的英俊之处。尤尼奥斯留着黑色的鬈发，看上去比安提苏斯更年轻，然而也更阳刚。他的脸庞如同健康的红色水果，他那乳白色的健壮身体已经成熟为男子汉的雄躯。安提苏斯年纪稍大，他的身形较为优雅，较为婉约，平滑的粉红色皮肤上毫无体毛的痕迹；但狄亚哥拉斯认为就算是贾尼米德——诸神的侍酒童子——本人也没有安提苏斯英俊。这孩子的面容虽然有些淘气，尤其是在他笑的时候，但如果他突然严肃起来，比如说在恭敬地聆听某人讲话时，它的英俊让人浑身激灵。外貌的差异也反映在他们的个性上，不过这种反映和人们的预期相反：尤尼奥斯相当胆怯，像个孩子；而漂亮得像个美少女的安提苏斯则为人决断，很有领袖的风范。

尤尼奥斯打开门的时候轻声细语地说："你找我吗，老师？"

"进来吧，我也有话跟你说。"

尤尼奥斯满脸通红，他说教练找他，所以他得赶紧换好衣服过去。

"一会儿就好啦，孩子，我向你保证。"狄亚哥拉斯说。

他匆匆说了自己的来意。没有人说话。安提苏斯那双玫瑰色的脚摇晃得更快了。

"我们对特拉马舒斯的生活了解得不多，老师，"他说，还是那么乖巧，不过他那初生牛犊不怕虎的性格和尤尼奥斯动辄脸红的胆怯之间的对比十分明显，"我们听人说过特拉马舒斯去找妓女的事情，但是并不相信。特拉马舒斯作风正派，品行端正。"

"我知道。"狄亚哥拉斯表示同意。

安提苏斯接着说："在学园里，每当下课之后，我们几乎没有碰到过他，因为他有某些宗教的任务。他们全家都信圣秘教……"

"可以理解。"狄亚哥拉斯对最后那句话不以为意。

许多雅典的豪门贵族都信奉厄琉息斯秘教。“但我想知道的是他经常和什么人来往……我不知道……他是否有别的朋友……”

安提苏斯和尤尼奥斯对望了一眼。尤尼奥斯已经开始脱掉他的长袍。

“我们不知道，老师。”

“我们不知道。”

突然间，整个体育馆似乎开始颤抖。墙壁发出咔咔的响声，仿佛就要倒塌。外面的人群正在号叫，为比武者加油。那两名杀得兴起的角斗士的咆哮清晰可闻。

“还有一件事，孩子们，我发现特拉马舒斯当时忧心忡忡，可是他居然还单独去打猎。他有打猎的习惯吗？”

“我不知道呀，老师。”安提苏斯说。

“你呢，尤尼奥斯？”

由于颤抖变得更加剧烈，房间里有许多东西掉到地上：挂在墙上的衣服、一盏小小的油灯，还有那些用来抽签决定谁参加比武的名字牌……㉒

“有的。”尤尼奥斯低声说，他的脸又红起来了。

猛兽的脚步发出的巨响变得越来越近。

有一尊海神波塞冬的塑像从架子上掉下来，摔得粉碎。

㉒ 这到底怎么回事呢？肯定是作者将藏秘法发挥得淋漓尽致。角斗士的比武转变成一阵荒诞的、雷霆般的响声，暗示着某只巨兽愤怒的袭击（这和本章反复出现的“狂暴”或“粗暴”形象以及那些关于“角”的形象相吻合）。在我看来，它们指示的是赫拉克利斯的第七件功劳：制服了克里特岛那头发疯的、愤怒的公牛。

更衣室的房门不停地晃动，发出震耳欲聋的噪声。㉓

“表扬你，尤尼奥斯。他经常这么做吗？”狄亚哥拉斯温柔地问。

“是的，老师，就我所记得的，至少有两次。”

“这么说，特拉马舒斯常常一个人去打猎了？我想知道的是，孩子，就算他正在为某些事情发愁，这也是正常的吗？”

“是的，老师。”

房门在猛烈的撞击之下变得弯曲。屋外传来一头巨兽的蹄声、喷鼻声和洪亮的嗥叫声。

除了绑着黑头发的完美丝带，尤尼奥斯的身上一丝不挂；他镇定地将土红色的药膏涂在他的大腿上。

狄亚哥拉斯沉默了片刻，随后想起了他最后一个问题：“尤尼奥斯，那天跟我说特拉马舒斯不会来上课，因为他去打猎了的人是你，对吧？”

“应该是我，老师。”

房门遭到新的攻击。许多碎片纷纷落在庞铎区的赫拉克勒斯的长袍上。屋外响起愤怒的咆哮。

“你怎么知道的呢？是他亲口告诉你的吗？”——尤尼奥斯点了点头——“什么时候呢？我知道他天刚亮就出发了，但前一天晚上我跟他聊过，他没有说要去打猎。他是什么时候告诉你的呢？”

㉓接下来我要向读者解释发生了什么事情。藏秘法形象——在这里是一头愤怒的公牛——获得了它自己的生命，正在攻击谈话在其中进行的更衣室的房门。但应该指出的是，这头巨兽的活动纯粹是服务藏秘法的，所以书中人物察觉不到它们的存在，正如他们也不知道作者用了什么词汇来形容体育馆一样。这并非超自然的事件，而仅仅是一种文学技巧，它的唯一目的是让读者注意到本章中隐藏着的形象——第二章结尾的“蛇”亦是如此。所以我要恳求读者诸君，如果狄亚哥拉斯及其学生忽略了房间遭受到的猛

到坟去，若无其事地继续他们的谈话，请你们不要感到太吃惊。

尤尼奥斯没有马上回答。他那小小的喉结在修长的脖子上蠕动着。“我想……就在那天晚上吧，老师……”

“那天晚上你见到他了？”狄亚哥拉斯扬起了眉毛，“你们经常在夜里碰头吗？”

“没有啦……那肯定是……早些时候了。”

“我知道了。”

更衣室里出现了短暂的沉默。油光发亮的药膏盖住了尤尼奥斯的大腿和肩膀，他光着双脚，浑身裸露，小心翼翼地将长袍挂到一个刻着他的名字的钩子上。钩子上方的木架存放着几件私人物品：一双拖鞋，几个装着药膏的石膏罐，一根运动后清洁身体用的铜刮器，还有一个木鸟笼，里面有只小鸟。那只小鸟狂暴地扑打着它的翅膀。

“教练在等我，老师……”他说。

“好啊，孩子，”狄亚哥拉斯微笑着说，“我们也该走啦。”

这个裸体年轻人的不安之情溢于言表，他瞟了赫拉克勒斯一眼，再次出声告辞。他从赫拉克勒斯和狄亚哥拉斯两人之间走过，打开了房门——房门受到严重的破坏，被他一推就掉下来了——然后离开了更衣室。㉔

狄亚哥拉斯转向赫拉克勒斯，期待他示意离开，但解谜人面带微笑，直盯着安提苏斯：“告诉我，安提苏

㉔ 正如我已经说过的，这些藏秘法事件——野蛮的袭击、房门的脱落——纯粹是文学上的，所以只有读者才能看得到。然而，蒙塔洛和书中人物一样，什么也没注意到。“那头‘咆哮的野兽’，”他写道，“似乎真的想破坏文中场景的现实感，并数次打断了狄亚哥拉斯及其学生之间慎重的对话（……）。这个令人吃惊的比喻只有一个目的，那就是讽刺——对当时野蛮的角斗比赛提出辛辣的批评。”这真叫我无话可说！

斯，是什么让你这么害怕呢？”

“害怕，先生？”

赫拉克勒斯显然觉得十分好玩，他从布袋里掏出一颗无花果。“如果不是因为害怕，那你为什么会选择到远离雅典的地方去服役呢？如果像你这样惊慌，我也会试图离开。而且我会同样选择一个冠冕堂皇的理由，这样我就会被当成勇士，而不是懦夫。”

“你在说我是个懦夫吗，先生？”

“我没这意思。除非了解你的恐惧的根源，否则我不能判定你是胆小如鼠或浑身是胆。一个人到底是勇士还是懦夫，唯一的区别是他为什么害怕。导致你张皇失措的事情可能太过惊人，乃至任何一个头脑正常的人都会选择尽快逃离这座城市。”

“我并非因为害怕什么事情而逃跑，”安提苏斯逐字逐句地说，不过他的语气依然平静而恭敬，“我早就想去保卫阿提卡的神庙了，先生。”

“亲爱的安提苏斯，”赫拉克勒斯不动声色地说，“我可以接受你的恐惧，但不能接受你的谎言。请你千万别想侮辱我的智力。你的决定是几天前才做的，可别忘了，令尊请你原来的塾师来让你改变主意，他本人可能也在试图说服你。这说明你的决定完全出乎他的意料，他认为你的态度的转变十分突兀，而且莫名其妙，他又不知道内中原因，所以只好请你们家之外最了解你的人来帮忙，对吧？我当着宙斯的面问我自己，这粗暴的改变背后的原因是什么呢？也许和你的朋友特拉马舒斯之死有点关系？”他用手抹了刚才拿无花果的手指，漫不经心地、几乎没有停顿地接着说，“对不起，请问哪里有擦手的东西？”

赫拉克勒斯完全不顾身边的沉默，拿起一块挂在尤尼奥斯的架子附近的布。

“你也是我父亲请来当说客的吧？”

在这个年轻人平静的语气中，狄亚哥拉斯察觉到尊敬（就像受困、惊惶的动物一改平常的驯服，转而狂暴地攻击它的主人）正在转变为恼怒。

“安提苏斯啊，别生气，”他磕磕巴巴地说，瞪了赫拉克勒斯一眼，“我这个朋友有点过分了……请你别担心，乖孩子，你已经成年，所以你的决定就算是错误的，其他人也应该给予最大的尊重。”他低声跟赫拉克勒斯说：“拜托，我们走了吧？”

他们匆匆和安提苏斯道别。刚走出更衣室，他们就吵了起来。

“出钱的人是*我*！”狄亚哥拉斯气愤地说，“难道你忘记了吗？”

“但这是*我的*任务，狄亚哥拉斯，我也请你别忘记。”

“你的任务跟我有什么关系？你能解释刚才那极其不妥的言论吗？”狄亚哥拉斯越来越生气，他的秃头变得通红。他低下头，好像准备攻击赫拉克勒斯。“你冒犯了安提苏斯！”

“我无意射出的箭正好击中了目标。”解谜人心平气和地说。

狄亚哥拉斯粗暴地拉着赫拉克勒斯的斗篷，让他停下脚步。

“我有话跟你说。我不管你是否认为人们只是可供阅读的草纸或者等待破解的谜语。我花那么多钱，不是请你来侮辱——并且还以我的名义！——我的得意门生，一个英俊的外貌上写满了‘善’这个字的年轻人……我反对你的方法，庞铎区的赫拉克勒斯！”

“我恐怕也不能赞同你的方法，梅东特区的狄亚哥拉斯。你不去盘问那两个孩子，反倒为他们高唱赞歌。而这仅仅是因为你觉得他们十分英俊。我看你是混淆了‘美’和‘真’……”

“‘美’是‘真’的一部分！”

“哦。”赫拉克勒斯不耐烦地挥了挥手，表示他不愿意争论哲学问题，但狄亚哥拉斯又拉住了他的斗篷。

“你听我说！你无非是个可悲的解谜人罢了。你只懂观察物质的东西，对它们进行判断，推论由于这样或者那样的原因，所以会出现这样或者那样的事情。但你从来不曾，也将永远不能认识到‘真’本身。你既没有见识过它，也完全不懂得它是独立于万事万物而存在的。你的本事仅限于揭示‘真’的影子而已。安提苏斯和尤尼奥斯并不是完人，特拉马舒斯也不是，但我曾经见过他们的灵魂。我可以告诉你，在他们的灵魂之中，闪烁着许多的‘善’……‘善’也在他们的眼睛中，在他们美丽的脸庞与和谐的身体上闪烁着。人世间的任何东西，如果不是拥有一点唯有‘善’本身才能带来的金灿灿的财富，就不能够像他们那么耀眼夺目。”他停了下来，仿佛为自己这番突然的激昂陈词感到羞耻。他满脸通红，眨了几下眼睛。然后，变得较为平静的他说：“请别用你的智力来侮辱‘真’，庞铎区的赫拉克勒斯。”

被毁坏的角斗场空无一人，瓦砾遍地，㉕从某个地方传来几声假咳：那是尤马舒斯的声音。狄亚哥拉斯从赫拉克勒斯身旁走开，狂暴地向大门走去。

“我到外面去等你。”他说。

哲学家离开之后，尤马舒斯说：“宙斯在上，我还没见识过两个大男人像夫妻拌嘴那样争吵呢。”他微笑着，咧开的嘴巴如同黑色的镰刀，露出一颗顽固的牙齿，看上去活像小小的兽角。

㉕ 本章的藏秘法十分强大，乃至对情节发生的场所造成了灾难性的后果：角斗场被那只文学意义上的“野兽”踏毁，如今“瓦砾遍地”，而原本拥挤的人群似乎也消失了。我在这多年的翻译生涯中从来不曾见过此类藏秘法灾难。这位无名的作者显然希望文中隐藏的形象最大限度地呈现在读者的脑海中，他根本不在乎这么写是否会破坏情节的现实感。

"尤马舒斯，如果我和我的朋友将来喜结连理，你也不要觉得奇怪，"赫拉克勒斯开玩笑地说，"我们有太多的差异，我想唯有爱情才能将我们绑在一起啦。"他们俩都开心地大笑起来。"好啦，尤马舒斯，如果你不介意的话，我们随便走走吧，我来跟你说我为什么要让你等我……"

他们在体育馆里面散步。在遭到袭击之后，体育馆瓦砾遍地。狂暴的攻击将墙壁撞开了几道裂缝，标枪和铁饼混杂在各种破碎的器具之中，沙地上的巨大脚印清晰可辨，地面覆盖着一层从墙壁脱落的皮肤——大片的百合花颜色的石灰散落在地上，看上去如同硕大的花朵。断壁残垣之下掩埋着一个陶罐的碎片。其中一片画着某个少女的双手，手臂举起，手掌朝上，仿佛正在发出求救的信号，或者提醒人们注意即将来临的危险。一阵尘雾在空中盘旋。㉖

㉖作者肯定喜欢和他的读者玩游戏。这段文字证明我是正确的，"百合花少女"虽然经过伪装，但完全可以被辨认出来，它也是这部小说中重要的藏秘法形象！我不知道此形象的含义，但她出现了（她的存在毋庸置疑：请注意"百合花"这个词和关于被掩埋的陶罐碎片上画着的"少女"双手的详细描写是前后相连的）。坦白说，这个发现让我热泪盈眶。我停止翻译，去了伊利奥家。我问他有没有可能查阅《雅典谋杀案》的原稿。他建议我去找海克多，也就是这本书的出版商。伊利奥肯定从我眼里看到了什么，因

"尤马舒斯啊，"他们结束谈话之后，赫拉克勒斯说，"你帮了我的大忙，我该怎样报答你呢？"

"你可以给我钱啊。"这老人回答说。他们又哈哈大笑起来。

"还有件事，尤马舒斯。我发现尤尼奥斯——你的学生的朋友——的架子上有个小鸟笼。里面是一只麻雀，这通常是情人之间相互赠送的礼物。你知道尤尼奥斯的

当他问我怎么回事。“小说中有个少女需要帮忙。”我告诉他。“你打算去救她啊？”他取笑地说。

爱人是谁吗？”

“太阳神阿波罗在上，我不了解尤尼奥斯的情况，赫拉克勒斯，但安提苏斯也有一件相同的礼物，我可以告诉你，那是诗人雕塑家米纳伊苏穆斯送的，他为安提苏斯失魂落魄！”尤马舒斯拉了拉赫拉克勒斯的斗篷，压低了他的嗓音。“前不久安提苏斯告诉我这件事，但他逼我以诸神的名义发誓，不能告诉其他人。”

赫拉克勒斯沉吟了片刻。

“米纳伊苏穆斯……没错，上次我看见这个古怪的艺术家是在特拉马舒斯的葬礼上，我记得当时我还因为看到他在那里而感到意外。这么说，米纳伊苏穆斯曾送给安提苏斯一只小麻雀了……”

“这你也吃惊啊？”老人大声说，他的声音听上去很粗哑，“我可以当着蓝眼珠的雅典娜的面说，我愿意送给那个金头发的美少年整窝的麻雀！可惜我是奴隶，又是个糟老头，恐怕送那么大礼也得不到他的垂青！”

“你说得对，尤马舒斯，”赫拉克勒斯说，他突然显得很高兴，“我要走了。请你按我叮嘱的做……”

“只要你继续给我钱，庞铎区的赫拉克勒斯，你的吩咐就会像你对太阳说‘每天升起’一样有效。”

他们绕了路，以便避开来时经过的中央广场，因为在酒神节傍晚，那儿将会人满为患。尽管如此，他们也走不快，因为到处是公开举行的游戏、即兴表演的讽刺剧和各种其他娱乐活动，还有方向与他们相反的缓慢而狂暴的人流。他们默默前进，两人都陷入了深思。最后，他们来到了赫拉克勒斯居住的艾斯坎波尼岱区。赫拉克勒斯说："今晚就在我家吃饭吧，狄亚哥拉斯。我的奴隶庞丝卡是个不错的厨子，我们劳累了一天，应该好好吃顿饭，明天才会精神饱满。"

哲学家接受了他的邀请。他们走进了赫拉克勒斯家那阴暗的花园，这时狄亚哥拉斯说："我想请你原谅。在体育馆的时候，我不该那么激烈地表达我的反对意见。那些多余的冒犯给你造成了伤害，我向你道歉。"

"你是我的顾客，你付钱给我，狄亚哥拉斯，"赫拉克勒斯像往常那样平静地说，"我和你之间有什么问题，我都会当成这项任务的一部分。至于你的道歉，我把它当成友好的姿态。但它也是多余的。"

在他们穿过花园的时候，狄亚哥拉斯心里想：这人真冷酷。似乎没有任何东西能触动他的灵魂。如果某个人对"美"漠不关心，他的心从来不会被"激情"占据，那么他如何能到达"真"呢？

在他们穿过花园的时候，赫拉克勒斯心里想：我还没弄清楚这人到底是单纯的理想主义者还是白痴。他根本看不见身边的东西，怎么还能够大言不惭地说他发现了“真”呢？⑰

突然，屋子的前门被狂暴地打开，庞丝卡黑色的身影出现了。她那没有五官的面具依然平坦，但她开始以异乎寻常的精力对着她的主人做手势。

“怎么回事？有客人……”赫拉克勒斯解读着，“冷静点，你知道的，你焦躁的时候，我读不出你的手语。再来。”黑暗的屋子内部传来一声听上去不那么愉快的喷鼻声，紧接着是一阵极其凄厉的吠声。“那是什么？”庞丝卡疯狂地打着手势。“客人？我的客人是一条狗？哦，原来是一个带着狗的人……但我不在家，你怎么可以让他进去呢？”

“别责备你的女仆，”屋子里有个带着奇怪口音的洪亮声音，“但如果你认为她应该受到惩罚，那么请你告诉我，我马上就走。”

“这声音……”赫拉克勒斯喃喃自语，“真是宙斯和守护神雅典娜同时显灵啦！”

那人精神抖擞地出现在门口，看上去很高大。他的胡子很密，所以看不出来他是否在微笑。有条头大身小的狗出现在他脚下，惊慌地吠叫着。“你可能认不出我的相貌了，赫拉克勒斯，”那人说，“但我敢肯定你记得我的右手。”他伸出了右手，掌心朝上，手腕上的皮肤

⑰ 说实话，翻译这两段文字时我觉得很愉快，因为我想两个主角的性格我身上都有。我想知道的是，如果有人像我这样，在乎“美”，时不时被“激情”虏获，然而又对身边发生的事情明察秋毫，那么他是否能发现“真”呢？

狂暴地扭曲成瘤状的伤疤，就像年老的兽类的脊背。

“哇，众神在上……”赫拉克勒斯低声说。

这两个人热情地相互问好。然后，解谜人对张大了嘴巴的狄亚哥拉斯说：“他是我的朋友克兰托，来自庞铎区。我跟你提起过他的，那个把右手放到火上烧的人就是他。”

那条狗的名字是刻耳柏洛斯。反正克兰托是这么叫它的。它的额头很宽大，其上的皮肤是褶皱的，看上去像年老的公牛。它的面部白得有点病态，粉红的嘴巴里面露出两排让人望而却步的牙齿。它有一双波斯总督般狡猾而凶残的眼睛。如果说它的大头是主人，那么它的身体就是跟在后面的小奴隶。

克兰托的头也非常大，但他的身材像石柱般高大而结实，完全配得起这副脑袋。他的一切都很夸张，从他的举止到他的体形。他天庭饱满，鼻孔豁大，至于他的大脸，则差不多全被胡子遮住；许多粗血管在他那黝黑的巨手上蔓延；他的胸膛和腹部同样壮硕；他的脚板很结实，几乎是方形的，而他的脚趾似乎长得一样长短。他穿着宽大的、缀着补丁的灰色斗篷；这斗篷显然是克兰托在旅途中的忠诚伴侣，因为它僵硬地贴着他的身体。

从某种意义上来讲，人和狗彼此相似。他们的眼睛都闪烁着狂暴的光芒；当他们行动时，人们会被吓一跳，而且很难预料接下来会采取什么样的动作，因为他们自己似乎也并不知道。他们都有贪婪的、相互补充的胃口，因为一方吐出来的东西，另一方会狂暴地将其吞下去；有时候，克兰托会从地上捡起一根刻耳柏洛斯没有啃完的骨头，然后匆匆几口把肉全啃干净。

而且人和狗身上的味道是相同的。

这人坐在饭厅里，靠着椅背，两只巨手捧着一串黑色的葡萄，滔滔不绝地讲起话来。他的声音厚重而低沉，带着很重的外国口音。

“我该怎么告诉你呢，赫拉克勒斯？我该怎么描绘我遇到的奇事和那些我的雅典眼睛所见然而我的雅典思维不肯接受的奇迹呢？你问了很多问题，可是我没有答案：我并非一本书，尽管我有许多神奇的故事。我的足迹遍及印度、波斯、埃及和尼罗河以南的列国。我曾去过狮头人居住的洞穴，我学会了懂得思考的毒蛇所用的狂暴语言。我曾赤足走过沙的海洋，它们像门那样在我身前开启，在我身后关闭。我曾目睹黑色的蝎子在尘土中刻下它们的暗号。我曾见识过能置人于死地的法术，死人的灵魂和他们的亲人说话，鬼怪向巫师显出他们的真身。我向你保证，赫拉克勒斯，在雅典之外有个世界，而且它无限广阔。”

这人似乎能够用话语创造沉默，就像蜘蛛用腹中的线编织罗网一样。当他停止讲话的时候，没有人立即搭腔。片刻之后，他的听众的嘴唇和眼皮开始活动，打破了僵局。

“克兰托，”赫拉克勒斯说，“看到你终究实现了最初的抱负，我感到很高兴。许多年前，我在比雷埃夫斯港拥抱你，当时我不知道是否还能再见到你，我第无数次问你为什么要选择远走高飞。我记得你第无数次回答我：‘我想要每天都有惊奇。’看来你如愿以偿了。”克兰托咕哝了一声，当然是表示同意。赫拉克勒斯转向狄亚哥拉斯，后者依然默默地坐在椅子上喝着他的酒。“克兰托和我来自相同的城区，我们从小就认识了。我们一起接受教育，虽然我比他早入伍，但在战争期间，我们参加的战役是相同的。后来我结婚了，极其羡慕我的克兰托却决定去周游世界。我们彼此告别，到了今天才又相见。在从前那些日子里，我们一直形影不离的。”他中断了话头，眼里闪烁着快乐的光芒。“你知道吗，狄亚哥拉斯，年轻时我想当哲学家，像你这样。”

狄亚哥拉斯流露出确实感到意外的神色。

“而我则想成为诗人。”克兰托洪亮的声音响起，他也是对狄亚哥拉斯说的。

“但他最终变成了哲学家……”

“而他现在是解谜人！”

他们哈哈大笑。克兰托的是一种肮脏的、造作的笑声。狄亚哥拉斯觉得它听起来像克兰托在旅途中收集到的其他人的笑声的大杂烩。他本人只是礼貌地微笑，沉默的庞丝卡把空盘子从餐桌上收走，并给杯子加了酒。这时餐厅内部已经全黑了，只有油灯的光线照耀着三个男人的脸，创造出一种幻象，仿佛他们正在黑暗的洞穴中飘浮。刻耳柏洛斯不停地啃着骨头，走街过巷的人群的狂暴喊声偶尔会像闪电般从窗户穿越进来。

克兰托谢绝在赫拉克勒斯家过夜。他说他的生活就是持续的旅行，这次来雅典只是借路经过；他要到北方，色雷斯以北的地方，那些野蛮人的国度，去寻找传说中居住在北方乐土的人们。他在雅典只待几天；他想在酒神节放松一下，去戏院看戏——“雅典唯一的好剧种是喜剧。”他说他已经找到一家能够容忍刻耳柏洛斯的旅舍。听到它的名字，这条狗声嘶力竭地吠叫着。赫拉克勒斯显然喝多了，他指着狗说：“你终究结婚了，克兰托。从前你总是批评我找了个老婆。你这个可爱的伴侣是在什么地方遇到的啊？”

狄亚哥拉斯差点被酒呛到了。但克兰托友好的回答证实了他的猜测：有一道狂暴的童年友谊之河，在别人眼中很神秘，流淌在克兰托和赫拉克勒斯之间，多年的阻隔和那些将他们分开的奇怪经历并没有完全成功地拦截它。但多少拦住了一些，因为狄亚哥拉斯也察觉到——他说不出怎么回事，但他经常有这样的印象——他们并不能完全随意地相处：只有回忆起曾经的童年，已经是成年人的他们才能够相互理解，乃至相互容忍。

“你恐怕想象不到刻耳柏洛斯跟了我多久。”克兰托说。他的声音变了，不再那么狂暴，仿佛正在哄新生的婴儿睡觉。“它是我在某个码头发现的。它和我一样孤独，所以我们决定相依为命。”他瞄了一眼那条在角落里狂暴地啃着骨头的狗，附和赫拉克勒斯的玩笑：“我跟你说，它是个好老婆。它经常大喊大叫，但只有遇到陌生人才会这样。”他伸出一只手，怜爱地拍了拍它小小的白色面部。这只动物报以刺耳的吠叫。

隔了一会儿，克兰托继续说：“荷歌斯戈拉呢，你太太……”

“她死了。命运女神摩拉伊裁定她必须病患缠身。”

大家陷入了沉默。最终，狄亚哥拉斯说他该走了。

“请别因为我而告辞，”克兰托抬起他那只烧伤的巨手，“刻耳柏洛斯和我马上就走了。”几乎没有停顿，他接着又问：“你是赫拉克勒斯的朋友吗？”

“我其实是他的顾客。”

“啊，有些神秘的问题需要解决咯！你找对人啦，狄亚哥拉斯。我清楚地知道赫拉克勒斯是个了不起的解谜人。他比我上次见到的稍微壮实了，但我敢保证他的眼光还是那么锐利，头脑还是那么敏捷。不管你的问题是什么，他肯定能解决的，而且还很快。”

“看在友谊之神的分上，”赫拉克勒斯抱怨说，“今晚我们就别谈工作了。”

“那么你是个哲学家？”狄亚哥拉斯问克兰托。

“哪个雅典人不是呢？”克兰托扬起眉毛回答说。

赫拉克勒斯说：“让我们弄清楚，狄亚哥拉斯老兄：克兰托是行为上的哲学家，不是思想上的哲学家。他将他的信念发挥得淋漓尽致，因为他不喜欢相信任何他不能将其付诸实践的东西。”说这番话时赫拉克勒斯显得很高兴，似乎他正在谈论的是他的老朋友身上最让他仰慕的特质。“克兰托，我记得……我记得你说过的一句话：‘我用手思考。’”

“你记错啦，赫拉克勒斯，那句话是：‘手也会思考。’它也适用于整个身体。”

“那么你的大肠也会思考吗？”狄亚哥拉斯笑着说。像他这样很少饮酒的人，酒往往会让他变成怀疑论者。

“是的，我的膀胱、阳具、肺和趾甲也都会思考。”克兰托说。他停顿了一下，又接着说：“我想你也是哲学家吧，狄亚哥拉斯。”

“我在学园教书。你听说过学园吗？”

“当然啦，阿里斯托克勒斯是我的好朋友！”

“很早之前，我们就开始用他的别名柏拉图来称呼他了。”发现克兰托知道柏拉图的本名，狄亚哥拉斯既感到意外，也觉得高兴。

“我知道。请你帮我转告一声，我在西西里的时候挺怀念他的。”

“你去过西西里？”

“我刚从那边过来。据说西西里的暴君狄俄尼索斯和他的大舅子狄恩因为你这位同事的教导而发生了争吵。”

“要是知道他在西西里的逗留已经开始产生效应，柏拉图应该会很高兴的。但我还是想邀请你到学园当面告诉他，克兰托。请随时来做客。来和我们吃顿晚饭。这样你就可以参加我们的哲学对话。”

克兰托忍俊不禁地看着他的酒杯，仿佛里面盛放的是某些极其滑稽或荒唐的东西。“谢谢你，狄亚哥拉斯，”他回答说，“但我要考虑一下。实际上，你们的理论对我没有吸引力。”他露出了笑脸，仿佛他刚才说的话是一个极其有趣的玩笑。

狄亚哥拉斯有点困惑，他愉快地问：“那什么理论对你有吸引力呢？”

“生活。”

“生活？”

仍在看着酒杯的克兰托点了点头。

狄亚哥拉斯说：“生活不是理论。人们只要活着就能够生活。”

“不对。人们必须学会如何生活。”

狄亚哥拉斯片刻之前还想离开，现在却对这次交谈产生了职业的兴趣。他脑袋前倾，用瘦长的手指捻着修剪整齐的雅典式胡子的末端。“你刚才说的非常有趣，克兰托。请你解释清楚，因为我怕我没听懂。在你看来，人们怎样才能学会生活呢？”

“我无法解释。”

“但你似乎已经学会了如何生活。”

克兰托点头表示同意。狄亚哥拉斯说：“有什么事情是人们能够学会却无法解释的呢？”

克兰托突然露出那些埋伏在他的胡须迷宫中央的白色大牙。“雅典人……”他喃喃自语，他的声音极其微弱，乃至狄亚哥拉斯听不清楚他在说什么。但克兰托说话的声音越来越响，仿佛他刚才在遥远的地方，而现在狂暴地向他们冲过来一样。“无论你离开了多久，他们从来不会改变……雅典人……你们是如此热爱词语游戏、诡辩、书籍和对话！你们学习的方式就是屁股坐在凳子上，聆听、阅读、解释，在无穷无尽的对话中发明论据和反例！雅典人可以分为两类……一类是那些懂得思考和欣赏音乐的人……一类人数众多，但被前者统治，他们懂得欢乐与痛苦，却不知道如何阅读或写作。”他一跃而起，走到窗边。酒神节的众声喧哗从窗户中飘进来。“你听，狄亚哥拉斯……这才是真正的雅典人民。他们的历史将不会被记录在墓碑上或者被保存在你们这班哲学家用来写下了不起作品的草纸上……这些人甚至都不讲话：他们怒号，他们像愤怒的公牛那样咆哮……”他从窗边走开。狄亚哥拉斯发现他的动作看上去有点野蛮，甚至有点凶残。“这是一群懂得吃、喝、交媾、享受生活的人，他们相信自己身体正被诸神的狂欢占据……你听！他们就在外面。”

“克兰托，人是分阶级的，就好比酒有许多种一样，”狄亚哥拉斯说，“你谈到的这类人不懂理性。理性的人属于更高级的阶层，所以他们没有别的选择，只好领导……”

克兰托突然发出一声野蛮的叫嚷。刻耳柏洛斯大声地吠叫，呼应它的主人洪亮的大喊。“理性！理性有什么好？在和斯巴达的战争中，你们的理性发挥过什么作用吗？理性能够让雅典成为帝国吗？伯里克利，阿尔西比亚德斯，克里昂——这些人只会让你们去送死！他们够理性了吧？现在一败涂地，你们还有什么剩下的呢？只有过去那些理性的光辉事迹！”

“听你的口气，别人还以为你不是雅典人呢！”狄亚哥拉斯抗议说。

“离开吧，你也将不再是雅典人！只有在这座荒唐的城市的城墙之内，人们才会成为雅典人！当你离开这里，首先你将会发现人世间没有放之四海而皆准的真理——每个人都有他自己的真理。在雅典之外，当你睁开眼睛……你看到的是一片混乱的黑暗。”

大家陷入了沉默。连刻耳柏洛斯愤怒的吠声也消失了。狄亚哥拉斯转向赫拉克勒斯，似乎想说些什么，但解谜人看上去正沉浸在他的思维里。狄亚哥拉斯认为赫拉克勒斯可能是觉得这样的对话太过“哲学”，所以完全交给他来回答。他清了清喉咙，然后说：“我明白你的意思，克兰托，但你错了。你提到的黑暗，你说在其中你只看到混乱，无非是你的无知。你认为绝对的、永恒的真理并不存在，不过我可以告诉你，这些真理是存在的，尽管它们也许很难被认识到。你说每个人都有他自己的真理。我认为应该这么讲，每个人都有他自己的观点。你遇到过许多不同的人，他们说着不同的语言，表达了他们关于事物的不同观点，然后你得出了错误的结论，认为所有的东西都没有共性。其实，克兰托，你没有超越词语、定义、事物的形象和存在。但词语之外还存在着观念……"

"翻译家。"克兰托插口说。

"什么？"

克兰托的大脸被油灯从下面照亮，看上去像一个神秘的面具。"在许多远离雅典的地方，人们普遍有这样的信仰，"克兰托说，"他们相信我们说的每句话、做的每件事都以词语的形式存在于某卷用别的语言写成的巨大草纸之上。现在有人正在阅读这卷草纸，破解我们的想法和行为的意义，寻找记载我们的生活的文本中隐藏的关键线索。这人被称为诠释家或者翻译家……那些相信他确实存在的人认为我们的生活有某种终极意义，这种意义我们自己意识不到，但翻译家将会在他阅读我们的过程中发现。最终，这份文本到了尽头，我们都死了，依然认识不到我们的存在的终极意义；但阅读我们的这位翻译家最终将会发现它。"[28]

(28) 我翻遍了家里的藏书，但是没能发现关于这种宗教的片言只字。它肯定是作者杜撰出来的。

赫拉克勒斯打破了他的沉默，说："既然他们最后都死了，那么相信那个愚蠢的翻译家能够带来什么好处呢？"

"嗯，有些人认为他们可以和这名翻译家交谈，"克兰托露出狡黠的笑容，"他们说我们可以跟他说话，他肯定能听到，因为他阅读并翻译我们所有的话。"

“那些相信这种说法的人，他们怎么看待这名……这名翻译家呢？”狄亚哥拉斯问。和赫拉克勒斯一样，他也觉得这种信仰很荒谬。

“因人而异啦，”克兰托说，“有人赞扬他，或者提出要求：例如，他应该把未来章节中关于他们的事情说出来……也有人向他挑衅，因为他们知道，或者说他们认为他们知道，他其实并不存在。”

“那这些人怎么挑衅他呢？”狄亚哥拉斯问。

“他们朝他大喊大叫。”克兰托说。他突然抬起头，看着黑暗的天花板。他好像在找什么。他在找的是你。[29]

“听着，翻译家！”他那洪亮的嗓门大喊，“你既然这么肯定你是存在的，那么请你告诉我我是谁！请你解释我的语言，定义我的身份！我看你未必能够理解我！你认为我们只是许多年前写下的词语！你认为我们的故事中隐藏着某条最终的关键线索！翻译家，请把你的理性用在我身上！请告诉我我是谁……如果你阅读了我，那么，你肯定也能解开我的身份之谜！”恢复了常态之后，克兰托看着狄亚哥拉斯，微笑着。“这就是他们朝所谓的翻译家大喊出来的话。但翻译家当然从来不予回答，因为他并不存在。就算他真的存在，他所了解的也跟我们一样少得可怜。”[30]

庞丝卡端着托盘走进来，给他们的杯子加了酒。看

㉙ 我直译了这句话；作者令人始料未及地进行了第二人称的语法转换，但我不知道这个代词“你”指的是谁。

㉚ 我真的不知道我为什么突然觉得如此不安。举例说吧，在荷马的作品中，叙事对象毫无征兆地转换为第二人称的例子不胜枚举。这肯定也是相同的现象。但实际上，在翻译克兰托的谩骂时，我感到相当紧张。我敢推断“翻译家”也是一个藏秘法词汇。如果这样的话，从本章中浮现的

到没有人开口，克兰托说 :“我要出去走走啦。晚上的空气将会有益于我的健康……”

那条畸形的白狗跟着他走了出去。片刻之后，赫拉克勒斯说 :“别太在意他说的话，狄亚哥拉斯老兄。他总是非常奇怪，非常冲动，时间和阅历让他的脾气变得更加古怪。他从来没有耐心坐下来详细地讨论事情，复杂的推理会让他感到摸不着头脑……他不像雅典人，甚至也不像斯巴达人，因为他憎恨战争和军队。我跟你说过吗，他曾经在埃维厄岛亲手盖了一座泥屋，独自在里面生活。他的手就在那时候烧伤的……但他在与世隔绝的时候也并不开心。我不知道什么能够让他开心，什么能够让他不开心。我从来不曾……我怀疑他并不满意宙斯为他在这出人生大戏中安排的角色。我为他的行为向你道歉，狄亚哥拉斯。”

哲学家表示并不在乎，站起来准备离开。“我们明天干什么呢？”他问。

“明天没你的事。你是我的顾客，你做的事情已经足够多啦。”

“但我想继续帮忙。”

“那没必要。明天我要单独去调查一些事情。如果有什么结果，我会让你知道的。”

狄亚哥拉斯在门口停下了脚步。“你发现了什么能

形象比我原来设想的要复杂得多：“隐形的猛兽”，象征着克里特岛的公牛和狂暴，“衰老”，“百合花少女”，现在又出现了“翻译家”。海伦娜说得对：我在这本书中陷得太深了。明天我要去找海克多聊聊。

够跟我说的事情吗？”

解谜人抓了抓脑袋。“现在一切进展顺利，”他说，“有些蛛丝马迹需要我今晚去想，不过……”

“我知道，”狄亚哥拉斯说，“在没有把无花果掰开之前，我们不应该谈论它。”

他们像好朋友似的祝对方晚安。

我变得越来越焦虑。我不知道为什么，从来没有哪本书能让我产生这种感觉。但这可能全是我的想像造成的。下面我记录了今天早上我和海克多的谈话，交给读者去判断。

“《雅典谋杀案》。”当我提到这部作品时，他点头说，“是的，它是一部古希腊作品，作者是无名氏，成书年代可以追溯到伯罗奔尼撒战争后不久的雅典。跟伊利奥提议我们应该出版这本书的人是我……”

“我知道，我正在翻译。”我说。

“有什么需要我帮忙的吗？”

我告诉他了。他皱起眉头，像伊利奥那样，问我为什么想查阅原稿。我解释说，我认为这是一部藏秘法的小说，但蒙塔洛似乎没有注意到。他又皱眉了。

“如果蒙塔洛没有提到，那么它就不可能跟藏秘法有关，”他说，“对不起，我不想这么无礼，但蒙塔洛是这个领域的专家……”

我调动了所有的耐心，回答说：“本书的藏秘法非常强大，海克多。在某些场景中，它影响到了现实感，甚至影响到了书中人物的对话和观点……这肯定意味着什么，对吧？我想找出作者隐藏在文本中的关键，我需要原稿，才能保证我的翻译确凿无误……伊利奥同意了——他让我来找你。”

海克多终于让步了。“他为人十分顽固，不过并没有给我太大的帮望：那份手稿向来由蒙塔洛保管，在他死后，他所有的文稿归几个图书馆所有。他没有亲朋好友，在乡下substituted孤零零的房子中过着隐士般的生活。

“我看导致他死亡的，”他说，“正是他这种远离文明的欲望，你说呢？”

“什么？”

“哦，我以为你知道。伊利奥没有告诉你吗？”

“伊利奥只说过他死了。”这时我想起伊利奥的原话了，“还说‘那可是大新闻’。但我不知道他为何这么说。”

“因为蒙塔洛死得很恐怖，”海克多说。

我咽了咽口水。

海克多继续说：“有人在他家附近的森林中发现了他的尸体。他被撕成了碎片。警察说他肯定受到一群饿狼的袭击……”

第五章

来自庞铎区的解谜人赫拉克勒斯会飞。

完全静默的他在漆黑的洞穴上方飘浮着，动作轻盈得像空气似的，仿佛他的身体是一张薄羊皮。终于，他发现自己要找的是什么。他先是听到了怦怦的跳动，其沉闷声如同船桨划过泥水激起的声响；接着他看见了，和他一样，它也飘浮在黑暗中——那是一颗人的心脏，刚被挖出来的，还在跳动。有只手像抓着酒囊似的抓着它，大量的鲜血渗出指缝。但引起他关注的并非这个赤裸的器官本身，而是紧紧地抓住它的那人的身份。然而，这只手所属的臂膀似乎被齐肩切断，他看不见肩膀之后的身体部位。赫拉克勒斯向前靠近，心里觉得奇怪：被砍断的手臂如何能够在空中飘浮？然后他发现了更奇怪的事情：他只能听见一颗心脏的跳动。他惊恐地朝下看，双手抬到胸前。他发现一个巨大的空洞。

他意识到被挖出来的正是他自己的心脏。

在惊叫中，他醒了过来。

等到庞丝卡担忧地走进房间时，赫拉克勒斯已经较为平静，能够跟她说没什么事了。[32]

年轻的奴隶停下来将火把插进墙上的洞口。

这次他没让赫拉克勒斯帮忙，自己跳了一下，把它插进去。“你去了这么久才回来啊，”他边拍去手上的灰尘边说，“但只要你继续给我钱，我不介意等你等到我可以应征入伍那一年。”

“如果你一直这么精明，我看你不用等到那个岁数也可以当兵啦，”赫拉克勒斯说，“你家夫人怎么样？”

“比你上次看到她的时候好一点，但还没有完全恢复。”在阴暗的走廊里，男孩站住了，神秘兮兮地贴近赫拉克勒斯。“我的朋友伊费马舒斯，就是这家人的老奴隶，说她在梦里惊叫。”他低声说。

“我昨晚也做了个让我惊叫的梦，”赫拉克勒斯坦白，“太奇怪了，因为这种情况不常出现。”

“那意味着你已经老啦。”

“你也懂得梦的含义吗？”

(32) 昨天晚上，在开始翻译本章之前，我也做了个梦。不过我没有看到一颗心脏。梦里，书中主要角色庞泽巴的赫拉克勒斯躺在床上做梦，而我正在看着他。他突然惊叫着醒过来，好像刚做了噩梦。然后我也醒了，也惊叫了起来。现在，看完第五章的开头，这种巧合让我倒抽了一口冷气。关于本章的原稿，蒙塔洛写道：“草纸平滑而且非常薄，仿佛它是用更少的植物材料制成的，又仿佛经过时间的流逝，它变得脆而薄，容易碎裂，就像蝴蝶或者小鸟的翅膀。”

“我不懂。那是伊费马舒斯说的。”

他们来到了赫拉克勒斯先前受到接待的客厅。今天它显得干净而光亮。壁龛里、躺椅和陶罐后面，还有通往客厅的走廊两侧都点了油灯，所以这个房间沐浴在金黄色的光芒之中。男孩问：“你参加酒神节的活动了吗？”

“我？我又不是诗人。”

“我还以为你是呢。那你是干什么的啊？”

“解谜人。”赫拉克勒斯说。

“那是什么？”

赫拉克勒斯略微沉吟。“仔细想想，那跟伊费马舒斯所做的没什么两样，”他说，“就是对神秘事物提出看法。”

男孩眼睛一亮，但就在这个时候，仿佛突然想到他的职责，他降低了声音说：“我家夫人很快就来见你。”

“谢谢。”

男孩离开了房间，依然面带笑容的赫拉克勒斯这才发现自己还不知道他的名字。因为没事可干，他开始观察飘浮在几盏油灯周围的那些轻微颗粒——在灯光的漫射之下，它们看上去像黄金的碎屑。他试图找出这些颗粒运动的秩序或者模式，但很快就把眼光移开了；他知道他的好奇心，那种渴求破解更多复杂形象的欲望，将会在事物无穷尽的关系中迷失方向。

伊蒂丝进门的时候，她的布袍像风中的翅膀似的噼啪作响。尽管脸色依然苍白，黑眼圈依然没有消失，她的面容已经不那么憔悴。她的眼珠不再那么漆黑，看上去清澈明亮。两个女奴隶向赫拉克勒斯鞠躬。

“欢迎光临，庞铎区的赫拉克勒斯。真抱歉我不能好好招待你——悲哀使人消沉。”

“你的招待已经足够好了，伊蒂丝，谢谢你。”

她伸手指着一把长椅，示意赫拉克勒斯坐下。“至少让我请你喝杯没有兑过水的葡萄酒。”

“不用了，天色尚早，谢谢你。”

她摆了摆手，两名女仆默默地退下，然后她和赫拉克勒斯面对面地在椅子上坐下。伊蒂丝理了理膝盖上布袍的褶皱，说：“你没有变，赫拉克勒斯。在不合适的时刻，你绝对滴酒不沾，就算该向诸神敬酒你也会拒绝，因为你不愿意让酒打乱你哪怕最无关紧要的想法。”

“你也没有变，伊蒂丝：你依然用葡萄美酒来诱惑我，试图让我的灵魂离开身体，自由地在空中飘浮。可是我的身体已经变得很重啦。”

“但你的思绪变得更轻盈了，对吧？我承认，我的也是。我的思绪只想逃离这些墙壁的禁锢。你允许你的思绪飞翔吗，赫拉克勒斯？我无法将我的关起来。它伸出它的翅膀，我告诉它：‘你想去哪里，就把我带去哪里吧。’但它总是把我带到同一个地方：往昔。当然啦，你不会明白的，因为你是男人。但我们女人生活在过去……”

“所有的雅典人都活在过去。”赫拉克勒斯回答说。

“梅拉格鲁斯应该也会这么说。”她露出孱弱的微笑。赫拉克勒斯也微笑着，但就在此时，他发现伊蒂丝的表情有点奇怪。“我们做错什么事情了，赫拉克勒斯？”没有人说话。他垂下了目光。“梅拉格鲁斯，你，你的妻子荷歌斯戈拉，还有我……我们做错什么事情了吗？我们循规蹈矩，遵守那些既不认识我们，又对我们毫不重视的人设定的法律。那些我们的父亲、我们的祖父遵守的法律。那些人们必须遵从但可以在立法会上讨论的法律。我们女人不能谈论法律，即使是在我们走出家门到中央广场聚会的妇女节。我们必须保持沉默，甚至忍受你们的错误。你知道的，我的情况不比其他女人好。我不能阅读，不能写作，我不能仰望别处的天空，不能见识其他的国度，但我喜欢思考……你知道我是怎么想的吗？雅典的法律就像历史悠久的石庙那么陈旧古老。卫城就像墓地那么寒冷。帕提侬神庙的石柱就像牢笼的铁条，被囚禁在里面的鸟儿不能飞翔。和平……是的，我们拥有和平。但付出了什么代价呢？我们过着什么样的日子呢，赫拉克勒斯？从前的日子更美好。至少，我们都是这么认为的……我们的父辈也是这么想的。”

“他们错了，”赫拉克勒斯说，“从前的生活并没有更美好，现在的生活也没有更糟糕。只是发生了一场战争而已。”

仿佛急着回答问题似的，岿然不动的伊蒂丝脱口而出：“从前你爱我。”

赫拉克勒斯觉得自己好像灵魂出窍，看着他自己坐在长椅上，非常镇定，平稳地呼吸着，脸上不动声色。但他能够感觉到他的身体的反应：例如，他的手就突然冒出了冷汗。

“而且我也爱你。”她继续说。

她为什么突然改变话题呢？赫拉克勒斯百思不得其解。难道是因为她不能像男人那样理性地、和谐地进行交谈吗？她为什么突然提出如此亲密的问题呢？他在长椅上不安地变换了姿势。

“请原谅我，赫拉克勒斯。我刚才说的，你就当是一个寂寞女人的胡话吧。但我想知道的是，你有没有想过，我们的生活本来可以不是这样的？不，其实我不是这个意思。我知道你不会这么想的。但你从来没有感觉到我们之间的爱吗？”

又是一个荒唐的问题！赫拉克勒斯觉得自己再也无法跟女人谈话了。连他最近的顾客，狄亚哥拉斯，他也能相当理性地和他沟通，尽管他们的脾气显然并不兼容。但和女人交谈？她这个问题有什么意义呢？难道女人真的能够记住她们曾经有过的所有情感吗？就算她们确实能够，那又怎样呢？感觉、情感就像明艳亮丽的鸟儿：它们飞来又飞走，如梦境般变动不定。赫拉克勒斯明白这个道理，但伊蒂丝显然不懂。赫拉克勒斯该怎么向她解释呢？

“伊蒂丝，”他清了清喉咙说，“年轻的时候，我们有过某种感情，但现在我们的感觉已经完全不同了。谁敢言之凿凿地说未来的事情会怎样呢？我奉父母之命和荷歌斯戈拉结婚，虽然她没有替我生下孩子，但我和她过得很快乐，她去世的时候，我很伤心。至于梅拉格鲁斯，他选择了你……”

“我父母想把我许配给他，在你娶了荷歌斯戈拉之后，我就答应了，”伊蒂丝插口说，“我和他也过得很快乐，他去世的时候，我也很伤心。而如今……我们面对面，有点快乐，却不敢提起我们丢掉的东西、错失的机会，不敢提起从前是怎样压抑我们的本能，我们的希望受到怎样的侮辱……所谓的理性……全都是杜撰出来的。”她停下了，眨眨眼睛，仿佛刚睡醒似的。“但我再次请你原谅我的胡言乱语。这家里最后一个男人已经走了……没有了男人，我们女人算什么呢？你是葬礼宴会之后第一个到我们家来的客人。”

原来她是因为伤心才说这些话的，赫拉克勒斯怜悯地想。他以关切的口气问："伊丽亚还好吧？”

“她稍微好点了。但只要想到人世间再也没有她的手足，她就会悲痛欲绝。”

“克拉索比安区的达米努斯呢？”

“他是个生意人。他现在巴不得我早点死，好娶伊丽亚过门。法律允许他这么做。我女儿的兄长去世了，按照法律，她就成了继承人，她必须嫁人，否则我们的财产就会充公。作为她的叔叔，达米努斯有权利娶她为妻。但他向来对我不甚尊重，梅拉格鲁斯去世后就更不用说了。所以他像盘旋的秃鹫，等待我快点死掉。我不在乎。”她揉了揉手臂，“至少我能确定这座房子将会作为遗产归伊丽亚所有。反正我也没别的选择：你能想象得到的，我们家名声这么差，没有人会来向我女儿求婚。”

经过短暂的沉默之后，赫拉克勒斯说："伊蒂丝，有人请我展开一次小小的调查。”伊蒂丝看着他。他的语速很快，听上去很严肃。“我不能告诉你我的顾客的名字，但我可以向你保证，他是个好人。这次调查和特拉马舒斯有关……我想我应该接受……实话跟你说吧，我已经接受了。”

伊蒂丝板起了脸。“这么说，你是以解谜人的身份来见我的了?”

“不。我来是为了让你知道。如果你希望我走，我将不会再打扰你。”

“能有什么迷雾笼罩着我儿子呢?他的生活对我来说没有秘密。”

赫拉克勒斯深深吸了一口气。“你不用担心，我的调查尽管是围绕着特拉马舒斯展开的，但并不以他为中心。你要是肯回答几个问题的话，那将会对我的工作有很大的帮助。”

“你问吧。”伊蒂丝犹豫地说。

“在生前最后几个月，你儿子显得心绪不宁吗?”

她皱起眉头，若有所思。“没有啊……他和往常一样，并没有显得特别焦虑。”

“你和他在一起的时间多吗?”

“不多，虽然我很想多陪陪他。我不想管他太多。他对这些事情非常敏感——人们说女人当家的家庭会出现这样的情况。他不能容忍我们干预他的生活。他想要远走高飞。”她暂停了一会儿，“他渴望早日成人，离开家门。天后赫拉在上，我从来不责备他。”

赫拉克勒斯点点头，短暂地闭上了眼睛，仿佛想表明他完全能理解伊蒂丝的感觉。然后他说：“我知道他进了学园。”

“是的。我希望他去那儿学习；那是为他好，也是为了纪念他的父亲。你知道的，柏拉图和梅拉格鲁斯是相当要好的朋友。根据他的导师的评价，特拉马舒斯是个好学生。”

“他空闲时都做些什么呢？”

短暂的沉默之后，伊蒂丝说：“我想说我不知道，但作为他的母亲，我想我是知道的，不管他喜欢做什么，赫拉克勒斯，他的所作所为和其他同龄的孩子不会有太大的差别。虽然从法律上来讲他尚未成年，但他的身体已经成熟了。他过着他的生活，其他男人不也这样吗？他不会让我们这些女流之辈过问他的事情。他会说：‘你已经是全雅典最省心的母亲了，你就知足吧……’”她苍白的嘴唇显示出微笑的痕迹。“但我要重复的是，他没有秘密。我非常相信他在学园里接受了良好的教育，所以我不会为他的疏远而烦恼：我让他自由地飞翔。”

“他非常虔诚吧？”

伊蒂丝微笑了，换了个姿势。“哦，是的，圣秘教。现在去厄琉息斯是我生活中唯一有意义的事情了。你想象不到它给了我多大的力量，我是个可怜的寡妇，需要有信仰，赫拉克勒斯……”他的脸依然没有表情。“但我还没有回答你的问题。是的，他非常虔诚……对于他来说算是。他陪我们去厄琉息斯，你可以把这当成虔诚的表现。但他相信他自己的力量多过相信他的宗教。”

“你认识安提苏斯和尤尼奥斯吗？”

“当然。他们是他最好的朋友，他在学园的同学，也都是贵族家庭的公子哥儿。他们有时也会去厄琉息斯。我非常欣赏他们，他们是高贵的年轻人。”

“伊蒂丝，特拉马舒斯有独自去打猎的习惯吗？”

“偶尔会这样吧。他喜欢证明自己有应付生活的能力，”她微笑着，“而且他确实有。”

“请原谅我的问题杂乱无章，但正如我说过的，这次调查的重点不在特拉马舒斯。你认识米纳伊苏穆斯吗？就是那个雕塑家诗人。”

伊蒂丝收窄了她的眼睛。她变得很紧张，像展翅欲飞的鸟儿。“米纳伊苏穆斯？”她说，轻轻地咬着嘴唇。停顿了片刻之后，她接着说：“让我想想……对，我想起来了。在梅拉格鲁斯生前，他经常来我们家做客。他是个奇怪的男人，不过我丈夫有许多奇怪的朋友。我没有包括你。”

赫拉克勒斯报以微微一笑，然后问：“后来你再也没有见过他吗？”

伊蒂丝说没见过。

“那你知道他和特拉马舒斯有什么关系吗？”

"我认为他们之间没有关系。我敢肯定特拉马舒斯不曾提起过他。"伊蒂丝焦急地皱起眉头，"赫拉克勒斯，到底怎么回事？你的问题这么……就算不能跟我说你要调查什么，你至少应该告诉我，我儿子的死是否……我是说，特拉马舒斯真的遭到饿狼的袭击吗？这是别人对我们说的。事情真的是这样的吗？"

依旧不动声色的赫拉克勒斯说："是的。他的死和我的调查无关。但我不会再打扰你啦。谢谢你的帮助。但愿诸神保佑你。"

他匆匆告辞。他内心感到有点不安，因为他刚刚欺骗了一个善良的女人。㉝

所有人都说那天发生了史无前例的事情：由于祭司玩忽职守，成百上千只祭祀用的白蝴蝶从胜利之神雅典娜庙里的大瓮中飞走了。当天早晨，沐浴着雅典冬日寒冷而明亮的阳光，它们扑动着脆弱而耀眼的翅膀，侵略了雅典城。有人看到它们飞进了圣洁的送子神庙，附着在雪白的送子女神石像之上。有人看见一些细小的白色花朵围绕着雅典娜的青铜像飘舞，它们的花瓣纷纷摇动，然而却从不坠落。蝴蝶的数量飞速地增加。它们对支撑着埃里克索尼乌斯神庙屋顶的那些少女石像进行了攻击，它们没有遭到还击的危险，石像也不需要外界的援助。它们栖息在献给守护神雅典娜的神圣橄榄树之

㉝ 我的内心也感到有点不安：昨天我告诉海伦娜，现实生活的事情和书中的情节十分相似，这扰乱了我的心情。"你的想象力真丰富，"她抱怨说，"蒙塔洛的死和两千年前的小说中的人物之死哪里会有什么关系呢？你简直疯掉啦！蒙塔洛的死是真实的，是意外。你正在翻译这本书中人物的遭遇是虚构的。说不定它也跟藏秘法有关，是一个秘密的标志或是什么东西。"和以往一样，海伦娜又说对了。她这无坚不摧的常识，恐怕连赫拉克勒斯最无懈可击的论辩也抵挡不住。顺便提一句，赫拉克勒斯虽然是虚构的，但他正在快速地变成我最喜欢的人物；在这片混乱之中，唯有他的声

上。它们反射出璀璨的光芒，沿着卫城的山坡向下冲。这些蝴蝶汇聚成浩荡的大军，对日常生活构成了一种细微的、轻若鸿毛的骚扰。没有人会对它们怎么样，因为它们简直什么都不是：无非就是跳跃的光线，仿佛早晨眨动着她那精致的睫毛，将她那些耀眼的脂粉撒落到雅典城。城里的居民惊奇地仰望着，它们畅通无阻地穿越虚无的苍穹，飞向战神阿瑞斯的庙宇、太阳神宙斯的圣殿、圆顶陵墓、立法会大楼、忒修斯祠堂和英雄纪念碑，这些透明的蝴蝶就这样令人炫目地、飘忽地、自由地飞行着。在像飞奔中的小女孩般撞上了这些公共建筑雕满花纹图像的墙壁之后，它们占领了各处林园中的树木，如同成群结队的雪花弯弯曲曲地飞掠过草地和泉流中的岩石。狗儿有气无力地朝它们呼喊，就像有时候朝鬼魂或者旋转的尘雾吠叫那样；猫儿往石块上跳，避开它们蜿蜒的前进线路；骡子和牛抬起沉重的脑袋，注视着它们，但由于缺乏梦想的能力，这些畜生并没有因为它们的轻盈而感到悲伤。

最后，这些蝴蝶纷纷飘落在人们身上，相继地死去。[34]

中午时分，庞铎区的赫拉克勒斯走进他家的花园，他发现地上覆盖着一层薄薄的蝴蝶尸体。那些把巢安在

音是清晰的。我该说些什么呢，吃惊的读者？了解更多关于蒙塔洛的情况和他的独居生活突然间变得极其重要，所以我写信给阿里斯提德斯，他是学者，也是蒙塔洛的好友。他很快就回信了，信里说欢迎我去找他。我有时候会想，我是不是应该模仿庞铎区的赫拉克勒斯，也亲自来一次调查。

[34] 白蝴蝶的入侵，这简直是无稽之谈——没有任何史料表明白蝴蝶曾被用于祭祀胜利之神雅典娜。肯定和藏秘法有关："飞"和"翅膀"的观念——从本章开头就出现——在叙事中出现。在我看来，"翅

屋檐或者高耸的松树上的飞鸟已经开始大快朵颐：其中有戴胜鸟、布谷鸟、金冠鸟、白嘴鸦、斑鸠、乌鸦、夜莺、金翅雀，它们低头对着这道大餐，像画家用笔去蘸颜料似的忙个不停，把绿色还给草坪。这个景象很怪异，但赫拉克勒斯并不认为它是好兆头或者坏兆头，因为他并不认为有什么东西能够预示未来。

就在他走在花园的小径上时，突然从右边传来翅膀扑动的声音，这引起了他的注意。有个皮肤黝黑的驼背人从树木后面走出来，惊起了许多飞鸟。

“看来你现在有躲起来吓人们一跳的习惯了嘛。”赫拉克勒斯笑着说。

“我当着宙斯发出的闪电发誓，我没有，赫拉克勒斯，”尤马舒斯苍老的声音沙哑地说，“你花钱请我隐藏好行踪，不露痕迹地跟踪别人，对吧？喏，现在我精通此道啦。”

由于受到人声的惊吓，那些鸟儿展翅高飞，放弃了它们的盛宴。它们细小而敏捷的身体在空中高高升起，然后笔直地朝地面掉落；这两个人眨了眨眼，正午的太阳处在最高点，强烈的光线让他们感到目眩。(35)

“你那个戴着可怕面具的奴隶打手势表示你出去了，”尤马舒斯说，“所以我耐心地等候你的归来。我来呢，是为了告诉你，我的工作取得了成果。”

膀”这个形象指的是斯廷法罗斯湖食人鸟这件功劳，赫拉克利斯必须驱赶无数肆虐斯廷法罗斯湖的食人鸟，他用敲铜钹的方法达到了目的。读者啊，不知道你是否注意到了，作者很聪明地隐藏了“百合花少女”的形象。如果你也发现了，请你告诉我，又或者这只是我的想象？文中出现了“细小而白色花朵”和“少女”，埃里克索尼乌斯神庙的女像柱，还有关键的词汇“援助”，“不需要外界的援助”，和“危险”，“没有遭到还击的危险”。它们和这个形象有密切的关系。

“你照我说的做了吗？”

“完全照做啦。昨晚我变成我的学生的影子。我不知疲倦地跟踪他，谨慎地和他隔开一段距离，就像雌鹰护送初次飞翔的雏鹰。我的双眼死死地盯着他的后背，看着他穿过人群拥挤的街道。傍晚时分，他在宙斯圣殿和他的朋友尤尼奥斯见面，然后向城市的另一边进发。我可以肯定的是，他们不是在散步：他们飘忽的脚步有着明确的终点。但是，赫拉克勒斯，就算克罗尼乌斯神父让我遭遇普罗米修斯的命运，将我绑在岩石上，让一只鸟每天用它的黑嘴来啄食我的肝脏，我也想象不到他们竟然会去那个地方！别摆出这样的脸色，我知道我的故事让你越来越不耐烦。别担心，我马上就说到关键了。最终我发现他们去的是哪里！我会告诉你的，你肯定会和我一样吃惊！”

(35) 这些飞鸟和蝴蝶相同，也跟藏秘法有关，所以它们现在变成了太阳的光芒。读者应该知道的是，这段文字描写的不是什么神奇或者魔幻的场面，它就像诗歌中的换韵，无非是一种文学技巧罢了。

太阳的光芒懒洋洋地啄着青草，然后栖息在树枝上，发出几声啼啭。第二只夜莺停歇在它旁边。(36)

(36) 从鸟到光的变化在这儿调转过来了。初次遇到藏秘文的读者可能会觉得这些句子很费解，但我再强调一次，这并不是什么奇迹，仅是一个语言问题而已。

尤马舒斯终于讲完了他的故事。“了不起的解谜人啊，请你为我解释，这一切到底意味着什么。”他说。

赫拉克勒斯略微沉吟，然后说：“喏，我还需要你的帮助，尤马舒斯老兄。请你在夜里跟踪安提苏斯，每两三天向我汇报一次。但首先请你飞快地赶到我朋友家里，跟他说……”

“赫拉克勒斯，我要谢谢你同意到外面来吃饭，”克兰托说，“你知道吗，我再也无法忍受雅典建筑物阴暗的内部空间了。尼罗河以南村庄的居民肯定不相信我们这些文明的雅典人居然蜗居在土砖垒成的墙壁之内。他们认为只有死人才需要墙壁。”他从碗里拿起又一片水果，将他的匕首锐利的嘴部插进了桌子。片刻之后，他又说：“你好像不想讲话嘛。”

解谜人仿佛刚从睡梦中醒来。花园里安宁祥和，有只小鸟嘤嘤地鸣叫。角落处传来刺耳的碰撞声，原来是刻耳柏洛斯正在舔食盘里剩下的食物。

他们在走廊里用晚餐。庞丝卡遵从克兰托的意愿，并在这位客人的协助之下，将饭桌和两把椅子从餐厅搬到外面。空气变得越来越冷，因为太阳神喷火的战车已经完成了它的旅程，它那弯曲的金色车辙在松树之上的天空中完整地伸展着，但人们还是能够坐在屋外欣赏落日的景色。尽管他的朋友口若悬河，滔滔不绝，甚至允许他一言不发地听着这些奥德赛式的趣闻逸事，赫拉克勒斯还是后悔邀请克兰托来吃饭：他正在痛苦地思考那个眼看就要被破解的谜团。而且他还必须时不时观察太阳弯曲的轨迹，因为他夜里还有约会，不能迟到。但雅典人向来热情好客，所以他说：“克兰托，我的朋友，请原谅我招待不周。刚才我的思维飞到别的地方去了。”

“哦，我不想打扰你的，赫拉克勒斯。我想你正在思考的事情和你的工作有关吧。”

“是啊。但我为怠慢你而感到惭愧。所以现在请让我把思维栖息在树枝上，然后和你进行交谈。”

克兰托用手背擦了擦鼻子，吃掉手里的水果。“一切顺利吧？我指的是你的工作。”

“还算可以吧。我得到的待遇比我在科林斯和阿戈斯的同行好一些。他们无所事事，只能替少数富裕的客户破解未来女神德尔斐的神谕中包含的谜团。我在这里忙碌得多：有人请我解开埃及文本中的谜语，确定丢失物品的下落，还有人请我辨认窃贼。有段日子，就在你离开之后不久，战争快结束的时候，我连吃饱饭的钱都赚不到……别笑，是真的。所以我也开始替人解决德尔斐的谜语。但现在是和平时期，我们雅典人没有什么事情可做，只好来解谜啦，就算在没有谜语的时候也这样。我们聚集在中央广场，莱西厄姆学院的花园，狄俄尼索斯戏院，或者甚至就在街道上，无休无止地彼此提问……如果没有人知道答案，那么人们就会请解谜人帮忙。”

克兰托又笑了。“赫拉克勒斯，你也选择了你想要的生活。”

“我不知道，克兰托，我不知道。”他揉了揉斗篷下赤裸的臂膀。“我想是这种生活方式选择了我。”

庞丝卡带来了另一罐醇厚的葡萄酒。她的沉默似乎感染到他们了。赫拉克勒斯注意到他的朋友（克兰托还是他的朋友吗？难道他们现在不是两个怀念往日友谊的陌生人吗？）正在观察着这个奴隶。最后的纯洁阳光栖息在那没有五官的面具微微弯曲的线条之上；她那不停地运动着的手臂雪白而修长，从尖尖的下摆长及地面的黑色斗篷的对称开口中伸了出来。庞丝卡轻轻将酒罐放到桌子上，鞠了个躬，然后离开了。刻耳柏洛斯在角落里愤怒地叫喊着。

“我不能……我不会……”克兰托突然喃喃自语地说。

“不会什么？”

“戴面具来掩饰我的丑陋。我觉得要不是遭你强迫，你的奴隶也不会愿意这么做。”

“她脸上错综复杂的伤痕让我分心。”赫拉克勒斯说。他耸耸肩，接着说：“她毕竟是我的奴隶。有的人还让女奴隶脱光了衣服干活呢。我可是让她把全身裹得严严实实的。”

“她的身体也让你分心吗？”克兰托微笑着说，用他那只烧伤的手捻着胡子。

“没有啦。我只需要她给我效率和沉默：有了这两样东西，我才能安静地思考。”

有只看不见的小鸟发出了三声锐利的鸣叫。克兰托扭头朝房子看去。“你见过她的裸体吗？”他问。

赫拉克勒斯点了点头。“当时在帕勒隆市场，我问卖家她卖多少钱，那人剥光了她的衣服——他认为她的容貌虽然被毁了，但身体还是很漂亮的，期待我会付更多的钱。但我对那人说：‘让她把衣服穿上。我只需要知道她是否会做饭，能否单独完成中等规模的家庭所需的家务就可以了。’卖家向我保证她非常能干，但我希望她亲口告诉我。当我发现她没有回答时，我才知道那人本来想隐瞒她不能讲话的事实。他很尴尬，赶紧解释说她是个哑巴，跟我说起她被吕底亚的强盗虐待的事情。那人还说：‘但她能够用一套简单的手势表达自己的想法。’所以我买了她。”

赫拉克勒斯停了下来，啜饮着他的葡萄酒，然后继续说：“告诉你吧，这是我做过的最划算的生意。但她也得了不少好处：我已经安排好了，等我死了，她就可以恢复自由身，而且实际上我已经给了她相当大的自由。有时候，她甚至会求我允许她去厄琉息斯，因为她信奉圣秘教，我总是很高兴地答应她。”

最后，赫拉克勒斯微笑着说：“我们双方都很快乐。”

“你怎么知道？”克兰托说，“你问过她吗？”

赫拉克勒斯的眼光越过酒杯的曲线，望着克兰托。“我不需要问她，”他说，“我推断出她很快乐。”

空气中弥漫着刺耳的音符。克兰托双眉紧蹙，沉默了片刻，然后说：“你总是推断，赫拉克勒斯……”他用那只烧伤的手摸了摸胡子。“你总是不停地推断……事物戴着面具出现在你面前，它们不会开口说话，而你根据它们来进行推断。”他摇摇头，用奇怪的眼神看着他的朋友，仿佛充满了敬仰。“你简直不像是雅典人，赫拉克勒斯。至少那些柏拉图主义者，比如上次遇到的你那个顾客，他们相信的是他们无法看到的绝对而不变的真理……但你呢？你相信什么？你以什么来进行推断？”

“我只相信我能看到的东西，”赫拉克勒斯平静地说，“推断也是一种看事物的方式。”

“如果世界充满了你这样的人，”克兰托笑着说，然后停了下来，仿佛正在想象这样的世界，“那将会是一个悲哀的世界。”

“那将会是一个安静而高效的世界，”赫拉克勒斯反驳说，“喏，一个柏拉图主义者的世界才是悲哀的：他们走在街道上的时候将会双眼紧闭，满脑子想着肉眼看不见的东西，以为他们自己正在飞翔。”

他们哈哈大笑起来。克兰托先止住笑声，用奇怪的语气说：“所以最好的办法是让世界上的人都像我。”

赫拉克勒斯忍俊不禁地扬起了眉毛。“像你？那人们可能会突然很冲动地烧伤他们的手或脚，或者用他们的头去撞墙。每个人都将会带着残疾的身体四处流浪。而且谁说得准呢，他们可能还会相互残害。”

“那肯定会的，”克兰托说，“实际上，世界上每个角落每一天都有人在相互残害。例如，今天晚上，我们就用尖利的牙齿残害了你用来做菜的这条鱼。柏拉图主义者相信他们看不见的东西，你相信你能看见的东西。但在你们吃东西的时候，你们全都残害了牲畜和鱼。还有无花果。”

赫拉克勒斯不顾他的嘲弄，吃下了刚才放到嘴边的无花果。克兰托继续说：“你们思考，推理，相信，拥有信仰……但是‘真’呢……‘真’在哪里呢？”他响亮地笑着，胸膛不停地摇晃。几只鸟像尖尖的叶子般从高处的树枝飞走。

沉默了一阵之后，克兰托用他那双黑色的眼睛看着赫拉克勒斯。“我发现你一直在看我手上的伤疤，”他说，“它们也让你分心了吗？赫拉克勒斯啊，这让我为自己那天下午在埃维厄岛上所做的事情感到非常高兴！当时我们讨论的也是这个问题，你还记得吗？我们，只有你和我，坐在我的木屋里的火堆旁边。我说：‘要是我有烧伤我的右手的冲动，并且确实这么做了，那我就能向你证明有些事情是不能用理性加以推断的。’你回答说：‘不，克兰托，因为我很容易推断出来，你这么做，目的是为了证明事物是不能被理性推断的。’所以我伸出手臂，把右手放到火焰上。”

他做出了相同的姿势，把右手放到餐桌上，然后继续说：“你大吃一惊，跳了起来，大声说：‘宙斯在上，克兰托，你到底在干什么！’而我依然把手放在火焰上，回答说：‘你为什么如此吃惊呢，赫拉克勒斯？是因为我毫无理由地焚烧自己的手吗？又或者是因为，尽管你的头脑设计了很多解释来猜测我的动机，而实际情况是，庞铎区的赫拉克勒斯，我正在焚烧我的手？’”他又哈哈大笑。“当你看到现实正在烧掉它的手，推理有什么用呢？”

赫拉克勒斯低头看着酒杯。“实际上，克兰托，有个谜团击败了我的推理能力，”他说，“那就是我们怎么可能成为朋友呢？”

他们再次笑了起来，不过这次没那么放得开。就在此时，有只小鸟降落在餐桌的边沿，扑动着它那小巧的、暗褐色的翅膀。克兰托默默地盯着它。㊲“比如说吧，你看这只鸟，”他说，“它为什么要降落在餐桌上呢？它为什么在这里和我们一起呢？”

“它肯定有理由的。也许我们应该问它。”

“我说真的。根据你的观点，你可能会认为这只小

㊲ 正如读者肯定已经意识到的，这只鸟的出现绝不是偶然的。恰恰相反，它和蝴蝶以及用藏秘法描写的花园里的飞鸟相同，都是为了把注意力引向本章中隐藏着的斯汀法罗斯湖食人鸟形象。而明显重复出现的词汇“尖”、“弯曲”和“锐利”让人想起它们的嘴部，也起到了同样的作用。

鸟实际上对我们的生活而言非常重要。”

“你的意思是？”

“也许……”克兰托神秘兮兮地说，“也许这个世界是一本伟大的书，而它是解释我们的存在的关键。”

赫拉克勒斯露出笑容，不过他并不觉得好笑。“这就是你现在相信的咯？”

“不。我是以你的观点来看的。但是，你知道吗，总是寻找解释的人会有杜撰解释的危险。”

“没有人会杜撰如此荒谬的东西，克兰托。怎么会有人相信这只鸟的存在是……你刚才怎么说来着？是解释一切的关键？”㊳

㊳我们这个狡猾的作者又和他的读者玩起游戏来了！对真相——也就是他们只是一本隐藏着关键线索的书中的角色——毫无所知的书中人物竟然拿这只跟藏秘法有关的鸟儿来开玩笑。

克兰托并没有回答。他慢慢地，施展催眠术似的伸出他的手，一边张开五指，一边靠近小鸟。他电光火石般一下子用留着锐利而弯曲的指甲的手指将小鸟抓住。“有人确实相信，”他说，“让我来跟你讲个故事。”

他抬手将鸟头放到面前，用怪异的眼神看着它（很难分辨那是温柔还是好奇）。“不久之前，我遇到了某个平庸的人，他的父亲是个和他一样平庸的作家。这人本想接过他父亲的衣钵，也成为作家；但女神缪斯并没有赋予他文学天分。所以他学了几门语言，着手做起翻译，因为这个职业和他父亲所从事的最为接近。某天，这人接到了一份古代的草纸，有人让他对其进行翻译。他迫不及待地开始了，夜以继日地工作。那是用散文体写就的作品，故事平平无奇，但也许是因为他自己没能力创作，这人倾向于认为作品中包含着秘密的关键线索。所以他开始庸人自扰了。秘密隐藏在哪里呢？在书中人物的对白中吗？在描述性的段落中吗？在词语深处？或者在各种形象当中？到了最后，他认为他终于发现了。'我找到了！'他这样告诉自己。但随后他又想：这个关键线索会不会连着另一个？另一个又会不会连着另一个？就像无数只抓也抓不过来的飞鸟。"克兰托的双眼突然呆滞了，盯着赫拉克勒斯背后某个地方。它们正在看着你。[39]

"他后来怎么样了？"

"他疯掉了。"在乱蓬蓬的粗硬胡子之下，克兰托的嘴唇形成弯曲得很厉害的微笑。"很可怕的。自以为发现了最终的关键线索之后不久，另有一个截然不同的落到他手里，接着是又一个，又一个……到了最后，他彻底疯了，不再翻译这本书，从他家里逃走。他像盲目的飞鸟似的在森林里游荡了好几天。结果他被野兽吞噬啦。"[40]

克兰托看着手中那只慌乱的小动物，再次露出了微笑。"我会如此忠告那些如饥似渴地寻找秘密的关键线索的人：当心点，否则你可能注意不到你正在盲目地飞翔，因为你对自己的羽翼太过自信……"慢慢地、近乎

[39] 我突然觉得有点目眩神迷，不得不暂停翻译。其实没什么，无非是一次愚蠢的巧合——恰好家父生前是作家。我无法形容我在翻译克兰托的话时心里的感受：这些文字是几千年前一位不知姓名的作者写在古老的草纸上的，但我刹那间觉得他正在谈论的是我！当我翻译到"它们正在看着你"——又是突然跳到第二人称，上一章也有这种情况——这个句子时，我吓得一跳而起，仿佛这些纸张可能会烧伤我似的，而且不得不暂时中断翻译。然后我重读了这些文字，重读了好几次，直到我这荒唐的惊恐逐渐平息。现在我能够继续了。

[40] 就像蒙塔洛那样？

温柔地，他用大拇指锐利的指甲插进从他的指缝间探出来的小小鸟头。

小鸟的惨呼微弱而凄恻，宛如在暗处遭到折磨的小孩的尖叫。

赫拉克勒斯平静地喝着他的葡萄酒。

然后，克兰托将小鸟丢在餐桌上，就像下石棋的人将棋子扔到棋盘上。“这就是我的警告。”他说。

小鸟还活着，但它疯狂地颤抖着，翻转着。它跌跌撞撞地迈了两小步，鸟头摇摇晃晃，洒落鲜红的血块。

赫拉克勒斯贪婪地拿起又一颗无花果。

克兰托看着小鸟摇晃着鲜血淋漓的脑袋，眼睛半开半合，可能是在想着什么琐碎的事情。

“晚霞真美。”赫拉克勒斯说，他感到有点无聊，扫视着西边的地平线。克兰托表示同意。

那只鸟突然飞了起来，但重重地摔落在旁边一棵树的枝干上，仿佛是被扔出去的。它留下了一个猩红的印记，并发出一声惨叫。它再度起飞，不停地碰撞着下面的枝丫。它掉落在地上，但又站起来，只不过再次摔倒，鲜血源源不断地从它空空如也的眼眶流下来。经过几次徒劳的挣扎之后，它在草坪上打了几个滚，然后纹丝不动地躺着，等待着，希望死亡早点来临。

赫拉克勒斯打了个哈欠说：“天气真的不是太冷。”[41]

[41] 赫拉克勒斯似乎没有注意到克兰托挖掉了小鸟的眼睛。所以人们必须得出这样的结论：这残酷的折磨发生在藏秘法的层面上，像前一章中“猛兽”的表演和第二章结尾那些盘起的毒蛇。然而，一个小说中的人物做出这样的行为，一个完全文学意义上的行为，那还是第一次。这让我感到大惑不解。按道理说，文学作品中的行动是由作者展开的，而书中人物的行为必须自始至终尽可能地贴近现实生活。但这个创造了克兰托的无名作家好像根本并不在意他笔下的人物是否具备现实主义色彩。

(42) 为什么要将藏秘式的惩罚加诸……鸟身上呢？别忘了，这只……鸟的存在也是藏秘式的呀。作者想告诉我们什么呢？克兰托说这是“警告”，但谁警告谁呢？克兰托是情节的组成部分，这是毋庸置疑的，但如果他仅仅是作者的代言人，那么这警告竟会恐怖地转变成诅咒：“翻译家或读者，当心点，别揭示这些纸张中包含的秘密……否则你们将会遭遇某种悲惨的命运。”也许蒙塔洛发现了秘密是什么，然后……太荒唐了！这本书是几千年前写下的。诅咒怎能经过这么多年还有效呢？我脑袋里充满了（和藏秘法相关的）飞鸟。答案肯定是非常简单的：克兰托无非是个角色而已，他只是被

克兰托突然从椅子上站起来，仿佛谈话已经结束。但他接着说：“那些答错斯芬克斯的问题的人会被她吃掉。但是赫拉克勒斯，你知道什么下场才是最糟糕的吗？斯芬克斯有翅膀，有一天她飞走了。自那之后，我们人类的下场比遭吞噬糟糕得多：永远不知道我们的答案是否正确。”他用他的一只大手抚着胡子，然后笑了起来。“谢谢你的晚餐和招待，庞铎区的赫拉克勒斯。在我离开雅典之前，我们应该还有机会再见面的。”

“我相信会有的。”赫拉克勒斯说。

克兰托和他的狗从花园走了出去。(42)

傍晚，狄亚哥拉斯来到约定的地点，但正如他早就料到的，赫拉克勒斯还没到。然而他还是充满了感激，因为解谜人选的地方不像上次那么熙熙攘攘。这次碰头的地点是一个荒芜的角落，在外地商人的居住区之外，正对着几条通往科莱陀思区和梅里塔区的街巷。而且这里也处在发出阵阵喧闹声的人群所能看到的范围之外；虽然喧闹声主要来自中央广场，但狄亚哥拉斯还是觉得实在太吵了。寒风吹起飘忽的、浓密的夜雾。街道上黑暗的平静被醉汉虚浮的脚步打破。来来去去的还有巡检官下属的仆役，他们总是两两并行或者三五成群，手里拿着火把和棍棒，以及结束守护某些宗教仪式的任务之

后回营的小队士卒。狄亚哥拉斯不看任何人，也没有人看他。然而有个人朝他走过来。那人很矮，身上褴褛的斗篷把头也盖住了。从褶皱的斗篷之下，他伸出一条长长的、瘦骨嶙峋的手臂，五指张开，看上去活像野鹤的腿。

刻画得很失败。克兰托是败笔。他甚至可能跟本书的主题毫无关系。

“战神阿瑞斯在上，”他可怜地说，“我在雅典军队服役了二十年，从西西里战役中死里逃生，失去了我的左手。但是我的家乡雅典是怎样对待我的呢？把我扔到街头，让我像狗似的在垃圾堆中寻找残羹冷炙。但愿你比我们的统治者更有怜悯之心，好心的市民！”

狄亚哥拉斯肃然起敬，伸手到斗篷里掏出几枚银币。

“祝你像诸神的儿子那样长生不老！”乞丐感激地说，然后走开了。

就在此时，狄亚哥拉斯听见了自己的名字。月光照耀出解谜人站在一条街巷末端的肥胖身形。“过来。”赫拉克勒斯说。

他们静默地向梅里塔区走去。

“我们要去哪里？”狄亚哥拉斯问。

“我想让你看点东西。”

“你的调查有什么进展吗？”

“我想已经水落石出了。”

虽然赫拉克勒斯和过去一样言简意赅，狄亚哥拉斯还是听得出来他的口气很紧张，并且很想知道内中的原因。也许他有坏消息，狄亚哥拉斯心里想。“你只要告诉我安提苏斯和尤尼奥斯是否受到牵连就好了。”

“耐心点。过不了多久你就能自己判断了。”

他们走过一条黑暗的街道，两旁是铁匠铺，夜里不营业。他们经过了庇底亚浴场和那座小小的火神庙。他们拐进一条小巷，这条小巷特别窄，所以有个用扁担挑着两只水桶的奴隶只好在巷口停下来，让他们先走。他们穿过那个纪念英雄米拉姆普斯的小广场。月亮指引他们走下一条两旁都是马厩的坡道，通过伸手不见五指的皮革街。总是不习惯这样默默地走路的狄亚哥拉斯说：“宙斯在上，我希望我们不是去追逐另一个妓女。”

“不是的。我们快到了。”

他们停下脚步，街道两旁是残破的房子；它们的墙壁上的破洞像是凝望着黑夜的空洞眼睛。赫拉克勒斯指着其中一座房子。

“你看到门口那些拿着火把的人了吗？”他说，“我们要去的就是那里。现在你照我说的做。一会儿他们问你要干什么，你就说：‘我是来看表演的。’然后给他们几枚银币。他们会让你进去的。我也会依样画葫芦。”

“这到底是什么意思？”

“我说过了，等下你就知道了。走吧。”

赫拉克勒斯先走到门口。狄亚哥拉斯重复了他的话和动作。他们走进这座倾颓房子的阴暗走廊，看到几级石台阶通往地下。有几个人消失在它们之下。狄亚哥拉斯脚步不稳地跟随着解谜人，下降到黑暗之中。起初除了同伴壮实的后背，他什么也注意不到，他把全副精神都用来应付陡峭的台阶了。然后他听到歌声和朗诵声。地下的黑暗和地面不同，仿佛是由不同的艺术家创造出来的，要有不同的眼睛才能适应它。狄亚哥拉斯的眼睛还没适应，只能辨认出几个模糊的人影。他闻到一股混杂着人体气息的浓烈酒味。地下室有几层由高到低的木凳，他们找了一排坐下。

“看。”赫拉克勒斯说。

地下室的末端有个小型的舞台，戴面具的合唱团正围着舞台上的祭坛朗诵诗句。合唱团的成员举起他们的双手，掌心向上。透过面具上的小孔，人们能够看见他们的眼睛；虽然光线不太明亮，但是它们显得很警惕。由于挂在角落的火把发出的光芒太过耀眼，狄亚哥拉斯看不太清楚舞台上的其他布景，但他眯上了眼睛，勉强看到又有一个戴面具的人坐在摆满书卷的桌子旁边。“这是什么？”他问。

“戏剧表演。”赫拉克勒斯说。

“我知道。我的意思是……”

解谜人做了个要他安静的手势。这时合唱已经到了第二阶段，合唱团排着队面向观众。狄亚哥拉斯开始觉得有点压抑，但主要是因为周围令人窒息的气氛：那就是观众显露无遗的狂热。他们人数很少——有许多位子是空着的——但行动十分整齐：脖子伸得老长，依着合唱的节拍左右摇晃，拿起小酒囊畅饮。有个就坐在狄亚哥拉斯身边，他眼睛鼓起，不停地喘息着。这就是狂热。

狄亚哥拉斯记得第一次见识到这种狂热，是在诗人埃斯库罗斯和索福克勒斯的表演上：那些观众几乎像是在参加宗教仪式，全都不言不语，沉默得如同文字世界中的居民，而且还有点……有点什么呢？……快乐？害怕？沉醉？他难以理解。他常常觉得这种仪式古老得超乎人们的理解。它不完全是戏剧，而是某种比戏剧更古老的、混乱的东西。这种表演既缺乏能让有文化的观众转化成美丽形象的优美词句，也几乎总是非理性的：为人母者与她们的儿子交媾，为人子者杀死他们的父亲，为人妻者用血淋淋的、无法解开的罗网陷害她们的丈夫；永无休止的冤冤相报，有罪的、无辜的都惨遭谋害，尸体无人收埋；合唱是由痛苦的号叫组成的；场景让人觉得像在茫茫大海中迷失方向，不由自主地产生巨大而压抑的恐怖感。这样的戏剧就像从洞穴里窥伺过往路人的巨人赛普罗斯的独眼。每当看到这些折磨人的剧作，狄亚哥拉斯总是浑身不自在。怪不得柏拉图那么讨厌它们！在这样的表演中，哪里有道德教训、行为规范可言？诗人教导民众的责任在哪里？……

“狄亚哥拉斯，”赫拉克勒斯低声说，“你看右边那两个合唱队的成员，在第二排。”

有个演员向桌子旁边那人走过去。这人的高帮鞋和复杂的面具表明他是领唱。他和那个坐着的演员开始一唱一和地展开了对话。

领唱：来吧，翻译家，如果有什么关键线索的话，那么你来找吧。

翻译家：我早就开始找啦。但这些词语让我感到困惑。

领唱：所以你认为坚持下去也没有用？

翻译家：不，因为我相信所有被写下来的东西都能被破解。

领唱：难道你不害怕结尾就要到了吗？

翻译家：我为什么要害怕？

领唱：因为你也许找不到答案。

翻译家：只要我一息尚存，我就会继续寻找。

领唱：啊，翻译家，你推着的是一块将会从山顶往下滚的石头！

翻译家：这就是我的命运：就算是徒劳我也要反抗！

领唱：我看你是被盲目的信仰所驱动。

翻译家：词语背后肯定有某种东西！词语背后总是存在着意义！

“你认出他们来了吗？”赫拉克勒斯问。

“诸神啊！”狄亚哥拉斯低声说。

领唱：我发现试图劝你改变主意是徒劳无功的。

翻译家：你说对啦。我永远不会离开这张椅子和这些书卷。

舞台上传来敲铙钹的声音。合唱团开始唱起节奏分明的哀歌。

合唱：我为你哭泣，翻译家。命运将你的眼睛和词语绑在一起，让你相信自己能够从所翻译的文本中找到关键线索！眼睛锐利得像猫头鹰的雅典娜为什么要赠给我们光明的知识？你这个倒霉的翻译家，毫无结果地追求着你的回报，但意义从你伸开的双手和你老练的眼光中溜走！真是痛苦啊！[43]

[43] 确实很痛苦。这是作者对有可能翻译这本书的人说的话吗？难道《雅典谋杀案》中的秘密至关重要，乃至这位无名氏作者要想尽办法来打消人们试图破解它的念头？

狄亚哥拉斯看得够了。他站起来，向出口走去。铙钹的敲击声太过响亮，以至于变成了光芒，每个人都眨起了眼睛。合唱团的成员举起他们的手。

合唱： 小心点，翻译家，小心点！你正遭到监视！你正遭到监视！

“狄亚哥拉斯，等等我！”庞铎区的赫拉克勒斯大声说。

合唱： 危险正在等着你！你被警告了，翻译家！[44]

[44] 说起来——可能实际上也是——很搞笑，但今晚家里只有我一个人。我埋头看着我的稿纸，当做到这几个词语时，我停止了翻译，紧张地看了看四周。当然啦，除了一片漆黑，什么也没有（在工作的时候，我家里只有书桌上的灯是亮着的）。我只能如此解释我的行为：在这样的深夜，文学作品散发的魔力，正如荷马所说，能够让人为之迷狂。

外面的街道寒冷而黑暗，在月亮警惕的眼睛之下，狄亚哥拉斯深深吸了几口气。跟在后面走上来的解谜人也正在大口地喘气，但他是因为爬楼梯累的。“你认出他们来了吗？”他问。

狄亚哥拉斯点了点头。“他们戴着面具，但我认得出来。”

他们沿着无人的街道往回走。赫拉克勒斯说:“这到底是怎么回事?安提苏斯和尤尼奥斯为什么会在夜晚裹着黑色的长袍来到这里?我希望你能够解释给我听。”

“在学园里，我们认为戏剧是一种模仿性的、低俗的艺术,”狄亚哥拉斯慢慢地说,“我们公开禁止学生观看戏剧表演，参加就更不用说了。柏拉图认为……我们都认为大多数诗人是不负责任的，他们描绘了一些出身高贵然而行为卑劣的角色，给青年人树立了坏的榜样。对于我们而言，真正的戏剧并非一种旨在让人们发笑和叫嚷的粗俗娱乐。在柏拉图的理想国里面，戏剧……”

“显然有些学生不同意你们的观点。”赫拉克勒斯插口说。

狄亚哥拉斯满脸痛苦地闭上了双眼。“我做梦也没想到,”他喃喃自语,“安提苏斯和尤尼奥斯会……”

“很抱歉，恐怕特拉马舒斯也这样。”

“但他们排练的是什么怪诞的戏剧?那里是什么地方?我以为全雅典的室内戏院只有奥狄恩一个。”

“啊，狄亚哥拉斯，我们只顾着思考，都不知道雅典发生了什么变化!”赫拉克勒斯叹了口气说,“有许多事情虽然我们的眼睛看不到，但也有雅典人在做:荒唐的娱乐活动，邪门的职业，疯狂的活动……你从来没有离开过你的学园，而我从来没有离开过我的头脑的樊篱，结果是相同的。但是，狄亚哥拉斯老兄，雅典并非我们观念中的雅典。”

“这么说你认可克兰托的看法了？”

赫拉克勒斯耸了耸肩。“我想说的是，狄亚哥拉斯，雅典有许多你和我不曾去过的古怪地方。那个发现这一切的奴隶跟我说过，城里还有几个类似的非法戏院。大多是外地商人廉价买下的老房子，他们把房子租给那些诗人，除了获得租金之外，也提取部分收益。政府当然禁止此类活动，但正如你刚刚看到的，有不少观众喜欢这样的东西……戏院在雅典是相当赚钱的生意。”

“至于那出戏……”

“我不知道它的名目或内容，但我确实知道作者是谁：它是由雕塑家诗人米纳伊苏穆斯创作的悲剧。你看到他了吗？”

“米纳伊苏穆斯？”

“是啊。就是坐在桌子旁边，扮演翻译家的那个人。他的面具比较小，所以我能看到他的样子。他在陶瓷区有个作坊，以替雅典的豪门贵族制作雕塑谋生。他写过一些悲剧，但不能公开演出，只能在地下戏院供少数几个像他那么平庸的诗人组成的‘圈子’观摩。我询问过他的邻居。他的作坊似乎不仅用于雕刻——那里夜晚经常举办叙拉古式的聚会，其场面之淫乱，让最豪放的人也不禁为之脸红。客人大多是年轻男子，他们为他的雕塑当模特，也在他的戏剧里参加合唱……”

狄亚哥拉斯转过身，面对着赫拉克勒斯说：“你不是想暗示……”

赫拉克勒斯耸耸肩，叹了口气，仿佛有什么坏消息不愿意说出来。“来吧，”他说，“我们在这里停下来聊聊。”

他们所处的地方十分开阔，附近有座神庙，墙上装饰着看上去似乎是人脸的一些浮雕。制作这些浮雕的艺术家唯一表现出来的五官是大而警惕的眼睛。月亮俯视着地面，远处传来狗的吠声。

“狄亚哥拉斯，”赫拉克勒斯慢慢地说，“我们认识的时间虽然不长，但我自问对你有所了解，我相信你多少也了解我的为人。接下来我要说的话可能会让你不高兴，但我说的是真相，至少是一部分的真相。而这正是你花钱请我寻找的。”

“说吧，”狄亚哥拉斯说，“我听着。”

赫拉克勒斯用轻柔得像小鸟翅膀的声音说：“特拉马舒斯、安提苏斯、尤尼奥斯曾经……现在依然过着多少有点放荡的生活。别问我为什么——我认为你尽管是他们的老师，却不应该为此感到自责。但实际情况是，学园教导他们拒绝由身体愉悦激起的低俗情感，别去演戏，然而他们和妓女有来往，而且还饰演了合唱团的成员。”

他料到狄亚哥拉斯要反驳，于是赶紧抬起手。“按理说，这其实也没什么，狄亚哥拉斯。你有些同事说不定早就心知肚明，甚至网开一面。他们毕竟是年轻人，做出这样的事情也不奇怪。但就安提苏斯和尤尼奥斯，当然还有特拉马舒斯而言……我们不妨说他们玩过火了。他们遇到了米纳伊苏穆斯——我至今仍搞不清楚他们是怎么认识的——之后变成了他那些……不寻常的夜间‘课程’的狂热……学生。我请的奴隶昨晚跟踪了安提苏斯，他告诉我说，离开戏院之后，尤尼奥斯和安提苏斯陪同米纳伊苏穆斯去他的作坊……在那里他们举办了小型的宴会。”

“宴会，”狄亚哥拉斯的眼睛警惕地转动，似乎想一眼看清解谜人的全身，“什么样的宴会？”

老人目不转睛地监视着，眼球都鼓出来了……雕塑家的作坊……一个成年人……几个年轻人……哈哈大笑……几盏耀眼的油灯……那些年轻人等待……一只手……腰部……老人添了舔嘴唇……拥抱……有个漂亮得多的男孩……身上近乎全裸……葡萄酒洒出来了……“就像那样。”他说……老人很吃惊……与此同时，雕塑家……靠得更近了……慢慢地，温柔地……更加温柔……“啊！”他呻吟着……与此同时，其他男孩……圆润。然后，在他们背后……奇怪的姿势……大腿……喘息着……在半明半暗的灯光中……流着汗……“等等。”他听见他低声说……真是难以置信，老人心想。[45]

“太荒唐了，”狄亚哥拉斯生涩地说，“要是这样的话，他们为什么不离开学园呢？”

“我不知道，”赫拉克勒斯耸耸肩说，“也许他们希望白天像人一样思考，而晚上像动物一样寻欢作乐。我真的不知道。但这并非主要问题。实际的情况是，他们的家里人完全不知道他们过着双重的生活。例如，寡妇伊蒂丝对特拉马舒斯在学园受到的教育很满意。安提苏斯的父亲、目前担任立法会执事的贵族普拉克辛诺，还有尤尼奥斯的父亲、威名赫赫的老将军特里希普斯，也都是这样看的。我想知道的是，如果你这几个学生夜里胡作非为的事情被公众知道了，那会怎么样呢？”

“那学园就声名扫地了。”狄亚哥拉斯低声说。

“没错，但他们会有什么下场呢？尤其是现在他们已经长大成人，获得了相应的法律权利，情况恐怕会更糟糕。他们的父亲极其希望自己的儿子能够接受一代宗师柏拉图的理念的熏陶，你认为这两位父亲会有什么反应呢？最担心这些事情败露的人是你的几个学生……至

[45] “这个段落无疑是在描写尤马舒斯所看到的米纳伊苏穆斯和几个年轻人宴饮的场面——的大多数文字已经消失。作者用了某种容易挥发的墨水，这些词语的消失只是因为时光的流逝。各处空白就像词语原先如鸟般栖息在其上的光秃秃的树枝。”蒙塔洛如此评论这段残缺的文字。他还写道：“光凭剩下的这些词语，读者如何能够为他自己重新构建一个淫乱聚会呢？”

于米纳伊苏穆斯本人，那就更不用说了。”

仿佛话已说完，赫拉克勒斯沿着无人的街道朝南走去。狄亚哥拉斯跟上他的脚步，密切地监视着解谜人的脸。赫拉克勒斯继续说：“刚才我跟你说的话非常接近真相。接下来我要跟你讲讲我认为可能性最大的假设。我认为，本来一切正常，直到特拉马舒斯决定告发他们……”

“什么？”

“他可能因为违反了学园的规则而遭到良心的责备。谁知道呢？不管原因是什么，我的推理是：特拉马舒斯决定开口，把所有事情都说出来。”

“那也没什么可怕的啊，”狄亚哥拉斯马上接过话头，“我可以理解……”

赫拉克勒斯插口说：“别忘了，我们并不知道所有事情都包括什么。我们不知道他们和米纳伊苏穆斯之间过去——现在依然——存在的到底是何种关系。”

赫拉克勒斯停顿了好久。

狄亚哥拉斯喃喃自语：“你是想跟我说……他在花园里的恐惧……”

赫拉克勒斯的表情显示他认为特拉马舒斯的恐惧并不重要。但是他说：“是的，也许吧。可是你别忘了，促使我进行调查的，从来就不是你宣称亲眼看到的恐惧，而是……”

“而是你见到他的尸体时你所看到的、可是直到现在还没有告诉我的迹象。”狄亚哥拉斯焦躁地说。

“正是如此。但现在水落石出啦。开始我没有告诉你，是因为它隐藏的秘密太过可怕，所以我希望先设计一套理论来对它进行解释。我认为是时候让你知道内情了。”

赫拉克勒斯突然抬起了他的手。狄亚哥拉斯以为解谜人是要掩住嘴巴，不想再说下去了。但赫拉克勒斯摸了摸他那银白色的小胡子，然后继续说：“乍看之下，似乎没什么古怪的地方。特拉马舒斯的尸体，你也知道的，有许多被咬的伤痕，但……并非全身都有。我想说的是，他的手臂几乎是完好无损的。正是这一点让我感到意外。遭到袭击的时候，我们会做的第一件事就是抬起手。你如何能够解释整群恶狼攻击了可怜的特拉马舒斯，然而对他的手却碰都没碰过呢？可能的答案只有一个：特拉马舒斯在遭到狼群袭击时已经不省人事，所以他并没有反抗挣扎。那些野兽直接对准了他的心脏，将其扯出来。”

“拜托，不要说那么详细好吧，”狄亚哥拉斯说，“但我不明白的是，这又意味着什么呢……”说到这里，他停下来了。解谜人密切地监视着他，仿佛能够看穿他的想法。“不对。你说狼群遇到特拉马舒斯的时候，他肯定已经昏迷不醒……”

“特拉马舒斯没有去打猎，”赫拉克勒斯不动声色地说，“我的理论是，他准备把所有事情都说出来。米纳伊苏穆斯……我认为应该是米纳伊苏穆斯……很可能约了他在雅典城的郊外碰面，以便双方能够进行协商。他们发生了争论，甚至有可能吵起来了。也说不定米纳伊苏穆斯已经决意用最恶毒的方式来让特拉马舒斯闭嘴。接着狼群碰巧破坏了证据。喏，这只是我的推测而已。”

“没错。在狼群攻击特拉马舒斯的时候，他有可能只是睡着了而已。”狄亚哥拉斯说。

赫拉克勒斯摇了摇头。“睡觉的人会醒过来保护自己的。我认为不是这样的。特拉马舒斯的伤口表明他并没有保护他自己。狼群的袭击没有遭到任何反抗。”

“但有可能……”

“他是因为别的原因而昏迷的？最初我也这么想，所以我没让你知道我的猜测。但如果真的是这样，那么自从他们的朋友死了之后，安提苏斯和尤尼奥斯为何胆战心惊的呢？安提苏斯甚至下定决心要离开雅典。”

“也许他们害怕的是我们将会发现他们的双重生活。”

赫拉克勒斯似乎早就料到了狄亚哥拉斯会这么说，他立刻回答："你忘记了最后一点：如果真的很害怕被发现，那么他们为什么还会继续乱来呢？我不否认他们担心事情败露，但我认为他们更害怕的是米纳伊苏穆斯。正如我说过的，我调查过他的情况。他为人粗暴易怒，虽然身材瘦小，但是力气大得异乎寻常。安提苏斯和尤尼奥斯可能知道他会做出什么样的事情，所以才提心吊胆。"

哲学家闭上眼睛，抿紧了嘴唇。"这……太让人痛苦了，"他低声说，"你说我们该怎么办？公开控诉他吗？"

"时机未到。首先我们必须确定他们每个人的罪行的轻重程度。然后我们要弄清楚特拉马舒斯到底是怎么死的。最后……"赫拉克勒斯露出了奇怪的表情，"这也是最重要的：我希望自从开始调查以来一直埋藏在我心里的不安感觉——仿佛像一只巨眼似的监视着我的每个想法——是我的庸人自扰。"

"什么感觉？"

赫拉克勒斯那凝望着夜空的眼光深不可测。沉默了片刻之后，他慢慢地回答说："我感觉到这次我有可能，毕生以来头一次，彻底地错了。"(46)

(46) 在最后这部分中，词语"眼睛"、"看"和"监视"反复地出现，呼应着作者借合唱团说出的话："你们遭到监视。"如此看来，本章使用了双重的藏匿法。首先，斯汀伐罗斯湖食人鸟的形象延续了赫拉克利斯十二件大功劳的主题。其次，文中还提到了"翻译家"和"警惕的眼睛"。这是什么意思呢？"翻译家"必须"提防"某些事情吗？有人正在"监视"着"翻译家"吗？蒙塔洛那位博学的朋友阿里斯提德斯答应明天和我见面。

它出现了：他的眼睛能够看见处在黑暗中的它。刚才他在洞穴里沿着黑暗的螺旋式石梯警惕地、不知疲倦地寻找着它。它还是原来那颗，这一点毋庸置疑。和上次相同，他也是通过声音认出它来：那是一阵沉闷的敲击声，仿佛有个武师用戴着皮套的拳头不停地、有节奏地击打着他的大脑内壁。但这并不重要。更荒唐、更不符合逻辑、他的理性眼睛所拒绝相信的是那只抓住这个器官的、在空中飘浮的手臂。肩膀之后才是他应该看的地方。但他偏偏什么也看不清。黑暗，你快点走开啊！他必须弄清楚这片漆黑后面隐藏着的是谁的身体，谁的面容。他靠近了，伸出他的手……心跳变得更响了。变得震耳欲聋。他突然苏醒过来……然后难以置信地发现，他竟然还能够听到那阵敲击声。

有人正在拍打他家的前门。

"怎么回事……"

他并非在做梦：敲门声很急促。他伸手去拿整齐地折叠在床边椅子上的斗篷。透过窗户的缝隙，黎明警惕的眼光照射进卧室。他来到外面的走廊，看见有张椭圆形的脸庞——它没有五官，眼睛部位是两个黑色的裂口——正在空中向他飘浮过来。

"庞丝卡，把门打开！"他说。

起初他愚蠢地想，她为什么不回答呢。"宙斯在上，看来我还没睡醒：庞丝卡没办法说话的。"这个奴隶紧张地用右手做着手势，她的左手拿着油灯。

“什么？恐惧……你害怕？别傻了！我们必须把门打开！”

他边发牢骚，边推开这个女人，朝门口走去。敲门声再次响起。因为没有光线——油灯在庞丝卡手上——所以当他打开门的时候，他片刻之前才做的噩梦（和前一天晚上的梦十分相似）就像蜘蛛网拂过某个在阴暗的老屋里面行走的人毫不警惕的眼睛那样掠过他的记忆。但他在门外看到的并非一只抓着跳动心脏的手，而是一个男人的身影。庞丝卡持着油灯从他身后走上来，于是赫拉克勒斯看清了那人的脸：中等年纪，疲惫的眼睛充满了警惕。他身上是奴隶穿的灰色长袍。

“我家主人狄亚哥拉斯派我来送口信给赫拉克勒斯。”他说，带着浓重的皮奥夏口音。

“我就是庞铎区的赫拉克勒斯，请讲。”

奴隶被庞丝卡的外形吓到了，他吞吞吐吐地说：“我家主人说：‘请马上过来。又有人死了。’”

第五章到此结束。翻译完本章之前，我去找阿里斯提德斯教授谈了话。他为人和蔼，手势丰富，可是不怎么微笑。就像小说中的庞丝卡，他的双手能表达很多意思，而脸上始终没有表情。也许他的——我差点想说"警惕的"——眼睛（现在我的头脑里充满了那些和藏秘法有关的词汇）……要让我说的话，他的眼睛可能是那张留着黑色小胡子的胖脸上唯一能够活动和像人类的器官。他在他家宽敞的客厅接待了我。"欢迎光临。"他说，露出短暂的微笑，指着写字桌旁边的一把椅子。我跟他提起了《雅典谋杀案》，我说这是某个无名氏作者在伯罗奔尼撒战争之后写下的。他说他不了解这本书，但听起来它的内容非同小可。他用耸肩膀的动作来结束这个话题，并说，如果蒙塔洛在这本书上花了不少心血，那么它肯定"有些出色之处"。

当我说起作者使用了藏秘法时，他表现得稍微有兴趣一些了。"真奇怪，蒙塔洛生前最后一年恰好在研究藏秘式文本。他做了大量的翻译，还接受了几本原著。甚至可以说，他对这种体裁已经到了痴迷的地步。我倒不觉得意外——我有不少同事穷毕生的精力去寻找破解藏秘式书籍的最后关键。我敢跟你说，这些书能够变成文学所提供的最厉害的毒药。"他抓了抓耳朵。"我并没有危言耸听。我自己翻译过一些，结果不停地梦到我发现的那些形象。它们会设下陷阱等着你朝里面跳。我记得有本天文学的书，作者是魁里克的阿尔塞乌斯，'红'和其他颜色在全书反复地出现，而且总是和两个词连在一起：'头'和'女人'。不用说，我开始梦到一个美丽的红头发女人……我能清楚地看见她的容貌。这让我十分痛苦。"他皱起了眉头。"到最后，通过另外一本无意中看到的书，我发现作者本来有个情妇，她受到冤枉，被判了死刑。这可怜的家伙利用藏秘法来将她被砍头的景象隐藏在书中。你能想象得到这让人多么震惊，现在我看到的不是红头发的美貌女鬼，而是一个血流如注的断头。"他扬起眉毛，看着我，似乎在邀请我来分担他的失望。"写作是奇怪的行当，朋友。在我看来，它是人所能从事的最怪异、最可怕的事情之一，"他再次露出他那羞涩的微笑，接着补充说："阅读算是另一种。"

"我们刚才说到蒙塔洛……"

"是的，是的。他对藏秘文的阐述要严重得多。他认为藏秘式的文本包含着某些不可辩驳的证据，能够证明柏拉图的观点理论。我想你对此应该有所了解。"

"当然，"我回答说，"这是众所周知的理论。柏拉图宣称观念独立地存在于我们的思维之外。他说它们是真正的实体，比人类和客观事物更加真实。"

他不停地点着圆乎乎的小脑袋，看上去似乎不太喜欢我对柏拉图哲学的简述。"没错……"他犹豫地说，"蒙塔洛认为，如果某个藏秘式文本让所有读者看到相同的隐藏的观念，也就是说，如果我们所有人找到的最后的关键是相同的，那就证明观念本身是独立存在的。尽管他的推理看上去很幼稚，但他的路子是正确的：如果所有人在这个房间里都看到了一张桌子——相同的桌子，那就意味着这张桌子是存在的。除此之外，这也是让蒙塔洛最感兴趣的——如果所有的读者能够取得共识，那也就证明这个世界是理性的，因而是善的、美的和正义的。”

“你最后的观点很费解。”我说。

“那是我前面观点的必然结论。如果我们所有人在某个藏秘式文本中找到了相同的观念，那么观念就是存在的；而如果观念存在，那么世界就是理性的。柏拉图和大多数希腊人都这么认为。而一个理性的世界，依照我们的想法和观念打造出来的世界，又怎么可能不是善的、美的和正义的呢？”

“所以对蒙塔洛而言，”感到十分吃惊的我喃喃地说，“藏秘式文本恰好是……理解我们的存在的关键。”

“差不多是这样的，”阿里斯提德斯匆匆吸了口气，望着他那些干净整洁的指甲。“不用我说你也知道，他没发现他一直在寻找的证据。也许他的疾病正是由挫败感引发的。”

“什么病啊？”

他习惯性地扬起了眉毛。

“蒙塔洛疯掉了。在他的生命最后那些年，他把自己关在房子里。我们都知道他生病了，谁也不想见，所以我们没有去打扰他。某天，有人在他家附近的森林里发现了他的尸体……他遭到野兽的袭击，当时他肯定是病情发作，在茫然的游荡过程中昏倒了，然后……”他的话音逐渐变弱，仿佛想强调（藏秘式地？）他的朋友的悲惨下场。最后，他用低不可闻的声音说：“他死得太可怕了。”

“他的手臂完好无损吧？”我愚蠢地问。

第六章[48]

㊽"这份草纸很肮脏，到处都是修改的痕迹和污迹，有些句子字迹潦草，甚至被涂掉了。"蒙塔洛以此评论第六章。

那是一具少女的尸体：脸上蒙着纱巾，身上的布袍把头发也遮住了，还有斗篷围着她的两条手臂。她侧躺在绵延无尽的垃圾堆之上，从她双腿——大腿以下的部位裸露着，尽管她已经死了，但仍然会让人产生非礼勿视的感觉——的姿势判断，人们几乎肯定会认为她是在提着裙子奔跑或者跳跃时暴毙的。她的左手紧握着，就像儿童在游戏中把某些东西藏在拳头里那样，但她的右手抓着一把匕首的刃，两寸见长的刀刃上沾满了血。她没有穿鞋。至于这苗条身体的其他部位，从脖子到小腿，统统布满了伤口：短的、长的、笔直的、弯曲的、三角形的、正方形的、深的、浅的、轻的、严重的；布袍也是伤痕累累，鲜血染红了那些裂口的边缘。这场面虽然令人惨不忍睹，但仅仅是序幕而已：如果把衣服揭开，尸体上肯定还有许多可怕的创口，因为衣服下面掩盖着许多由血液凝固而成的恶心肿块——它们看上去很肮脏，像是透过澄明的水面看到的水生植物。这桩命案已经让人震撼到极点。

但依然有更震撼之处：当赫拉克勒斯揭开面纱，他看到一张男人的脸。

“解谜人，连你也吃惊啊！”巡检官像女人般大惊小怪地叫喊起来。“看在宙斯的分上，我不会为此嘲笑你！当我的仆役跟我说的时候，我自己也不敢相信！但请问你来这里干吗呢？这位先生，”他说，指着一个秃顶的男人，“跟我说你肯定想看看尸体。但我不知道有什么好看的。这里没有谜团，我们只是不知道是什么原因促使这个年轻人……”他转过脸去问那个光头，“你刚才说他叫什么名字来着？”

“尤尼奥斯。”狄亚哥拉斯魂不守舍地说。

“……我们只是不知道是什么原因促使尤尼奥斯打扮成妓女的样子，喝得酩酊大醉，然后在自己身上划了这么多可怕的伤口……你在找什么啊？”

赫拉克勒斯轻轻地揭起布袍的边缘。“啧、啧、啧，啪、啪、啪。”他低声地自言自语。

赫拉克勒斯的检查似乎让尸体感到了羞辱，它显得很吃惊：它仅剩的独眼凝望着破晓的天空（另外一只眼睛被挖出来了，由黏糊糊的筋肉挂着，从耳廓里望出来），被从中切开的舌头自张开的嘴巴里嘲弄性地伸出来。

“你在看什么呢?”巡检官大声说，口气很不耐烦，因为他希望早点结束他的任务。他负责清理城区的粪便和垃圾，以及监督在城里出现的尸体是否得到妥善安置；因此，处理黎明时分出现在内陶瓷区一片充满垃圾和碎石的荒地上的尸体是他的分内之事。

“巡检大人，你怎么能够肯定他是自残的呢?”赫拉克勒斯说，这时他正忙着掰开尸体的左手。

巡检官得意扬扬，那张平滑的小脸上露出怪异的笑容。“不需要解谜人，我也知道发生了什么事情!”他嚷道，“你没闻到他的肮脏衣服上的味道吗? 全是酒味! 而且有几个目击证人看见他用匕首刺伤自己。”

“几个目击证人?”赫拉克勒斯显得不为所动。他在尸体的左手里找到了某样东西，并将其塞进了他的斗篷。

“几个非常值得尊敬的目击证人。现场就有一位。”

赫拉克勒斯抬起头。巡检官正指着狄亚哥拉斯。[49]

他们准备去劝尤尼奥斯的父亲特里希普斯节哀。消

(49) 蒙塔洛的此段注：“作者似乎刻意把这些句子写得很粗糙。本章行文再也不像上一章那么美妙，只剩下了讽刺的、空虚的、刻薄的和流俗的文字。它像是原来的风格的残渣，被丢进本章的垃圾。”我完全同意他的看法。应该补充的是，“肮脏”和“垃圾”这两个形象似乎暗指赫拉克利斯为伊利斯国王奥革阿斯清扫牛棚的功劳。蒙塔洛所做的事情与此相差无几：“我去掉了所有被涂黑的句子，并润饰了某些用法。经过我的打理之后，本章的文字就算不能说文采斐然，至少也比原来干净一点。”

息迅速地传开了，所以当他们到达时，那里已经来了许多人，大多数是该家族的亲朋好友，因为特里希普斯非常受人尊敬。人们铭记他，是因为他曾是西西里远征军的大将军，更重要的是，他是少数几个回来描述战况的人之一。如果有人胆敢怀疑他，那么他脸上那些肮脏的伤疤可以做证；这些伤疤像雕刻着他的光辉事迹的墓碑，正如他所说的，它们“是在围攻叙拉古的战役中得到的”。其中一块伤疤比他毕生中得到的所有嘉奖更能让他感到骄傲——那道深深的、倾斜的伤痕从左边的额头延伸到右边的脸颊，中间还穿过了湿润的眼睛，这是挨了叙拉古人一刀的结果。尽管看上去不那么令人愉快，但他那饱经沧桑的脸，连同那道苍白的伤痕和像生鸡蛋的眼球，是一枚令许多年轻人艳羡不已的军功章。

特里希普斯家里人声鼎沸，但在人们的印象中，他家总是这样的，并不是因为今天是个特殊的日子。狄亚哥拉斯和巡检官来到门口（解谜人落在他们后面——不知道为什么，他不愿意跟他们一起走），这时有两个奴隶走了出来，手里提着篮子，里面装满的应该是这位名将招待城里的达官贵人的宴会所产生的垃圾。走进去几乎是不可能的任务，因为门口挤满了人——他们提出问题；他们感到困惑；他们表达看法，然而一无所知；他们观察；当女人们的仪式性哀哭打断他们的谈话时，他们抱怨。除了死亡之外，气氛活跃的人群还讨论别的话题，那就是丑闻。尤尼奥斯之死成了丑闻。打扮成妓女？但……喝醉了？发疯了？特里希普斯的长子？尤尼奥斯，将军的儿子？在学园求学的年轻人？匕首？可是……现在还早，还不到推断、解释和揭开谜底的时候。目前将军只想弄清楚他儿子到底是怎么死的。但相关的事实就像堆在床底下的垃圾：没有人确切地知道它们怎么会去了那里，可是大家都能闻到那股臭味。

客厅里，特里希普斯像族长般坐在亲朋的包围之中，他接受着别人的安慰，却不太注意对方是谁。他昂起了脑袋，伸出一只手，或者两只都伸出，表达他的感谢。他的表情很困惑——不是悲伤，也不是愤怒，而是困惑（这令人产生同情之心），似乎这么多人的在场让他感到窘迫似的。他准备致哀了。悲伤改变了他古铜色的相貌——凌乱的灰胡子颜色变深了，那道肮脏的白色伤疤变得更加抢眼——也显出他的面部构造得很拙劣，仿佛是由几块零碎的部件拼凑而成的。

他好像终于想到合适的话要说了，于是虚弱地要求大家安静下来。他说："谢谢大家。要是我有百手巨人布瑞阿里乌斯那么多手，我将会用它们——请仔细听我说——将你们紧紧地拥在我身旁。让我感到欣慰的是，我发现我的儿子备受关爱……现在，请允许我用几句赞美来感谢你们……”[50]

“我自问了解我的儿子，”特里希普斯在讲话临近结束的时候说，“他信仰圣秘教，不过他是家里唯一信奉该教的人。在柏拉图的学校，他被认为是优秀的学生……他的老师就在这里，能够证明这一点。”

所有人都朝狄亚哥拉斯望去，他满脸涨得通红。

“他确实是个好学生。”他说。

特里希普斯暂时不再说话，深深地吸了一口气，从嘴巴里挤出更多肮脏的唾液：讲话的时候，他总是精确地像计算过似的从两边嘴角中较为薄弱的那个喷出口水，尽管在发表这通长篇大论的时候，每次暂停之后他两个嘴角的强弱总会调转过来。由于他总是以将领的身份发表演讲，他并没有期待别人有所回应。所以他不知不觉间讲得太久了，说了许多没必要说的话。然而在此时此刻，即使那些最没耐心的人也希望听他继续说下去。实际上，大家都带着一种几乎不健康的兴趣在聆听。

“你们对我说他当时喝醉了……穿着女人的衣服，用匕首自残……”唾沫横飞的他接着说，“我儿子？我的尤尼奥斯？不，他永远不会做这么……这么肮脏的事情。你们说的肯定是其他人，不是我的尤尼奥斯！你们还说他失去了理智！说他一夜之间失去了理智，身体健

[50] 原文到这里缺失了一段。根据蒙塔洛的说法：“原稿上有一大块深棕色的污迹，椭圆形的，令人始料未及的是，它覆盖了整整三十行。太可惜了！特里希普斯的讲话没能留传下来。”

刚才我离开了写字桌，因为遇到一件奇怪的事情：正在写这条注释的时候，我发现花园里有东西在动。气候很舒适，所以窗是开着的——就算在深夜，我也喜欢凝望……花园边上那排……小小的苹果树。虽然离我家最近的邻居就在苹果树那边不远，但平时很少看到人，尤其是在这样的凌晨。反正当时我正沉浸在蒙塔洛的词句里，我眼角的余光瞥见一个阴影，能看得出来是个人，在苹果树当中移动着，仿佛在寻找最佳的位置来监视我。不用说啦，

康的他变得精神失常……我以宙斯和守护神雅典娜的名义发誓，这绝对是谎言！否则的话，难道你们想说我不认识自己的亲生儿子吗？难道你们这些人对我来说，就像诸神的符号那样神秘吗？如果这些屁话是真的，那么从现在开始，我将会认为你们的脸庞、你们那些悲哀和怜悯的表情就像腐烂的尸体般臭气熏天！”

现场响起一阵窃窃私语。从他们满不在乎的神色看来，似乎大家都很高兴被当作“腐烂的尸体”，而且大家对此事的看法似乎也没有丝毫的改变。现场目击证人有好几位，都是值得信赖的人，比如狄亚哥拉斯。他们说——虽然有点犹豫——亲眼看到尤尼奥斯喝得大醉，而且还发了疯，穿着女人的布袍和亚麻斗篷，不停地用匕首去刺自己。狄亚哥拉斯补充说他是偶然发现的：“我昨晚看到他，是在回家的路上。起初我以为是个妓女；然后他跟我打招呼，我就认出他来了。但我发现他要么喝醉了，要么精神出了问题。他当时正在用匕首在自己身上乱划，可是一边划一边哈哈大笑，所以我没有立刻意识到事情的严重性。等到我想起来要阻止他的时候，他已经逃跑了。他朝着内陶瓷区飞奔而去。我连忙赶过去，在路上碰到了伊普西鲁斯、狄奥尔波斯和阿喀劳斯，他们都是我以前的学生……他们也撞见了尤尼奥斯……我们通知了士卒……但为时已晚……”

我马上站起来，走到窗口；就在这个时候，我看到有人从树林冒出来，往右边跑掉了。我大声叫他站住，然而徒劳无功。我不知道他是谁——我只看到一个隐隐约约的人形。我重新开始翻译，觉得特别累——家里只有我一个人，所以我很容易成为入室抢劫犯的目标。现在我把窗关上了。哎呀，可能是虚惊一场吧。我继续翻译，从下一个看得清楚的句子做起：“我盾问了诉我的儿子……”

不再是注意力的焦点之后，狄亚哥拉斯立刻四下张望，寻找解谜人。他正推开人群，走向门口。狄亚哥拉斯连忙冲过去，在屋子外面跟上了他，但赫拉克勒斯只顾向前走。狄亚哥拉斯拉住他的斗篷。“等等。你要去哪里？”

赫拉克勒斯的脸色吓了他一跳。“去请别的解谜人来听你说谎吧，梅东特区的狄亚哥拉斯，”他用冷冰冰的愤怒口气说，“你给我的钱呢，我会收下一半作为费用；另外一半看你什么时候方便，我让我的奴隶还给你。再会了。”

“别这样！”狄亚哥拉斯乞求说，“等等啊！我……”

他再次被那冰冷而严厉的眼光吓到了。狄亚哥拉斯从来没见过解谜人这么气愤。

“我觉得被侮辱了，不是因为你说了谎，而是因为你居然愚蠢到认为你能够欺骗我。这，狄亚哥拉斯，是不可原谅的！”

“我没想过要骗你！”

“真的吗？那我就要恭喜柏拉图大师了，因为他让你学会了无意识地说谎这门难以掌握的艺术。”

“你还在为我工作呢！”狄亚哥拉斯恼怒地说。

“你又来了，你忘记了吗，这是我的调查。”

“赫拉克勒斯……”看到围观的人像垃圾般在他们

身边聚集，狄亚哥拉斯压低了嗓门说，“赫拉克勒斯，请你别离我而去。发生了这么多事情，现在我唯一能够相信的人就是你！”

“你要是再说亲眼看到那年轻人穿着女性的衣服，用匕首自残，我就以雅典娜的布袍发誓，我从此再也不跟你说话！”

“来吧，求求你了……我们找个安静的地方聊一聊。”

但赫拉克勒斯接着说：“你这种帮助学生的方法真够奇怪的，教书先生！你认为把屎涂在真相上，有助于我们认识真相吗？”

“我在乎的是学园，不是学生！”狄亚哥拉斯圆圆的脑袋涨得通红，他气鼓鼓的，泪水在眼眶里打转。他完成了一件奇怪的壮举：他无声地呐喊着，被抑制的嗓音最终变成体内的咆哮，让赫拉克勒斯（但只有他）知道他曾经怒吼过。他哽咽着补充道：“你一定要发誓别让这件事连累到学园。”

“我才不会为那些随便说谎的人发誓！”

“为了学园……”狄亚哥拉斯声嘶力竭地说，他那内心的呼喊、那震耳欲聋的低语已经响到了极点，“……你听我说，赫拉克勒斯，为了学园，我愿意去杀人！”

要不是极端气愤，赫拉克勒斯肯定会哈哈大笑起来。他认为狄亚哥拉斯肯定掌握了超级传音术——那是一种用断断续续的呢喃来震聋交谈对象的方法。这哽咽的喊叫让赫拉克勒斯觉得狄亚哥拉斯活像一个惊慌的小孩：心爱的玩具被同学抢走了，他竭尽所能想保护它，却没能引起老师的注意。但在这里，“玩具”就是“学园”（恰恰是说到“学园”这两个字时，狄亚哥拉斯的声音变得完全听不到，所以赫拉克勒斯只好从他嘴唇的动作辨认出他想说的是什么）。

“我愿意去杀人！”狄亚哥拉斯重复着说，“与学园受连累相比，说谎算什么啊？两害相衡取其轻，两利相权取其重！低贱的理应为高贵的做出牺牲！”

“那么牺牲你自己吧，狄亚哥拉斯，把真相告诉我，”赫拉克勒斯冷静地、刻薄地说，“因为老实跟你说，你现在的所作所为确实很低贱。”

他们走过绘画长廊。此时正是打扫的时间，几个奴隶整齐地挥动着扫把，清理当天的垃圾。赫拉克勒斯说不出到底为什么，但总是觉得那重复的、熟悉的扫地声——非常像老太婆的闲聊——仿佛是在嘲笑萎靡不振的狄亚哥拉斯。向来喜欢小题大做的哲学家此刻更是极其严肃——他耷拉着脑袋，深深地叹了一口气，并开始用在立法会上演讲的口气说话，仿佛非此不足以表明事态的严重。

“我……实际上，我最后一次看到尤尼奥斯，是在昨晚的表演上……今天早晨，天蒙蒙亮的时候，有个奴隶把我叫醒，说巡检官的手下在内陶瓷区的荒地上发现了他的尸体。听到详情之后，我十分惊慌。我首先想到的是要维护学园的声誉。”

“所以与其使某个机构受连累，毋宁让某个家庭蒙羞？”赫拉克勒斯问。

“难道你不这么看吗？如果该机构远比家庭更能承担正当的管理和教育人的重任，就像这次一样，那么家庭不应该为机构做出牺牲吗？”

“可是就算公众知道尤尼奥斯是被谋杀的，那学园的名声又怎么会受到损害呢？”

“假如你发现这颗无花果很肮脏，”狄亚哥拉斯指着赫拉克勒斯准备送进口里的无花果说，“但你不知道它为什么会变脏，你能放心同一棵树上的其他无花果吗？”

“可能不会吧。”赫拉克勒斯想起来了，要是你向柏拉图主义者提问，到最后往往是你回答他的反问。

“但如果这颗肮脏的无花果是你在地上捡到的，”狄亚哥拉斯继续发问，“你会因为它很肮脏而去怪无花果树吗？”

“那肯定不会。”

“嗯，我也是这么想的。我的推理是：如果尤尼奥斯的死只能怪他自己，那么学园就不会受连累；人们甚至会因为这颗坏的无花果被拿走而松一口气。但如果尤尼奥斯的死是别人造成的，我们如何能够避免混乱、恐慌和怀疑？有许多人早就看我们不顺眼，如果他们有人开始恶意地拿这件事和特拉马舒斯之死进行比较……假设众人议论纷纷，都说有人正在谋杀我们的学生，你能想象会发生什么事情吗？”

“你忘记了一件小事，”赫拉克勒斯笑着说，“你这么做，恰好使得杀害尤尼奥斯的凶手能够逃离法网。”

“不！”狄亚哥拉斯大声说，第一次流露出得意的神色，“这次你错了。我本来就想好把真相告诉你。你可以暗地里继续调查，这样学园不用受连累，你又可以去抓住凶手。”

“真是了不起的计划，”赫拉克勒斯讽刺地说，“请告诉我，狄亚哥拉斯，你是怎么做到的？是你把匕首放到他手里的吗？”

哲学家的脸变得通红，又是一副垂头丧气的样子。“不是，我以宙斯的名义发誓，我没有碰过尸体！奴隶把我领到现场的时候，巡检官和他的手下已经在那里了。我把在路上设想出来的事情经过告诉他们，并说了几个我以前的学生的名字，我知道如果有必要的话，他们会证实我说的每个字……当我看到他手里的匕首和闻到强烈的酒味时，我觉得我的解释很合理。否则的话，实际情况会是什么样呢，赫拉克勒斯？巡检官检查了尸体，他说所有的伤口都在右手能触及的范围之内。例如他的后背就没有伤痕……看上去确实是他自己……”

看到解谜人又是满脸愤怒，狄亚哥拉斯话到嘴边又咽下。

“巡检官连个捡破烂的都不如，狄亚哥拉斯，请别引用他的话来侮辱我的智慧。我可是一个解谜人！”

“你认为尤尼奥斯是被谋杀的，你有什么证据呢？他浑身散发着酒味，穿着女人的衣服，右手拿着匕首，那些伤口也有可能是他自己造成的。年轻人喝了酒之后会做出可怕的事情，我知道的例子有好几起。就在今天早上，我想起了曾经有个和我同城区的小伙子，有一年酒神节，他第一次喝醉了，用头去撞墙，结果把自己给撞死了。所以我想……”

“你总是想想想，”赫拉克勒斯冷静地说，“而我什么也不想，只管去检查尸体。这就是哲学家和解谜人的区别。”

“那你发现了什么？”

“他的衣服。那件被割裂的女式布袍……”

“怎么啦？”

“那些裂缝和下面的伤痕没有任何关系。这连小孩都能发现。好吧，这么说有点过，但我看出来了。我很简单地检查了一下，然后发现衣服上笔直的裂缝下面的伤口是圆形的，有个大洞掩盖着皮肤上一道浅浅的、笔直的划痕……显然是有人在他被刺伤后把他打扮成女人……先把衣服割裂，当然啦，接着还涂上鲜血。”

“你太厉害了。”狄亚哥拉斯钦佩地说。

“没什么啦，我只是懂得怎么观察事物而已，”解谜人若无其事地回答，“但不仅如此，凶手还犯了别的错误：尸体周边并没有血迹。如果尤尼奥斯真的这么残忍地刺伤自己，那么碎石堆和垃圾堆上肯定会有一道血痕，至少在他身边应该有。但现场的地面上没有血迹，甚至可以说非常干净。这意味着尤尼奥斯是在其他地方被刺伤，然后又被搬到内陶瓷区那片荒地上的。”

“啊，宙斯在上……”

“但也许最后这个错误才是关键所在，”赫拉克勒斯眯起双眼，一边若有所思地抚摸着他那整洁的银白色胡子，一边说，“但我还是不明白他们为什么要让他穿上女人的衣服，还在他手里放了这个……”

他从斗篷之下掏出一样东西。他们俩默默地盯着它。

“你为什么认为是别人放在他手里的呢?”狄亚哥拉斯问，“也有可能是尤尼奥斯先把它拿在手里，然后才……”

赫拉克勒斯不耐烦地摇了摇头。“尤尼奥斯的身体不再流血，死后僵硬的症状已经出现，”他解释说，“如果尤尼奥斯死前就抓住这样东西，那么他的手指会非常僵硬，我就不能那么容易地将其掰开了。不是的。有人给他穿上女人的衣服，然后将这样东西塞到他手里。”

“但，众神在上，这到底是为什么？”

“我不知道。这让我感到很苦恼。我还没把书中的这部分翻译过来，狄亚哥拉斯。不过我可以很自信地告诉你，我并不是一个糟糕的翻译家。”突然间，赫拉克勒斯转了个身，迈下长廊的台阶。“喏，该说的话我都说完了，所以不要再浪费时间啦！还有一件赫尔克利斯的功劳等着我们去完成！”

狄亚哥拉斯匆忙跟上。“我们现在去哪？”

赫拉克勒斯回答说：“去见一个非常危险的人，他也许能帮到我们！我们要去米纳伊苏穆斯的作坊！”

他边走边把那朵枯萎的白色百合花重新塞到斗篷底下。(51)

黑暗中，有个声音问：“有人在吗？”(52)

(51) 我可以帮助你，赫拉克勒斯，但如何才能够把我了解的一切说给你听呢？聪明的你，该怎样才能明白，这线索不是给你的，而是给我的，给一个藏秘式小说的读者的。你是小说中的角色，你本人无非也是一条线索而已？我终于知道了，你的存在也是藏秘式的！你出现在小说中，是因为作者决定让你出现——就像凶手决定把百合花放到死者的手里——目的是让读者更清楚地领会到“赫尔克利斯的功劳”，而这正是本书的核心主题之一。所以就目前的情况看来，“赫尔克利斯的功劳”、“百合花少女”和“翻译家”——这三者在最后几段同时被提及——是重要的藏秘法形象。它们意味着什么呢？

(52) ↓

我停止了翻译，但继续写字，以便接下来不管发生什么事情，我都能留下一份记录我的困境的文字。简单地说，有人进入了我家的房子。

我来把刚才发生的事情写下来（我写得很快，所以字迹难免有些潦草）。今天晚上，就在我正准备开始翻译本章最后一部分文字时，我听到从空荡荡的房子里某个地方传来一个轻微而奇怪的声音。我置若罔闻，开始工作。我刚写下两句话，接着就听见一阵有节奏的声音，像脚步声。我的第一反应是到客厅和厨房去看看，因为声音似乎是从那边传来的，但随后我觉得应该把这些事情写下来，因为……

又传来一个声音！

我回来了，刚才四处看了看。家里没有人，所有的东西看上去也都在原位。我不认为我家遭盗窃了。前门的锁没有被撬开，没错，通往一小片草地的厨房门是开着的，但有可能是我自己没关上，我不太记得了。我仔细检查了各个地方，在黑暗中我能够勉强认出各种家具熟悉的轮廓，我不想让来人知道我在哪里，所以没有开灯，我检查了客厅、厨房、书房和卧室，喊了几声"有人在吗？"。

确定没有人之后，我打开了几盏灯。看来是我杯弓蛇影了。现在回到了书桌旁边，我的心跳逐渐渐恢复平静。刚才肯定是我幻听了。但我又想起了昨天晚上的事情：有人在花园里的苹果树后面窥视我，现在……我想应该不是盗贼，可是也说不准。谁说盗贼就一定只顾偷东西，而不会监视他的受害者呢？也许他正在伺机而动，他来是想大干一票（想到这里我不由笑了起来）：除了几份古代的文稿，我家里没有什么值钱的东西。从这个方面来说，我倒是和康塔洛很像……好吧，实际上从许多方面来说我跟他都很像。

现在我想起了康塔洛。过去几天，我对他又多了一些了解。我们之间有许多相似之处：都选择了独自在乡村生活，住的房子都有内院和外院，像古代奥林索斯或者特洛森的富人的宅第。我们两个都热衷于翻译古希腊文本。我们都不曾谈过恋爱，也都没有孩子。我们的朋友，例如他的朋友阿里斯提德斯，我的朋友海伦娜，首先都是同事，尽管这两段友谊里还有些不同之处。我的脑海里涌现了几个问题：康塔洛生前最后几年遇到了什么事情呢？阿里斯提德斯说他沉迷于用某本藏秘式书籍来证明柏拉图的观念理论……也许他在《雅典谋杀案》中找到了他想要的证据，最终因此而精神失常。但如果他是藏秘法专家，那么他为什么没有注意到《雅典谋杀案》是用藏秘法写就的呢？

我不知道为什么，但越来越相信这些问题的答案就藏在本书当中。我必须继续翻译。

我为插入了这么多题外话而向读者道歉。我将会再次从下面这句话开始："黑暗中，有个声音问：'有人在吗？'"

黑暗中，有个声音问："有人在吗？"

这地方既黑暗，又有许多灰尘。底板上四处散落着碎石，可能还有垃圾——有些东西踩上去感觉很硬，发出的声音像石头，有些东西一踩就陷了，发出的声音也是软软的。周围黑得伸手不见五指，他们也搞不清楚自己正在朝哪边走。这个地方有可能很宽敞，也有可能十分狭窄。除了他们刚才走进来的门廊，也许有别的出口，但也许没有。

"赫拉克勒斯，等等我，"另外一个声音说，"我看不见你。"

正因为如此，最轻微的响动也会吓他们一跳。

"赫拉克勒斯？"

"我在这里。"

"哪里？"

"这里。"

也正因为黑暗，发现*果真有人在*足以让他们失声尖叫。

"怎么啦，狄亚哥拉斯？"

"啊，天哪……刚才我以为……原来只是石像。"

赫拉克勒斯摸索着走近，伸出一只手，碰到了某样东西：如果真的是一张人脸，他的手指就直接插到眼睛里了。他摸到了眼眶，辨认出鼓起的鼻子、弯弯曲曲的嘴唇和向前翘起的下巴。他笑着说:“你说得没错，这是石像。附近肯定还有好几个。我们在他的作坊里面。”

“果然，”狄亚哥拉斯说，“现在我隐约能看到它们了——我的眼睛逐渐习惯了黑暗。”

确实如此：就像画笔，他们的视力开始在黑暗的背景上画出白色的人影、各种速写和粗糙的素描。赫拉克勒斯被灰尘呛到了，他咳了几声，用鞋尖踢了脚边的土堆——发出的声音像是滚珠在盒子里晃动。“他会在哪儿呢?”他问。

“要不我们到走廊去等他?”狄亚哥拉斯提议说。房间里的漆黑和慢慢显出轮廓的石像让他感到不安。“他应该快回来了。”

“他就在*这里*，”赫拉克勒斯说，“否则的话，门为什么会开着?”

“这是个十分奇怪的地方。”

“它就是普通的艺术家的作坊啦。但这里的窗户居然没打开，倒是有点奇怪。走吧。”

他们向前走。现在好多了：他们逐渐能够看见成堆的大理石，高高的木架上的半身石像，尚未完全从石头中浮现出来的身体，还有将会被刻成牌匾或浮雕的石板。容纳这些东西的空间也出现在他们的视线中。房间很大，开门进来便是门厅，门厅的末端挂着一些厚重的不知道是壁毯还是帘子的东西。有面墙壁镶嵌着几道金黄色的丝线，那是透过紧闭的宽大木窗照射进来的微弱阳光。房间中到处都是石像或者尚未刻成人像的石块，地面上则是艺术家工作后留下的一片狼藉，散落着破碎的石像、卵石、沙子、工具、碎石和抹布。帘子前面有个木头搭成的高台，两边各有几级狭窄的台阶。木台之上有几匹被装碎石的盒子压着的白布。作坊里的空气很冷，而且真的有股石头的味道——这是一种很奇怪的味道，既浓稠又肮脏，仿佛有人把脸凑到地面，吸进那些轻微的、刺鼻的灰尘。

“米纳伊苏穆斯，你在吗？”庞铎区的赫拉克勒斯说。

一个声音打破了沉默——它很响，在这充满石头的阴暗房间中回荡着。有个人移走了闩着巨大窗户——最靠近木台那个——的木板，让它掉到地上。正午灿烂的阳光凌厉地、毫无遮拦地穿进房间，几朵粉末状的云雾围绕着它回旋飞扬。

“我的作坊下午不开门。”那人说。

那些帘子后面肯定有一扇门，因为赫拉克勒斯和狄亚哥拉斯都没有看到他进来。他身材瘦小，外表邋遢，看上去像个病人。几绺灰白的发丝从他肮脏的头发上凌乱地伸出来。他苍白的脸色和黑色的眼圈形成了鲜明的对比。他的外表根本就不像艺术家：胡子稀疏而凌乱，斗篷做工粗糙，连拖鞋都很破旧。他那双棕色的、强健的手上沾满了污迹，脚上亦是如此。实际上，他整个人就是一把破旧的工具。他咳了几声，伸手去整理头发；他眨了眨眼睛，眼里充满了血丝。他转过身，背对着两位客人，置他们于不顾，向木台旁边摆满工具的桌子走去，到了桌子旁边之后，他似乎开始挑选他想要的工具——但到底是不是也不好说。那些工具发出锵锵的声音，像是走调的铙钹。

“我们知道的，米纳伊苏穆斯老兄，”赫拉克勒斯装出礼貌的样子说，“我们不是来买石像的。”

米纳伊苏穆斯转过身来，用眼角的余光看着赫拉克勒斯。“那你来干什么呢，解谜人先生？”

“来找你这位同行聊天啊，”赫拉克勒斯回答说，“我们都是艺术家——你的技能是雕刻真相，而我的则是发现真相。”

雕塑家转身朝着桌子，笨拙地挑选着工具。“你带来的这人是谁？”他问。

狄亚哥拉斯相当倨傲地说：“我叫……”

赫拉克勒斯拦住了他的话头：“他是我的朋友。实话跟你说吧，我今天来，很大程度上是为了他。不过别浪费时间了，我们开门见山吧。”

“那好啊，”米纳伊苏穆斯说，“因为我还得工作。艾斯坎波尼岱区一户贵族人家请我做事，一个月之内必须完工。还有许多别的事情……”他又咳嗽了。和他的说话声一样，他的咳嗽声干涩而嘶哑。他突然停下正在做的动作——他的行动总是这么突兀、仓促——爬上木台的阶梯。

赫拉克勒斯友善地说：“我只是想问你几个问题，亲爱的米纳伊苏穆斯，如果你肯帮忙的话，我们很快就可以结束了。你认识梅拉格鲁斯的儿子特拉马舒斯，普拉克辛诺的儿子安提苏斯或者特里希普斯的儿子尤尼奥斯吗？”

高台上的米纳伊苏穆斯停下将白布从雕塑上掀开的动作。“你为什么想知道呢？”

“啊，如果你用问题来回答我的问题，米纳伊苏穆斯，我们到什么时候才能结束呢？这样吧，我们轮流来，你先回答我的问题，然后我再回答你。”

“我认识他们。”

“工作中认识的吧？”

“我认识许多城里的年轻人……”他说到这里就停下了，试图拉开手中抓住的一匹白布，但没拉得动。他显得很不耐烦。他的动作透露出冲冲的怒气。那匹白布似乎在和他作对。他发出警告似的又用力扯了两下。然后他咬牙切齿，浑身绷紧，发出一声肮脏的闷哼，用上了两只手。这次白布离开了石像，发出了垃圾堆被踢翻的声音，激荡起积聚的尘灰。

终于露出真面目的雕塑相当精美：一个人坐在摆放着书卷的桌子旁边。尚未完工的大理石基座凹凸不平，凿子并没有玷污它的洁白。石像显然正在注视着什么，它的后脑勺对着赫拉克勒斯和狄亚哥拉斯，他们只能见到它的帽子。

“他们有人给你当模特吧？”赫拉克勒斯问。

回答很简短：“有几个。”

“但不是每个模特都会在你的戏剧里扮演角色，对吧？”

米纳伊苏穆斯回到了工具桌，摆出一套大小不同的凿子。“那要看他们自己了，”他说，看也不看赫拉克勒斯一眼，“有些人既当模特又当演员。”

“就像尤尼奥斯？”

雕塑家突然扭过头来。狄亚哥拉斯觉得米纳伊苏穆斯对他自己的肌肉很不好，就像酗酒的父亲虐待自己的儿子似的。

“我刚刚听说尤尼奥斯的事情了，如果你想问的是这回事的话，”米纳伊苏穆斯说，他那双周围发黑的眼睛直盯着赫拉克勒斯，“他发疯跟我没有任何关系。”

“没人说跟你有关系。”赫拉克勒斯抬起手，掌心朝外，仿佛害怕米纳伊苏穆斯攻击他。

雕塑家又转身摆弄他的工具，赫拉克勒斯说：“顺便问一声，你知道特拉马舒斯、安提苏斯和尤尼奥斯演出你的戏剧是偷偷摸摸的吗？学园里的老师禁止他们这么做。”

米纳伊苏穆斯耸了耸瘦削的肩膀。“我听说过这回事。我还没听说过这么愚蠢的规定！”说到这里，他跳上了木台的阶梯。“没有人有权利禁止艺术！”他大声说。他显得很冲动，乃至威胁性地用凿子反复敲击大理石桌子的一角。敲击发出的声音像是在空中飘浮的音符。

狄亚哥拉斯本来想反驳他，但话到嘴边又咽下。赫拉克勒斯说：“他们很害怕被发现吧？”

米纳伊苏穆斯急切地绕着那座雕塑走动，似乎想找另外一个不听话的角落来惩罚。他说：“我想应该是吧。但我对他们的生活没有兴趣。我只是让他们有机会加入合唱团。他们毫不犹豫地接受了我的邀请，诸神知道我有多么感激：和我的雕塑不同，我的悲剧既不能让我扬名立万，也不能使我发财致富，给我带来的只有快乐，而且很难找到演员来扮演里面的角色。”

“你是什么时候认识他们的呢？”

米纳伊苏穆斯沉默了片刻，然后说：“在去厄琉息斯朝拜的时候。我信仰圣秘教。”

“但你们之间的关系不仅是教友那么简单，对吧？”赫拉克勒斯在作坊里慢慢地走动，饶有兴趣地在几个雕塑作品之前停下来观赏。

“你想说什么呢？”

“我想说的是，米纳伊苏穆斯，你爱上他们了。”解谜人站在未完工的赫耳墨斯石像之前，它的权杖、圆帽和飞翼鞋都已经刻好了。他说：“据我的观察，你尤其迷恋安提苏斯。”他指着赫耳墨斯的脸庞，其上挂着迷人的、稍微有点淘气的微笑。“这个顶上戴着葡萄的酒神头像？”赫拉克勒斯继续说，“这尊雅典娜的半身像？”他在雕像中走来走去，不停地比画着，好像一名商人正在试图抬高价钱。“看来神圣的奥林匹斯山上的许多男神和女神都长着安提苏斯这张美丽的脸！”

“许多人都爱安提苏斯。”米纳伊苏穆斯愤怒地继续他的工作。

“你对他尤其青睐吧。我很想知道，你怎么处理特拉马舒斯和尤尼奥斯的妒忌呢？我能想象得到，你如此明显地偏爱他们的朋友，他们应该不会太开心。”

凿子叮叮当当响个不停，米纳伊苏穆斯似乎累得直喘气，但等到他转过身来，赫拉克勒斯和狄亚哥拉斯发现他正在微笑。

“宙斯在上，你真的认为我对他们来说有那么重要吗?”

“是的，因为他们答应当你的模特，在你的戏里演出，甚至不惜违背学园制定的神圣规则。我相信他们崇拜你，米纳伊苏穆斯。为你当模特的时候，他们赤身裸体，或者穿着女人的衣服；一旦工作结束了，他们就展示赤裸的身体或者打扮得不男不女来取悦你……而他们这么做，实际上是冒着被人发现和使家族蒙羞的危险的。”

仍然微笑着的米纳伊苏穆斯大声说:“雅典娜在上！你真的认为我是个这么重要的艺术家或者是个这么重要的男人吗，庞铎区的赫拉克勒斯?”

赫拉克勒斯回答说:“年轻的灵魂就像你这些雕塑一样尚未完工，它们能够在任何土壤落地生根，卡里西奥区的米纳伊苏穆斯，尤其是在非常肥沃的土壤上……”

米纳伊苏穆斯似乎没有在听。他聚精会神地雕刻着石像的衣服上的褶皱。叮！叮！叮！突然间，他开始说话，但似乎是对那座石像说的。他那嘶哑飘忽的嗓音撞击在墙壁上，荡出阵阵回声。

“是啊，我是许多青年的精神导师……难道你认为我们的年轻人不需要精神导师吗，赫拉克勒斯？难道……”他那膨胀的愤怒似乎让他更加用力地敲打石头。叮！“……难道他们将要继承的这个世界不应该是个快乐的地方吗？张开你的眼睛看看吧！我们雅典的艺术……算什么艺术呢？从前，我们的雕像充满了力量：我们模仿埃及人，他们总是比我们聪明那么多！”叮！“但现在呢？现在我们怎么做呢？我们只会画下一些几何图案，树立起所谓的典范，彻底将人物造像限制死了！我们失去了自然、力量和美！”叮！叮！“你说我的作品尚未完工，你说对了。你知道为什么吗？因为我无法创造出任何不违背典范的东西！”

赫拉克勒斯本来想接过话头，但他清楚地说出的那几个字被敲击声和米纳伊苏穆斯的叫喊组成的沼泽吞没了。

“还有戏剧！过去我们的戏剧是连诸神也会参与的狂欢！但自从欧里庇得斯之后，它变成了什么呢？变成了迎合高贵的雅典精神的理性探讨！”叮！“这样的戏剧与其说是神圣的庆祝仪式，毋宁说是深沉的思考！到了行将就木的时候，年老的欧里庇得斯也承认确实如此！”他不再敲击凿子，转过身来看着赫拉克勒斯，脸上带着微笑。“他完全改变了先前的观点……”仿佛最后这句话需要停顿似的，他一边更加使劲地敲打着大理石，一边继续说：“老年的欧里庇得斯放弃了哲学，转而创作了真正的戏剧！”叮！“你记得他最后一部作品的名字吗？”他大声地说，“《酒神的那些女祭司》！”他的口气充满了炫耀，仿佛这个名称是他在垃圾堆里面捡到的宝石。

“是啊！”有个声音突然响起，“《酒神的那些女祭司》！疯子写出来的作品！”

米纳伊苏穆斯看着狄亚哥拉斯。狄亚哥拉斯说出这些话的时候非常暴躁，仿佛他费了很大力气才能沉默这么久似的。

“进入晚年之后，欧里庇得斯失去了他的才情，这种情况在许多人身上都可以看到，他的作品于是堕落到了不可理喻的地步！在壮年，他那纯粹的、理性的灵魂致力于追求哲学的真理，但随着时间的流逝，这灵魂高贵的基础崩溃了……他最后的剧作和阿斯基罗斯或者索福克勒斯晚年的作品一样，无非是一堆发出恶臭的垃圾，包含了所有灵魂的疾病，流淌着无辜的鲜血！”慷慨陈词之后，满脸涨得通红的他直瞪着米纳伊苏穆斯。

雕塑家沉默了片刻，接着平静地问：“你能告诉我这个白痴是什么人吗？”

赫拉克勒斯抬起手，预先阻止他的同伴愤怒的回答。“请原谅我们，米纳伊苏穆斯老兄，我们来不是为了跟你讨论欧里庇得斯的戏剧。别这样，让我说完，狄亚哥拉斯！”哲学家愤愤不平，欲言又止。“我们想问你……”

他的话语被雷霆般的回声打断——米纳伊苏穆斯大叫大嚷，不停地在木台走上走下，偶尔还用那把小小的铁锤指着他们两人中的一个，似乎要将它扔过去。“哲学又如何呢？想想赫拉克利特吧！‘没有斗争就没有存在’！这是哲学家赫拉克利特的观点！哲学也已经改变！过去它是一种驱动力！但现在呢？纯粹的智力游戏！从前吸引我们的是什么？是事实本身：泰勒斯、阿那克西曼德、恩培多克勒等人的哲学莫不如此！但现在我们思考的对象是什么呢？”他说话的声音异常得叫人害怕。“是观念的世界！观念当然存在，但它们存在于别的地方，遥远的地方！它们是完美的、纯粹的、善的、有用的！”

“确实是啊！”狄亚哥拉斯叫喊着说，“确实如此，而你是残缺的、粗俗的、卑劣的……”

“拜托，狄亚哥拉斯，让我来跟他说话！”赫拉克勒斯大声说。

“我们不能爱少年人，哎呀，千万不能呀！”米纳伊苏穆斯调侃说，“我们必须爱少年的观念！我们必须亲吻嘴唇的念头，抚摸大腿的定义！宙斯在上，我们千万别创作雕塑哟！那无非是粗俗的模仿性艺术！让我们来创作雕塑的观念吧！这才是年轻人将要继承的哲学！阿里斯托芬在《云》中表达的哲学就很对！”

狄亚哥拉斯愤怒已极，他反驳说：“你怎么敢大言不惭地谈论你一无所知的事情呢？”

“狄亚哥拉斯！”赫拉克勒斯的严厉产生了一阵突然的沉默。“你没看出来米纳伊苏穆斯正在转移话题吗？

你别讲了，让我来说！”接着，他镇静得令人吃惊地说：“米纳伊苏穆斯，我们是来跟你谈谈特拉马舒斯和尤尼奥斯的死亡的。”他的口气充满了歉意，仿佛他不该向如此重要的人物提起这么琐碎的事情。

短暂的沉默之后，米纳伊苏穆斯吐出口水，抹了一下鼻子，跟着说：“特拉马舒斯去打猎的时候被狼群杀死了。至于尤尼奥斯，我听说他喝醉了，酒神狄俄尼索斯的手指搅乱了他的头脑，逼他反复地用匕首捅自己。这两件事情跟我有什么关系呢？”

赫拉克勒斯立即回答：“和安提苏斯一起，他们在夜里来到你的作坊，参加你那些奇怪的娱乐活动。他们三个人都崇拜你，答应你的色情要求，但你偏爱其中一个人。他们可能为此发生过争执，甚至有人放出了狠话——你和这些年轻人组织的娱乐确实不是什么光彩的活动，所以他们不希望被公众知道。特拉马舒斯并没有去打猎，但他离开雅典城那天，你的作坊没有开门，而且没有人见过你。”

狄亚哥拉斯吃惊地瞪大了眼睛，转头望着赫拉克勒斯——他还不知道最后这件事。但赫拉克勒斯没理他，只顾继续说下去：“实际上，特拉马舒斯是被人杀死的，或者被打得昏迷过去，然后被丢给饿狼。昨晚，你的戏剧演完之后，尤尼奥斯和安提苏斯来到这里。你的作坊是离今天早上尤尼奥斯被发现的地点最近的建筑物。我非常清楚尤尼奥斯也是被人杀死的，杀人凶手在别的地方把他干掉，然后搬动尸体。谁都能猜出来这两个地点不会隔得太远，因为没有人会在肩膀上扛着尸体穿过整个雅典城。”

说到这里，他停了下来，张开双手，做出貌似很友好的动作。“所以你应该明白的，米纳伊苏穆斯老兄，你和这件事有很大的关系。”

米纳伊苏穆斯脸上的表情很复杂。他可能一直在微笑，但他的眼神却很深沉。面对着赫拉克勒斯的他片言不发，慢慢地转过身去，重新用凿子精心地击打大理石，然后他带着调侃的口气说：“哇，推理，多么了不起的严密推理！”他忍住笑声。“逻辑三段论判定我犯罪了！更了不起的是，我犯了罪，是因为我的房子靠近内陶瓷区！”仍在不停地雕凿的他慢慢地摇了摇头，又笑了起来，仿佛那座雕塑或者他的雕凿让他觉得很好玩。“我们雅典人现在就是这样建构真相的：我们谈论距离，我们依据情感来进行计算，我们用理性来衡量事实！”

“米纳伊苏穆斯……”赫拉克勒斯轻轻地说。

但雕塑家继续说：“许多年后，人们将会说：米纳伊苏穆斯因为某段长度而被判有罪！我说过很多次啦，现在一切都要服从于法典。如今正义仅仅是距离的问题。”

“米纳伊苏穆斯，”赫拉克勒斯依旧用轻柔的声音逼问道，“你怎么知道尤尼奥斯的尸体是在内陶瓷区被发现的呢？我可没说过。”

狄亚哥拉斯被雕塑家的激烈反应吓了一跳：他转身面对赫拉克勒斯，怒目相向，仿佛解谜人是突然变成真人的石像伽拉蒂雅。他先是什么话都没说，顷刻之后声嘶力竭地大喊：“你疯了吗？整个城区的人都在说这件事！你想说明什么？”

赫拉克勒斯再次用温驯、抱歉的口气说：“没什么，你别担心。只不过我在推理过程中考虑到距离而已。”接着，他似乎想起了什么，抓了抓他那圆锥状的头，补充说：“我觉得非常难以理解的是，米纳伊苏穆斯老兄，你关心的为什么是我关于距离长短的判断，而不是我关于尤尼奥斯**有可能**死于**谋杀**的断言呢？宙斯在上，后面这个观点要奇怪得多，而且内陶瓷区也没人谈论过，但你似乎完全认可了。你批评了我关于距离的推理，但你并没有问：‘赫拉克勒斯，你怎么能够肯定尤尼奥斯死于谋杀呢？’我真的不能明白，米纳伊苏穆斯。”

狄亚哥拉斯亲眼看着解谜人用无情的推理能力，让雕塑家陷入他本人疯狂的话语里面，逐渐地使他沉没到彻底的混乱中，就像陷入了沼泽——按照旅人的说法，那些疯狂地挣扎、想从沼泽中脱身的人只会更快地沉沦下去。但狄亚哥拉斯对米纳伊苏穆斯毫无同情之心。在随后死寂般的沉默中，他突然想说几句无关紧要的戏言，用来强调他们已经战胜了这个可怜虫。他带着嘲弄的微笑说："你正在凿的这座雕塑好漂亮啊，米纳伊苏穆斯。你要把它刻成什么人呢？"

开始他以为雕塑家不会回答。但当他看到米纳伊苏穆斯正在微笑的时候，他觉得浑身不自在。

"它叫'翻译家'。这人试图破解一本外文书的秘密，却没有意识到词语只通向词语，观念只通向观念，而'真'依然无法触及。这用来比喻我们大家的所作所为再恰当不过啦，你们说呢？"

狄亚哥拉斯不知道雕塑家到底想说什么，但他不想表现得落在下风，所以他指摘说："这个人形真奇怪。它穿的衣服是什么款式呢？它看上去不像希腊人。"

米纳伊苏穆斯什么也没有说。他只顾微笑地看着他的作品。

"我能走近看看吗？"

"可以啊。"米纳伊苏穆斯说。

哲学家登上了木台。他的脚步踩得肮脏的木板吱嘎作响。他靠近那座雕塑，观察它的身形。石像在桌子旁边弯着腰，右手的食指和拇指夹着一支精美的鹅毛笔。他身边摆满了书卷。这是什么服装呢，狄亚哥拉斯觉得很奇怪。有点像非常贴身的斗篷……显然是外国人穿的衣服。他望着那弯曲的脖子、突出的脊椎骨（他不得不承认它被刻得惟妙惟肖）、浓密的头发、耳朵和厚得几乎令人生厌的耳垂……

狄亚哥拉斯看不见脸部，因为石像的头低垂着。他稍微弯下腰，看见一道长得很靠后的发际线……他忍不住赞叹起那双手来——那是一双修长的、布满血管的手，右手握着鹅毛笔，左手拉开他正在写字的卷轴。左手的中指戴着一枚很大的印章戒指，印章上面刻着圆圈。旁边摆着另外一卷草纸——这肯定就是原稿了。这人正在将他的译文写到纸上。甚至连纸上的字也被熟练地、细致地刻了下来！好奇心起的狄亚哥拉斯站在石像背后朝下看去，读出了石像刚刚被“翻译”出来的几个字。他不知道它们是什么意思。上面写着：

他不知道它们是什么意思。上面写着

他仍然看不见石像的脸。他的头朝下低了一点，看见[53]

[53]

我无法继续。我的手在发抖。

经过两天的提心吊胆之后，我又回来翻译了。我仍然不知道我是否应该做完它。我可能没有这个勇气。但我还是坐在书桌之前，看着这些稿纸。昨天我跟海伦娜谈话了，当时我觉得没办法再翻译下去了。老实说，在海伦娜面前我表现得有点冲动。前天我请她过来陪我——我觉得我不敢单独在家里过夜——尽管我没有告诉她我这么要求的真实原因。她肯定察觉到不对劲，因为她立即就同意了。我故意不谈工作。我表现得友好、礼貌和羞怯。甚至在我们做爱的时候依然如此。我和她做爱，是因为我内心希望她和我做爱。我在被子下面抚摸她的胴体，呼吸着强烈的欢乐气息，听着她的呻吟，但这并不管用。我努力——至少我认为我努力了——想感觉到她内心对我的感情。我希望——渴望——她的手来抚摸我、感觉我、按压我，在黑暗中给我一个形状……不，不是形状。我只想要感觉我是一个实体，一个有血有肉的活人，某种真实存在的东西，占据着一个空间，而不仅仅是一个轮廓，一个有着面容和身份的人物。我不想她和我说话，我不想听到她说的话——尤其是我的名字——或者和我有关的空洞句子。现在我明白到底怎么回事了：我想这是由于翻译引起的恐慌，一种可怕的虚无感，仿佛突然真相大白，原来我的存在还比我原在这些段落上面那部分显示出来的文本更加脆弱。这种感觉逼使我觉得有必要添加这些注解，用来抵消原文的重压。要是我能写作就好了，我想。我常常有这样的想法，但这次比以往更加迫切。要是我自己能够创作某些属于自己的东西就好了……我能触碰到海伦娜，触碰到她的身体、坚实的乳房、柔滑的肌肤和她的青春，但这并没有带来多大帮助；也许这种触碰只是让我能够辨认出我自己，我极其需要她的身体来充当一面镜子，我必须望见我自己，也能从中看清我自己，但这次短暂的重逢、这次和真我的悲剧性会面只让我昏昏睡去，从而让我再次消失。第二天，当群峰之巅露出曙光的时候，我一丝不挂地站在卧室的窗前。我听见被子移动的沙沙声响和海伦娜迷迷糊糊的声音，我决定把一切告诉赤裸地躺在床上的她。我语气冷静，双眼凝望着天地交接处火红的朝霞。

“我在书中出现了，海伦娜。我不知道怎么会，也不知道为什么，但它就是我。我是那座石像，由书中某个人物雕刻出来，叫作‘翻译家’，坐在书桌前做翻译，它跟我完全一样。那些相貌的描写完全吻合：长得很靠后的发际线、耳垂很厚的小耳朵、布满血管的修长的手……它就是我。我不敢继续翻译了。要是看到描写我自己的相貌的文字，我会受不了的……"

她叫我别瞎说。她在床上坐起来，问了许多问题，变得很生气。仍然赤裸的我走到客厅，把我的译稿拿了回来。我把译稿递给她。我们可真够滑稽的：两个人都赤身裸体——她坐着，我站着——再次成为同事。她的乳房——颤抖着，粉红色的——随着呼吸起伏，眉头深锁。我默默地站在窗边，浑身因为紧张和寒冷而起了鸡皮疙瘩。

"太荒唐了，"她看完之后说，"真的太荒唐了。"她又表示反对。她严厉地责备我。她说我这是走火入魔了，那段描写十分模糊，石像有可能是任何人，而且还说："再说了，石像戴的印章戒指上雕刻着的是圆圈。是圆圈！而你的是天鹅！"

这才是最可怕的。她也心知肚明。

"你完全知道，希腊文的'圆圈'是κύκλος，'天鹅'是κύκνος，"我冷静地说，"只有一个字母不同。如果那个λ，那个拉姆达，是一个ν，那么绝对毋庸置疑：它就是我。"我盯着我的左手中指戴的戒指，上面刻着天鹅的轮廓。这是我父亲送的礼物，我一直戴在手上。

“但这份文稿里面写的是KÚKUOS，不是……”

“蒙塔洛在注释中说这个单词很难看清楚。他认为应该是KÚKUOS，但也说第四个字母很模糊。你明白了吗，海伦娜？第四个字母啊。”我的声音很平静，甚至有点漫不经心，“我的精神是否正常，取决于作为文字学家的蒙塔洛对某个字母的看法。”

“但这太荒唐了！”她极其愤怒地说，“你在这里……干什么呢？”她指着译稿。“这本书是几千年前的作品！哪里会……”她掀开被子，露出修长的双腿。她抚平了那头红色的秀发。她向门口走去，既没有穿衣服也没有穿鞋子。“走吧。我想去看看原文。”现在她的声音很坚决，不可违抗。

惊慌失措的我跟在她后面去看。

“我们一起去看蒙塔洛的誊清稿，”她站在门口说，“我不在乎看完之后你是否还想译下去。我只想让你打消这个疯狂的念头。”

我们来到客厅，身上都是一丝不挂，也都没有穿鞋。我记得刚才跟在她后面的时候，我有个荒唐的想法：“我们此行是为了确认我们是人，是有血有肉、实实在在的活人，而不仅仅是某本小说的人物或读者……到底是不是，我们将会弄清楚。我们也须弄清楚。"客厅很冷，但此时此刻我们并不在乎。海伦娜先走到书桌旁边，弯腰去看誊清稿。我鼓不起走过去的勇气。我站在她身后，欣赏着她可爱的后背、优美的脊椎骨曲线和结实的小屁股。没有人说话。我记得我当时想："她正在看我的脸呢。"我听到她发出了声音。我闭上了眼睛。她说："噢。"

她将我抱住。我被她的温柔吓坏了。她说："噢……原来如此……"

我没有问她的勇气，我不想知道她看到了什么。我默默贴着她温暖的身体。然后我听到了笑声——轻轻的笑声，接着变得越来越响，好像在她肚子里成长的新生命一样。"噢……噢……噢……"她笑着。

后来，那隔了很久之后，当我看到她已经看过的文字，我终于明白她为什么会发笑。

我决定继续翻译了。我从这个句子开始："但她仍然看不见不像的脸。"

但他仍然看不见石像的脸。他的头朝下低了一点，然后看到了。

脸上的五官是……[54]

(54) 誊清稿在这里出现了空白。蒙塔洛说下面有五行文字他辨认不出来。

“这人真狡猾，”他们离开作坊的时候，赫拉克勒斯说，“他的话没有说完，他的雕塑也没有刻完。他的人品十分恶心，叫我们捂着鼻子退避三舍，但我相信在他的追随者看来，他绝对是魅力无穷。”

“你认为他……”狄亚哥拉斯说。

“我们别急着下结论。真相可能尚在远处，但它会以无尽的耐心等待我们的到来。目前我希望能够再跟安提苏斯谈一谈。”

“除非我搞错了，否则我们去学园就能见到他。今晚那里将会举办宴会，招待柏拉图的客人，安提苏斯是侍酒童子。”

“太好了，狄亚哥拉斯，”庞铎区的赫拉克勒斯笑着说，“我想这次是时候去参观你们的学园啦。”[55]

(55) ↓

我刚刚发现了一件惊人的事情！如果我是对的（我非常有把握），所有围绕这本小说的谜团虽然还是很奇怪，但都将会水落石出，而我个人的安全更是堪虞。这件事是我无意中发现的——我经常这样。今天晚上我翻看了蒙塔洛的誊清稿的第六章，当时我还没有翻译完。在翻看的过程中，我忽然地发现有些稿纸的边缘粘得很牢（之前也碰到过类似的情况，但我并没有在意）。我仔细地观察了这些稿纸：它们看上去很正常，但用来粘住它们的胶水竟然还没有干透！我皱起眉头，越来越担心。我逐页检查了第六章，越来越确凿地相信最后几页纸是最近加上去的。各种各样的解释暴风骤雨般地在我脑里回旋。我重新拿起了誊清稿，发现"新的"那几页包含了详细地描绘了米纳伊苏穆斯的石像的文字。我的心开始怦怦跳。到底是怎么回事呢？

我暂时不去做设想，而是先把本章译完。然后，当我朝窗外望去（其时天已经黑了）看着我家花园边界那排苹果树的时候，我突然想起那个一直在监视我，被我发现之后逃之夭夭的人……我还想起第二天晚上我觉得有人闯进了我家里。我猛跳起来。我的额头上出了一层冷汗，我的太阳穴突突地跳着。

答案很明显：有人曾经坐在我的书桌之前，偷换了几页蒙塔洛的誊清稿，而且就在最近！这人应该认识我吧？至少应该知道我的长相，这样才能给石像加上这么准确的细节描写。但如果真的是这样，谁会撕掉誊清稿的纸张，用其他文字来取而代之呢？这么做唯一的目的只能是折磨翻译者。

不管真相如何，我夜里再也无法睡个安稳觉了，也无法平心静气地工作，因为我不知道我正在翻译的词语是**谁写下来的**。更糟糕的是，在接下来的翻译中，我是否能够不再去寻思某些——或者全部——句子到底是不是那个神秘的不速之客直接对我说的话？现在我开始怀疑了，我怎能确定前面几章的其他段落完全和我无关呢？我本来以为前面产生的幻想只是我自己走火入魔，但现在知道有人改动过这部文学作品，一切都变了，一切都变得非常可怕。请你坦白告诉我，亲爱的读者，在看小说——此刻的你，正在看的这本——的时候，你是否有过这种疯狂的感觉，就是觉得**它写的是你本人的事情**？若是真的这么想，你会摇摇头，眨眨眼，然后想“这太荒唐了。别去想了，继续看下去吧”吗？这么说你应该能够明白我在猛然地知道这本书**和我有关**之后心里有多么恐惧！真的很恐惧。从前我都是以局外人的身份在看小说……现在却突然发现我自己就在小说里！

我必须采取某些措施。

我准备停止翻译，直到解决这个问题。我将会想方设法逮住这个神秘的不速之客……

第七章

通往哲学学园的道路起初无非是狄普利翁城门外神圣大道的一条狭窄岔路。这条岔路并无特殊之处：它延伸进一片高大的松树林，蜿蜒曲折，路的末端尖尖的，看上去好像牙齿，所以人们觉得它随时会在某处茂密的灌木丛中终结。但只要转过岔道开头的几个弯，人们就能看到，在一小片石块林立的空地和草叶弯曲如同犬牙的绿地之外，有座墙面平滑的大楼，那是一栋精心建筑在山丘之上的大理石屋宇。随后，这条小路骄傲地变宽了。入口处有一座门楼，两座象牙色的半身石像竖立在两边的壁龛之中，左右对称的它们默默地观察着来客渐渐走近的脚步。没有人能确切地说清雕塑家想用这两座塑像来代表什么。有人说是“真”和“假”，也有人说是“美”和“善”，但那些较为愚蠢的（或者其实是最聪明的）人说它们只是装饰品而已，什么都不象征——壁龛里总归要摆点什么的嘛。门口的牌匾上用龙飞凤舞的字迹刻着：“不通几何，请勿入内。”门内便是学园美丽的花苑了，其中有几条曲折的小径。花苑里有个小广场，中央摆着某个英雄的塑像，它似乎正在勒令来访者向它致敬——伸出的左手的食指向下指着，右手持着长矛，目光坚毅，戴着的头盔顶端是末梢尖如牙齿的坚硬马鬃。竖立在树荫掩映的空地之中的，便是这所学校肃穆的大理石建筑。白色的石柱和犬牙交错的红色屋顶构成的走廊围着几处露天的地方，那是夏天上课的场所；而在寒冷露出其牙齿的时候，室内的场地可为学生和教师提供庇护。体育馆设施齐全，但规模比莱西厄姆学院的要小。此外有些较为简朴的房子，则是某些教师的居所和柏拉图的工作室。

赫拉克勒斯和狄亚哥拉斯来到学园已是日暮时分，凛冽的北风摇动着那些高大树木交错纠缠的枝丫。刚刚走进白色的门楼，解谜人就发现狄亚哥拉斯的心情和举止都发生了变化。他变得活像一条追捕猎物的猎犬：昂首挺胸，经常伸出舌头舔着嘴唇，原本整洁的胡子也变得像坚硬的兽毛那样“剑拔弩张”。哲学家对赫拉克勒斯说的话置若罔闻（尽管解谜人还是老样子，很少开口），也不看他，只是用点头和“是的”来回应赫拉克勒斯的评语，或者用“稍等”来回答他的问题。赫拉克勒斯察觉到狄亚哥拉斯希望他明白这里是天下最完美的地方，任何认为此处有缺陷的想法都必定会让他忍不住大为光火。

那个小广场空荡荡的，学校的建筑似乎也没有人，但狄亚哥拉斯看上去习以为常。“他们在晚餐之前通常会到花苑里散步。”他说。

赫拉克勒斯突然觉得有人使劲地拉着他的斗篷。

“他们来了，”哲学家指着阴暗的花苑，欣喜若狂地说，“那个就是柏拉图！”

有一群人沿着交错的小径走过来。他们披着将两边肩膀都遮住的黑色长袍，里面并没有穿内衣。他们似乎学会了鸭子走路的艺术，由高到矮排成一队。他们正在交谈。看到他们排成一队走路，同时还能相互交谈，真叫人惊奇不已。赫拉克勒斯怀疑这些人有某种数学公式来确定轮到谁说话和回答。他们从来不打断对方：第二个人停止讲话，*就在那一刻*，第四个人接过了话头；第五个人好像准确地知道第四个人什么时候会讲完，然后马上做出了点评。他们的笑声听上去很整齐。赫拉克勒斯还察觉到别的东西：虽然第一个人——柏拉图——始终沉默，其他几个人的话似乎都是讲给他听的，尽管从来不直接对他说。所以呢，这些人说话的音量逐渐加大，第二个人的音量最低，第六个人的最高。第六个人身材最矮，而且讲话的时候总是扯着脖子，似乎为了确保第一个人能听得见。这听起来像是一首竖琴奏鸣曲。

这群人蜿蜒地穿过花苑，沿着曲折的小径越走越近。奇怪的是，这时正好有七个年轻人从体育馆走出来，他们有的近乎全身赤裸，有的只穿着短褂；看到那几个排成一队的哲学家，他们立刻约束了随心所欲的交谈。两群人走进了小广场。赫拉克勒斯有点想知道的是，如果有人从天空居高临下地往下看，这将会是什么样的景象：年轻人的队列和哲学家的队列迎头前进，在顶点交会……如果把广场笔直的边缘算在内，也许这是一个完美的三角形？

狄亚哥拉斯挥手问候那群人。“柏拉图大师，”他敬畏地说，将赫拉克勒斯向这位伟大的哲学家推去，“柏拉图大师，这位是赫拉克勒斯，来自庞铎区。他想到我们学校来参观，所以我自作主张请他来共进晚餐。”

“你做得对，狄亚哥拉斯，除非赫拉克勒斯有别的看法。”柏拉图和蔼地说，他那低沉的声音很动听。他转头对着解谜人，抬起手表示欢迎。“欢迎光临，庞铎区的赫拉克勒斯。”

“谢谢你，柏拉图。”

和其他多数人相同，在对柏拉图说话的时候，赫拉克勒斯不得不抬着头。柏拉图是个身材高大的男人，他的肩膀很壮实，躯体十分健硕，他那悦耳的声音流就是从其中涌出来的。但这位著名哲学家的外表有些特征让他显得很像一个被关在城堡里的孩子。也许是他脸上总是挂着的一副可爱的惊奇表情。每当有人对他说话、他对别人说话或者仅仅是陷入沉思的时候，柏拉图要么会把他那双睫毛弯弯的灰色大眼睛瞪得大大的，并且将眉毛扬得高到近乎可笑的地步，要么会紧紧地皱着坚硬的眉毛，做出苦大仇深的样子。据那些了解他的人说，他的惊奇并不是由衷的——他对某些事情表现得越惊奇，对其就越不重视。

而当他被介绍给庞铎区的赫拉克勒斯时，柏拉图的脸表达出了极度的惊奇。

这些哲学家开始鱼贯走进学校。几个学生在旁边轮候。狄亚哥拉斯拉住赫拉克勒斯说："我没看到安提苏斯。他肯定还在体育馆里面。"然后，突然间，没有停顿地，他喃喃地说："哇，宙斯在上……"

解谜人顺着他的目光看去。

有个人正沿着小径走过来。他的外表像柏拉图那么威猛，但和哲学家不同的是，他身上有种狂野的气质。他巨大的手臂抱着一条头部大得畸形的白狗。"我终于

决定接受你的邀请啦，狄亚哥拉斯，”克兰托诙谐地笑着说，“我们应该会度过一个愉快的夜晚。”(56)

“费罗德克图斯向你问好，柏拉图，他想和你聊聊，”欧多克索斯说，“他和你一样，也游遍了五湖四海，我相信他说的每句话都是养分十足。”

“就像我们刚才吃的牛肉。”波利克里塔斯打趣说。

这话引起了哄堂大笑，但他们全都知道，他们这次聚会可不是为了插科打诨，现在应该像召开严肃的讨论会那样，进行思辨的讨论和富有成果的意见交换。各人舒适地坐在围成圆圈的椅子上，学生们则像完美的奴隶似的在一旁侍候。没有人对沉默然而著名的解谜人感兴趣；他从事的职业声誉甚佳，但这些哲学家多数认为它是个庸俗的行当。大家越来越注意的是切森尼斯区的费罗德克图斯，这个身材瘦小的神秘老人是学园教师欧多克索斯的朋友，他的脸庞隐藏在阴暗之中；庞铎区的哲学家克兰托也引起众人的关注，他自称“狄亚哥拉斯老师的朋友”，在外游历多年，最近刚来到雅典，大家都迫不及待地想听他说说旅途中的见闻。各人已经使劲地在嘴巴里搅动舌头，清除残留在他们尖锐的牙齿上的肉渣，接着又用使味蕾变得坚硬的芬芳美酒将这些肉渣冲进肚子里。现在，满足被两位来宾激起的好奇心的时刻

(56) 几个小时过去，我终于安静了下来。这主要是因为我每翻译一段就休息片刻。我伸展双腿，在监房里兜几个圈。现在我对自己居住的这个狭小世界了如指掌：它是个长方形的房间，长四步，宽三步。屋角摆着一张坚硬的旧床，对面靠墙放着桌子和椅子。桌子上是我的译稿和蒙塔洛誊清的《雅典谋杀案》。这里还有个——说起来真是奢侈啊——地洞，让我拉撒用的。一扇用铁条加固的结实木板门竖立在我和自由之间。床和门有点粗制滥造，地洞就更别提了，但桌子和椅子像是高档的家具。还有

来临了。

“费罗德克图斯是名作家，”欧多克索斯继续说，“他读过你的《对话录》，深感敬佩。除此之外，阿波罗似乎赋予了他德尔斐神谕的能力……他能够预知未来。他说他看见将来的世界，而且从某些方面来说，它和你的理论不谋而合。例如，你提倡的男女劳动平等，就在那个世界变成了现实。”

“天神宙斯在上……”波利克里塔斯又插口了，装出紧张的样子，“请让我再喝几杯酒压压惊，欧多克索斯，女人也能被训练成士兵，这多可怕呀。”

由于料到克兰托随时会口出不逊，狄亚哥拉斯并不像其他人那么热切。他想低声向赫拉克勒斯说出他的担心，却看到解谜人也是心不在焉——他一动不动地坐在椅子上，胖乎乎的手里拿着酒杯，既不把它放到桌子上，也不将它端到嘴边。他看上去像是某个年老发福的君王的坐像。但他那双灰色的眼睛十分机灵。他在看什么呢？

狄亚哥拉斯发现解谜人从不让安提苏斯落在他的眼光之外。

那年轻人穿着蓝色长袍，淘气地敞开侧边的衣襟。他是今晚宴会的头号侍酒童子。依照惯例，他的金发上顶着常春藤头冠，洁白的肩膀上还戴着花环。这时他正

大量的笔墨纸张可供我随意使用。这是促使我不断翻译的诡计之一。将我囚禁的人给我留下唯一的光源就是桌子上我此刻正在看着的跳动不定的昏暗油灯。所以不管我心里有多么抗拒，终归还得坐下，继续翻译，不为了别的，就为了让神志保持清醒。我知道这正中他的下怀。我不知道他是什么人。“继续翻译！”他曾在门外勒令我……那是多久以前的事情了？啊，我听到有声音。他一定给我带食物来了。终于。

在给欧多克索斯倒酒；接下来他会走到哈波克雷特斯跟前，严格依照先后顺序服侍各位宾客。

“你写些什么呢，费罗德克图斯？”柏拉图问。

“什么都写，”那老人在阴暗中回答说，“短诗、悲剧、喜剧、散文、长诗，还有其他许多体裁。诸位缪斯女神对我很好，并没有在我的道路上设置多少障碍。另外，虽然欧多克索斯刚才说我‘能够预知未来’，甚至拿我跟德尔斐的神谕相提并论，但我应该解释清楚，柏拉图，我并没有‘看见’未来：我创造未来。我把它写在书里，于我而言，这就等于将它创造出来了。我设想其他不同的世界、来自过去或未来的声音，这纯粹是为了找点乐子。每当作品完成之后，我会拿起来读，看它们够不够好。如果写得很糟糕，有时候会这样，我就把它们扔掉，从头再来。”最后这几句话引起了短暂的笑声。等到笑声平息之后，他继续说：“有时候呢，托阿波罗的福，我能推断出未来的世界将会是什么样子。我认为男人和女人最终将会从事同样的职业，这和你在《对话录》中讲到的一样。但是，我并不认为将来会有什么神奇的政府或者为雅典城服务的‘黄金’统治者。”

“为什么呢？”柏拉图问，这次他是真的好奇了。“诚然，在我们的时代，这样的政府确实很难存在。可是在遥远的未来，在几百年或者几千年之后……为什么不能有这样的政府呢？"

"因为人性不会改变，柏拉图，"费罗德克图斯回答说，"也许我们不甘愿承认，但引导人类行动的并非看不见摸不着的完美观念，甚至也不是逻辑的辩论，而是情感冲动和非理性的欲望。"

这引起了突然的争论，座中个人纷纷开口，唯恐别人听不见自己的话。但有个怪异而粗糙的声音盖过了其他人的声音："我同意。"

所有人都朝克兰托望去。

"你说什么啊，克兰托？"斯伯西普斯问。他是学园的教师中最受尊重的，因为大家公认等到柏拉图去世之后，学园应该由他来执掌。

"我说我同意。"

"同意什么？同意费罗德克图斯刚才说的话？"

"是啊。"

狄亚哥拉斯闭上眼睛，暗自在心里祈祷。

"那么，你认为人的行动并非由显然存在的观念，而是由非理性的冲动引导的了？"

克兰托没有直接回答，而是说："既然你这么喜欢苏格拉底式的问题，斯伯西普斯，我就来问你一个。假如你要讨论雕刻的艺术，你会用哪个来作为例子呢：绘在花瓶上的美丽的年轻人画像，还是丑陋而残缺的垂死乞丐的泥塑？”

“你这不是刁难我吗，克兰托，”斯伯西普斯回答说，他对这个问题的厌恶之情溢于言表，“我当然只能选泥塑啦，因为另外一个选项是绘画，不是雕塑。”

“那么我们谈论泥塑就好了，”克兰托笑着说，“别谈什么美丽的绘画。”

这位身材高大的哲学家完全不管大家正满心期待地等他接着说下去，只顾大口大口地喝着葡萄酒。在他椅子脚下是刻耳柏洛斯，这条畸形白狗正在享用它的主人吃剩的肉，发出无休止的咬啮声。

“我真的不知道你是什么意思。”斯伯西普斯说。

“我没有什么意思。”

狄亚哥拉斯咬紧嘴唇，以免忍不住插嘴。他知道要是他也开口的话，这次讨论会和谐的氛围将会荡然无存，会像蜜糖蛋糕在锋利的牙齿之下那样分崩离析。

“我想克兰托的意思是，我们人类无非是泥土做的塑像。”教师哈波克雷特斯说。

“你真的这么想吗？”斯伯西普斯问。

克兰托耸了耸肩。

“这也太奇怪了，”斯伯西普斯说，“枉你这么多年来一直在遥远的国度游历……你依然被囚禁在你的洞穴里。我想你应该知道那个有关洞穴的传说吧？有个囚犯毕生居住在洞穴里，观察着真实的物体和生物的影子，然后突然获得自由，终于见到了天日。直到当时，他才明白从前看到的只是影子，现实远比他原先想象的更加美丽和复杂。克兰托啊，我真为你感到惋惜！你仍然是一个囚犯，看不见光明的观念世界。”(57)

毫无征兆地，克兰托从椅子上站了起来，仿佛他突然间厌倦了在座的其他人，或者厌倦了这次谈话，又或者只是厌倦了保持同样的姿势。他的行动太过突然，乃至惊醒了希普斯皮卢斯；后者胖乎乎的，是学园里身材最像庞铎区的赫拉克勒斯的教师。吃过饭后就昏昏睡去的他差点将杯里的葡萄酒泼到干干净净的斯伯西普斯身上。“咦，”狄亚哥拉斯脑中飞速地转过这个疑问，“庞铎区的赫拉克勒斯人呢？”他的椅子是空的，但狄亚哥拉斯并没有注意到他的离开。

“你们各位都非常能言善辩。”克兰托说，露出弯曲的微笑，使得他那坚硬的黑色胡子变得更加咄咄逼人。

他开始绕着众人围成的圆圈走动，不时摇摇头，发出一两声轻笑，似乎整个场面极其滑稽。他说：“和你们今晚供应的美味牛肉不同，你们的话多得无穷无尽……我早已忘记这口头的艺术，因为在我生活的那些地方，它并没有用处……我认识许多哲学家，他们认为感觉远比言语有说服力……也有些不能被说服，因为他们的观

(57) 我也在这洞穴般的监房看到了影子：那些希腊词汇在我眼前舞动着。我已经有多久没见到阳光——那善的光芒、那万物之源了？两天？三天？但众多希腊字母狂乱的舞蹈背后，我察觉到了野猪的观念：文中反复出现了“牙齿”，还有“坚硬”和“粗糙”（野猪皮毛的特征）；这和赫拉克勒斯的第三件功劳——捕捉厄律曼托斯山野猪——有关。尽管文章并没有出现“野猪”这个词，可我依然能够看到一头，我甚至还能听见它的声音：它的咆哮声，在泥土上的奔腾声，蹄甲践踏树枝发出的令人胆寒的吱嘎声。所以野猪的观念的存在

是真实的，真实得如同我本人。蒙塔洛对此书感兴趣，是由于他认为它能够提供证明柏拉图的观念理论的终极证据吗？那个神秘人是谁呢？他为什么要先耍我，在原稿中插入伪造的文字，然后绑架我呢？我想大声喊叫，但我觉得喊叫的观念能够给我更多的宽慰。

(58) 对啊，克兰托，非常饿。我一边翻译，一边吃着那个神秘人施舍给我的残羹冷炙。你想来一点吗？

(59) 本章的藏秘法词汇，是的，我注意到了。反正谢谢你啦，克兰托。

(60) 是啊，确实是。你全部说对了，克兰

点无法通过语言得到表达、理解、展示或者拒绝——他们只是指着夜空，表示他们并非沉默不语，而是正在进行对话，就像我们头顶的星星……”

他继续慢慢地围绕着桌子走动，语气变得越来越沉重。“言语……你讲话……我讲话……我们看书……我们解读文字……与此同时我们也咀嚼……我们也会饿……对吧？[58] 我们的胃接纳食物。我们吃得吭哧吭哧……我们用牙齿去咬那些粗糙的肉块。”

他突然停下来，逐字逐句地说：“请注意我说了‘牙齿’和‘粗糙’这两个词汇！”[59]

没有人知道克兰托在对谁说话。短暂的停顿之后，他重新开始他的走动和演讲：“我重复一下，我们用牙齿去咬那些粗糙的肉块，我们用手将酒杯举到嘴边，当寒风吹来的时候我们的毛发会坚硬地倒竖；当看到美人的时候我们的阳具会勃起；而有时候，我们的内脏会偷懒……这是个问题，对吧？承认吧。”[60]

“你是在说我吧！”希普斯皮卢斯觉得克兰托的话是对他说的，“我很久没有好好地进行排泄运动了，上次还是在……”

其他几个教师觉得很丢脸，于是让他别讲话。克兰托继续说：“我们的感觉有许多种……有时候很难界定。但我们用许多言语将它们埋葬！我们将它们变成各种形

象、观念、情感和数据！这个世界是一道言语的洪流，而我们在其中随波逐浪！你们那个宝贵的洞穴故事……只是言语而已。我将会告诉你们某件事情，我将会用言语说出来，但说完我将会再次沉默：我们思考过的和将会思考的一切，我们已经知道的和未来将会知道的一切，所有这一切的一切，构成了一本我们正在共同书写和阅读的书籍！当我们阅读和创作这本书的时候，我们的身体怎么样呢？它发出许多需求，变得劳累，油枯灯烬……最终归于尘土。”说到这里，他停了下来。他对你微笑着，那张大脸像是阿里斯托芬的面具。“但是，这本书多么有趣啊！它非常好玩，包含了如此之多的词语！我说得没错吧？”

克兰托说完之后，大家久久没有作声。(61)

刻耳柏洛斯一直跟在它的主人身后，这时就站在克兰托的脚下。它愤怒地吠叫，短短的尾巴倒竖着，露出尖利的牙齿，仿佛在问他接下来准备做什么。就像正在和其他大人谈话的父亲耐心地对待孩子的打断，克兰托慈爱地弯下腰，用他的大手将这条狗抓起来。然后他提着这条狗——看上去像一端装满了东西、一端什么也没装的白色布袋，回到他的座位。坐下之后，他开始和小狗玩耍，看上去对身边的事情毫无兴趣。

“克兰托只会用言语来批评言语，”斯伯西普斯说，

托。自从被关在这里以来，我最大的问题就是便秘。

(61) 我肯定是疯了——刚才我居然一直在跟小说中的角色对话！我突然觉得他的话是对我说的，而我在我的注释中回应他。这肯定是因为我被关在这间“牢房”里，这么久以来没有人跟我说话。但克兰托总是站在小说和现实的分界线之上……或者应该这么说，他总是站在文字和非文字的分界线之上。他并不在乎自己是否能让人信服，甚至还喜欢让读者注意到他周围虚构的语言环境，比如他曾强调过那几个藏秘法词汇。突然转换为第二人称是一种能够让读者身临其境的聪明技巧。反正我是觉得自己变成了小说中的人物。

"正如你们所听到的，他说的话自相矛盾。"

"嗯，我倒是很喜欢他说的一个观念，就是有本书能够把我们所有人的想法都聚集在一起，"费罗德克图斯在阴影中说，"有可能创作出这样的书吗？"

柏拉图哈哈大笑。"你显然是个作家，而不是哲学家！我从前也写作的。所以我非常清楚这两者的区别。"

"它们也许是相同的，"费罗德克图斯说，"我创造人物，你创造真理。但我不想转移话题。我刚才说到有一本书，它能够反映我们思考的方式……我们关于事物和存在的知识。有人能写出这样的书吗？"

就在此时，年轻的几何学者卡利克勒斯——他唯一然而非常明显的缺点是走路的姿势十分难看，仿佛他的手足被摆错地方了——说了声失陪，然后站起来，将他那架身骨挪进了阴暗处。狄亚哥拉斯发现安提苏斯不见了，觉得很奇怪，因为他是头号侍酒童子。他会去哪里呢？赫拉克勒斯也还没有回来。

沉默片刻之后，柏拉图宣称："费罗德克图斯，你所说的这本书没有人能够写出来。"

"为什么呢？"

"因为那是不可能的任务。"柏拉图冷静地说。

"请解释。"费罗德克图斯说。

柏拉图慢慢地捻着他的胡子，说："最近，我们学园的同人已经了解到，关于任何事物的知识都有五个层次或者要素：事物的名称、定义、形象、有关事物的智识或者知识，以及事物本身——这才是知识的真正目标。但写作只能为我们提供前两者：名称和定义。文字并不是图像，所以排除了第三种因素。文字不会思考，所以不可能拥有智识或者知识。当然啦，最后的因素，也就是观念本身，确实在文字所能触及的范围之外。所以呢，要创作一本描绘我们关于事物的知识的书籍是不可能的。”

费罗德克图斯思考了片刻，然后说：“你能为这些要素各举一个例子，以便我能够理解它们吗？”

斯伯西普斯立即接过话头，仿佛让柏拉图来举例是用牛刀杀鸡。“那非常简单，费罗德克图斯。第一个要素是‘名称’，它可以是任何名称。‘书’、‘房子’或者‘客厅’都可以。第二个要素是‘定义’，由若干和这些名称相关的句子组成。以‘书’为例来说明吧，我们可以做出这样的定义：‘书是一些写着文字的、构成完整文本的草纸。’文学显然只能包括名称和定义。第三个要素是‘形象’，那就是当想起某样东西时，我们脑子里出现的图像。例如，当想起书时，我看见在桌子上摊开的卷轴……第四个要素是‘智识’，它指的正好是我们当前的活动：讨论某个话题，利用我们的智力。就拿我们的情况来说吧，这‘智识’就是谈论书、它的起源和功用。第五个，也是最后一个要素是‘观念本身’，换言之，也就是知识的真正目的。以书为例，它就是书本身，关于书的观念，它高于所有其他的书。”

“正因为如此，我们才认为文字并不完美，费罗德克图斯，”柏拉图说，“但这么说，绝不意味着我们对作家有所轻视。”座中各人忍不住发出一阵轻笑。柏拉图接着说：“反正我相信现在你已经明白为什么没人能写出这样的书来。”

费罗德克图斯若有所思。片刻之后，他轻轻地、颤抖地说：“要不要打赌？”

现在笑声变得更加响亮了。

狄亚哥拉斯开始觉得这次对话相当愚蠢。他坐不安席，心里想赫拉克勒斯和安提苏斯不知道去了哪里。最终，他如释重负地看见解谜人肥胖的身影从厨房走回来。赫拉克勒斯的脸一如既往地没有表情。到底发生了什么事情呢？

赫拉克勒斯并没有回到座位上。他表达了他对晚宴的感谢，并说他要回雅典城处理某些事情。各位教师忙不迭地和他道别，但表现得很友好，狄亚哥拉斯跟着他走到门口。

等到他确信没有人能听见他们说话时，他问：“你去哪里了？”

“我的调查将近结束啦。还差最后一步，很重要的一步，但我们已经知道凶手是谁了。”

“谁啊，米纳伊苏穆斯？”狄亚哥拉斯迫不及待地问，这时他才发现自己手里还拿着酒杯。“是他吗？我可以公开控诉他了吗？”

“还没有。到了明天，一切将会水落石出。”

“安提苏斯呢？”

“他走了。但你别担心：今晚我会派人盯着他的。”赫拉克勒斯笑着说，“现在我要走啦。安心休息吧，狄亚哥拉斯老兄，明天你就知道真相了。”

我刚想起来，我还没有说清楚我怎么会来到这间"牢房"。如果这些注释有助于我保持神志清醒，那么我把记忆中发生过的事情写下来，说给未来的读者（也许不太可能有？）听，对我来说应该也有益处。所以，亲爱的读者，请允许我再次插话。我知道你们很希望继续阅读这本书，不想听我诉苦，但别忘了，尽管出现在页面旁边的我看起来无足轻重，可是你欠我一点人情——如果不是我的劳动，你就享受不到阅读这本书的乐趣。所以请耐心地看我的注释吧。

也许你还记得，在翻译完上一章的那天晚上，我决定要逮住那个在书稿中添加伪文的神秘不速之客。为了达到目的，我熄掉所有的灯，假装上床睡觉。实际上，我躲在客厅的门后，等待他的"来访"。就在我差不多以为他当晚不会来的时候，我听见一个声音。我从门后探出头去，说时迟那时快，我看到有个东西飞快地向我的脑袋砸下来。醒来的时候，我头疼得厉害，发现自己被囚禁在这四面墙壁之中。（我已经描绘过这间"牢房"，请有兴趣的读者到前面的注释去找相关内容。）蒙塔洛的誊清稿和我的译稿，第一章到第六章，摆在桌子上。我的译稿上面有张字条，笔迹很漂亮："我是谁你就别管了，叫我'神秘人'。如果你真的想离开这里，那么就乖乖翻译吧。等翻译完，你就能获得自由。"到目前为止，这是我和这个绑架我的无名人士之间唯一的交流。嗯，除了这个，还有他那听不出性别的嗓音，我经常听到他在监房门外发号施令："快翻译！"我只有遵命。

第八章

刚才我趴在桌子上睡着了（并非第一次，自从来到这里以后），但听到声音的时候，我立刻醒过来。我慢慢坐直，迷迷糊糊地摸着右边的脸颊，它被我的头压得麻木了。我抽动脸上的肌肉。我抹去嘴角的一丝吐沫。我抬起手臂，把第七章结尾那几页译稿弄到桌子下面去了。我揉了揉眼睛，环顾左右：一切不变。我还是在同一个房间里，独自坐在书桌前面，身边是一圈灯光。我很饿，但这种感觉也不是新的，然后我朝阴暗处看去，发现有点不对劲。

庞铎区的赫拉克勒斯站在暗处，那双灰色眼睛温和地看着我。

“你怎么会在这里？”我低声说。

“你的状态相当糟糕。”他说。开始我没反应过来，但随即想起他的声音和我想象的一样。

“你是小说中的人物啊。”我抱怨说。

“这就是小说，”解谜人回答说，“显然你也是小说的组成部分。你需要帮助，所以我来了。我们来推测一下：你被囚禁在这里，翻译《雅典谋杀案》，但没人能保证你翻译完之后将会得到释放。喏，你可别忘了，把你抓起来的那个人非常渴望拿到译稿。你必须找出内中的原因。你要是知道，就可以跟他讨价还价了——他想要某样东西，你想要自由。你们两人都可以得到自己想要的东西，对吧？”

“他什么都不想要，”我沮丧地说，“他是个疯子。”

赫拉克勒斯摇摇头。“那有什么关系呢？你应该关心的不是他头脑是否正常，而是他到底想要什么。他为何如此迫切地要你翻译这部小说呢？”

我沉吟了片刻。“小说包含着一个秘密。”

从他的脸色判断，我知道这并非他期待的答案。但他说：“非常好！这个理由显然很充分。显而易见的问题肯定有显而易见的答案。*因为小说包含着一个秘密*。所以如果你发现了这个秘密，那么你就有机会和他进行交易，对吧？‘我知道秘密是什么，’你可以这么说，‘但我不会告诉你，除非你让我离开这里。’这是个好主意。”

他努力用鼓励的语气跟我说话，试图给我希望，但我能听出来他并不真的认为这是个好主意。“实际上，”我说，“我已经发现了某些东西——赫尔克利斯的十二件功劳，百合花少女……”

“这些没有意义的，”他不耐烦地打断我的话，“它们只是形象而已！对你来说它们可能是赫尔克利斯的功劳或者百合花少女，但对其他读者而言，它们或许是别的完全不同的东西。你明白吗？形象会改变的，它们并不完美！你必须找到一个对所有读者来讲都相同的终极观念！你必须问你自己，关键线索是什么。小说肯定隐藏着某种意义！”

我磕磕巴巴地说了几个字。赫拉克勒斯冷酷而好奇地看着我，然后说：“呸！你为什么要哭？你应该冷静下来，接着翻译，不应该放弃！寻找小说中的核心观念。利用我的逻辑方法：你了解我的，你知道我的工作方法。潜到词汇深处去！那里肯定有某样东西的！肯定有的！”

我趴在稿件上，眼中依然泪水涟涟。但是突然间，我极其迫切地想问，他怎么能够从小说中走出，来到我所在的牢房。他倨傲地阻止了我的问题。“本章结束了。”他说。

我抑制住强烈的冲动，没有毁掉这假冒的第八章，毫无疑问，它是由绑架我的那人插进书里的。那狗杂种这么做，唯一的效果就是让我哭泣——后来我不停地哭。这是我用来测量时间的方法之一。但如果神秘人以为这些窜改的稿件将会令我发疯，那么他就大错特错了。现在我知道他花样百出——给我留言、吩咐、命令、威胁……他甚至不再掩盖事实，公然承认这些稿件是假冒的。看到自己在小说中以第一人称出现，我感到极其难受。为了把握这样的感觉，我试图设想如果真的出现在小说中我会怎么说。我想我不会像稿件中所写的那样“沮丧”。我相信我会问许多问题，而不是像那个我一样表现得可怜兮兮的。不过我确实哭了，这一点他完全正确。现在我要开始翻译我认为的真正的第八章了。

第八章

(64) 我翻译得非常慢！非常非常慢！如果我想离开这里的话，我必须译得快一点。

由于酒神节临近结束，雅典城正常的生活节奏变慢了。那天早晨阳光灿烂，众多商人的货车排成拥挤的长队，将狄普利翁城门堵得水泄不通。谩骂声和吆喝声不绝于耳，但车流的前进依然缓慢而笨拙。而在比雷埃夫斯城门，速度甚至还要慢，车轮转一圈需要用去四分之一个更漏。许多带着水罐或口讯、挑着柴捆或扛着装满大麦的袋子的奴隶穿行在街道上，相互叫对方让路。人们很晚才起床。原本定在狄俄尼索斯戏院举行的议会推迟召开。因为许多城区领袖都缺席了。有些人在发表演讲，而稀稀疏疏的听众坐在台阶上打盹。让我们来听听富豪雅诺克雷特斯的讲话。雅诺克雷特斯在雅典城郊拥有大量的地产，他用摇摆不定的姿势走上讲台，然后慢慢地向心不在焉的听众宣讲。而在各处庙宇，祭祀仪式延后举行，因为神职人员正忙于筹备最后几次游行。在先贤祠外，人们犹豫不决地欠身去看政府的公告和新的律例。底比斯的局势很稳定。流亡将军伯罗庇达斯将会回归故里。斯巴达的国王阿格西劳斯遭到了几乎全部希腊人的反对。各位市民，我们对底比斯的支持是至关重要的，将会有助于稳定……但是，从那些看客疲惫的脸看来，当时没有人认为有什么事情是“至关重要的”。

有两个站着的人一边看着牌匾，一边随意地交谈：“你看，阿姆费库斯，牌匾上说需要更多的志愿者参加巡逻队，以便消灭吕卡维多斯山的狼群。”

“和斯巴达人比起来，我们的行动太过缓慢和笨拙啦。”

“和平使我们软弱——我们甚至不愿报名去杀恶狼。”

另外有个人也在看着牌匾，他的表情和别人一样漠然。从他毫无表情的面孔——安放这张脸的是一个光秃浑圆的脑袋——判断，人们可能会认为他的思维既缓慢又笨拙。实际上他昨晚几乎没有睡着。是时候去找解谜人了，他想。他离开先贤祠，引导着他那缓慢的脚步，向艾斯坎波尼岱区走去。

今天到底怎么回事？狄亚哥拉斯觉得很奇怪。为什么他身边的一切看上去都在笨拙而缓慢地流动，就像蜂蜜？[65]太阳神的马车纹丝不动地停留在空中的车辙上；时间感觉像浓稠的蜂蜜酒；仿佛三位分别统治黑夜、黄昏和黎明的女神统统拒绝动身，依然停留在原地，联手将黑暗和光芒搅拌成一种呆滞的灰色。狄亚哥拉斯觉得迟缓和混乱，但他的焦虑促使他继续前进——这焦虑宛似他心头的大石，如同汗水般慢慢地从他掌心渗出来，像马蝇似的骚扰着他，驱赶昏沉沉的他往前走。

(65) 这是藏秘法，白痴。藏秘法，藏秘法！它改变一切，渗透一切，影响一切。现在我们看到了"缓慢"的观念，而它反过来又隐藏着另外一个观念。

前往赫拉克勒斯家的路途似乎无穷无尽，遥远如同马拉松到雅典的距离。他家的花园十分安静，打破这片岑寂的，只有偶尔几声缓慢的杜鹃啼叫。他使劲地敲了门，然后等待着。他听到脚步声。门打开了，他说："我来找庞铎区的赫拉克……"

开门的年轻女人并非庞丝卡。她那头有点脏的鬈发随风飘动，围绕着一张清瘦的脸庞。准确地说，她的相貌算不上漂亮，但是显得像雕刻在石头上的象形文字那么奇特而神秘，令人怦然心动——她那一眨不眨的明眸如宝石般清澈，嘴唇圆润，而脖子则修长优雅。布袍之下是她丰满的躯体……宙斯在上，他这时才想起来这女子是谁！

"请进，请进，狄亚哥拉斯，"庞铎区的赫拉克勒斯说，他的脑袋从那女孩身后探出来，“我还以为是别人，所以……”

“我希望没有打扰到你……如果你正在忙的话。”狄亚哥拉斯来回看着赫拉克勒斯和那女孩，似乎正在等待他们两人都回答这个问题。

“你并没有打扰到我。进来啊。”那女孩默默地让开了，她的动作笨拙而缓慢。赫拉克勒斯指着她。“雅欣特拉你见过的。来吧。我们到果园里的露台去，那边更舒服。”

狄亚哥拉斯跟着解谜人走过一条阴暗的走廊。他察觉到——他并没有环顾周围——女孩并不在他们身后，于是松了一口气。走廊之外，阳光强烈而耀眼。天气有点热，但还好，不算难受。在几株苹果树下面，庞丝卡正弯腰靠着一口白色石井的围栏，吃力地用厚实的木桶汲水；她粗重的鼻息微弱地透过面具传出来。赫拉克勒斯邀请狄亚哥拉斯坐下。解谜人看上去挺开心的，甚至有点兴高采烈的样子；他微微笑着，肥厚的双手搓在一起，胖乎乎的脸颊红扑扑的（他的脸居然也红了！）。他眼里还有从未有过的淘气光芒，这让哲学家吃了一惊。

“说出来你也许不相信，但是那年轻女子确实帮了我很大忙！”

“我当然相信啦！”

感到意外的赫拉克勒斯突然明白了狄亚哥拉斯的怀疑。

“拜托，不是你想的那样，狄亚哥拉斯老兄。请让我重述昨晚发生的事情，当时我满意地完成了我的任务，已经回到家里……”

等赫拉克勒斯回到家里的时候，月亮女神塞勒涅的光辉车轮已经在她每晚犁过的天空之辙上走过了一半的距离。他走进黑暗然而熟悉的花园。树丛茂密的枝叶在清冷月光的照耀下像是镀上了一层白银；它们无声地晃动着，并没有打扰到那些拥挤地在树干上的鸟巢中浅睡的寒冷小鸟。[66]

然后他看到了：有个影子从树丛里猛冲到月光之下。它突然停住。赫拉克勒斯后悔没在斗篷里藏一把匕首——干他这行的，有时需要带上这样的东西。

但那影子——是个黑暗的三角形，底座很宽，浑圆的顶端覆盖着银光闪闪的头发——依然静止不动。

“谁？”他问。

“我。”

声音听起来很年轻，讲话的人可能尚未成年。但是有点不对劲……他敢肯定他以前听到过这人说话。那人

66 对不起，但是我实在受不了。如今藏秘法渗透到描写文字中去了，赫拉克勒斯以慢得令人忍无可忍的速度复述着他和雅所特拉的相遇。为了加快情节的进展，我准备利用我作为译者的有利地位，删减原文，只保留关键的文字。

向他迈上一步。

“你是谁？”

“我。”

“你找谁？”

“你。”

“走近点，让我看看你。”

“不。”

他感到不安。这陌生人看上去既害怕，然而又不像，既危险，却没有恶意。他突然想起来了，如此矛盾的气质正是女人的特性。她是谁呢？他眼角的余光瞟到几支火把，也听到此起彼伏的歌声。这些人也许刚刚参加了酒神节最后的游行，受到仪式上所唱的或者听到的歌曲激发，又被葡萄酒的混乱意志所驱动，正走在回家的路上。

“我认识你吗？”

“是的。不。”

悖谬的是，这谜语般的回答恰恰泄露了她的身份。

“雅欣特拉？”

那人并没有立即回答。火把渐渐靠近了，然而他们却没有动。

“是的。”

“你来干什么？”

“请你帮忙。”

赫拉克勒斯决定走近点，他的右脚向前迈上一步。蟋蟀的歌声慢慢消歇。那些火把的光焰懒惰地晃动着，像被老人用颤抖的手拉开的沉重门帘那样。赫拉克勒斯的左脚又前进了一截埃利亚的线段。蟋蟀重新开始鸣叫。火把的光焰像云朵那样极其细微地改变着形状。赫拉克勒斯抬起了右脚。蟋蟀沉默了。火焰竖起来，凝固了。这只脚落下来。声音不再响起。火焰也不再跳动。这只脚停在草丛之上……[67]

狄亚哥拉斯觉得他好像听赫拉克勒斯讲了很久很久。

“我对她表示欢迎，并且答应帮助她，”赫拉克勒斯解释说，“她刚刚受到威胁，非常惊慌。她不知道该去投靠谁——我们的法律并不保护她这类女人，你也知道的。”

“谁威胁她了？”

“就是那些在我们去找她之前威胁过她的人。所以她当时看到我们便逃跑了。别着急，我会全部解释给你听的。我们有大量的时间。现在我们只要等待新的消息……啊，谜底终于要揭开了，这一刻真的特别美妙！你想来杯没有兑过水的葡萄酒吗？”

“好啊，今天我想喝一点。”狄亚哥拉斯咕哝着。

[67] 我无法继续。这漫长的段落剩下的文字以缓慢得让人恼火的速度描写赫拉克勒斯迈向雅欣特拉的每一步，但悖谬的是，他永远走不到她身旁——这叫人想起了埃利亚的芝诺提出的阿基里斯和乌龟的悖论（我们能够从文中的“埃利亚的线段”看出来）。所有这些，还有反复出现的词语“缓慢”、“沉重”和“笨拙”，再加上那个和犁地有关的比喻，暗示着偷走革律翁的牛群的功劳，也就是赫拉克利斯设法从怪兽革律翁处偷走许多牛的传说。上文提到的“摇摆不定的姿势”出自荷马，因为这位《伊利亚特》的作者曾

庞丝卡将摆放着两个杯子和一壶美酒的沉重托盘摆放在赫拉克勒斯身旁，然后就离开了。赫拉克勒斯说："请听我说，别插话，狄亚哥拉斯。如果你让我分心，我的解释将会持续更久。"

他一边慢慢地、以摇摆不定的姿势在露台上走来走去，一边不停地讲话，先是对着墙壁，然后又对着阳光灿烂的果园，仿佛正在练习为立法会准备的演讲。他说话的时候，肥厚的双手随意地做出许多手势。[68]

特拉马舒斯、安提苏斯和尤尼奥斯遇到了米纳伊苏穆斯。什么时候？在哪里？都有谁知道？这并不重要。事实是，米纳伊苏穆斯建议他们为他当模特，并在他的戏剧里演出。他爱上了他们，邀请他们和别的年轻人一起，参加他那些淫乱的聚会。[69]

但在这三人之中，他更为偏爱安提苏斯，于是其他两人妒火攻心。特拉马舒斯要挟把一切捅出来，除非米纳伊苏穆斯公平地分配他的感情。[70] 米纳伊苏穆斯十分惊慌，安排特拉马舒斯到森林里和他会面。特拉马舒斯假装去打猎，但实际上去了约定的地点。他和米纳伊苏穆斯发生了争论。也许是早有预谋，也许是怒不可遏，米纳伊苏穆斯殴打了他，然后把死亡或者昏迷的他留给野兽去啮噬。当安提苏斯和尤尼奥斯听闻此事之后，他

经说过，牛是以"摇摆不定的姿势"走路的动物……而说到沉重和缓慢，我必须提及的是，我终于把肚子里的废物排泄一空，这让我心情大好。我的便秘的终结可能是个好兆头，意味着我能够加速翻译，尽快达到我的目标。

[68] 庞祥巴的赫拉克勒斯长篇大论地解释这个秘密，这也是为了强调文中隐藏的形象。解谜人通常寡言少语，但这次很奇怪，他滔滔不绝却离题万里，以慢得像怪兽革律翁的牛群般的速度揭开谜底。我决定扼要地改写这段文字，在适当的地方用注释标明他的原话。

们吓坏了。某天夜里，他们站在米纳伊苏穆斯跟前，逼他给个说法。米纳伊苏穆斯冷淡地承认了他的罪行，可能是为了威胁他们吧。安提苏斯决定以应征入伍的借口逃离雅典，但尤尼奥斯挣脱不了米纳伊苏穆斯的魔掌。惶恐的他决定控诉米纳伊苏穆斯，但这个雕塑家将他打死了。安提苏斯亲眼见证了这桩罪案。米纳伊苏穆斯决定残忍地刺伤尤尼奥斯，将葡萄酒倒在他身上，给他穿上女人的衣服，制造了一个年轻人喝醉酒后发疯自残的假象。⑪这就是全部的真相。⑫

“狄亚哥拉斯老兄，上次我们和米纳伊苏穆斯见面，在快结束的时候我就推断出这一切。我几乎能肯定他是罪魁祸首，但要怎样才能有百分之百的把握呢？于是我想起了安提苏斯。他是这根树枝的最弱点，稍微受到压力，很可能就会断开……我设计了一个简单的办法：到学园吃晚饭期间，你们浪费时间讨论诗意的哲学，而我则盯紧我们那位英俊的侍酒童子。喏，你也知道的，侍酒童子依照严格的次序服务各位客人。所以当安提苏斯准备走近我坐的椅子时，我从斗篷下面掏出了一张小纸条，然后递给他；我什么话也没说，不过朝他使了个眼色。纸条上写着：‘我知道尤尼奥斯是怎么死的。如果你想要我保持沉默，回厨房给下位客人准备酒的时候别回

⑲“我们可以想象得到，他们在深夜哈哈大笑，他们的屁股在米纳伊苏穆斯缓慢的凿子之前微微摇摆，”赫拉克勒斯说，“玩乐，悠然自在的爱抚，在火炬照耀下泛出红光的赤裸身体……”

⑳“享用了欢乐的美酒之后，现在该喝到痛苦的沉淀物了。”赫拉克勒斯评论道。

⑪“你看米纳伊苏穆斯多么狡猾！”赫拉克勒斯说，“他不愧是个艺术家——他知道印象、外表可以变成强效的迷魂药。当我们看到尤尼奥斯浑身散发着酒味、穿着女人的衣服时，我们首先想到的是：‘这

个年轻人喝醉了，又打扰我这样，哪有什么事情做不出来啊。'"于是他在此设下了圈套：我们的道德判断的习惯否定了整个理性判断的过程！"

(72) "'但那枝百合花呢？'狄亚哥拉斯问。由于被打断而感到恼火的赫拉克勒斯言之凿凿地说：'那是个诗意的细节，仅此而已。米纳伊希穆斯是个艺术家。'但赫拉克勒斯不知道的是，百合花并非'诗意的'，而是藏秘式的，所以处于他和他的推理所能接触的范围之外。百合花这条线索是给读者的，而不是给赫拉克勒斯的。接下来我将会正常地依照原文翻译出他们的对话。

来。在那里等我，要一个人。'"

"你怎么知道安提苏斯亲眼看到尤尼奥斯被谋杀？"

赫拉克勒斯满脸得意的神色，仿佛他早已料到狄亚哥拉斯会这么问。他微笑着，眯起眼睛，然后说："我其实并不敢确定！我的字条是个诱饵，而安提苏斯上钩了。当时我发现他没有按时服侍下一位客人……就是你的同事，行动的时候让人觉得他的骨头像是溪流里的芦苇那个……"

"卡利克勒斯，"狄亚哥拉斯说，"是的，现在我想起来了，他离开过片刻。"

"是啊。他到厨房去看安提苏斯为什么不给他倒酒。他差点就撞破我们啦，但是很幸运，我们已经结束谈话。接着刚才的话头吧，当时我发现安提苏斯没有回来服侍下一位客人，于是站起来，走到厨房去。"赫拉克勒斯兴致勃勃地、缓慢地揉搓着双手。他扬起一道灰白的眉毛。"狄亚哥拉斯啊！我该怎么说那个漂亮而狡猾的东西呢？我敢向你保证，你的学生在某些方面比我们还要高明！他在屋角等我，不停地颤抖，闪烁的眼睛睁得大大的。他的花环随着胸膛的起伏而摇晃。他匆匆朝我打手势，要我跟他走，领我走进一个小小的储物间，在里面讲话不会被人打扰。他说的第一句话是：'我以所有神明的名义发誓，事情不是我干的。我没有杀死尤尼奥斯！凶手是他！’我假装什么都知道，骗他把所有事情说出来。他说的跟我设想的相同——他的回答逐步证实了我的理论。说完之后，他要我——哀求我，泪水涟涟地——守口如瓶。他倒不是在乎米纳伊苏穆斯的下场，但他不希望大家知道他也卷入其中——他必须考虑到他的家庭……还有学园……如果被人知道，那结果太可怕了。我说我不知道能否按照他要求的做。他屏住呼吸，眼睛朝下，靠上前来诱惑我，低声在我耳边说话，刻意放慢他说的每个字、每个句子。他承诺给我许多好处，因为，他说，他知道怎样取悦男人。我冷静地笑了，然后说：‘安提苏斯，你没必要这么做。’他唯一的回答是动作迅速地扔掉长袍上的两个夹子，让这件衣服掉到地板上。我说他的动作很‘迅速’，但又似乎非常缓慢……我突然明白他是怎么释放激情、令那些理性的人意乱情迷的了。他那吹气如兰的鼻息喷在我脸上，我走开了。我说：‘安提苏斯，在这里我们拥有两样截然不同的东西：首先是你的令人难以置信的美丽，其次是我维护正义的责任。理性裁决我垂涎前者，遵从后者，而不是反过来。所以呢，请别让我混淆你的美丽和我的责任。’他没说话，也没动，只是看着我。我不知道他站在那里看了我多久，他就那样纹丝不动，缄默不语，身上什么也没穿，只戴着常春藤头冠和花环。储物间光线昏暗，但我能看见他脸上嘲弄的神色。我认为他想表明他知道我虽然拒绝，但其实也动心了……那孩子让人们着迷，他知道这一点。突然间有人喊他的名字——就是你在学园的同事。安提苏斯缓缓地穿上衣服，似乎根本不怕这样被人撞见，然后离开了。接着我独自回到了餐厅。”

赫拉克勒斯喝着葡萄酒。他的脸稍微有点红。狄亚哥拉斯的脸恰好相反，苍白得像石英。解谜人不动声色地说：“别责怪你自己。毋庸置疑，让他们堕落的人是米纳伊苏穆斯。”

狄亚哥拉斯平静地回答：“我认为安提苏斯献身给你，甚至给米纳伊苏穆斯或者随便给什么人，并不算什么错误。毕竟，人世间有什么比少年人的爱更令人愉快呢？罪恶的并非爱本身，而是爱的动机。纯粹为了身体愉悦的爱是恶心的，而用爱来让你保持沉默更是一种罪行。”

他的眼睛噙满了泪水。他的声音像夏日的午后那样沉闷。他说：“真正的爱人者甚至无须触碰被爱者：他只要看到他、欣赏他的智慧和完美的灵魂就开心了。我为安提苏斯和米纳伊苏穆斯感到悲哀。他们并不了解真爱无与伦比的美妙。”他叹了口气，接着说：“但不说这个了。现在我们该怎么办？”

赫拉克勒斯好奇地望着哲学家，过了一会儿才回答："就像玩牌的人说的：'从现在开始，每一手牌肯定都是好牌。'我们已经逮到凶手了，狄亚哥拉斯，但如果匆忙行事，有可能会犯错。你怎么知道安提苏斯把所有真相都供出来了呢？告诉你吧，这个奸诈的年轻人简直比米纳伊苏穆斯还要狡猾。而且我们还需要米纳伊苏穆斯公开认罪或者有其他证据才能控诉他。但我们已经取得重要的进展：安提苏斯现在害怕了，情况对我们很有利。他将会怎么做呢？最符合逻辑的事情就是提醒他的朋友，让他赶快逃跑。我敢肯定米纳伊苏穆斯宁愿过着流亡生活也不愿被判死刑。但如果米纳伊苏穆斯离开了雅典，公开控诉安提苏斯也没有用。"

"可是……这样的话米纳伊苏穆斯就逃脱了！"

赫拉克勒斯慢慢地摇头，机智地笑了。"不会的，狄亚哥拉斯老兄：我已经派人监视安提苏斯。他原来的塾师尤马舒斯听从我的吩咐，每天晚上跟踪他。昨晚离开学园之后，我又去叮嘱了尤马舒斯。如果安提苏斯去找米纳伊苏穆斯，那么我们将会知道。有必要的话，我会派其他奴隶去监控他的作坊。米纳伊苏穆斯和安提苏斯的一举一动都不可能瞒过我们。我要让他们感到走投无路，感到恐慌。他们之间要是有个人为了自保，决定公开控诉对方，那问题就能以最简单的方法解决。否则的话……”他慢慢地抬起手，用粗厚的食指指向屋子。

“如果他们没有狗咬狗，那么我们可以利用那个妓女。”

“雅欣特拉？怎么样用？”

赫拉克勒斯摇摆着那根食指，用来强调他说的话。“那妓女是米纳伊苏穆斯犯下的又一个**大错**！特拉马舒斯爱上了她，向她倾诉自己和雕塑家的关系，承认他对雕塑家既爱又恨。就在死前，你的学生向她坦白了，说他将会采取一切手段，甚至不惜将作坊中的狂乱聚会告诉他的家里人，以便让自己能够摆脱米纳伊苏穆斯的魔爪。但他也说他害怕雕塑家——米纳伊苏穆斯说过特拉马舒斯要是敢把事情捅出来，他就会把安提苏斯**干掉**。我们不知道米纳伊苏穆斯怎么会发现雅欣特拉，但是可想而知，应该是特拉马舒斯在争吵中提到了她。雕塑家立即意识到她可能会带来麻烦，于是派了几个奴隶去比雷埃夫斯港威胁她，以防她走漏消息。但我们的到访让米纳伊苏穆斯感到紧张——他以为肯定是那妓女出卖了他，所以再次威胁要把雅欣特拉杀死。这就是雅欣特拉来找我的原因。她惊慌失措，昨晚来请我救命。”

“所以她是我们仅有的证据……”

赫拉克勒斯点点头，眼睛睁得大大的，仿佛狄亚哥拉斯刚才说的话让他十分惊奇。“对啊。如果这两个狡猾的罪人不肯招供，我们可以在雅欣特拉的证词的基础上公开控诉他们。我知道，妓女控诉自由市民的话不会被采信，但提出控诉也许会促使安提苏斯，甚至是米纳伊苏穆斯坦白他们的罪行。”

狄亚哥拉斯眨眨眼，望着阳光灿烂的果园。有头巨大而温驯的白牛慵懒地在水井边吃草。[13] 赫拉克勒斯高兴地说：“尤马舒斯随时都会通报最新的情况。我们将会知道这两个歹徒打算干什么，跟着便可以采取相应的行动。”

⑬和前面几章相同，作者强调这个藏秘法词语，是为了突出草律与牛群的形象。

他又喝了一口酒，慢慢地将其吞下。可能是因为察觉到狄亚哥拉斯并不像他那么乐观而感到不舒服吧，他有点突然地说：“喂，你怎么看呢？你的解谜人已经把谜题破解了！”

狄亚哥拉斯仍然看着那头平静地吃草的白牛之外的果园，他说：“不。”

“什么？”

狄亚哥拉斯朝着果园摇了摇头，看上去好像在跟白牛说话：“不，解谜人，不。我非常清楚地记得我在特拉马舒斯眼中看到的东西。他不仅仅是担忧——他很惊恐。你想要我认为他准备告诉我他和米纳伊苏穆斯的淫乱关系，但是……不，那秘密远远不止这么可怕。”

赫拉克勒斯慢慢地摇头，仿佛正在收集耐心来为小孩子解释某件事情似的，他说："特拉马舒斯害怕的是米纳伊苏穆斯！他认为自己如果揭发雕塑家的话，就会被他杀害！那就是你在他眼里看到的东西！"

"才不是呢。"狄亚哥拉斯十分镇定地反驳，似乎葡萄酒或者沉闷的天气让他变得越来越想睡觉。他说话的速度非常缓慢，仿佛正在说着某门外语，小心谨慎地发出每个字的读音，以便让它们能够被翻译。他说："特拉马舒斯很惊恐……但他的惊恐超越了理解力的范围。那是恐惧本身，恐惧的观念。那是某种你的理性无法掌握的东西，赫拉克勒斯，因为你不是我，没有亲眼看到他的眼神。特拉马舒斯害怕的不是米纳伊苏穆斯会怎么对付他，而是……某种要恐怖得多的事情。我知道这一点。"接着他补充说："我搞不清楚我怎么会知道。但我确实知道。"

赫拉克勒斯厌恶地问："你是在说我的解释是错误的吗？"

"你的解释完全是合情合理的。"狄亚哥拉斯仍然凝视着果园和那头吃草的牛。他深深地吸了一口气。"但我认为真相不是你说的那样。"

"我的解释合理却不真实？梅东特区的狄亚哥拉斯，你到底想说什么啊？"

"我也不知道。我的逻辑告诉我：'赫拉克勒斯是对的。'但是……也许你的朋友克兰托能够解释得更好。昨晚，我们在学园进行了详细的讨论。也许理性并不适用于真相……比如我现在跟你说，我要说的话可能有点荒唐，'赫拉克勒斯，你家果园里有头牛正在吃草。'你可能会认为我疯掉了。但对于某个既不是你也不是我的人来说，难道这个句子就不可能是真实的吗？"没等赫拉克勒斯回答，狄亚哥拉斯接着说："我知道，说你家果园有头牛有悖于理性，因为那儿实际上没有，也不可能有。但**真相**为什么必须是**理性**的呢？难道就不可能存在……非理性的真相吗？"[74]

"克兰托昨天跟你说的就是这些啊？"赫拉克勒斯很难抑制心中的怒火，"哲学会让你变成疯子，狄亚哥拉斯！我在谈论的是符合逻辑的、连贯的事情，而你……围绕在你学生身旁的谜团并非某个哲学理论，而是一些事件的理性链条……"说到这里他停了下来，因为仍然凝望着空荡荡的果园[75]的狄亚哥拉斯正在摇头。狄亚哥拉斯说："我记得你说过：'这世界有许多你我都未曾踏足的奇怪地方。'确实是。我们生活在一个奇怪的世界中，赫拉克勒斯。在这个世界，没有什么事情是可以被彻底理性化或者被理解的。在这个世界，人们的行动并不总是依照逻辑的法则，有时也根据梦或者文学的法则……苏格拉底是伟大的推理家吧，但他也宣称是一个鬼魂或

(74) 当然啦，"果园里的牛"和第四章的"野兽"、第二章的毒蛇相同，纯粹是藏秘式的，所以书中人物看不见。作者用它来强调狄亚哥拉斯的怀疑。实际上，对于读者而言，这头牛是真实的。我的手又在抖。这也许是因为我太累了。

(75) 完成了它的藏秘式使命之后，这头牛消失了，甚至连读者也看不见它了，果园现在变得"空荡荡的"。这并非魔法，只是文学而已。

者幽灵激发他认识到那些最为深奥的真理。柏拉图认为，从某种意义而言，疯癫是获取知识的神秘方式。目前的情况正是如此：我的鬼魂，或者我的疯癫，正在告诉我，你的解释是错误的。”

“我的解释是符合逻辑的！”

“可是错了。”

“如果我的解释错了，那么一切都是错的！”

“有可能的，”狄亚哥拉斯痛苦地说，“是的，谁知道呢？”

“非常好，”赫拉克勒斯抱怨说，“如果你想沉溺在悲观主义的哲学泥沼中不能自拔，狄亚哥拉斯，那么请便！我将会向你证明……啊，有人敲门。肯定是尤马舒斯。请你坐在这里，继续思考观念的世界，我亲爱的狄亚哥拉斯！我将会用托盘把米纳伊苏穆斯的脑袋端来给你，到时你再付给我酬劳！庞丝卡，去开门！”

但庞丝卡已经把门打开了，来客正朝果园中的露台走过来。

是克兰托。

“庞铎区的赫拉克勒斯，解谜人先生。你也在啊，梅东特区的狄亚哥拉斯。整个雅典城都乱套啦！全部还有力气叫唤的市民都在闹着要把你们找出来呢。”

他试图让在他臂弯中愤怒地吠叫的刻耳柏洛斯安静

下来。仿佛准备宣布什么好消息似的，他笑着补充说："大事不好啦。"

猛烈的阳光穿过作坊的窗户倾泻而下，照射在气宇不凡的普拉克辛诺身上。他轻轻地推开一个站在他身旁的人，同时作势要另外一个人帮忙。他跪下。这个姿势他似乎保持了无穷久。旁观者设想过他脸上的表情——痛苦、悲哀、发狂、愤怒。但普拉克辛诺木然的脸庞令他们的猜想都落空了。他的面容雕刻着的记忆的痕迹，那些几乎都是好的记忆；而两道对称的黑色眉毛和一把雪白的胡子相映成趣。几乎没有任何迹象表明他正在看着他儿子被肢解的尸体。只有一个细节：他眨着眼，慢得令人难以置信；他凝望着两具尸体中间的某个地方，而他的双眼似乎在眼眶里像落日那样慢慢地往下沉，直到变成睫毛之后两轮残缺的月亮。然后他又睁开了眼睛。仅此而已。在身边众人的帮助下，他站了起来，然后说："众神在召唤我之前，先召唤了你，我的儿子。他们渴望见到你的美丽，将会要你陪伴他们，并让你得到永生。"

这番得体的言论引起一阵仰慕的窃窃私语。又有人来了：那是几个士卒，还有个看上去像是医生。普拉克辛诺抬起头来，刚才出于敬重而停留的时间现在又继续往前走。

“这是谁干的?”他的声音变弱了。如果没人看着的话，他也许马上就会哭泣。他内心的感情花了很长时间才在他脸上露出来。

没有人说话——这是那种人们左顾右盼看谁会先开口的时刻。有个陪着普拉克辛诺的人说:“住在附近的人在凌晨听到作坊里传出叫喊声，但他们以为那是因为米纳伊苏穆斯又在举行聚会了……”

“我们看到米纳伊苏穆斯逃跑了!”另外一个人说，他的声音和邋遢的外表与轩昂的普拉克辛诺形成了鲜明的对比。

“你看到他了?”普拉克辛诺问。

“是啊! 别人也看到了! 我们通知了巡检官的仆役!”

这人似乎以为说了这句话会得到嘉奖，但普拉克辛诺没有理睬他，而是问:“有人能告诉我这是谁干的吗?”

他说出“这”字的口气让人觉得他指的是一次难以想象的亵渎了神明的行为，一件应该被愤怒之神追杀的恶行。在场所有人低下了头。作坊里面万籁俱寂，甚至连那些在透过敞开的窗户照射进来的光芒中慢慢地飞转的苍蝇也没有发出声音。那些雕塑几乎全部尚未完工，它们带着坚硬的同情凝望着普拉克辛诺。

医生是个瘦弱的人，他行动笨拙，脸色甚至比尸体还要苍白。他跪在地上，轮流检查两具尸体，先是碰碰年老的，随即又动动年轻的，似乎正在对它们进行比较；在检查的过程中，他不停地低声报出他的发现，而且语速很缓慢，像儿童吃力地背诵字母表似的。有个巡检官站在他身边，恭恭敬敬地聆听着，不时点头表示同意。

两具尸体面对面侧躺着，地上是大量的血。它们看上去像是绘在花瓶上的舞者画像。老人身上穿着的是破旧的灰色斗篷。他的右臂弯曲，左臂伸出在头上。年轻人的姿势是老人的姿势的镜像，但他身上没有穿衣服。除此之外，就身上的伤口而言，这一老一少，一奴隶一主人完全是平等的：他们的眼睛被挖出来，面容被毁了，皮肤上有许多深深的创口；不过他们双腿之间的玩意被切除的部分长短不一。此外还有别的差异：老人僵硬的右手握着两个眼球。

“蓝色的眼球。”医生宣布说，仿佛正在把它们记到账目上。

说完这几个字之后，他莫名其妙地打了个喷嚏，然后才说：“它们属于那个年轻人。”

“十一人委员会的仆役到啦！”有人大声宣布，打破了这片死寂。

尽管所有的眼睛都在扫视门口的围观者，但却没有人能辨认出这位官员。突然间，大家的注意力被一个充满感情的声音吸引了:“普拉克辛诺，我最尊敬的大人啊!”

说话的是梅东特区的狄亚哥拉斯。他在普拉克辛诺之前来到作坊，跟他一起来的有两个人，一个矮矮胖胖，另外那个身材高大，相貌奇特，抱着一条小狗。那胖子已经不见踪影，但狄亚哥拉斯之前心有所属，并没有注意到——他刚才一直跪在尸体旁边痛哭流涕。然而现在他的举止变得很坚毅。他似乎把浑身精力都集中在喉咙了，显然他需要这么多力量才能把话说出来。他的眼睛很红，而他的脸则是死灰色的。

“我是梅东特区的狄亚哥拉斯，安提苏斯在学园的导师。”

“我知道你是谁，”普拉克辛诺毫不客气地说，“你说吧。”

狄亚哥拉斯舔了舔干裂的嘴唇，深深吸了一口气。“我希望当检举人，公开控诉雕塑家米纳伊苏穆斯犯下了这些罪行。”

人群中出现了一阵缓慢的窃窃私语。经过缓慢的战斗之后，普拉克辛诺内心的感情终于占据了他的面孔——满脸通红的他扬起一道黑色的眉毛，慢慢地抽动他的眼睛和眼睑的筋肉。他的呼吸声清晰可闻。他说："你知道自己在说什么吗，狄亚哥拉斯？"

"我知道，普拉克辛诺大人。"

另外有个带着外地口音的人说："这里发生什么事了？"

说这话的不可能是别人，只能是终于现身的十一人委员会的仆役。十一人委员会是十一个在处理刑事案件方面拥有最高权威的法官。他身材健硕，身上穿着兽皮，看上去很粗犷，腰间缠着一条牛皮鞭子。他的样子虽然有点弱智，但是很吓人。他大声地喘息着，似乎刚才跑了许多路，而且从他脸上的表情判断，看到有趣的事情在他到来之前已经结束，他有点失望。有几个人（在这样的场合，总会有这样的人）上前向他解释他们所了解的情况，或者是他们自以为了解的情况。不过大多数人还是站着不动，聆听普拉克辛诺所说的话："狄亚哥拉斯，你为什么会认为米纳伊苏穆斯对我的儿子和他原来的塾师尤马舒斯干了……这件事？"

狄亚哥拉斯又舔了一下嘴唇。"到时让他亲口告诉我们吧，普拉克辛诺大人，如果他不说，我们可以给他上刑。但这件事就是他干的，这一点像太阳的光芒一样不容置疑。"

米纳伊苏穆斯的名字以不同的发音、不同的语调出现在每个人的嘴唇上。大家回忆起他的面容、他的外表。有人大喊，但随即被命令保持安静。普拉克辛诺终于失去控制，打破了令人敬畏的沉默，他说："把米纳伊苏穆斯给我找出来。"

这句话仿佛是人们等待已久的信号，群情立即激昂起来。有人说要血债血偿，有人以众神的名义发誓。有些人甚至都没见过米纳伊苏穆斯，却说要让他遭受酷刑。那些认识他的人摇摇头，抚摸着胡子，也许正在想："真是想不到啊。"看来在场这么多人只有十一人委员会的仆役不知道发生了什么事情，他不停地问周围的人：他们正在讨论什么，那个被肢解、躺在年轻的安提苏斯旁边的老人是谁，控诉雕塑家米纳伊苏穆斯那人叫什么名字，他们正在吵闹什么，诸如此类。

"赫拉克勒斯呢？"狄亚哥拉斯扯着克兰托的斗篷问。现场一片混乱。

"我不知道，"克兰托耸了耸他那宽厚的肩膀，"刚才他还在的，在尸体周围走来走去。但现在……"

在狄亚哥拉斯看来，作坊里面有两种雕像：有些是静止的，有些则有轻微的动作。他笨拙地从这些雕像中走过；他被挡住了；混乱中，他听到自己的名字；有人正在拉他的斗篷；他转过身，看到普拉克辛诺一个手下的脸靠了过来，脸上的嘴唇开开合合："如果你想提出控诉，你必须去跟首席大法官说。”

“好的。”狄亚哥拉斯说，其实他没完全听清那人讲的话。

他从所有的障碍中抽身，离开人群，向门口走去。外面风和日丽。有些奴隶和自由人纹丝不动地站在门楼之下，似乎很妒忌作坊里的石像。看到这些人，狄亚哥拉斯胸口就像压了一块石板——只有离开那座建筑之后，他才能自由地呼吸。他停下脚步，四下环顾。百般无奈之下，他随便选了条街道。令他如释重负的是，他看见以摇摆不定的姿势走路的解谜人，他正迈着沉重的步伐，心事重重地朝山上走去。狄亚哥拉斯大声招呼他。

“我想谢谢你。”他追上去说。他的语气有种奇怪的迫切，就好像一个赶大车的用平静的语调催促拉车的牛。“你已经出色地完成了任务。我再也不需要你了。今天下午，我会把约定的钱付给你。”仿佛解谜人的沉默让他很难受，他又说：“到最后，一切都如你所料。你是正确的，我错了。”

赫拉克勒斯咕哝了几声。虽然他说得很慢，但狄亚哥拉斯必须凑近了才能听得见：“这个白痴，他为何要这么做呢？他显然是被恐惧或者疯狂征服了。可是……残害了两个人！这太荒唐了！”

赫拉克勒斯回答的口气很奇怪，居然显得非常高兴，他说："他将会亲口把他的动机告诉我们，赫拉克勒斯老兄。酷刑会逼迫他招供的。"

他们默默地沿着这条洒满阳光的街道步行。赫拉克勒斯抓了抓他的尖脑袋。"对不起，狄亚哥拉斯，关于米纳伊苏穆斯，我搞错了。我知道他肯定想逃跑，但是……"

"现在没关系啦。"狄亚哥拉斯听起来像一个刚在荒野度过漫长而缓慢的行程之后得到休息的旅人。"以前我做错啦。现在我明白了。我把学园的声誉摆在这些可怜孩子的生命之上。但现在没关系啦。我将会说出来，提出我的控诉！我也要控诉我自己不配当他们的导师，因为……"他揉了揉太阳穴，仿佛正在思考某个复杂的数学问题。他接着说："因为如果有某些原因促使他们去找那个罪犯寻求指导，那么我必须为此负责。"

赫拉克勒斯本想插口，但话到嘴边又咽下，等着狄亚哥拉斯说下去。

"我必须为此负责，"狄亚哥拉斯重复了一遍，好像要把这句话牢记在心，"我必须承担责任！米纳伊苏穆斯只是个丧心病狂的疯子，但我……我是什么人呢？"

有件奇怪的事情发生了，不过这两人刚开始都没有注意到：他们同时开口讲话，不去听对方说了什么，只顾慢慢地吐出他们的句子，一个听起来冷冷淡淡，另外一个则慷慨激昂："这该怪我！我才是真正的罪魁祸首！"

“米纳伊苏穆斯发现了尤马舒斯，他吓坏了，然后……”

“喏，你说说看，当导师意味着什么呢？请你告诉我！”

“……尤马舒斯威胁他，于是……”

“意味着教育学生。那是神圣的职责！”

“……他们打起来了，尤马舒斯摔倒了，当然……”

“教育学生意味着塑造灵魂！”

“……安提苏斯可能试图保护尤马舒斯……”

“好的导师应该了解他的学生！”

“……非常好，但后来，为什么要残害他们呢？”

“否则的话，教书干吗呢？”

“我犯了错误。”

“我犯了错误！”

他们停下来，彼此对望了片刻，神情紧张而专注，仿佛此刻他们各自迫切地需要对方似的。赫拉克勒斯看上去苍老了许多。他以慢得令人难以置信的速度说：“狄亚哥拉斯……我承认在这整个事件中，我笨拙得像头牛。我的头脑从来未曾如此沉重或者迟钝。最令我吃惊的是，那些事情拥有某种逻辑关系，我的解释整体看来无懈可击，但是……某些细节……坦白地说，这些细节虽然不多，但是……我需要时间静下心来好好思考。我不会收你的钱。”

狄亚哥拉斯将双手搭在解谜人结实的肩膀上。看着对方的眼睛，他说："赫拉克勒斯，别想啦，我们已经到了终点。"他停下来，接着像对孩子说话一样，慢慢地重复道："我们已经到了终点。这段旅途漫长而艰苦。但我们走完了。让你的头脑休息吧。至于我，我要想办法让我的灵魂安静下来。"

解谜人猛然地挣脱狄亚哥拉斯的手，沿着街道向上走去。他似乎想起了什么，转过身来面对哲学家。"我要回家关起门来好好思考，"他说，"如果有消息的话，我会通知你的。"

狄亚哥拉斯没来得及阻止他，他已经踏上了由悲剧缓慢地拉着的沉重人流在街道上犁下的沟壑。

有人说这件事发生得太快。但大多数人觉得非常慢。也许这就是快中有慢吧，如果大家暗地里狂热地希望某些事情早点发生，那么就会有这样的感觉。

事情发生的时候，夜晚的暗影还没有出现，早在外地商人关闭店铺、庙宇中的神职人员举起刀子准备最后的祭祀之前。没人记得准确的时间，但普遍认为当时是正午过了几个时辰，光芒万丈的太阳已经开始下降。所有城门都有士卒把守，但此事并不在那儿发生。有人到各座荒废的破房子中搜寻，以为他会蹲在角落里不停地发抖，像一只饥饿的老鼠，可是此事也不在这些地方发生。实际上，事情发生的地点平平无奇，就是某条两边有许多新开的陶器作坊的繁忙街道。

有个问题以缓慢的速度口口相传，笨拙然而势不可当地在街头流传："你看到陶匠区的雕塑家米纳伊苏穆斯了吗？"

这个问题像最感召人的宗教，它征募了许多人。他们皈依之后便会热切地带着它到处走。有些人站在街道边，他们怀疑答案也许就在某个地方……等等，我们还没搜过这座房子呢！我不会耽误大家的，我只是想去看看我的理论是否正确！另外一些人则将信将疑，并没有信奉这个新的宗教，因此这个问题最好应该这样重新表述："你见过那个你从来没有见过，而且将来也不会遇到——因为在我们说话的时候，他早就逃得不见踪影——的人吗？"他们面带微笑，慢慢地摇头，心里想："你们这群白痴，居然认为米纳伊苏穆斯会在这里等着被……"

然而，这个问题依然一路前进。

就在那一刻，它踏着弯曲的毁灭之路来到了那家外地商人开的狭小陶器店。"我当然见过米纳伊苏穆斯啦。"有个漫不经心地浏览着陶器的人说。

提问的人早已听惯千篇一律的答案，所以本来没打算理睬这人，但突然间他好像撞上了一道无形的墙壁。他转过身，看到的是布满岁月犁沟的沧桑脸庞，稀稀疏疏的邋遢山羊胡子，和乱蓬蓬的灰白头发。

“你说你见过米纳伊苏穆斯？”他热切地问，“在哪？”

那人回答说：“我就是米纳伊苏穆斯。”

他们说他不停地微笑。不，他没有。我当着大眼睛的雅典娜发誓，哈尔帕鲁斯，他真的不停地笑！我当着黑色的冥河发誓，他没有！你离他近吗？就像现在我离你这么近，他没有笑——他当时愁眉苦脸的！他在笑啊，我也看到他啦；当时你们几个抓住他的臂膀，他不停地笑，我发誓……那是痛苦的表情，你这个白痴；他那叫龇牙咧嘴！我这样看起来像在笑吗？你看起来像个白痴。可是，真理之神在上，他明明知道自己的下场，怎么还能够笑得出来呢？如果他知道，那怎么会自投罗网而不是逃之夭夭呢？

最初那个问题生下了许多小问题，到了夜幕降临的时候，它们要么变得面目全非，要么奄奄一息，要么呜呼哀哉……

解谜人坐在书桌旁边，用手托着肥胖的脸颊，陷入了沉思。(76)

雅欣特拉进来的时候没有发出声音。他抬起头，看到她站在门口，被黑暗环绕着。她穿着用夹针固定在右肩上的长布袍。她左边的乳房只被布袍的边缘遮住了一点点，几乎整个露在外面。(77)“请继续吧，我不想打扰

(76) 这也是我喜欢的坐姿。实际上，我刚刚换了姿势，以便开始工作。我觉得这里出现相似之处是在情理之中的，因为本章有许多事情发生了两次，而且是同时发生在不同的角色身上。这肯定是一种微妙的技巧，用来强调文中的藏秘法形象——同轭的耕牛是并排走动的。

(77) 现在我坚定地认为把我关起来的这人完全是个疯子。就在我着手翻译这段文字的时候，我抬起头，发现他站在那儿，就像赫拉克勒斯看到雅欣特拉那样。他进来的时候没有发出声音。他的模样十分荒唐：他穿着黑色的长斗篷，戴着面具和凌乱的假发。面具是女性的脸孔，但声音和双手却属于一个老人。他的话语和动作（由于继续翻译，我总算知道了）

你的。”雅欣特拉说，她的声音很男性化。

赫拉克勒斯似乎没有受到影响。“你想干什么？”他问。(78)

“别停止工作。那看上去十分重要。”

赫拉克勒斯不知道她是否正在跟他开玩笑（他发现很难弄清楚——对他来讲，所有的女人都戴着面具）。他看着她慢慢地向自己走过来，在黑暗中行动自如。

“你想干什么？”他又问了一遍。(79)

她耸了耸肩。她慢慢地、近乎犹豫地让自己的身体贴近他。“你怎么能够在黑暗中坐这么久呢？”她好奇地问。

“我在想事情，”赫拉克勒斯说，“黑暗有助于我思考。”(80)

“你想要我帮你按摩吗？”她低声说。

赫拉克勒斯盯着她，什么也没说。(81)

她伸出她的手。

“别打扰我。”赫拉克勒斯说。(82)

“我只想帮你按摩。”她低声说，开玩笑似的。

“不，别打扰我。”(83)

雅欣特拉住手了。“我只想给你快乐。”她喘息着说。

“为什么？”赫拉克勒斯问。(84)

在这场对话（他和我说相同的语言，但他说的话竟是她的话的准确翻译）中和雅欣特拉的话语与动作完全相同。因此，我只会在赫拉克勒斯的回答后面用注释写出我的回答。

(78)“你是谁？”我问。

(79) 我想此刻我并没有说话。

(80)“我可不想停留在黑暗中，”我大声说，“把我关在这里的人是你！”

(81)“按……摩？你疯啦？”

(82)“走开啊！”我尖叫着跳起来。

“我欠你一个人情，”她说，“我想报答你。”

“拜托，没这个必要。”[85]

“我也很孤独。不过我能让你高兴的，我向你保证。”

赫拉克勒斯盯着她看。她脸上毫无表情。

“如果你想让我高兴，那就别打扰我。”他说。[86]

她叹了口气，又耸了耸肩。“你想吃点东西吗？或者来点喝的？”她问。

“我什么也不想要。”[87]

雅欣特拉转身离开，但在门口站住了。“如果需要什么，你就喊我。”她说。

“好的。你赶快走吧。”[88]

“你只要喊一下我就来了。”

“快走！”[89]

门关上了。房间里再次充满了黑暗。[90]

(83)“别碰我！”我想我说了这句话，我不太确定。

(84)“你……你彻底疯掉了。”我惊慌地说。

(85)“人情？什么人情？翻译这本书吗？”

(86)“如果你想让我高兴，请放我出去！”

(87)“想啊！我饿了！而且很渴！”

(88)“等等，拜托，别走啊！”我大声说，突然间变得很担心。

(89)“别走。”

(90)“别走啊！”我大叫，并且哭了起来。

现在我冷静下来了。我不停地寻思这个绑架我的人到底想干什么。向我展示他十分了解这部小说吗？让我知道他时刻监控着翻译的进程？反正有一点我是知道的——我落在一个神经病老头手中！各位希腊的神明啊，请保护我！

第九章

卡里西奥区的拉科斯的儿子米纳伊苏穆斯所犯的罪行是血罪——也有人说是“肉”罪，所以举行审判的地点是阿瑞斯山上的阿瑞奥巴古斯法庭，那是雅典城里最为神圣的地方。这座大理石建筑从前是政府做出重大决策的所在地，但经过索隆和克莱斯提尼斯的改革，它现在只充当审判命案的法庭，仅为被告提供处死、剥夺权利或者流放的刑罚。所以雅典人并不乐于见到它那洁白的台阶、庄严的圆柱、高大的法官座席及其对面圆盘似的香炉。香炉中燃烧着各种拜祭雅典娜的芬芳药草，有人说它们的气息会让人隐约想起人肉被烧焦的味道。然而，这里有时候会因为某些贵族被告的到来而举办小型的宴会。

卡里西奥区的拉科斯的儿子米纳伊苏穆斯的案件引起了许多人的兴趣。这是因为受害者的高贵出身和几桩命案的恶劣性质，而不是因为米纳伊苏穆斯本人，毕竟他只是斐迪阿斯和普拉克希特勒斯的传人而已，他靠把作品卖给喜爱艺术的贵族为生，和肉贩没什么区别。

传令官发出凄厉的开庭信号，那些历史悠久的阶梯上很快就座无虚席。这群饥肠辘辘的听众大多数是外地商人，属于雕塑和陶器行会的雅典人，以及诗人和士卒，不过也有相当多的人纯粹是出于好奇才来的。

士卒将绑着双手的被告押进来，人们的眼睛睁得像碟子那么大，纷纷兴奋地交头接耳。卡里西奥区的拉科斯的儿子米纳伊苏穆斯虽然瘦，却很结实，他挺起胸膛，昂起白发苍苍的脑袋，仿佛他来这里要接受的并非审判，而是军功章。他镇定地聆听罪名繁多的指控，后来法官问他是否认为这些指控有失实之处，他行使了沉默的权利，片言不发。米纳伊苏穆斯，你有什么要说的吗？没有，哪怕一个“是”或“否”都没有。他继续挺起胸膛，像孔雀那样顽固地骄傲着。他会认罪吗？还是会辩称自己是冤枉的？他会在最后透露什么可怕的秘密吗？

证人纷纷出庭。最先发言的是他的邻居，他们绘声绘色地说，有些青年，主要是无业游民和奴隶，以当雕塑模特为借口，经常到他的作坊去。他们提到了他在夜间的活动——凄厉的叫声，贪婪的呻吟，香臭混杂的酒气；还有白天那几个浑身赤裸、白皙如同奶油蛋糕的少年人。听到这些陈述，许多人感到血脉偾张。随后，几个诗人宣称米纳伊苏穆斯是良好的市民，而且是优秀的作家，他非常努力地想复兴希腊戏剧中的古典形式。但由于这些人和他们所赞扬的人一样，都是地位卑微的艺术家，所以各位法官忽略了他们的证词。

现在聆讯的是凶杀现场——人们的注意力被吸引到血迹斑斑的衣角、伤痕累累的肉体、潮湿腐烂的内脏，还有那几具惨不忍睹的尸身。发现特拉马舒斯的戍边校尉陈词了；那些发现尤尼奥斯和安提苏斯尸体的巡检官提出了他们的看法。在法官的盘问之下，他们说出了尸体被肢解的情况，于是人们纷纷想象一具脚、脸、手、舌头、下阴、腹部都被剁成碎块的尸首。终于，到了正午时分，在驾着马车的太阳神的炙热威力之下，梅东特区的伊亚姆普萨舒斯的儿子狄亚哥拉斯的身影登上了通向法官座席的阶梯。法庭中鸦雀无声——所有人都知道这将是这次审判中最主要的指控，他们迫切地等待着。梅东特区的伊亚姆普萨舒斯的儿子狄亚哥拉斯并没有让他们失望：他的回答坚定不移，他的措辞无懈可击，他的陈述出自肺腑，他的猜测谨终慎始，虽然语意带着些许痛苦，口气也偶尔严厉，但总体而言令人满意。在说话的过程中，他并没有看着那些阶梯座位，柏拉图和他的几个同事就坐在那里，而是望着各位法官的座席。然而，那些法官对他似乎并没有多加关注，仿佛他们的判决早已拟好，狄亚哥拉斯的证词只是可有可无的调味品而已。

等到人们觉得饥肠辘辘的时候，首席法官宣布法庭中止聆讯。他那双清澈的蓝色眼睛礼貌而漠然地望向被告。“米纳伊苏穆斯，卡里西奥区的拉科斯的儿子，如果你想为自己辩护，本庭赋予你这项权利。”

突然间，在这座有着圆柱、香炉和法官座席的阿瑞奥巴古斯环形法庭之中，所有观众的贪婪目光不约而同地朝某个点看去：那是雕塑家线条粗糙的脸，肤色是饱经沧桑的黝黑，眼睛不停地眨巴着，脑袋上的黑发点缀着斑白的发丝。

在饥饿的寂静中，正如处身宴会之前的祝酒仪式，米纳伊苏穆斯，卡里西奥区的拉科斯的儿子，张开了嘴巴，缓缓地舔了舔干裂的嘴唇。

然后他笑了起来。[91]

(91) 观众把他给吃了。指写米纳伊苏穆斯遭到审判的文字引诱读者想起一次以雕塑家本人为主菜的宴会。我怀疑这个藏秘法形象和赫尔克利斯的十二件功劳有关，但还不能确定它指的到底是哪一件。实际上，这段藏秘法描写让我重逢三天。

那是一个女人的嘴巴——她的牙齿，她炙热的气息。他知道这个嘴巴会咬，会吃，会吞噬，然而令他担忧的却是那颗被一只不知道谁的手紧紧地抓住的心脏。他并不在意那缓慢游移的女性嘴唇（因为它属于一位女性，而不是一个女人），她的牙齿轻轻划过他的皮肤，因为他的某些部位（只是某些部位）发现这样的抚摸十分愉悦。可是那颗心脏……那块被几根强壮的手指抓紧的、潮湿而跳动的肉……他必须找出心脏后面是什么，还有那个潜伏在他视线边缘的黑色身影到底是谁。因为那条手臂并非虚悬在半空中，如今他知道这一点。手臂连着的人影不断出现又消失，就像不同时期的月相盈亏那样。喏……看到一点了……他几乎可以看到整个肩膀了，那是……一个士卒。这个士卒正在遥远的地方发号施令，或者正在澄清什么。声音听起来很熟悉，但他听不太清楚说的是什么。可是这些话是至关重要的啊！他还受到别的影响：飞翔给他的胸膛带来了压力。他必须牢牢记住，将来调查可以早有防备。压力，是的，还有身体某些最敏锐的部位感受到的愉悦。尽管有个嘴巴正在温柔地啜吸着，但飞翔是愉快的，身体完全处在放松的状态……

他醒过来。有个身影坐在他身上。他愤怒地将其推到旁边。他记得有些文化认为梦魇就是一个马头女人身的妖怪，它赤裸的屁股压着入睡者的胸膛，在入睡者耳边低声说着折磨人的话，然后再将其吞噬。床单飞舞，肌肉绷紧，手足纠缠，低呼呻吟。这夜晚太黑暗啦！太黑暗啦！

“别这样，冷静点。”

“什么……谁……”

“嘘。你做梦啦。”

“荷歌斯戈拉？”

“不是。”

他浑身发抖。他辨认出他自己的身体，仰面躺在他自己的床铺上，而他所处的正是他自己的卧室（现在他知道了）。一切如常，只是多了这个像一匹强壮而不安分的马驹般在他身旁不停地动着的温暖裸体。他打了个哈欠。理性在他的脑里点燃了一根蜡烛，刹那间，他开始了新的一天。

“雅欣特拉？”他终于回过神来了。

“是的。”

赫拉克勒斯坐起来，他腹部的肌肉绷紧了，仿佛他刚吃过东西似的。他揉了揉眼睛说：“你来这里干什么？”

她没有回答。他感觉到她动了一下，她的身体温暖而湿润，好像正在往外冒汁液。突然间，床上有几处往下陷，他失去了平衡。他听到几声沉闷的撞击，还有一些声音毫无疑问是赤脚踩地发出的。“你要去哪里？”他问。

“难道你不想我把灯点亮吗?”

他听到火石相敲的声音。她居然知道我昨晚把灯摆在哪里，也知道去哪里找火石，他想，并将这信息储存在他那巨大的精神图书馆中的某个地方。片刻之后，她的身躯出现在他面前，半个胴体在灯光中散发出甜蜜的芬芳。他觉得裸露尚不足以形容她。实际上，他从未见过有女人裸露得如此彻底——没有化妆，没有珠宝，也没有发饰，甚至连一层哪怕薄如蝉翼的朴素内衣也没有。赤条条的。甚至是鲜美的，他想，就像一块被扔在地上的生肉。

“原谅我，求求你。”雅欣特拉说。可是她那男孩般的声音中没有丝毫担心赫拉克勒斯将不会原谅她的口气。“我在我的房间听到你的呻吟。你好像很难受。我只是想把你弄醒。”

“我做噩梦了，”赫拉克勒斯说，“我最近一直遇到同一个梦魇。”

“诸神通过重复出现的梦境对我们说话。”

“我不相信这种说法。毫无逻辑可言。梦境是无法理喻的。它们只是我们自己创造出来的随机形象。”

她什么也没有说。

赫拉克勒斯想叫庞丝卡，但随即想起庞丝卡前一天晚上向他告假，到厄琉息斯去参加圣秘教信徒的聚会去了。所以家里只有他和妓女两个人。

“你想擦把脸吗?”她问,“我去给你带条毛巾来?”

“不用了。”

雅欣特拉突然问:“荷歌斯戈拉是什么人?”

赫拉克勒斯木然地望了她一会儿,然后他说:“我睡着的时候喊她名字了吗?”

“是的,也喊了伊蒂丝的名字。你把我当成她们两个了。”

“荷歌斯戈拉是我的妻子,”赫拉克勒斯说,“她生了重病,去世有段时间了。我们没有孩子。”他停下来,接着仿佛背诵乏味的课文似的,继续用上课的口气说:“伊蒂丝是我的老朋友……我喊了她们两个人的名字,这太奇怪啦。但是,正如我说过的,梦境没有任何意义。”

他们沉默了片刻。现在油灯摆在女孩的下方,灯光掩饰了她的赤裸——有片波动的、马鞍似的黑影遮住了她的乳房和阴部,几道宛如马鞭的影子穿过她的嘴唇、额头和眼睑。赫拉克勒斯饥渴地盯着这个妓女看了一会儿,试图弄清楚她的皮肤之下除了血液和肌肉还有别的什么东西。雅欣特拉和他的亡妻荷歌斯戈拉真是截然不同!

雅欣特拉说:“我要走啦,除非你还需要我做什么。”

“现在距黎明还有很久吧?”他问。

“不久。天色已经蒙蒙亮啦。”

“天色已经蒙蒙亮啦，”赫拉克勒斯自言自语，“这句话说得真好。”

“那么，让油灯亮着吧。”他说。

“好吧。但愿诸神保佑你好好休息。”

他想：昨天她说“我欠你一个人情”，但她为什么要强行这样报答我呢？我是真的感觉到她的嘴巴在我的……或者只是做梦而已？

“雅欣特拉？”

“怎么啦？”

她的声音里并没有丝毫的希望或者期待，他感到痛苦（男人的骄傲真是不可救药！），而且他也为自己居然会感到痛苦而痛苦。她只是站住了，回过头来，用赤裸的眼光望着赫拉克勒斯，同时说：“怎么啦？”

“米纳伊苏穆斯因为杀害另一个青年而遭到逮捕。今天他将会在阿瑞奥巴古斯法庭接受审判。你不用再担心他了。”停顿片刻之后，他补充说：“我想听到这个消息你应该会高兴的。”

“是的。”她说。

门在她身后关上了，发出吱呀吱呀的声音，回应着那句“是的”。

他赖在床上度过了整个早晨。到了下午，他起床，穿衣，吞下整碗无花果，然后决定去散步。他甚至都不想看看雅欣特拉是否还在那间狭小的客人房，抑或已经不告而别。她的房门是关着的，反正赫拉克勒斯并不介意留她单独在屋子里，因为他认为她并不是贼，甚至并不是一个坏女人。他优哉游哉地向中央广场走去，到了那里，他遇见几个他认识的人和许多他不认识的人。他宁愿询问后者。

“雕塑家的案件?”有个男人说，他皮肤黝黑，上下打量着赫拉克勒斯，仿佛好色的森林之神正在窥视一些仙女似的。“宙斯在上！你居然不知道? 整个城市都在谈论这件事啊!”

赫拉克勒斯抱歉地耸了耸肩膀。

这人露出几颗大牙说:“法官判他死刑，要将他投入死囚坑啦。他认罪了。”

“他认罪了?”赫拉克勒斯不敢置信。

“认了。”

“全部都认了?”

“是啊。尊贵的狄亚哥拉斯指控他犯了谋杀罪，杀害三个年轻人和那个年老的塾师，他全认了。他在所有人面前认罪，脸上挂着微笑，说的是‘我有罪!’，也有可能是别的话，反正意思差不多。大家非常惊讶他供认不讳，而且还表现得理直气壮的!”这人牧神似的黑脸变得更黑了，他继续说："投死囚坑太便宜这个混蛋啦！这次我倒是同意那些女流之辈的提议！"

"她们提议什么？"

"各个城区领袖的太太组成一个代表团，请求法官先用酷刑折磨米纳伊苏穆斯，然后再将他处死。"

"生肉。她们想生吃他的肉。"有个人插口说，在赫拉克勒斯来之前，他正在和黑面人聊天。他的身材矮而壮，肩膀很宽，头顶和下巴像撒调味品似的散布着稀稀疏疏的金发。(92)

黑面人点点头，再次露出马齿似的板牙。

"这次我倒是觉得这些女人的愿望应该得到满足！那几个可怜的年轻人死得太冤啦！难道你不觉得……"他转头去看赫拉克勒斯，却发现他已经走了。

解谜人正在走远，笨拙地避开那些站在广场上聊天的人们。他感到有点迷糊，甚至有点眩晕，仿佛他睡了很久很久，一觉醒来发现身处一座陌生的城市。但随着思维的加速，他脑子里的马车也开始快马加鞭。到底怎么回事？他开始明白，他的推理过程中有某些不符合逻辑的地方。又或许他的推理一直并不符合逻辑，直到现在，他所犯的错误才显露出来……

他想起了米纳伊苏穆斯。他看到米纳伊苏穆斯在森林里，不停地抽打特拉马舒斯，直到他毙命或者昏迷，

(92) 跟饮食和马匹有关的比喻反复出现，它们指向的藏秘法可能是赫拉克利斯消灭狄俄墨得斯的四匹牝马的功劳。众所周知，这四匹牝马吃人肉，而且还反噬了它们的主人。我无法确定那些"想生吃他的肉"的"各个城区领袖的太太"是否被用于代表那几匹牝马。如果是的话，这个比喻真的驴头不对马嘴。

把他留给野兽去吞噬。他看到米纳伊苏穆斯杀害了尤尼奥斯，然后出于恐惧或是谨慎，肢解并伪装了尸体，用以掩饰他的罪行。他看到米纳伊苏穆斯残忍地刺杀了安提苏斯和肯定撞破他们的丑事的奴隶尤马舒斯。他看到米纳伊苏穆斯在法庭上，脸上挂着微笑，承认了所有这些罪行。我是卡里西奥区的米纳伊苏穆斯。我曾经机关算尽，以避免身陷囹圄，但如今……又有何用呢？我认罪。我杀了特拉马舒斯、尤尼奥斯、安提苏斯和尤马舒斯。我曾经逃跑，但随后自投罗网。审判我吧。我认罪。

安提苏斯和雅欣特拉都曾指控米纳伊苏穆斯……可是现在米纳伊苏穆斯竟然将自己送到死神的手上！他肯定是疯了……但如果他疯了，那也是最近的事情。当他安排特拉马舒斯在远离雅典城的森林里见面时，或者当他伪造尤尼奥斯自杀的假象时，他可不像个疯子。在这两桩案件中，他表现得极其狡猾，简直算得上是解谜人的劲敌。可是现在……现在他好像什么都不在乎了！为什么呢？

他精心构造的理论有点错误。而这点错误意味着……整个理论都错了。宏伟的理性大厦，推导的结构，原因和结果的和谐框架……他错了，他从一开始就错了。但最令他感到痛苦的是，他的推理过程确凿无误，他没有放过任何重要的细节，他抓住了所有的线索……这正是致使他忧心如焚的原因！如果他的推理是正确的，他为什么错了呢？难道正如他的顾客狄亚哥拉斯所说，世间真的存在非理性的真理吗？

最后一个问题比前面那些更让他感兴趣。他停下脚步，抬头仰望卫城对称的峰顶，它在午后的阳光中泛出耀眼的白色。他观察着壮观的帕提侬神庙，凝视那修长、简洁的大理石结构和那些美丽而纯粹的线条——它是全体人民献给逻辑法则的颂歌。会不会有一些真理与它这简洁而清晰的美丽截然相反？会不会有一些真理由内而外散发出怪异、畸形和荒唐的光芒？会不会有一些真理黑暗如同洞穴，突兀好比闪电，不羁宛似野马？会不会有一些真理是眼睛看不见的？会不会有一些真理是文字和图像难以传达的，除了通过做梦和发疯，无法被理解、被表达、被翻译，甚至被察觉？冰凉的眩晕感袭遍了他全身，他步履踉跄，头脑迷糊，好像一个人突然发现他再也听不懂自己的母语。刹那间，他的感觉非常糟糕，仿佛灵魂出窍似的。但随后他拉紧了思维的缰绳，他的皮肤不再渗出冷汗，他的心跳也不再剧烈，他那希腊人的本性回到了体内。现在他又是庞铎区的解谜人赫拉克勒斯了。

广场上的一阵骚乱引起了他的注意。有几个人正在

⑨③真理？真理是什么？庞驿已的解谜人赫拉克勒斯啊，请你告诉我！我已经在破解你的想法的过程中迷失了，我试图找到真理，哪怕只有一点点，但却一无所获，只找到吃人肉的马，姿势"摇摆不定"的牛，在许多页之前就已消失的、可怜的百合花少女，还有一个来无影去无踪、以那个把我囚禁在这里的疯子般神秘莫测的翻译家。赫拉克勒斯啊，你至少已经有所发现，但我……我发现了什么呢？蒙塔洛的死因是什么呢？我为什么会被绑架？这本书里面隐藏的秘密是什么？我迄今毫无半点头绪！我所做的

齐声大叫，但随后约束了他们的喊声，其中有个人走上一堆石头，大声说他们受够了，再也忍不下去了。“就算立法会不管，首席大法官也会帮助农民的！”那人嚷道。

“怎么回事？”赫拉克勒斯问一个离他最近的人。那人年纪很大，穿着破布和兽皮，散发着马匹的味道，邋遢的脸庞上有只眼睛白蒙蒙的，门牙也少了几颗。

“怎么回事？”老人朝他吐了口水，“如果连大法官也不管，那就没有人会保护农民！”

“反正雅典城里的人肯定不会！”另外一个同样外表，但较为年轻的人插嘴说。

“许多农民被狼咬死啦！”第一个人说，用那只健康的眼睛盯着赫拉克勒斯，“这个月已经死了四个！那些士卒什么事情也不做！我们到城里来向大法官陈情，请求他的保护！”

“有个死者是我的朋友。”第三个人说。这人很瘦小，身上长满了兽疥癣。“他的名字是墨普苏斯。他的尸体是我发现的！他的心脏被狼吃掉了！”

这三个人继续朝赫拉克勒斯叫嚷，仿佛该为他们的不幸负责的正是他，但他已经没有在听了。有些东西——某个观念——开始在他脑子里形成。

突然间，真理终于向他现身了。而他恐惧得不能自已。[93]

除了翻译，便只剩下哭泣，渴望我的自由，思念食物……和排泄。好在我现在排便很顺畅。想到这一点，我又振作了。

日落时分，狄亚哥拉斯决定到学园去，尽管那里已经停课了。他需要缓和情绪，到他深爱的静谧校园中去寻找庇护。他也知道，如果留在雅典城里，他将会成为许多问题和闲言的目标，而这正是他此时此刻避之唯恐不及的。才刚刚出发，他就为自己的决定而高兴——只要离开雅典，就能让他感到好受一些。这是个美丽的傍晚，空气随着冬日的下山而变得越来越凉爽，许多飞鸟为他献上歌声，却并不要求他驻足倾听。走进森林之后，他深深地吸了一口气，设法微笑起来……尽管有那么多不愉快的事情。

他的思维一次又一次地回到他刚刚经受的那场严峻考验。法庭上的人群对他的证词并无微言，然而柏拉图和他的同事是怎么看的呢？狄亚哥拉斯没有问。实际上，审判结束之后，他没有和他们说话。他匆忙地离开，甚至都不敢带着疑问的目光去直视他们的眼睛。他并不需要那么做。在内心深处，他早已知道他们的想法。他是个失职的教师。他竟然任由三名年轻学生惨遭横祸。更严重的是，他居然私自去请解谜人，而且隐瞒了解谜人的发现。实际上，他还说谎了！为了保护学园，他竟然不惜让一个家庭冒着声誉扫地的危险。唉，宙斯在上！这到底是怎么回事？他怎么会无耻地宣称尤尼奥斯是自杀身亡的？想到自己曾经恶语伤人，他的心仿佛被火焚烧似的，再也无法保持安宁。

他在那有着两块牌匾和未名塑像的白色门楼之前停下脚步。“不通几何，请勿入内。”石匾上刻着这句名言。“不爱真理，请勿入内。”狄亚哥拉斯痛苦地想。曾用恶意谎言中伤他人者请勿入内。他敢进去吗？或是转身就走？他有资格跨过那道门槛吗？两道热泪缓缓地从他通红的脸颊流下。他闭上眼睛，愤怒地咬紧牙齿，仿佛马匹咬紧牙齿，对抗车夫的控制似的。不，我没有资格，他想。

突然间，他听到有人喊他：“狄亚哥拉斯，等等我！”

说话的人是柏拉图，他正朝门楼这边走过来。他似乎跟了他一路。这位学校的领导阔步走近狄亚哥拉斯，伸出一条结实的手臂揽住后者的肩膀。他们并肩走进门楼，踏入了花园。在橄榄树林里，有匹乌黑的牝马正在和二十来只墨绿色的苍蝇争夺几块腐烂的肉。[94]

“审判结束了吗？”柏拉图问。

狄亚哥拉斯觉得柏拉图是在取笑他。“你知道它已经结束，因为你当时也在法庭上。”他说。

柏拉图轻轻地笑了起来，不过由于他身材高大，这笑声发出来是正常的音量。“我说的不是米纳伊苏穆斯的审判，而是狄亚哥拉斯的审判。结束了吗？”

狄亚哥拉斯明白了，心下十分敬佩柏拉图的敏锐。

(94) 在这里，这个荒谬的画面——学园里居然有匹牝马正在吃腐烂的肉！——是为了强调作者使用了藏秘法。这个画面让我笑得很厉害，厉害得我自己都吓坏了，但这随后也让我笑了起来。我把稿纸扔在地板上，用双手捧住腹部，笑得越来越大声。我头脑中的镜子照出了我自己的样子：一个留着稀疏黑发的中年男子在一间黑暗的监房中笑得上气不接下气。现在我并没有在笑，而是在哭泣。但随后我觉得很奇怪，分辨不出自己到底是哭是笑。柏拉图的学园里有匹食肉的牝马！难道这他勉强挤出笑容，回答说："应该结束了吧，柏拉图，但我担心法官倾向于宣判被告有罪。"

"法官太严厉啦。你做了你认为正确的事情，聪明人只能这么做。"

"但我把自己知道的秘密隐瞒得太久了……结果害了安提苏斯。尤尼奥斯的父母将不会原谅我，因为我污蔑他们的儿子，诋毁了他的美德……"

柏拉图皱起眉头，那双灰色的大眼睛随之变窄，他认真地说："有时候，某些有用而且有价值的东西来自恶，狄亚哥拉斯。我敢肯定，米纳伊苏穆斯如果没有犯下最后那桩恐怖的罪行，他肯定不会被抓起来。尤尼奥斯和他的家庭已经重新获得了他们所有的美誉，而且在人们眼里，他们的地位甚至更崇高了，因为现在大家知道我们学生并没有罪，他只是个受害者。"

他停顿下来，深深吸了一口气，仿佛想高声大喊。凝视着金光灿灿的晚霞，他继续说："然而，你确实应该听听你的灵魂的抱怨，这是正确的，狄亚哥拉斯。毕竟你说过谎，你隐瞒了真相。尽管从结果来看这么做是有益的，但我们千万不能忘记，它们本质上是糟糕的行为。"

"我知道，柏拉图。所以我不再认为我本人有资格在这个神圣的地方追求美德。"

还不好笑吗？当然啦，柏拉图和狄亚哥拉斯都看不见它！蒙塔洛依然顽强地否认藏秘法的存在……他说："这动物的出现真让人费解。史料并没有提到学园的花园中会有的牝马。这应该是个错误吧？希罗多德也曾经犯过许多错误。"希罗多德！拜托！我不能再笑下去了——据说无法控制的笑就是疯癫的先兆。

“恰恰相反。现在你比我们所有人更有资格追求它，因为你找到了几条通往善的新道路。错误是智慧的一种形式，狄亚哥拉斯。错误的决定是严厉的教师，能够影响到将来的决定。警示别做坏事的提醒远比扼要地提倡去做好事的建议更加重要。还有谁能比品尝过做坏事的苦果的人更清楚地知道什么事情不该做呢?”

狄亚哥拉斯停下脚步，深深地吸着花园中的芬芳空气。他感到冷静下来了，也没那么负疚了，因为对他的创伤而言，学园创始人说的话是灵验的药膏。两步开外，那匹贪婪地吃着肉的母马似乎正在对他微笑。

他不知道为什么，但突然想起了米纳伊苏穆斯在法庭认罪时嘴唇上那令人毛骨悚然的微笑。[95]出于好奇，以及转移话题的欲望，他问：“柏拉图，是什么促使人们做出米纳伊苏穆斯那样的行为呢？是什么将我们降低到野兽的层次呢?”

那匹牝马打着响鼻，袭击着最后几块鲜血淋漓的肉。

“激情令我们迷失，”柏拉图略微沉思之后说，“美德是需要努力才能获取的，人们需要经过很长时间才能体会它的美妙和回报，但激情是立竿见影的欲望。激情令我们盲目，阻碍我们清晰地思考……米纳伊苏穆斯之

(95) 他不知道为什么？这让我又想笑了！很明显，那些藏秘式形象经常潜入狄亚哥拉斯的头脑（但奇怪的是，它们却不曾潜入赫拉克勒斯的头脑，他只看到他的眼睛所看到的东西）。“母马的微笑”变成了狄亚哥拉斯对米纳伊苏穆斯的微笑的回忆。

流沉溺于即时的欢乐，他们并不知道美德所提供的满足持久得多，也有用得多。恶只是无知。纯粹的、简单的无知。如果我们大家都能意识到美德的益处，并能及时应用我们的理性，那么我们将不会自愿地选择恶。”

那匹牝马又打响鼻了，喷出许多鲜血。它似乎正在笑着咆哮，猩红的嘴唇不停地抖动着。

狄亚哥拉斯若有所思地说：“有时候，柏拉图，我觉得恶正在跟我们开玩笑。我感到绝望，我觉得邪恶将会打败我们，嘲笑我们的努力。它将会在终点等待我们，赢得最后的胜利……”

“嘶，嘶。”牝马发出叫声。

“什么声音？”柏拉图问。

“那边，”狄亚哥拉斯指着说，“是一只乌鸫。”

“嘶，嘶。”那只乌鸫又叫起来，然后飞走了。[96]

狄亚哥拉斯和柏拉图又聊了几句，然后以最友好的方式相互道别。柏拉图回去他在体育馆旁边的简朴居所，狄亚哥拉斯则朝教学楼走去。他觉得心满意足，然而又跃跃欲试；每次跟柏拉图谈天之后他的心情就会这样。他感到一种强烈的欲望，想把刚才学到的所有知识都付诸实践。他觉得第二天生活将会翻开新的一页。这次经验将会教训他千万别忽略自己的学生，在必要的时

(96)这次从藏秘式的牝马到现实的乌鸫（我指的是这只乌鸫属于小说的现实）的变形强调了此一场景的神秘含义。这暗示着邪恶正在嘲笑两位哲学家吗？必须指出的是，乌鸫是黑色的……

候跟他们谈心，当然，除了当他们的知己之外，也要把知识教给他们，为他们提供建议。特拉马舒斯、尤尼奥斯和安提苏斯是三个他将永远不会重犯的严重错误！

就在踏入凉爽而黑暗的走廊时，他听到图书馆传来一个声音，随即皱起了眉头。

学园的图书馆是一个有着巨大窗户的房间。他从教学楼大门右边那条短短的通道向图书馆走去。房门没有关，这让人意外，因为学园已经停课了，而学生通常不会在假期里查阅资料。也许有些教师……

他泰然自若地走了过去，把头探进门里。

几丝来自太阳的晚宴的光芒透过窗户照射进去。门边的几张书桌并没有人，相邻的那几张也没有，而在房间那边……有张书桌上摆放着几卷图书，但椅子上没有人。那几个井井有条地摆满了哲学书籍（其中有好几册柏拉图的《对话录》）和诗集、戏曲集的书架看上去原封未动。“等等，左边的屋角还没看……”

那屋角有个人。他蹲在地上，搜寻着下面的架子，所以狄亚哥拉斯起初并没有发现他。那人突然站了起来，拿着一张草纸；他还没转身，狄亚哥拉斯就认出他来了。

“赫拉克勒斯！”

解谜人转过身来，其速度异乎寻常，就像一匹马被鞭子抽了似的。

“啊，原来是你，狄亚哥拉斯！上次你邀请我来这里吃晚饭，我跟几个奴隶混熟了，所以今天他们准许我来图书馆。你别责怪他们……当然啦，也别生我的气。”

哲学家认为赫拉克勒斯肯定是染恙了，因为他的脸色极其苍白。“但你为什么……”

“神圣的守护神宙斯在上，”赫拉克勒斯打断了他的话，浑身发抖地说，“我们面对着的是一个怪异而强大的恶魔，狄亚哥拉斯。这个恶魔就像深不见底的庞都斯海沟那样神秘莫测。我们上当啦！”

赫拉克勒斯的语速非常快，就像传说中车夫在赶路时对他们的马匹说话那样，同时不停地将许多卷轴打开卷上，再把它们放回书架。他那双肥胖的手和他的声音都在颤抖。他愤怒地接着说：“我们被利用了，狄亚哥拉斯，别人把我们当作舞台，上演了一场恐怖的闹剧。那是一场酒神式的喜剧，但却有着悲剧式的结局！”

“你到底在说什么啊？”

“米纳伊苏穆斯，特拉马舒斯的死，还有吕卡维多斯山的狼群……我说的就是这些！”

“你不会想说米纳伊苏穆斯是冤枉的吧？”

“啊，不，怎么会呢，他罪有应得，死有余辜！但是……但是……”他停下来，将拳头放到嘴边。他补充说：“在适当的时候，我将会解释给你听。但今晚我必须赶去某个地方。我希望你能陪我去，但我要提醒你，我们将要看到的场面绝不赏心悦目！”

“我陪你去，”狄亚哥拉斯说，“如果能够帮你找出你所说的上当的根源，我愿意横渡冥河。你只要回答我：这件事跟米纳伊苏穆斯有关，对吧？他认罪的时候脸上带着笑容。那肯定意味着他打算逃跑！”

“不，”赫拉克勒斯反驳说，“米纳伊苏穆斯认罪时笑了起来，是因为他根本不想逃跑。”看到狄亚哥拉斯露出吃惊的神色，他接着说：“所以我们才会上当！”

他进来，戴着新的面具（这次是一张微笑的男人的脸）。我从书桌旁边站起来。

"你还没找到最后的关键线索吗？"他的声音从那张嘲弄的脸后面发出，听起来有点沉哑。

"你是谁？"

"你管我是谁呢。"这个囚禁我的人说。接着他又问了一遍："你还没找到最后的关键线索吗？"

"让我离开这里。"

"等你找到关键线索再说吧。你还没找到吗？"

"没有，"我大声嚷道，再也无法强作镇定，控制不了藏秘式的愤怒缠绕，"书中的藏秘法指向赫尔克利斯的十二件功劳……一个百合花少女，还有一名翻译家……我不知道这些意味着什么！我……"

他打断了我的话，同带着嘲弄的严肃口吻说："也许藏秘式的密码只是关键线索的一部分。这本小说是讲什么的？"

"一次出奇穿的调查，"我磕磕巴巴地说，"主人翁原本以为他找到了出路，但现在……现在有些新的问题出现了。我还不知道是些什么问题。"

这个绑架我的混蛋似乎发出了轻微的笑声。我说"似乎"，是因为他戴着面具，我很难判断。他说："难道书中就没有一条最后的关键线索吗？"

"我想应该有。"我立即回答。

"为什么呢？"

"因为如果没有那条关键线索，我就不会被囚禁在这里。"

"那很好啊，"他似乎觉得很滑稽，"这么说，在你看来，我是书中有关键线索的证据啦！或者我应该说，我是最重要的证据。"

我猛拍了桌子，我愤怒地大叫。"够了！你看过这本小说！你甚至还改编了它，把伪造的书稿和原稿混在一起！你完全熟悉这门语言和这种风格！你为什么还需要我呢？"

他似乎沉思了片刻，不过那个面具依然在微笑，然后他说："我并没有改编什么，也没有伪造书稿。问题在于，你吞下了藏秘法的诱饵。"

"你是什么意思？"

"如果某本书中有非常强大的藏秘法元素，比如这本书，读者会过度沉溺于那些藏秘式形象，乃至自以为身处在小说之中。你不会沉溺于某样东西，除非你是它的一部分。比如说，你认为你在爱你的人眼里看到她对你的爱，而在藏秘式的书稿中，你认为你看到了自己……"

怒不可遏的我疯狂地翻阅着书稿。"这是什么？"我拿起一页书稿给他看，"在这伪造的第八章中，当庞辞臣的赫拉克勒斯跟一个遭到绑架的翻译家谈话时，情况也是这样吗？我在这里也吞下了'藏秘法的诱饵'了吗？"

"是的，"他冷静地回答，"小说中提到了一位翻译家，克兰托有时候用第二人称对他说话，赫拉克勒斯在你所谓的'伪造的第八章'中与其交谈……但这并不意味着他就是你！"

我不知道该说什么；他的逻辑无懈可击。突然间我听到他在面具之后咯咯地笑起来。"啊，文学！"他说，"阅读并非一个人独自思考，老兄……阅读是一种对话！但我所说的对话是一种柏拉图式的对话：你的交谈对象是一个观念。但它不是一个永恒不变的观念。在和它交谈的过程中，你改变了它，你把它变成你自己的观念，你开始相信它是独立存在的……尤其，藏秘式小说，它设下狡猾的圈套……这些圈套能够……将你……逼疯。"沉默片刻之后，他补充说："蒙塔洛，在你之前那个人，就是这样疯了。"

"蒙塔洛？"我的心凉了半截，"蒙塔洛在这里待过？"

他开始没有回答。然后面具后面爆发出一阵笑声，他说："待了很久！实际上，跟你一样，我能够看到《雅典谋杀案》，也得感谢蒙塔洛的誊清稿。但我知道这本书里面隐藏着一个秘密，所以我把他关起来，逼他找出这个秘密。他失败了。"

听他的口气，好像"失败"恰恰是他希望他的受害者得到的下场似的。他停顿了，面具上的笑容似乎变得更加灿烂。他接着说："但我失去了耐心，让我的狗把他吃了。然后我把他的尸体丢到森林里。警察认为他遇到了狼群的袭击。"

经过又一次停顿之后，他补充说："但你不用担心，短期内我不会让你被狗吃掉的。"

我的恐惧变成了愤怒。"你是个恶魔……残忍的……"我停了下来，搜寻着合适的字眼。凶手？罪犯？刽子手？最终，我绝望地意识到我的憎恶无法被翻译成词汇，我鄙夷地说："……白痴！"我傲慢地继续说："你认为我被你吓怕了？害怕的人是你，把脸那样藏起来！"

"你希望我摘掉面具吗？"他问。

沉默了很久之后，我说："不。"

"为什么呢？"

"因为我知道，如果我看到你的脸，我将不会活着离开这里。"

我又听到他那令人作呕的轻笑了。"这么说，我的面具确保了你的安全，而你的存在则保证了我的！这意味着我们不得不在一起！"他走了出去，砰地关上门，我没来得及把门拉住。他的声音从门上的裂缝透过来："继续翻译。记住，如果书中有关键线索，而且你找到了，那么你就能离开这里。如果没有，你永远不会离开。所以为了你自己着想，你还是把关键线索找出来吧，你说呢？"

第十章[98]

⑱"浓烈的女人香气。手感真是既坚实又平滑啊！其结实如同运动员之手臂，其嫩滑如同少女之乳房。"蒙塔涅如此荒唐地描述第十章的草纸的质地。

"你希望我摘掉面具吗？"

"不，因为那样的话，我将不会活着离开这里。"[99]

⑲很奇怪，这句暗号（等下我们将会明白这是一句暗号）跟几个小时前我在和绑匪交谈时所说的一句话完全相同。这又是"藏秘法的诱饵"吗？

有个黑暗的嘴巴凹进岩石里。除此之外，线条柔和的门楣和门槛构成了两片巨大的女人嘴唇。但在门楣之上，那个不知姓甚名谁的雕塑家刻上了一撇雌雄同体的髭须，并装饰以几个咄咄逼人的裸体男性塑像。走进这扇大门，便是一座供奉爱神阿芙洛狄忒的小庙，坐落在普尼克斯山北坡，但到了里面，体验到一阵正在降入无底深渊的感觉之后，人们便能看到火神赫菲斯托斯国度中的一个洞穴。

"每月有那么几晚，"赫拉克勒斯刚才在来的途中向狄亚哥拉斯解释说，"山这边几扇通往一个地下迷宫的秘密门户会被打开。门口站着一个守卫，这人穿黑色斗篷，戴着面具，有可能是男的，也有可能是女的。关键是要正确地对上暗号，否则我们就进不去。好在我已经知道今晚的暗号是什么……”

台阶很宽，在一些间隔不等的火炬照耀之下，赫拉克勒斯和狄亚哥拉斯沿路朝下走。越往下走，烟味和香料味道就越浓郁。有一阵柔媚的双簧管和阳刚的铙钹的唱和声飘进他们的耳朵，随之而来的还有一个咏颂诗歌的声音，但听不出来是男是女。他们在楼梯末端拐弯，来到一个小房间。房间里似乎有两个出入口，一个在左边，是一条阴暗而狭窄的隧道，另外一个在右边，被两片吊在岩石上的帘幕给遮住了。这里的空气简直不是人能呼吸的。有个人影站在帘幕旁边，脸上戴的是凝固着恐惧表情的面具。那人穿着单薄得近乎下流的内衣，但由于其裸体大部分隐藏在阴影之下，所以无法看清这人到底是个特别苗条的少男子，还是乳房特别幼小的少女。看到有人进来，那人从墙上的架子取下某些东西，毕恭毕敬地递给他们。“你们的面具。狄俄尼索斯圣明。狄俄尼索斯圣明。”

狄亚哥拉斯瞄了一眼他的面具。它和那些悲剧合唱团所戴的面具很像，整个是泥土做成的，还有个手柄，面具上是快乐或者疯狂的表情。他无法判断这张脸是男是女。它感觉很沉。狄亚哥拉斯拿着手柄，把它放到脸上，透过那神秘的眼睛开口观察着周围。他呼了一口气，视野变得迷蒙起来。

递给他们面具那人（狄亚哥拉斯发现其动作、言语都是阴阳怪气的，所以还是没能搞清其性别）分开帘幕，让他们进去。

“当心点，还有一级台阶。”赫拉克勒斯说。

他们所处的这间地下室四周封闭，如同孕育生命的子宫。墙壁上渗出红色的水珠，刺激的烟味和香料味道充塞了人们的鼻孔。那个朗诵诗歌的人和几个音乐家站在舞台上，而这小型的木头舞台位于房间的远端。所有的观众拥挤地聚集在一块小小的地方——他们是一些摇头晃脑的模糊影子，一只手搭着旁人的肩膀，另外一只手则拿着面具。房间中央有个三脚架，上面摆着一个金碗。赫拉克勒斯和狄亚哥拉斯站到后排等待着。哲学家觉得那些从顶端倒垂下来的香炉和绑在火炬上的布匹肯定含有用于做染料的药草，因为它们产生了红蓝相间的怪异火舌。

“这是什么地方？”他问，“又是一个地下戏院吗？”

“不是。这些是宗教仪式，”赫拉克勒斯隔着面具回答，“不是圣秘教，而是别的教派。雅典有各种各样的教派。”

突然间，有只手出现在狄亚哥拉斯通过面具上的眼睛开口所能看到的视野范围之内。它拿着一个小酒爵，里面装满了黑色的液体。狄亚哥拉斯转动他的面具，发现有个面具正面对着他。在红色的灯光中，他无法看清它的颜色，但看得出它的丑陋模样：鼻子长得像老巫婆，面具边缘是凌乱茂密的毛发。这人——不知男女——穿着半透明的长衫，很像淫乱宴会上的妓女为了挑逗客人而穿的衣服，但这人的性别也是被很巧妙地掩饰了。

狄亚哥拉斯感到赫拉克勒斯轻轻地推了他的手肘。“把人家给你的东西接住。”

狄亚哥拉斯接过了酒爵。那人走进了通道，临消失之前提供了一个电光火石的机会，让人可以瞥见其真正的性别，因为其所穿的长衫侧面露开了。但在血红色的灯光中，仍有几个问题没有答案：那下垂的东西是什么？是长高了的腹部吗？抑或是长低了的乳房？

解谜人跟着也接过一个酒爵。“等他们喝酒的时候，”他低声对狄亚哥拉斯说，“你假装把它喝掉。但千万别真的喝啊。”

音乐突兀地中断，观众分为两群，各自贴墙而站，中间清出一条通道。咳嗽、沙哑的笑声和零碎的低语混杂在一起。那些音乐家已经退场，只有诗歌咏颂者的红色身形还留在舞台上。有股恶臭就像尸体因为巫术而复活那样升起来，狄亚哥拉斯不得不抑制住想逃离房间、去呼吸新鲜空气的冲动。他隐约察觉到臭气来自那个金碗以及它里面盛放着的块状物体。由于围绕它的人群已经散开，所以这恶臭畅通无阻地四处弥漫。

这时有群行为怪异的人从帘幕之后进入房间。

最先映入眼帘的是这些人完全赤裸的身体。其次是凹凸有致的体形，显示出她们原来是女儿身。她们是爬进来的，奇异的面具遮住她们的脸庞。有些女人的乳房比其他人晃荡得更加厉害。有些女人的身体则比其他人更像是典型的少男身材。有些女人苗条、活泼、机灵；有些女人则肥胖而笨拙。她们的后背和臀部，也就是她们显露得最清楚的身体部位，展示着各种身型、年龄和健康的细微差别。但她们全都赤条条的，四肢着地，像热天的母猪那样直喘气。观众大声地吆喝她们。狄亚哥拉斯很奇怪她们是从哪里爬进来的，但随即想起了入口的小房间里那条隧道。

她们排成人数逐行递增的队伍前进：当先一人，后面跟着两人，接着三人，然后四人——这是中间那条通道所能容纳的最大人数——所以这个奇怪的队伍前端像一个活的矛头。当它与三脚架平行时，这赤裸的洪流散开了，并将三脚架吞没。

为首的几个爬上了舞台，朝咏颂诗歌那人猛扑过去。更多的人冲上来，落在后面的则只好停下脚步。在等待的过程中，她们彼此挑逗，用她们的面具紧贴着前面那些女人的后背和大腿。登上舞台之后，她们便瘫倒了，疯狂地喘息着，她们的裸体轻轻地、杂乱无章地扭动着，构成一个不堪入目的淫乱场面。

狄亚哥拉斯看得瞠目结舌，既觉得羞耻，也感到厌恶。这时他发现赫拉克勒斯又在轻轻地推他的手肘。

“假装喝下去！”赫拉克勒斯说。

狄亚哥拉斯环顾周围的人群——他们都昂起头，衣服上沾满了黑色的液体。他把面具挪开，将酒爵举到唇边。酒爵中液体的气味与他以前遇到过的都不相同——那是一种墨水和各种香料混合的味道。

通道上已经没有人了，而舞台在那么多身体的重压下发出了吱嘎吱嘎的响声。这是怎么回事？她们在干什么？那群喧闹的、动个不停的裸体女人阻挡了他的视线。

突然间，有件东西从舞台上飞出来，掉落在三脚架附近。那是咏颂诗歌那人的右手，贴着肩膀处的是一块从他衣服上撕下的碎布，所以很容易辨认出来。它的出现引起了一阵欢乐的叫喊。左臂也遭遇了同样的命运。它噗的一声掉在地板上，枯枝似的，然后停在狄亚哥拉斯的脚边，手掌是张开的，像一朵五瓣的白色花儿。哲学家吓得惊叫起来，但幸运的是没有人听到。分尸的行动似乎是早已约定的信号，观众纷纷冲向房间中央的金碗，看上去像是一群在阳光下嬉闹的少女。(100)

“那是一个假人。”赫拉克勒斯对他这个目瞪口呆的朋友说。

有条大腿击中了一个观众，然后落到地上；另外那条大腿因为甩出来的力道太猛，撞上了对面的墙壁。那些女人现在争先恐后，奋力想把那个被肢解的假人的脑袋扭下来。有人朝这边拉，有人朝那边拉；有人用牙齿去咬，有人用手去抓。获胜者爬到舞台中央，号叫着将她的战利品高高举起，不知羞耻地张开她的双腿，展示着与雅典女郎的身材并不相称的强健肌肉，并不停地晃动她的两个乳房。火炬的光芒将她的两肋照得通红。她开始用一只赤足反复地踩木头搭成的舞台，激起阵阵尘雾。她的同伴依然喘着气，但已经没那么激烈，用仇恨的眼光盯着她。

观众乱成一片。到底怎么回事呢？他们聚集在金碗周围。在别人的推搡之下，目瞪口呆的狄亚哥拉斯向前靠近。他前面有个老人来回甩动茂密的灰白色头发，仿佛正在忘我地跳着迷狂的舞蹈。有些东西从他嘴里垂下来。他看上去像是被人抽了很多耳光，直到嘴唇裂开，

(100)“少女”和“白色花儿”让我想起了我那个百合花少女的形象。我能想象出她手持百合花，在强烈的希腊阳光之下，快乐地、满怀期待地奔跑的画面。这个画面的一切要素都出现在这个可怕的段落里面！这本该死的藏秘式小说！

但挂在他嘴角的那几片肉并不是他的。

“我没办法待下去了。”狄亚哥拉斯痛苦地说。

那些女人开始尖声合唱：“咿呀，咿呀，酒神万岁，酒神节快乐！”

“请你看在友谊之神的分上，赫拉克勒斯，请你告诉我那是什么？这绝对不属于雅典啊！”

在这条凉爽祥和的无人街道之中，身心俱疲的他们背靠墙壁坐在地上。他们刚才经历那次狂暴的洗礼让狄亚哥拉斯内心翻江倒海，现在他觉得好受多了。

赫拉克勒斯皱起眉头回答说：“那恐怕比你们的学园更加属于雅典，狄亚哥拉斯。那是一种狄俄尼索斯仪式。雅典城里每个月大概会举办几十次这样的仪式，它们细节上有所不同，但大体上差不多。当然啦，我早就听说过这些仪式了，但到目前为止，却一次都没见识过，尽管我其实想看看的。”

“为什么？”

解谜人捻了一会儿他那短短的银色胡子。“根据传说，狄俄尼索斯的尸体遭到巨人族的凌辱，就像奥菲斯的尸体被色雷斯的女人毁坏那样。宙斯用他的心让他死而复生。把心脏挖出来，并且把它吃掉是狄俄尼索斯仪式的重要组成部分。”

“这么说来，那个金碗……”狄亚哥拉斯喃喃地说。

赫拉克勒斯点点头。“碗里盛着的那些腐烂的心脏可能是从动物身上挖出来的。”

“那些女人……”

“女人和男人，奴隶和自由人，雅典人和外地人……狄俄尼索斯仪式并不承认这些区别。疯癫和狂热使人们团结起来。你看到那些在地上爬的女人啦，其中很可能有某位法官的女儿，而在她身旁爬行的也许是一个来自科林斯的奴隶少女或者是一个来自阿戈斯的妓女。这是疯癫的行为，狄亚哥拉斯。我们没办法解释的。”

狄亚哥拉斯听得十分吃惊，摇了摇头。“但这跟我那些学生的死有什么关系……”突然间，他的眼睛睁得很大，并惊呼说：“被挖出来的心脏！特拉马舒斯！”

赫拉克勒斯又点了点头。“我们今晚看到的教派多多少少是合法的，得到许多法官的默许；但还有些教派偷偷摸摸地活动，因为他们的仪式太过离谱。那天你在我家里已经把问题说得很清楚，你还记得吗？我们无法通过应用理性发现真。那天我并不相信你，但现在我不得不承认你是正确的。今天在中央广场，我听到几个阿提卡的农民悲哀地说，他们的朋友因为遭到狼群的袭击而死亡，那时我得到的感受并不是理性辩论的逻辑结果，而是……来自某些我无法定义的东西……也许是苏格拉底的鬼魂所给的一闪而过的灵机，或者是据说女人所拥有的直觉。反正当时有个人说他朋友的心脏被挖掉，我突然就明白了：‘那是一种仪式，我们一直没有想到。’到目前为止，受害者主要是那些死了也不引人注意的农民。但我敢肯定，他们已经在阿提卡活动了许多年。”

解谜人萎靡不振地站起来，狄亚哥拉斯也跟着站起来，用焦急的口气低声说：“慢着。尤尼奥斯和安提苏斯并不是这样死的！他们……他们的心脏没有被挖出来！”

“难道你还不明白吗？尤尼奥斯和安提苏斯是被谋杀的，凶手的目的是为了误导我们。他们想掩盖的是特拉马舒斯的死。当发现你找了一位解谜人来调查特拉马舒斯的死时，他们吓坏了，所以导演了这出恐怖的喜剧。”

狄亚哥拉斯用手抹着脸，仿佛试图将他脸上难以置信的表情擦掉。“那不可能吧……他们居然……吃掉特拉马舒斯的心脏？在什么时候？狼群袭击他之前还是之后……”

看到解谜人正在看着他，狄亚哥拉斯的话音戛然而止。

“根本就没有什么狼群，狄亚哥拉斯。那只是他们用来向我们隐瞒事实的伎俩。撕伤、咬痕……那不是因为遭到饿狼的袭击……有些教派……”

就在此刻，一道影子和一个声音同时出现了。借着月光，但见一个模糊的瘦长身影从距离他们所站那条路最近的拐角扑出来，迅捷地飞奔而去。而那声音起初是喘息声，然后是匆匆的脚步声。

“谁……”狄亚哥拉斯问。

赫拉克勒斯首先反应过来是怎么回事。“刚才有人在监视我们！”他大声地说。

他挪动肥胖的躯体，迫使自己跑起来。狄亚哥拉斯很快就跑到他前面去了。那人——不知道是男是女——看上去连滚带爬地沿着街道朝下面逃跑，消失在黑暗之中。解谜人气喘吁吁地停下了脚步。“呸，追不上啦！”

他们两人又站到了一起。狄亚哥拉斯的脸颊红扑扑的，他那少女般的嘴唇看上去像涂了红色颜料；他妩媚地掠好头发，丰满的胸膛因为吸气而鼓起；他用银铃般的柔美声音说[101]：“他跑掉啦。会是什么人呢？”

赫拉克勒斯沉重地回答说：“如果这人是他们的同伙，我认为确实是，那么我们很可能见不到明天的太阳了。这个教派的人很狡猾，而且不择手段。我刚才跟你说过，他们毫不犹豫地以杀害安提苏斯和尤尼奥斯的方式来分散我们的注意力……我敢肯定他们两个人都是这个教派的成员，特拉马舒斯也是。现在我什

(101) 我要请读者忽略这段描写狄亚哥拉斯突然变成阴阳人的文字，因为它纯粹是藏秘式的。在本章描写次要角色的文字中占据统治地位的性别身份模糊如今开始影响到主角之一。它们都暗指赫拉克利斯的第九件大功劳：“希波吕忒的腰带”——这位大英雄必须面对亚马孙人，她们是一些女战士，也就是男人婆，偷走女王希波吕忒的腰带。尽管如此，我们仍觉得作者在这里开了一个相当恶毒的玩笑，甚至不惜以全书最“严肃”的角色的人物形象为代价（想到如此描写狄亚哥拉斯的外貌，我又笑了起来）。从

许多方面来说，他这种怪异的幽默感倒是很像那个囚禁我的面具人。

么都明白了。我在安提苏斯脸上所看到的惊恐并不是米纳伊苏穆斯造成的，而是我们引起的。他的上级肯定已经要求他去谋求一个远离雅典的军队职位，这样我们就无法盘问他了。但由于我们的调查得以继续，该教派便决定牺牲他，以便将我们的注意力转移到米纳伊苏穆斯身上。我现在还能看见那天夜里安提苏斯赤裸地站在储物间时的表情……那个可怜的年轻人竟然能把我蒙住！至于尤马舒斯，我并不认为他是他们的同伙。也许他看到安提苏斯被杀害，当他试图阻止他们时，他们把他也杀了。”

“但后来米纳伊苏穆斯……”

“他应该是教派中的小头目。我们去找他那天，他将罪犯的角色扮演得十分完美。”赫拉克勒斯皱起眉头。“我毫不怀疑他就是你的学生加入该教派的引荐人。”

“可是米纳伊苏穆斯被判死刑了啊！他将会被投进死囚坑！”

赫拉克勒斯阴郁地点点头。“我知道。那正好符合他的心意。哎，别以为我能理解这样的行为，狄亚哥拉斯！你应该去读我在你们的图书馆找到的那些书籍。某些狄俄尼索斯教派的成员渴望被折磨，或者被砍成几块而死。他们甘愿成为牺牲品，其热切的态度，简直就像少女在新婚之夜扑向丈夫怀里那样……你还记得我是怎么说特拉马舒斯的吗？他的手臂完好无损！他并没有自卫！那肯定就是当天你在他眼里看到的东西。你以为那是恐惧，但它其实是快乐！恐惧是在*你的眼里*，狄亚哥拉斯！”

“不！”狄亚哥拉斯大声地反驳，他几乎是在尖叫，“快乐看上去不是那样的！”

“也许*这种*快乐看上去就是那样的。你怎么知道呢？你切身感受过它吗？别这样看着我，我也无法理解！今晚参加仪式的那些人为什么要吃腐烂的动物内脏呢？我不知道答案，狄亚哥拉斯！我无法忍受！也许整个雅典城已经在我们不知不觉之中发疯了！”

赫拉克勒斯差点跳了起来，因为他看到了他同伴的脸色——恐惧、愤怒和耻辱混杂在一起，将他脸上的肌肉扭曲成怪异的表情。解谜人从来没见过他这副样子。当狄亚哥拉斯说话的时候，他的语气和他的表情同样怪异。“庞铎区的赫拉克勒斯，你居然这样说一个学园的学生！他们可是*我的*学生！我对他们的了解直达他们的灵魂深处！我……”

向来沉得住气的赫拉克勒斯突然变得怒不可遏。“你们那个该死的学园算什么？它有那么了不起吗？”

哲学家痛苦地盯着他。赫拉克勒斯的怒气慢慢平息，他用较为柔和的语调说：“我们不得不承认，人们觉得你们的学园是个非常无聊的地方，狄亚哥拉斯。他们到那里去，聆听你们的课程，然后……然后他们离开，相互把对方吃掉。事实就是这样的。”他终究会承认的，看到月光下这位老师憔悴的脸，赫拉克勒斯心有不忍地想。

经过一阵令人不安的沉默之后，狄亚哥拉斯说：“肯定存在着一个解释。一条关键线索。如果你所说的没有错，那必定还有某些最后的关键线索，只是我们还没有找到。”

“也许这本奇怪的书确实包含着一条关键线索，”赫拉克勒斯表示同意，“但我并不是合适的翻译者……也许我们需要从一定的距离来看，才能更好地理解他们。[102]不管怎么说，我们还是小心地进行调查吧。如果他们一直在监视我们，我认为情况确实如此，那么他们将会知道我们已经发现内情了。那是他们最不愿意看到的。我们必须赶快行动。”

(102) 从什么样的距离呢？从我这里吗？

“我们该怎么办呢？”

“我们需要证据。我们只认识几个该教派的成员：特拉马舒斯，尤尼奥斯，安提苏斯，米纳伊苏穆斯；但他们不是死于非命，就是即将魂归地府。他们的计划非常聪明。但我们也许还有机会……只要我们能够让米纳伊苏穆斯说出真相！”

“我可以去找他聊聊看。”狄亚哥拉斯提议。

赫拉克勒斯沉思了片刻。“那太好了。你明天就去找米纳伊苏穆斯。我要去见另外一个人，看能不能套出什么消息。”

“谁啊？”

“那人可能是他们唯一犯下的错误！明天我会找你的，狄亚哥拉斯老兄。当心点啊！”

月亮是女人的奶子，云朵的手指正向它的奶头摸去。月亮是阴道，尖尖的云朵试图刺进它里面。[103]

但庞铎区的赫拉克勒斯并没有监视这些天空中的变化。他穿过被月亮女神监视着的花园，打开了他家的前门。黑暗、静寂和空洞的门厅如同一只监视的眼睛。赫拉克勒斯监视了门边的架子，想看他的奴隶庞丝卡是否留下了一盏油灯；但庞丝卡显然并没有监视到今晚的情况。[104]所以他走进黑暗的屋子，像一把刀切进肉里，然后关上了房门。

“雅欣特拉？”他叫道。没有人回答。

他的眼光向黑暗刺去，但一无所获。他慢慢地向屋子中间的那几个房间走去。他的脚似乎踩在刀尖之上。这座黑暗屋子的冰冷如刀般刺穿他的斗篷。

“雅欣特拉？”他又喊了一声。

(103) 我被关在这里太久了。我考虑了一下，觉得也许可以不把这两个句子译得这么粗俗，比如说译成“月亮是一个乳房，被云朵的手指轻轻地拂过；月亮是一个洞穴，轮廓尖尖的云朵在其中寻找庇护”，或者别的。反正可以译得比我写下的那两个句子更有诗意。可是我……唉，海伦娜啊，我需要你，我想念你！我向来认为肉体的欲望只是我们高贵的智慧的奴隶……但现在……我认为这种想法完全是错误的！（我直接说出来了，并没有假装正人君子，因为，老实讲，谁会看到这段文字呢？）唉，翻译，翻译，这

“我在这里。”黑暗中传来切破沉默的回答。(105)

赫拉克勒斯走进卧房。在黑暗中，雅欣特拉的后背对着他。她转过身。

“你在这里干什么？也不点灯。”赫拉克勒斯问。

“我在等你。”

雅欣特拉匆匆去把灯点亮。赫拉克勒斯一直盯着她的后背。灯光越来越亮，摇摇曳曳地爬上了墙壁。雅欣特拉并没有立即转过身，所以赫拉克勒斯继续观察着她后背那些强壮的线条。她穿着的是一件柔滑的、垂到地板的长袍，两边肩膀各用别针夹住，后背上形成了几道褶皱。

“我那个女奴隶哪里去了？”

“她还没从厄琉息斯回来。”她回答说，仍然用后背对着他。(106)

然后她转过身。她的脸化得很美丽——眼睛周围用颜料涂了一圈眼影，脸颊扑了白色的铅粉，嘴唇也抹得殷红；她的乳房在长袍之下自由地下垂；铰链状的金色腰带紧紧地勒住她本已细小的腰肢；她的脚指甲则依照埃及女人的风俗，被涂上两种不同的颜色。当她转身的时候，空气中飘过一阵幽香。

“你干吗打扮成这样？”赫拉克勒斯问。

“我以为你会喜欢呀。”她说，她的眼睛很警惕，就

真是一件由疯狂而克里西厄斯强加给赫拉克利斯的悲惨劳役！所以就这样吧！在这暗无天日的牢房中，难道我不是我所写的文字的主人？既然如此，这两句译文我就留着了，不管它们有多么吓人！

(104) 怎么回事？“监视”这个词汇藏秘式地遍布在各个句子当中，但它意味着什么呢？有人正在监视赫拉克勒斯吗？

(105) 刀！藏秘法像毒藤般疯狂地蔓生！作者要让人在此处联想到什么形象呢？“监视”……“刀”……赫拉克勒斯啊，赫拉克勒斯，当心点，你有危险！

像正在监视什么人似的。她两个小小的耳垂上各挂着一个吊坠；吊坠尖得跟刀一样，形状像一个用后背对着人的裸女。(107)

解谜人什么也没说。雅欣特拉静静地站着，油灯在她身旁照出一圈光环。一道弯弯曲曲的影子从她的额头延伸到长袍在她下阴处的褶皱，恰好将她的身体分成两半。她说："我准备了饭菜。"

"我不饿。"

"你要上床了吗？"

"是啊，"赫拉克勒斯揉了揉眼睛，"我累死了。"

她向门口走去。她走动的时候，手镯发出叮当的响声。一直监视着她的赫拉克勒斯说："雅欣特拉。"

她停下脚步，转过身来。

"我想跟你说话。"

她默默地点头，来到他跟前站住。

"你跟我说过有两个奴隶自称是米纳伊苏穆斯派去的，威胁要杀了你。"

她又点点头，这次点得更快了。

"后来你还见过他们吗？"

"没有。"

"他们长什么样子？"

雅欣特拉犹豫了片刻。"他们个子非常高，说话带

(106) 现在是"后背"这个词！这是一种警告！也许是："当心你的背后，因为……那里有一把刀。"赫拉克勒斯啊，赫拉克勒斯！我该用什么办法来提醒你呢？用什么办法呢？离她远一点！

(107) 三个藏秘式词汇在本段同时出现，这是为了强调它们所共同指称的形象。当心你的后背，赫拉克勒斯，她有一把刀！

有雅典口音。”

“他们到底跟你说了什么？”

“我跟你说过了啊。”

“我忘记啦，你再告诉我吧。”

雅欣特拉眨了眨眼。她那苍白的、近乎死灰的眼睛避开了赫拉克勒斯的注视。她的粉红色舌尖慢慢地舔了舔红润的嘴唇。“他们要我别将我跟特拉马舒斯的关系说出去，否则我就会后悔。他们以冥河和所有神明的名义起誓。”

“我明白了。”赫拉克勒斯抚摸着他那银白色的胡子。他开始迅速地在雅欣特拉面前来回走动：左，右，左，右……[108] 他喃喃地把心中所想低声说了出来：“我敢说他们肯定也是该教派的……”

(108) 千万别用你的后背对着她！

他转过身，后背对着女孩。[109] 在他面前的墙壁上，雅欣特拉的影子似乎正在变大。一个突如其来的念头使赫拉克勒斯转身面对着这个妓女。她似乎向前迈了一两步，但他并没有多想。“对了，你还记得他们身上有什么特殊的地方吗？比如说文身，手镯……”

(109) 别这样，该死的，别这样！

雅欣特拉皱起眉头，移开她的眼光。“没有。”

“但他们绝对是成年人，不是男孩。这一点你能肯定吧？”

她点头说：“赫拉克勒斯，怎么回事？你跟我说过我不用再害怕米纳伊苏穆斯了啊。”

“你是不用害怕他，”赫拉克勒斯安慰她说，“但我想逮住那两个人。如果你再看到他们，你能认出来吗？”

“应该可以。”

“那很好。”赫拉克勒斯突然觉得很累。他看着正在诱惑他入睡的床铺，叹了一口气。“现在我准备休息啦。今天的事情太多了。如果可以的话，请你天亮的时候叫醒我。”

“好的。”

他漫不经心地让她出去，然后躺在那张宽大的床铺上。他脑海里那双监视的眼睛慢慢闭上了，睡眠像刀那样切过他的意识。(110)

(110) 危险还没有过去——这三个词的重现应该是一种藏秘式的警告！

几根手指抓住那颗跳动的心脏。周围影影绰绰，赫拉克勒斯能听到有人在讲话。他转身看着那名士兵——讲话的人就是他。他在说什么呢？他一定要弄清楚！士兵被一团抖动的灰色云雾围绕着，他的嘴唇动个不停，但震耳欲聋的心跳声淹没了他的话音。赫拉克勒斯能够清楚地看见他——他穿着胸甲、短裙、护腿，头盔上插着一根颜色明丽的羽毛。赫拉克勒斯能够看出他的职位。他认为他听清了几个字。心跳声变得更响了，听起来像是渐渐靠近的脚步声。几个裸体的女人从隧道里爬出来。米纳伊苏穆斯也在那里，理所当然的，他正在微笑。但最重要的事情是想起他刚才忘记了什么。只有想起来……

“不！”他痛苦地说。

“你又做以前那个梦了吗？”有个趴在他上方的人影问。

卧房里灯光昏暗。全身穿着衣服、脸上化了妆的雅欣特拉在他身旁躺下，关切地注视着他。

“是啊。”赫拉克勒斯说。他用手去抹湿漉漉的额头。“你在这里干什么？”

“我听到你的声音，跟上次一样。你在梦里说话，呻吟……我实在受不了，所以过来叫醒你。这个梦是诸神让你做的，我敢肯定。”

“我不知道……”赫拉克勒斯舔了舔干巴巴的嘴唇，“我想它是一道消息吧。”

“向你昭示未来吗？”

“不是，它是来自过去的消息。是某些我必须想起的事情。”

雅欣特拉用她那阳刚的声音柔和地回答说：“你没有获得安宁。你思考得太多了。你没有让自己听从于感官。从前我妈妈教我跳舞，她说：‘雅欣特拉，别思考。别支配你的身体。让它支配你。你的身体并不是你的，而是诸神的。他们通过你的动作向你表明他们的存在。让你的身体发布命令——欲望是它的声音，姿势是它的语言。别翻译这门语言。聆听它。别翻译。别翻译。别翻译……'" (111)

(111) 这些催眠的字词让我闭上了眼睛。

"你妈妈可能是对的，"赫拉克勒斯说，"但我觉得我无法停止思考。"他很骄傲地补充说："我是最纯粹意义上的解谜人。"

"也许我能够帮助你。"

说完这句话，她拉起被子，温驯地钻了进去，将她的嘴巴贴在赫拉克勒斯的内衣上，隔着衣服含住他软绵绵的阴茎。

赫拉克勒斯感到十分震惊。他猛地坐起来。"让我帮帮你。"雅欣特拉说，几乎没有分开她那双厚厚的嘴唇。

她亲吻和揉捏着赫拉克勒斯的长衫之下那根能屈能伸的软东西。自从荷歌斯戈拉去世之后，赫拉克勒斯几乎已经忘记了这根柔软的肉棍。但就在此刻，在她小心谨慎的探索过程中，她的嘴巴形成了一个小小的圆环。赫拉克勒斯能感受得到一阵快感，仿佛他的肉体突然地、激烈地察觉到它之后大声地喊了出来。他快乐地呻吟着，躺倒在床上，闭上了眼睛。

这种快感慢慢扩张，连他的小腹也体验到了。它的宽度、长度和烈度都在增长，到后来，它不再只是使赫拉克勒斯身体的某些部位感到舒服，而且令他不由自主地扭动起来。赫拉克勒斯说不出他的阴茎感受到的这阵神秘快感为什么会如此强烈。他的身体现在已经完全不受他的意识控制，而是随着快感手舞足蹈、扭来扭去。而雅欣特拉只使用了她的嘴巴！赫拉克勒斯再次呻吟起来。

毫无征兆地，快感中断了。赫拉克勒斯感到一阵刺痛的空虚，仿佛被人甩了耳光似的。他意识到那女孩的抚摸已经停止。他睁开眼，看见雅欣特拉撩起长袍，跨坐在他的双腿之上。她那结实的舞女的腹部紧贴着她刚才创造出来，并且饥渴地耸立着的僵硬雕塑品。赫拉克勒斯用呻吟向她提问。她开始挪动她的屁股……不，这么说并不准确；她是在跳舞，但只用她的上半身。她的大腿夹住赫拉克勒斯肥胖的双腿，她的手撑在床上，但她的上半身随着肉体的音乐翩翩起舞。

雅欣特拉的一个肩膀露出来了，然后，她的长袍开始顺着她的手臂，慢慢地、刻意地向下滑去。雅欣特拉扭过头，解放了另一个肩膀。那件衣服在肩膀上又停留了片刻，赫拉克勒斯觉得这可能早被算计好的。这个妓女只用一个动作，便熟练地将手臂从内衣里抽出来。内衣向下滑落，挂在她坚挺的乳房上。

赫拉克勒斯心里想：脱衣服不用手肯定很难；这个困难的慢动作正是雅欣特拉提供给他的愉悦之一；另外一种更为狂放、更为直接的愉悦则来自她的阴部越来越使劲地对赫拉克勒斯充血的长矛的持续挤压。

雅欣特拉的上身恰到好处地一摆，她的内衣溜滑地从她凸起的乳房掉下，不再挡住她的乳头，然后如鸿毛般轻轻飘落到她腹部。赫拉克勒斯凝视着刚刚裸露出来的乳房：肌肤黝黑，形状浑圆，他伸手便能摸到。他冲动地想抓住在半球状的肉体上不停地抖动的僵硬的黑乳头，但他强行忍住。长袍开始从另一边乳房上掉落。

赫拉克勒斯瘦长的身体绷得紧紧的；他那发际线长得特别靠后的额头上沾满了汗水；他的黑色眼睛眨动着；他那四周长着整齐的黑胡子的嘴巴发出一声呻吟；他整个脸变得通红；甚至连他那突出的右颧骨上的小伤疤（童年打架留下的纪念品）的颜色也显得更深了。[112]

(112) 这分明就是我。这段文字描写的身体不是赫拉克勒斯的，而是我的。和雅欣特拉上床的人居然是我！

由于被金属腰带绑住，长袍停止了它那狂乱的下降。雅欣特拉首次动用了她的手，腰带轻微地咔嗒一声就解开了。她的身体再也没有羁绊，无拘无束地踏上了裸体之路。她的肉体终于全裸了，在赫拉克勒斯看来，它强健得很美丽；每寸肌肤都记录着运动的痕迹。

赫拉克勒斯呻吟着坐起来。雅欣特拉默许了他的行动，任由他将自己推倒在床上。赫拉克勒斯不敢去看她的脸。他翻过身，扑到她身上。他感到一阵施虐的欲望——他分开雅欣特拉的双腿，既温柔又粗暴地插进她体内。他想要证明自己能让雅欣特拉呻吟。他用左手去摸雅欣特拉的脸；她叫了起来，因为他中指上的戒指将她弄疼了。现在他们的动作是提问与回答，是命令与服从，是一种本能的仪式。[113] 雅欣特拉用锐利如同刀子的指甲抚摸着他宽阔的后背；而他则闭上了监视的眼睛。[114]

他亲吻着她那曲线柔美的脖子和肩膀，轻轻地咬她，时不时发出低微的喊叫，直到他感到一阵奇怪而势不可当的快感。[115] 他最后一次大声地喊出来，他的声音在她体内浓郁地、激烈地回荡着。

就在赫拉克勒斯还沉浸在高潮之中时，假装意乱情迷的妓女慢慢举高她早先捡起的物品——赫拉克勒斯看到它了，但他无法动弹，而且这种情况持续了很久——并将其插进了他的后背。[116]

他的脊椎骨感到一阵刺痛。

片刻之后，赫拉克勒斯猛然从她身上挪开，抬起他的手，剑柄似的抵在雅欣特拉的下巴之上。雅欣特拉试图躲开，但被他的体重压得不能动弹。赫拉克勒斯坐得更直了，用手去推她。她像遭到痛击的畜生那样翻了个身，扑倒在地上，发出轻得很奇怪的扑通声。但她松开

(113) 看到自己被写进这段描绘性爱活动的文字，我真的太震惊了。也许在读到此类场景的时候，所有读者都会产生一种代入感：认为男方是自己，而女方则是心目中的她。我不由自主地勃起了。就在我阅读和翻译的过程中，我感到一阵奇怪而势不可当的快感……

(114) 又是这三个预警的藏秘式词汇："刀""后背""监视"！这是一个圈套！我必须……我的意思是，赫拉克勒斯必须……

(115) 这是我自己写下的句子！是我在前面注释中写下的句子！（我在我的译文和注释中画了两道下划

了那把锋利的长刀，它掉到地面，发出清脆的撞击声，在这么多柔和的声音之中听起来十分怪异。赫拉克勒斯笨拙地、疲累地从床上爬起来。他拉着雅欣特拉的头发，逼她站起来，将她拖到最近的墙壁，抓住她的头去撞墙。

他又开始思考了，而想到的第一个念头是：她并没有伤害我。她能够刺伤我，但她没有那么做。然而，他的愤怒依然没有平息。他仍然紧紧地抓住她的头发，用她的头去撞泥砖砌成的墙。“除了要杀我之外，你还想干什么？”他嗓音嘶哑地问。

当她开口说话的时候，两道红色的液体从她鼻孔里流出来，绕开了她那厚厚的嘴唇。“他们并没有让我杀死你。如果我想杀你，我能够把你杀了。他们只是说，当你到达快乐的顶峰时，只有到这个时候，不能提前，也不能延后，我就把匕首的末端放到你的皮肉之上，但别伤害到你。”

赫拉克勒斯仍然抓住她的头发。他们两个人都在喘息，她赤裸的乳房正顶着他的内衣。愤怒得不停地发抖的解谜人换手了，现在用左手抓住她的头发。他用右手打了她两下，使尽了浑身的力气。随后，那女孩只是用舌头舔了舔破裂的嘴唇，默默地盯着他，既没有表现出痛苦，也没有流露出害怕。赫拉克勒斯说：“‘说话带雅

线，以便读者可以对照，当然是我写下这个句子在先，后来才翻译到它。这简直是一种契合，一种爱的行动，难道不是吗？如果做爱不是融合幻想与现实，那它又是什么呢？啊，这就是文本的愉悦——抚摸它，享受它，用我的钢笔摩擦它！我在乎这是否一种巧合——已经不再有任何疑问啦，我就是他，我在那里，与她一起……

(116) 赫拉克勒斯没有反应。我也没有。他继续行动。我也继续。就这样，到最后，我们都选择了继续行动。

典口音的高个子男人’是你胡诌的，对吧？”

雅欣特拉回答说："我没有胡诌，确实有。但他们戴着面具。他们第一次威胁我，是在特拉马舒斯刚刚去世的时候。你和你的朋友跟我说过话之后，他们又来找我。他们的威胁太吓人了。他们告诉我该怎么做。我必须告诉你说威胁我的人是米纳伊苏穆斯。我要到你的家里，请你保护我。还有就是诱惑你，让你享受我。”

赫拉克勒斯又抬起了手。她说："杀了我吧。我并不怕死，解谜人。”

“但你却害怕他们。”赫拉克勒斯喃喃地说。这次他没有揍她。

“他们的势力非常强大，”尽管嘴唇破了，雅欣特拉还是微笑着说，“你想象不到他们说我要是不服从的话他们会怎么样。有时候死亡反倒是一种解脱。他们承诺的是无尽的痛苦，而不是死亡。只要他们愿意，他们能够很快征服任何人。你和你的朋友与他们作对，恐怕连一丝获胜的机会都没有。”

“这也是他们让你说的吧？”

“不。只是我知道这一点。”

“你怎么跟他们联系？我去哪里能找到他们？”

“他们会来找你的。”

“他们来过这里吗？”

“是的。”她说，赫拉克勒斯注意到她有点犹豫。他更加用力地将她的后背压到墙上，用手肘顶住她的肩膀，仿佛它是一把刀似的，并且监视着她可能采取的任何行动。[117]

雅欣特拉补充说：“他们现在就在这里。”

“这里？你这话什么意思？”[118]

雅欣特拉并没有马上回答。她扫视着房间。她用慢得出奇的语速说：“他们还说……跟你上床之后，我应该说话……分散你的……”

赫拉克勒斯看到她的眼睛瞟来瞟去。[119]

突然他听到一个来自他体内的声音，大声地喊道：“快转身！”他及时地这么做了。

那人戴着面具，穿着深黑色的斗篷。那人的右臂刚刚划出一道沉默而致命的圆弧，却被赫拉克勒斯的前臂这个始料未及的障碍物撞得变了形，刀刃落空了，并没有伤害到赫拉克勒斯。解谜人转过身，抓住袭击他那人的手腕。那人不停地挣扎。赫拉克勒斯凝视着那张戴面具的脸，觉得自己的双手正在发软——他认得这些平坦的五官，认得这张人造的脸，认得那两个过去渗漏出不安、如今闪耀着仇恨的黑色眼孔。就在这个赫拉克勒斯感到前所未有的迷惑的时刻，庞丝卡使劲将匕首的尖端推向他那柔软的、肉乎乎的脖子。赫拉克勒斯跌跌撞撞

[117] 赫拉克勒斯似乎已经摆脱了危险，可是为什么这三个藏秘式词汇，我给它们加了下划线，又出现了？到底怎么回事？

[118] 现在我明白了！赫拉克勒斯，注意你的后背！

[119] 快转身！

地后退几步，靠到墙壁上。他想起来——这个念头转瞬即逝，如同惊鸿一瞥般——至少雅欣特拉没有袭击他，尽管他想象不到她此刻还会做些什么。所以他面前只有一个敌人，而且还是个女的（即使他刚刚发现这个女人的力气非常大）。他决定冒险让刀刃靠得更近一些，然后集中力量，抬起右手，一拳打在面具上。他听到一声缓慢得如同从水井深处传来的惨叫。他又挥出一拳。再次传来一声惨叫，然后就悄无声息了。但由于注意力都放在拳头上，他忘了那把匕首；这时它正在渐渐接近他那不停地悸动着的脖子，接近那交错的脆弱血管和颤抖着的柔软肌肉。他停下来，做出某种肯定令他的疯狂对手感到意外的举动：他松开了拳头，开始轻轻地抚摸着面具的轮廓、鼻梁、两边的脸颊，就像盲人试图用触觉来辨认老朋友那样。

庞丝卡意识到他想干什么，但已经太迟了。

两根粗厚的破城槌、两根巨大的凿子突然穿过面具上的眼洞，轻而易举地插进了那些受到柔软薄膜保护的、奇怪而黏糊糊的物质中去。匕首立即从赫拉克勒斯的脖子旁边掉到地上，面具之后传出阵阵惨叫和咆哮。解谜人抽出他的手指——从指尖到第二指节都湿了——从她身旁走开。庞丝卡痛苦地号叫。面具依旧平静，毫无表情。她踉跄地朝后退。

当她摔倒时，赫拉克勒斯飞扑到她身上。

他感到一阵几乎无法抑制的冲动，想动用自己的匕首。但他并没有真的这么做，而是在夺走她的武器之后，用赤脚踢了她身上几个因为瞎了眼而未加防护的部位。他用脚后跟去踩庞丝卡，就像踩踏一只巨大的昆虫似的。

这一切结束之后，赫拉克勒斯喘着气，大惑不解地发现雅欣特拉依然站着，一动不动，浑身赤裸，背靠着墙，保持着与他转身对付庞丝卡之前相同的姿势。她似乎只是抹去了脸上的一点血迹。赫拉克勒斯因为她没有袭击自己而感到失望，否则，他便能够在一场战斗中用暴风骤雨般的猛击将怒气发泄在她们两个身上。但现在，他周围只有空气和各种物件等着他去撕烂、砸毁和消灭。恢复镇定之后，他说："她是谁指派的？"

"我不知道。他们让我来这里的时候，要求我听她的指挥。她不能说话，但她的手势很好懂。而且我已经知道那些命令是什么了。"

"圣秘教！"赫拉克勒斯鄙夷地说。雅欣特拉茫然地望着他。"和米纳伊苏穆斯一样，庞丝卡也跟我说她信奉圣秘教。看来他们两个都说了谎。"

"未必吧，"这个妓女笑着说，"他们又没有说他们信奉的是哪种圣秘教。"

赫拉克勒斯看着她，使了个眼色。他说："你走，滚出去。"

她收拾起她的衣服和腰带，乖乖地穿过房间。到了门口，她转过身。"被派来杀你的人是你的女奴隶，而不是我。他们做事有一套自己的方式，解谜人，无论是你，还是其他人，都无法理解他们。所以他们才会那么可怕。"

"滚出去。"他重申了一遍，上气不接下气地喘息着。

但她补充说："逃离这座城市，赫拉克勒斯。否则你将见不到明天的太阳。"

雅欣特拉走后，赫拉克勒斯靠在墙上，揉着眼睛，不再掩饰他的疲态。他需要恢复头脑的安宁，清点他这个行业的智识工具，冷静地重新开始……

有个声音吓了他一跳。庞丝卡正在挣扎着站起来。她转过身，但见两道鲜血从面具上的眼洞流下来。那染上两条血痕的白色假脸太可怕了。不可能，赫拉克勒斯想。我弄断了她几根肋骨。她肯定快死了。她应该不能动才对。他想起了传说中发明家代达罗斯所创造的那些冷酷无情的机器人。庞丝卡的行动让他想到了破碎的机械装置——她用单手撑地，坐起来，又摔倒，再次撑起来，仿佛正在表演一出哑剧。最后，也许是意识到她的尝试毫无用处，她抓住匕首，坚毅地朝赫拉克勒斯爬过去。两道平行的液体从她眼里喷涌出来。

“庞丝卡，你为什么如此恨我？”赫拉克勒斯问。

庞丝卡在他脚边停下，体内气血翻涌，颤抖地举起匕首，最后一次做出无望的尝试。她的力气消失了，匕首哐当掉到地上。她先是发出了深深的叹息，然后恼恨地哼了一声，卧倒在地上，连她的呼吸似乎也表达着愤怒，仍然拒绝承认失败。赫拉克勒斯惊奇地凝视着她。他小心谨慎地靠上前去，像一个不确定猎物是否死亡的猎人。在了结她的性命之前，他想弄个明白。他弯下腰，摘掉庞丝卡的面具。他看着那张伤痕累累的脸，和那双严重受损的眼睛。她的嘴巴像鱼那样不断地张开合上。

“你从什么时候开始恨我？”

这好像在问她什么时候决定变成一个人，变成一个自由的女人，因为赫拉克勒斯突然觉得她的仇恨就像是大权在握的国王的旨意，在某种程度上已经让她不再是个奴隶。赫拉克勒斯记得在市场上看到她那天，她孤零零的，没有买家理睬她；许多年来，她把家中打理得井井有条，总是默默地打着手势，对自己言听计从，应自己的要求——命令——戴上面具。在这么久的时间里，他从未发现有任何能够解释这个问题或者导致他产生怀疑的迹象或时刻。

“庞丝卡,”他在她耳边说,“告诉我原因。你的手还能动。”

她吃力地喘息着。那张惨不忍睹的脸看上去很吓人——她的眼睛像小鸟或者小蛇刚刚钻壳而出的样子。但赫拉克勒斯看着她只是为了等待她的回答。他担心庞丝卡会来不及回应就死去。他看到她的左手在地面上涂涂抹抹,但没有字迹。他望向她不再拿着匕首的右手。也没有任何字迹。

在这阵可怕的沉默中,赫拉克勒斯想：到底是什么时候?你什么时候获得你的自由?或者说你什么时候发现了你自己?也许你真的去了厄琉息斯,像其他许多人那样,并在那里遇到了他们……他又向前靠近了一点,闻到了他曾经在尤马舒斯和安提苏斯的尸体上嗅到的气味,但尤尼奥斯的尸体没有这种味道。当然,他想起来了,尤尼奥斯的身体当时散发出很浓的酒味。

突然间,他听到心脏跳动的声音。他自己的?她的?也许是她的,因为她将要死了。她的痛苦必定骇人听闻,但她好像不在乎。赫拉克勒斯再也听不见心跳了。他再度想起了那个重复出现的梦境,但此次,他任由这段记忆停留在他纷乱的头脑中,仿佛无须一个清醒的状态来结束这极度糟糕的心情。他看到那颗被挖出来的心脏,那只抓着它的手；他能见到那个士兵,而且终于听清了他说的话。

然后赫拉克勒斯想起他忘记了什么，那是一个小小的细节，他的梦从一开始就强烈地、难以索解地尖叫着提醒他。

尽管庞丝卡的痛楚持续了很长的时间，但赫拉克勒斯始终纹丝不动地站在她身边，对周围的一切视而不见。等到她毙命的时候，新的一天已经破晓，太阳的光芒照射进这个灯光昏黄的房间。

但赫拉克勒斯依然没有动。

我救了你的性命，庞辞巴的赫拉克勒斯，我的老朋友！我简直不敢相信，但我想我救了你的命，而且我一想起来就激动得掉眼泪。在翻译的过程中，我写下了我自己的警告，而且被你听见了。当然啦，也许有人会认为我事先读过这本书，然后在翻译的时候，在那句话出现之前先把它写下来；但我发誓事情不是这样的；至少，我并没有故意这么做……喏，你想到了什么呢？为什么我没有也想到了呢？我应该明白的，像你一样，但是……

刚才发生了一些重要的事情。困扰我的那人刚刚离开。就在我翻译第十章的时候，他又突然闯进来，如同往常，他戴着那个微笑的面具，穿着黑色的斗篷。他在房间里走来走去，然后问：

"进展如何？"

"我译完了第十章，本章的藏秘法形象是希波吕忒的腰带，女战士，也就是亚马孙人。但是，"我补充说，"我也在里面。"

"真的吗？"

"你比谁都清楚。"我说。

那永远微笑着的面具盯着我看。"我已经跟你说过，我没有在这本小说中添加任何文字。"他强调说。

我深深地吸了一口气，望着我的译稿。"当赫拉克勒斯和妓女雅欣特拉上床时他的身体被描绘成'瘦长的'。但正如读者所了解到的，赫拉克勒斯非常胖。"

"那又怎样？"

"我身材瘦长。"

他那隔着面具的笑声听起来像是假笑，停止发笑之后，他说："在希腊语里面，λεπτός 固然有

'瘦长'的意思，但也可以解释为'聪明'，这你也知道的。我想所有读者都会认为这里指的是庞释巴的赫拉克勒斯头脑聪明，而不是说他身材瘦长……我记得那句话直译过来是：'聪明的赫拉克勒斯绷紧了他的身体'。他被称为'聪明的赫拉克勒斯'，就像荷马用'狡猾'来形容尤利西斯一样……"他又笑了起来。"当然，你倾向于把λεπτός翻译成'瘦长'，原因我能想象得到！别担心，这种情况并非只有你才遇到过：每个人只阅读他想阅读的东西。字词只是供我们选择的符号系统而已。"

同样地，他摧毁了我提出的其他证据——赫拉克勒斯也可能"发际线长得特别靠后"；至于文中提到的不是"银白色的胡子"，而是"黑色的胡子"（跟我的相同），那也许是抄写者的笔误。右颧骨上的伤疤，所谓"童年打架"的纪念品，虽然跟我的情况相同，但有可能是巧合，而左手中指上的戒指也是如此。

"有伤疤和戴戒指的人成千上万，"他说，"问题在于，你敬佩这个主角，希望像他那样，无论……尤其是在最有趣的时候。所有的读者都会有同样的傲慢；你们全都认为这本书是以自己为模型而写的，当你们阅读它的时候，你们便以自己的方式去想象小说中的场景！"他的声音突然和面具的表情很相称。"我敢肯定你在读那几段文字的时候肯定觉得很爽，对吧？别这样看着我，这种情况并不少见！"

听了他的话之后，我感到极其不舒服，于是一言不发。他侧过身来，看了他来的时候我正在写的那个注释。"这是什么？你'救'了他的命？"他站在我身后，瞠目结舌地说，"这些藏秘式小说真的太厉害了！真是奇怪啊，这本书是那么多年之前写的……可是它依然能够激发如此强烈的情感！"

但他的笑声突然中断了，因为我说："也许它是不久之前才写的呢。"

还击的感觉真棒！

他透过面具上的眼洞，用不可思议的眼神看了我片刻，然后愤恨地说："你这话什么意思？"

"根据蒙塔洛的说法，本章原稿的草纸散发出女人的香味，质地像'乳房'和'运动员之手臂'。这个荒唐的注释其实也是藏秘式的，它影射着赫拉克勒斯夺取希波吕忒腰带的功劳中的'男人婆'或者'女战士'。回头去看，我们可以发现他对每章原稿的草纸的描写都是这样的……"

"那你得出什么结论呢？"

"蒙塔洛这个角色也是本书的一部分。"我笑对他的沉默。"他这些注释跟原稿的草纸毫无关系：它们是藏秘式的。它们强化了本书中的各个形象。我本来总是感到意外，像蒙塔洛这么渊博的人，居然没有注意到《雅典谋杀案》是藏秘式的。但现在我明白了，他知道的，他也在玩弄藏秘法，与作者在小说中所做的一样。"

"看得出来你思考了很多，"他说，"还有别的吗？"

"正如我们所知道的，《雅典谋杀案》是一本伪书。现在我明白为什么没有人听说过它了。我们只有蒙塔洛的誊清稿，没有原稿。作者写这本书的时候，预先设想到将来会有人翻译；至于书中充满的各种圈套，那肯定是另外一个有同等才华，甚至更加出色的作家设下的……我能想到的唯一的解释是……写这本书的人就是蒙塔洛！”

那面具仍然保持沉默。我乘胜追击：“《雅典谋杀案》的原稿并没有消失——蒙塔洛的誊清稿就是原稿！”

“蒙塔洛为什么要写这样一本书呢？”这个将我囚禁的人若无其事地问。

“因为他疯掉了，”我回答说，“他沉迷于藏秘式小说。他认为它们能够证实柏拉图的观念理论，从而表明这个世界、这种生活和这个宇宙是理性而有意义的。但他失败了。他发疯了，利用他对希腊语和藏秘法技巧的了解，亲自写了这本藏秘式小说。这本书是为他的同行而写的。它等于是在宣布：‘看啊！观念真的存在！它们在这里！来吧！把关键线索找出来！’”

“但蒙塔洛并不知道关键线索是什么，”这个绑匪反驳说，“是我把他关起来的。”

我直视着那黑色的眼洞，并说：“你说的谎太多啦，蒙塔洛。”

就算是庞铎巴的赫拉克勒斯本人，也不可能干得比我更漂亮！

“尽管如此，”我继续说下去，因为他不吭声，“你玩了一个很漂亮的智力游戏。你将某个老年流浪汉伪造成蒙塔洛的尸体……我宁愿相信你找到他的时候，他已经死了。你重施了你为尤尼奥斯的谋杀案设计的故技，让他穿上你脱掉的衣服。等到被正式宣布死亡之后，你就在暗中搞鬼。你写的时候，先想到有个人将会翻译它。你获悉我被委托翻译这本书，于是开始监视我。你增加了一些伪造的书稿，目的是为了迷惑我，让我沉溺于这份文本。因为正如你本人所说的，“你不会沉溺于某样东西，除非你是它的一部分”。到最后，你绑架我了，将我囚禁在这里。这里也许是你家的地窖……或者是你装死之后的藏身之所……那么，你想要从我这里得到什么呢？还是那件你从来都想得到的东西：证明观念真的存在！如果我能够设法找出你隐藏在你这本书里面的形象，那就意味着观念是独立于人们的意识的。是这样的吧？”

他沉默了很久很久，在此期间，我的脸和他的面具一样，一直挂着笑容。然后，他逐字逐句地说：

“翻译家，请**留在**你的注释的洞穴里，别试图逃到正文**上面**来。尽管你很想成为解谜人，但你并不是……你只是一个翻译家。所以请**继续翻译**！”

“你都不尊守**读者**的本分，我为什么要限制自己只是当一名翻译家呢？”我傲慢地说，“尽管你是这本小说的作者，但爱模仿什么角色是我的自由！”

“我不是《雅典谋杀案》的作者！”这个面具说，声音有点哽咽。

然后他离开了，猛力把门关上。我觉得舒服多了。我想我赢得了这个回合。

第十一章[121]

那人沿着陡峭的石梯，降落到死亡守候着的地方。那是个地下室，里面点着油灯，有着一间小小的前厅和一条两边分布着许多小房间的中央走廊。然而，充斥其中的却非死亡的味道，而是临死之前的痛苦的气息。两者之间的区别很微妙，那人想，但是狗能够分辨得出。他认为这地方发出这样的气味是理所当然的，因为它是囚禁等待被处决的死刑犯的监狱。

它依然保留着索伦时代的原貌，历代政府似乎不敢对它做出任何改变。前厅里，几个卫兵正在玩骰子，以便决定谁留下来守夜。投出决定胜负的一轮之后，他们骂骂咧咧地说："居然是一条狗，真是倒霉透顶！宙斯在上，你输啦！"(122) 再往下几节楼梯，便是暗无天日的监

(121) 我被一阵愤怒的狗吠吵醒。声音还在，它们听起来很近。我不知道这绑匪是不是想吓唬我，抑或只是巧合而已（至少有件事可以确定：他说他养了几条狗的时候并没有说谎）。但还有第三种可能，也是相当怪异的一种可能：我只剩下两章没有译完，那就意味着还有两件赫拉克利斯的功劳没有出现。如果顺序正确的话，本章——第十一章——的藏秘法形象应该是冥犬刻耳柏洛斯，而最后一章应该是赫斯珀里得斯的金苹果。在刻耳柏洛斯功劳中，赫拉克利斯下降到冥界，去抓那条凶猛地守护冥界入口的多头狗。难道这个囚禁我的两具人

房了，里面那些死囚苦恼不堪，数算着最后的黑暗距离他们还有多久。虽然大多数监房缺乏最基本的生活设施，这是理所当然的，但也有少数几间例外。比如说苏格拉底原来住过的监房，也就是走廊最里面右边那间（不过有些卫兵说是最里面左边那间），便有一张床，一盏灯，和几把总是被无数来探访他的人占用的椅子。“但那是因为，”卫兵解释说，“他离被处决还有很长一段时间。他的案件正好在圣节期间结束，你也知道的，圣节期间，圣船载满香客前往第洛斯岛，禁止执行死刑……但他从来不抱怨被耽搁了那么久。他非常有耐心，真是个可怜人！”或许确实如此，但这样的情况总归很罕见。反正这时唯一正在等待大难临头的囚犯肯定得不到什么优待。他当天就将被处决。

也在试图用现实来创造一个藏秘法形象？巧合的是，蒙塔洛在注释中称本章原稿的草纸“碎裂，肮脏，散发着死狗的气味”。

(122) 按照当时的玩法，“一条狗”是最小的：三个一。但作者用它来强调本章的藏秘法形象。顺便说一句，外面那些狗还在叫。

当值的卫兵是一个年轻的奴隶，他来自梅洛斯岛，叫作安菲乌斯。那人不止一次地想，安菲乌斯本来应该很英俊，因为他有着修长的身材，举止也比他的同僚斯文得多，可惜某位淘气的神明在他诞生时拉扯了他左眼的眼皮，将他的脸变成一道扰人心神的谜语。由于长了一块形状怪异的金钱癣，他脸上的胡子是零碎地簇生着的。安菲乌斯到底用哪只眼睛看东西呢？右眼？左眼？那人每次看到安菲乌斯总会很不自在地想起这个问题。

他们彼此问候。那人问：“他怎么样？”

安菲乌斯回答说："他没有抱怨。我想他和诸神交谈了，因为我听到他说了一些话。"

那人——他是十一人委员会的仆役，叫作特里普提米斯——宣布说："我要去见他。"

安菲乌斯说："特里普提米斯，你带来的东西是什么啊？"

特里普提米斯给他看那个密封的小酒罐。"我们把他关起来的时候，他要求我们给他一点莱斯博斯岛的葡萄酒。"

"等等，特里普提米斯，"安菲乌斯说，"你知道的，囚犯不能接受任何来自监狱之外的东西。"

那人叹了口气，开玩笑地说："好啦，安菲乌斯，你是尽忠职守了，可是我也要完成任务啊。你担心什么呢？担心他在死亡那天喝醉了？"

他们哈哈大笑起来。

那人继续说："如果他喝醉，那不是更好吗？当他坠入死人坑的时候，他将会以为他刚从朋友家喝完酒出来，正要回家，跌跌撞撞地走在街道上……他将会说：蓝眼睛的雅典娜啊，这城市的街道怎么变得乱七八糟的！"他们笑得更加开心了。

安菲乌斯为自己太过多疑而脸红。"进去吧，特里普提米斯，把酒给他，但不要让头头们知道。"

(123) 这几段文字里有些描写很奇怪，在“右”和“左”之间摇摆不定（苏格拉底的监房，奴隶卫兵的眼睛），作者的用意可能在于隐秘式地反映赫拉克利斯降入冥界的返回旅程。

“好的。”安菲乌斯看东西的时候用的是右眼，现在我知道了，那人心想。他拿起火把，准备降落到阴暗的监房去。(123)

我们从天上降落，携带着雷电这位侍卫，乘着风的翅膀，从造型精美的庙宇飘向环境优雅的艾斯坎波尼岱区。我们看到脚下有条断断续续的灰线，穿过这个区域——那就是主干道了。是的，那个以审慎的速度沿着它移动、向某个私家花园走去的黑点是一个人，从这高空看下去他显得那么渺小。根据他穿的衣服，他应该是奴隶。根据他敏捷的脚步，他应该很年轻。有个人在树下等着他。尽管有树枝遮挡，那人的斗篷依然沾满了水珠。雨猛扑而下，如同我们的眼光。我们降落在等待那人的脸上。他的脸很大，油乎乎的，留着整洁的银白色小胡子，眼睛是灰色的，而瞳孔漆黑得如同乌檀木栓。他的焦躁显而易见：他望着一边，然后望向另一边。当他终于见到那个奴隶的时候，他的脸变得更加焦虑了。此时他在想些什么呢？哎，可惜我们无法降落进他的头脑！我们降落在他那灰白的头发上，统统变成了可怜的水珠。(124)

(124) 从本章开头便出现的“降落”的主题，连同“左右”的主题，令人想起赫拉克利斯前往冥界的旅程。这个形象在最后这一段也得到了强调，因为这段文字描写的是一滴雨水的降落在庞铎巴的赫拉克勒斯头上为终点的漫长过程。

“主人！主人！”那个年轻的奴隶大声说，“我按照你的吩咐，去过狄亚哥拉斯家了，但他家没有人！”

“真的吗？”

“真的，主人！我反复地敲了他家的门！”

“很好，现在你要做的事情是：走进屋子，在里面等我等到中午。如果到时我还没有回来，你就通知十一人委员会的仆役。跟他们说我的女奴隶昨晚试图刺杀我，我不得不自卫——如果知道这里有具尸体，他们的行动就不会那么拖沓。把这个卷轴交给他们，要求他们请他们的上级来看，并以你的主人的名义发誓，说这座城市正面临着重大的危险。我还不能确定到底是什么危险，但如果你能把恐惧灌输给他们，他们将会听你的吩咐。你听明白了吗？”

这个奴隶被吓到了，他点了点头。“明白了，主人，我会照你吩咐的做！但你要去哪里呢？你说的话让我浑身起鸡皮疙瘩！”

“照我跟你说的做，”赫拉克勒斯说，雨越下越大，所以他提高了嗓音，“如果一切顺利，我中午就回来。”

“保重啊，主人！这场暴雨似乎有愈演愈烈的兆头！”

“你只要完全遵守我的命令，那就没什么可担心的。”

赫拉克勒斯沿着那条下降的主干道走进雅典城死灰般苍白的深渊。(125)

(125) 从天空到底铎巴的赫拉克勒斯的绝底，这种“降落”的叙事运动一直在继续。

暴雨的死亡手指很早就把狄亚哥拉斯从卧室中吵醒：它们捶打着墙壁，刮擦着窗户，不知疲倦地敲击着房门。他从床上起来，匆匆穿上衣服。他将斗篷当作雨衣，走了出去。

他所在的科莱陀思区一片死寂，有些商店甚至闭门谢客，仿佛现在是假日似的。最繁华的街道上偶尔还有几个行人，但那些阴暗的小巷就完全是暴雨的天地了。狄亚哥拉斯想，如果他想在今天早晨见到米纳伊苏穆斯，那就不得不加快脚步。实际上，他觉得无论要到任何地方去见任何人，他都必须加快脚步，因为在他看来，整个雅典似乎已经变成一片风雨飘摇的墓地。

他沿着一条下降的崎岖街道往下走，来到一座小小的广场。另外一条街道从广场向山下伸延而去。他看到一座房子的屋檐下有个老人的身影，显然是在等这场暴雨消歇。狄亚哥拉斯被他那张有两个黑眼圈的苍白憔悴的脸庞吓了一跳。片刻之后，他觉得一个挑着两个大水罐的奴隶的脸看上去也太苍白了。角落里有个妓女饿狗似的朝他发笑，但她脸上溶解的铅粉让狄亚哥拉斯想起了破碎的裹尸布。他想：善良的神明在上，自从出发到现在，我看到的净是死人的脸！也许这场雨是一个凶兆。也许我们脸庞上生命的色泽已经在水中稀释。[126]

沉思着这些问题的狄亚哥拉斯看到一条支路上有两

[126] 当然啦，这两种假设都不对，如同往常，狄亚哥拉斯能够从某种程度上“嗅”到藏秘法而存在。本章中的雅典实际上已经变成死人的国度。

个戴着雨帽的人正在走过来。宙斯在上，我们又看到两个鬼魂了。

那两个人在他面前停下，其中一个友好地说："梅东特区的狄亚哥拉斯，请立即随我们走。有件可怕的事情就要发生了。"

他们挡住他的去路。狄亚哥拉斯看得见阴暗的雨帽里面是两张白色的、一模一样的脸。"你们是什么人？"他问，"你们怎么知道我是谁？"

那两个戴雨帽的人彼此对望。"我们是……如果你不跟我们走，那件可怕的事情就要发生啦。"另外一个人说。

狄亚哥拉斯突然意识到这次他被自己的眼睛欺骗了：他们那两张白色的脸庞是人造的。

他们戴着面具。

他们甚至可能收买了首席大法官，赫拉克勒斯紧张地想。毕竟，任何人都有可能属于这个教派……但过了片刻，他较为冷静地推理：从逻辑上讲，如果他们拉拢了首席大法官，那么他们会无所顾忌。然而他们很害怕被揭发。于是他得出了结论：他们也许像神明那么强大，但却害怕凡人的法律。他再次敲起门来。那个奴隶男孩出现在黑暗的门口。

“又是你啊，”他笑着说，“你经常来做客真好。你来意味着我能得到好处。”

赫拉克勒斯早就准备好两枚银币了。

“这座房子很暗。如果没有我带路，你也许会迷路的，”男孩说，领着他沿着黑暗的通道走进去，“你知道我的朋友，也就是老奴隶伊费马舒斯，说过什么吗?”

“他说什么了?”

那个年轻的导游停下脚步，降低了声音。“他说很久以前，有人在这里迷路了，到死也没找到出路。有时候，在夜间，你能看到他在走廊里，皮肤比卡尔西斯的大理石更白、更冷，他会礼貌地问该怎么走出去。”

“你见过他吗?”

“没有，但伊费马舒斯说他见过。”

他们继续向前走。赫拉克勒斯说：“嗯，别信以为真，除非你亲眼见到过他。任何你没有亲眼看到的东西都未必是真实的。”

“实际上，当他告诉我这个故事时，”男孩高兴地说，“我假装很害怕，因为他喜欢我这样。但我其实一点都不怕。如果我遇到那个死人，我会说：‘你从第二个路口右拐就能走出去啦!’”

赫拉克勒斯哈哈大笑。“你是对的，没什么好怕的。你简直可以算是大人啦。”

“是的，没错。”男孩骄傲地说。

他们和一个身上爬满了蛆虫的人擦身而过。那人走过的时候并没有看着他们，因为他的两个眼眶是空的。他默默地走过去，浑身散发出那种在坟墓里待了一千天的臭气。[127] 当他们来到客厅时，男孩说：“你在这里等。我去请我家夫人来。”

“谢谢你。”

他们会心地相视而笑，彼此道别。赫拉克勒斯突然觉得有点难过，因为正要永远地告别这个男孩，这座阴森的房子以及所有居住在里面的人，甚至还有他的记忆。仿佛世界即将灭亡，而他是唯一知道的人。奇怪的是，最让他伤心的居然是与这个男孩的离别；甚至连他本人的记忆，无论是短暂的还是恒久的，重要的抑或琐碎的，似乎都没有这个可爱而聪明的孩子重要；而由于某些奇怪的原因，或是由于某些滑稽而持续的偶然性，迄今他连这个小家伙叫什么名字都不知道。

如同往常，伊蒂丝的声音宣布了她的出现。“如果仅仅是出于礼貌的话，庞铎区的赫拉克勒斯，你在这短短的时间里来访的次数也未免太多了。”

赫拉克勒斯并没有看到她走进来。他点头问候伊蒂丝，并说：“没错，并不是出于礼貌。我说过的，我会回来跟你说你儿子是怎么死的。”

(127) 无须指出，读者也知道这具会走路的尸体是藏秘式的，并非鬼魂——男孩和赫拉克勒斯都无法看见它，就像他们无法看见书中重述他们的对话时所用的标点符号一样。

伊蒂丝几乎毫不犹豫地朝她的奴隶挥了挥手，她们默默退出了客厅。她仍是正经地请赫拉克勒斯坐下，而她自己则坐在另外一把椅子上。她很……优雅？美丽？赫拉克勒斯找不到恰当的形容词。他认为伊蒂丝之所以风韵犹存，肯定是因为她脸上扑的那层薄薄的铅粉，眼睑涂的颜料，闪闪发光的头饰和手镯，以及她那线条和谐的黑色布袍。但就算没有这些打扮，她那张冷漠的脸和精致的五官依然会很迷人……或者获得新的魅力。

“我家的奴隶居然没有请你换上干燥的斗篷啊？”她说，“回头我让他们尝尝鞭子的味道。”

“没关系啦。我进来的时候非常匆忙。”

“你很急着跟我说你了解到的情况吗？”

“是的。”他的眼光避开了伊蒂丝那双黑色眼睛的注视。

他听到她说：“那么，请讲。”

看着他那双十指交叉放在身前的胖手，赫拉克勒斯说：“上次来的时候，我说过特拉马舒斯遇到了某些麻烦。我说的没有错。当然啦，像他那样的年轻人，什么事情都可能变成问题。年轻人的灵魂是我们随心所欲地揉捏的泥土。但他们并非完全免疫于矛盾、怀疑……他们需要坚定的指导。”

“这特拉马舒斯有。”

“他当然有。但是他非常年轻。”

“他已经长大成人。”

“没有，伊蒂丝。他本来能够成为一个大人，但命运女神摩拉伊剥夺了他的机会。他死的时候仍是一个孩子。”客厅里陷入了沉默。赫拉克勒斯慢慢地抚摸着他那银白色的胡子，然后说：“也许这就是问题所在：他并没有被允许成为一个大人。”

“我明白，”伊蒂丝叹了口气说，“你指的是那个雕塑家……米纳伊苏穆斯。我知道他们之间的事情，不过幸好没有人逼我去参加他的审判。特拉马舒斯有选择的自由，而且选择了他。这完全是咎由自取。”

“也许吧。”赫拉克勒斯说。

“我敢肯定他当时并不害怕。”

“真的吗？”赫拉克勒斯扬起眉头说，“我觉得不一定。也许他向你隐瞒了他的恐惧，以免增加你的痛苦。”

“你这话什么意思？”

他忽略了这个问题，仿佛自言自语般地继续说：“谁知道呢？也许他的恐惧对你来说不是完全陌生的。梅拉格鲁斯死后，你忍受了巨大的寂寞，对吧？你承担了教育两个孩子的重任，生活在这个排斥你的城市，在这座阴暗的房子里……你家的房子太暗了，伊蒂丝。连你的奴隶都说这里闹鬼。我很想知道，这么多年来，你和你的孩子遇见过多少个鬼魂。要什么样的寂寞、什么样的黑暗才会改变一个人呢？从前的一切都跟现在不一样……”

伊蒂丝温柔地出人意料地插口说："但你并不记得从前，赫拉克勒斯。”

“我故意忘记了，我承认，但如果你认为从前对我毫无意义，那么你就错了……”他降低了声音，冷漠地、自顾自地说，“从前看上去很像你。现在我知道了，也可以对你说了。从前是你年轻时朝我微笑的脸。在很长很长的时间里，我的从前就是你的微笑……当然，我以前掩饰了，但情况确实如此，而且，也许是时候承认和坦白了……我想说的是，我承认我对你有过感情，虽然你和我都无法改变什么……”

他匆匆地说出这些话，眼光下垂，不停地用话语填满沉默。

“但现在……现在我看着你，我不知道是否还能在你脸上看到从前的痕迹……我不知道我是否还在乎。正如我说过的，一切都是神明的旨意，后悔也没有用。再说了，我是一个不动感情的人，你知道的……但我突然发现，我不是铁石心肠，没有哪怕一丝的情感……这就是我想说的。”

他停下来，咽了咽口水。一抹鬼魂般的血色染红了他胖乎乎的脸颊。她肯定正在奇怪我为什么要跟她说这些话，赫拉克勒斯想。他稍微提高了嗓音，若无其事地接着说："在离开之前，我想知道一件事。这件事对我来说非常重要，伊蒂丝。我向你保证，它和我作为解谜人的工作没有任何关系。纯粹是个人问题。"

"你想知道什么呢？"

赫拉克勒斯把手抬到嘴边，仿佛他感到一阵突然的疼痛。停顿一会儿之后，依旧没有看着伊蒂丝的他说："我必须先做出一点解释。自从开始调查特拉马舒斯的死因以来，有个恐怖的梦扰乱了我的夜晚。在梦里，我看到有只手抓住一颗刚被挖出来的心脏，还有一个士卒在远处说着我听不清楚的话。我向来不认为梦境有什么重要的；它们总是显得荒谬、不合理性、违背逻辑法则。但这个梦迫使我认为……我不得不承认，真理有时候会以奇怪的形式现身。因为这个梦指出了某些我早已忘记的事情，某件我的头脑这么久以来拒绝想起的小事……"

他舔了舔干巴巴的嘴唇，接着说："他们发现特拉马舒斯的尸体那天晚上，戍边校尉宣称他只跟你说过你的儿子死了，没有透露任何细节。这个军官所说的话在我梦里反复地出现，一次又一次：'她光是知道她的儿子死了。'而当我来向你致以慰问的时候，你说的大概是：'那些神明面带笑容地挖出和吃掉我儿子的心脏。’喏，特拉马舒斯的心脏确实被人挖出来了，阿斯基罗斯在检查尸体的时候证实了这一点……但伊蒂丝，你是怎么知道的呢？”

赫拉克勒斯第一次直视那女人毫无表情的脸。他仿佛即将死亡似的，不露任何感情痕迹地说：“一句简单的话，仅此而已……只有几个字。理性地说，我应该认为这句话无非是哀悼、比喻、夸张修辞……但我们正在谈论的不是理性，而是我的梦境；我的梦告诉我，你的句子是一个错误。它确实是，对吧？你试图用伪装的怒喊、对神明的咒骂来欺骗我，但你犯下了一个错误。这句简单的话像种子那样停留在我体内，后来它发芽生根，长成一个可怕的梦境……这个梦告诉我真相，但我辨认不出抓住心脏的那只手是谁的，那只让我在梦里颤抖和痛苦地呻吟的手。那是一只修长的手，伊蒂丝……”

他的声音变沙哑了，他停顿下来。他眼光朝下看，然后冷静地继续说：“剩下的就容易啦。你说你信奉圣秘教，和你的儿子、安提苏斯、尤尼奥斯、米纳伊苏穆斯一样……昨晚那个试图刺杀我的奴隶也是。但你说的不是厄琉息斯的圣秘教，对吧？”他抬起手来，仿佛不想听到对方的回答。“哦，我不关心！我不想干预你的宗教信仰……我说过的，我只是来弄清楚一件事，然后我就会离开。”

他凝视着那个女人的脸庞。他轻轻地、近乎温柔地补充说：“告诉我，伊蒂丝，因为怀疑折磨着我的灵魂。倘若你如我所料，是他们中的一员，请告诉我……你只是旁观而已吧，或者你……”他又匆忙地抬起手，似乎想阻止她的回答，可是她毫无反应，嘴唇没有动，眼睛没有眨，也没有任何迹象表明她即将开口。他继续软言相求：“看在各位神明的分上，伊蒂丝，请你告诉我，你没有伤害你的亲生儿子……如果有必要的话，你就说谎吧。拜托。请说：‘不，赫拉克勒斯，我没有参加。’那便够了。用文字说谎是很容易的。我需要从你嘴里听到另一句话，来缓解你说的第一句话给我带来的苦恼。我以宙斯的名义发誓，我不想知道哪句话是真的。请告诉我，你没有参加；我向你保证，我将会马上离开，再也不来烦你。”

客厅里出现了一阵短暂的沉默。

“我没有参加，赫拉克勒斯，我向你保证，”被打动的伊蒂丝说，“我没有伤害我自己的儿子。”

赫拉克勒斯想说些什么，却发现那些话虽然在他脑里早已想得很清楚，但很奇怪地拒绝从他的嘴唇里发出来。他眨眨眼，感到大惑不解，万万料想不到……[128]

[128] 对不起，赫拉克勒斯，我的老朋友。我要怎样才能减轻你的压力呢？你需要一个句子，而我，作为无所不能的翻译家，有能力给你一个……但是我不能这样，不能！原文是神圣不可侵犯的，赫拉克勒斯。我的工作是神圣的。你哀求我，鼓励我写下谎言。“用文字说谎是很容易的。”你说。你说的没错，可是我不能帮你。我不是作者，我只是译者。我有责任向读者坦白，伊蒂丝的回答是我杜撰的，我为此而道歉。我将会回到前面几行文字，这次依照原文准确地翻译出伊蒂丝这个角色的回答。请原谅我，赫拉克勒斯。请原谅我，读者。

“我需要从你嘴里听到另一句话，来缓解你说的第一句话给我带来的苦恼。我以宙斯的名义发誓，我不想知道哪句话是真的。请告诉我，你没有参加；我向你保证，我将会马上离开，再也不来烦你。”

客厅里出现了一阵短暂的沉默。

“我是第一个将指甲插入他胸膛的人。”伊蒂丝说，语调平静。

赫拉克勒斯想说些什么，却发现那些话虽然在他脑海里早已想得很清楚，但很奇怪地拒绝从他的嘴唇里发出来。他眨眨眼，感到大惑不解，万万料想不到自己竟然会突然哑口无言。他听得见伊蒂丝的声音，微弱然而可怕，如同一段惨痛的记忆。

“我不在乎你是否理解。你怎么能够明白呢，庞铎区的赫拉克勒斯？你自从生下来就循规蹈矩。你哪里懂得什么是自由、本能和……愤怒呢？你刚才怎么说来的？‘你忍受了巨大的寂寞。’你知道我的寂寞是什么吗？对你来说，它无非是一个词汇。于我而言，它是死死压住我胸口的大石，它是睡眠和安宁的终结……所有这些，你又何曾知道呢？”

她没有权利谴责我，赫拉克勒斯想。

“我们彼此相爱，你和我，”伊蒂丝继续说，“但是当你父亲命令，或者建议你娶荷歌斯戈拉时，你屈服了。她和你更加……我该怎么说呢？门当户对？她出身于大户人家。再说了，既然是你父亲的意愿，你怎么会反抗呢？那可是违背道德和法律的行为。法律，道德。看啊，这些就是那条守卫着死亡之城雅典的多头狗每个头的名字：法律，道德，理性，正义！我们这些人拒绝继续在这座美丽的坟墓过着生不如死的日子，这让你感到很吃惊吗？”她那双黑色的眼睛似乎迷失在房间的某个角落里，她接着说：“我的丈夫，你童年的朋友，想改变我们这种荒唐的政治系统。他认为斯巴达人至少并不是伪君子。他们热衷于战争，却不惮于承认，甚至引以为荣。是的，他和卅人委员会合作，但那不是他犯下的最大的错误。更大的错误是，他一直相信其他人多过相信他自己……直到那天，大多数‘其他人’在立法会上宣布将他处死。”她抿紧了嘴唇。“但也许他还犯下了更大的错误，那就是认为，尽管这个活死人和行尸走肉的国度有种种缺陷，但只要通过政治革新就能将其改变。”她的笑声听起来十分空洞。“柏拉图那个天真的白痴也相信这一点！但我们之中有许多人了解到，我们只有先改变自己，才能改变事物！是的，庞铎区的赫拉克勒斯，我为我的信仰而骄傲！对于你这样的人来说，一个通过将其信徒肢解来向古代神明致敬的宗教是荒唐的，这我知道，我也不想说服你改变看法。伟大的理性主义者苏格拉底谴责所有的宗教，你们因此而将他迫害至死！但终有一天，你吃掉自己爱的人将会被当成一种虔诚的行为。为什么不会呢？你和我都活不到那一天，但我们的祭司说过，将来会有一些宗教信奉残酷野蛮的神明！谁知道呢？说不定吃掉神明才是最神圣的崇拜行为！”[129]

(129) 伊蒂丝的预言显然没有成真：谢天谢地，宗教信仰走上了一条与此不同的道路。

这种新的语气对赫拉克勒斯而言比较容易对付。刚才伊蒂丝那张木然的脸庞、那种冷漠的语气就像熔化的铅般灼痛他的灵魂。她的愤怒的苏醒反倒令赫拉克勒斯能够泰然处之。他冷静地说：“你说的吃掉神明，就像吃掉你儿子的心脏那样吧？你是这个意思吧，伊蒂丝？”

她没有回答。

突然间，一阵呕吐的感觉毫无征兆地涌向解谜人的喉头。但赫拉克勒斯马上意识到这实际上是因为他心里有些话不吐不快，令他短暂地感到眩晕，所以他说了出来：“这就是促使你不顾他痛苦地望着你，执意挖出他的心脏的原因吗？在杀害你亲生的儿子时，你有什么感觉，伊蒂丝？”

“快乐。”她说。

不知道怎么回事，她这句简单的回答竟然没有激怒庞铎区的赫拉克勒斯。她承认了，他想。很好……她总算有胆量承认了！他甚至强行恢复了镇定，但随后心里越来越不安，于是从椅子上站起来。伊蒂丝也站了起来，仿佛表示这次来访已经结束。现在伊丽亚和几个奴隶都在房间里，不过赫拉克勒斯没有注意到他们是什么时候进来的。这场面像是一次家庭聚会。伊丽亚走到她妈妈跟前，伸手将其抱住，似乎想表明她会支持她到底。

伊蒂丝仍然看着赫拉克勒斯说："我知道你很难理解我们的所作所为。也许我能够这样解释给你听：对伊丽亚和我来说，特拉马舒斯比生命本身还重要，因为他是我们家唯一的男人。这就是原因所在，因为我们深爱着他，当他被选为仪式上的牺牲品时我们很高兴。因为那是特拉马舒斯最大的心愿……一个可怜的寡妇能够奢望什么比实现她的独生子最大的愿望更快乐的事情呢？"她停下来，满脸喜悦。当她再次开口时，她的声音很轻，很温柔，甚至悦耳动听，仿佛她正在唱摇篮曲催婴儿入眠。"那一刻来临时，我们比从前更加爱他……我发誓，赫拉克勒斯，当我的手指插进他的胸膛时，我感到和他的关系前所未有地亲密……那种感觉就像分娩般美妙和神秘。"仿佛刚透露了最不可告人的秘密，现在决定就继续正常地交谈似的，她补充说："我知道你想不明白，因为这是某种理性无法理解的东西。你必须去感受它，赫拉克勒斯，就像伊丽亚和我那样。你必须努力去感受它。"她的语气突然变了，变得好像在哀求赫拉克勒斯。"请你暂时停止思考，把自己交给感觉！"

"哪种感觉？"赫拉克勒斯问，"你喝了那种液体之后得到的感觉吗？”

伊蒂丝露出微笑。“是的，那是圣酒。我明白你什么都知道。实际上，我从来不怀疑你的推理能力。我知道你最终能够找出我们。我们确实喝了圣酒，但它并非什么魔液：它只是让我们变成真实的自我而已。我们停止思考，变成了去享受和感觉的身体。变成了不在乎被杀死或者被伤害的身体，变成了带着童真的快乐将自己献给神明的身体……”

他正在下降。迷迷糊糊间，他觉得自己正在下降。

这次降落危险至极：他的身体固执地保持垂直的轨迹，而死囚坑——位于卫城附近，死囚都被投到里面处死——那岩石遍布的斜坡却如酒罐般倾斜。很快，他的身体和岩石将会相遇。这种情况**随时**都可能发生，他心里想。他将会撞到岩石上，在斜坡上打滚，然后再撞上它们。他的手将派不上用场——它们被绑在他的身后。也许他将会撞上很多块岩石，才能接触到坑底那些尸体般苍白的石块。但只要他体验到**牺牲的快感**，这有什么关系呢？他的好朋友特里普提米斯，十一人委员会的仆役，也是他的教友，依约把圣酒带到监狱里给他，现在他正感受到这神圣的液体带来的安慰。他是**牺牲品**，他将为他的兄弟赴死。他是大屠杀中的一个受难者，是百牛大祭上的一头牛。他能够看见：他的生命染红了大地，而他所属的教派，那个自由男女的秘密团体，扩张到整个希腊，欢迎着新加入的信徒……想到这里，他高兴地微笑了。

第一次撞击使他的右臂像百合花的花茎般断成两截，也撞烂了他的半边脸。

他继续下降。当他到达坑底时，他那小小的胸脯被岩石撞得粉碎，美丽的微笑凝结在脸上，金黄色的秀发如同珠宝般散落四处，而那可爱娇小的身体看上去像摔碎的布娃娃。[130]

(130) 这太怪诞了——令人作呕的米纳伊科穆斯在死后变成了那个百合花少女。我和藏秘法形象之间这个残酷的游戏真的令我心神不宁。

“你为何不加入我们呢，赫拉克勒斯？”伊蒂丝的声音中有未加掩饰的热切。“你想象不到释放本能所带来的快乐有多么强烈！它会让你忘记焦虑、恐惧、痛苦……会让你变成神。”她停下来，然后更加温柔地说：“我们也许可以……谁知道呢？……重新开始……你和我……”

赫拉克勒斯默默不语。他挨个直视他们。总共有六个人：两个年老的男奴隶（也许有一个是伊费马舒斯），两个年轻的女奴隶，还有伊蒂丝和伊丽亚。看到那男孩不在其中，他感到很欣慰。他的眼光停留在伊蒂丝的女儿苍白的脸庞上，并说：“伊丽亚，你非常难过，对吧？

和你妈妈的悲哀不同，你的哭泣是真诚的。”

那女孩没有回答。她的脸和伊蒂丝的相同，毫无表情。他现在才发现她们长得特别像。他沉着地接着说：“是的，你没有伪装。你的痛苦是真切的。那液体的药效消退之后，你就想起来了，对吧？于是你悲痛得不能自已。”

那女孩似乎想回答，但伊蒂丝插嘴了。“伊丽亚还很小。有些事情她很难理解。但她现在是快乐的。”

他看着她们两个，看着这对母女。她们的脸是白色的墙壁，毫无情感与智慧。他看看四周：那些奴隶的脸也一样。他若想击破这些目光呆滞的空白泥砖，那将会是白费力气。原来你们信教之后就变成这样，他心里想，跟白痴似的，脸上既没有焦虑，也没有怀疑。他清了清喉咙，然后问：“为什么要选特拉马舒斯呢？”

“正好轮到他，”伊蒂丝说，“有一天将会轮到我，轮到伊丽亚……”

“那些阿提卡的农民呢？”赫拉克勒斯说。

片刻间，伊蒂丝看上去像正在耐心地向小孩子解释某些事情的母亲。“我们的受害者总是自愿的，赫拉克勒斯。我们给那些农民圣酒，他们可以选择喝或不喝。但大多数人都喝了。”她露出淡淡的微笑，补充说：“只有摆脱了思维的控制，人们才会感到快乐……”

赫拉克勒斯反驳说:“不过请你记住，伊蒂丝，我可不是一个自愿的受害者。”

“你发现我们的秘密，这是我们不能允许的。我们的教派必须保持不为人知的状态。当你们认为像我丈夫那样的人威胁到你们美妙的民主制度时，你们不也对他做了同样的事情吗？不过我们想给你最后一个机会，加入我们吧，赫拉克勒斯。”她突然哀求似的补充说，“你这辈子也该快乐一下啦!”

解谜人深深地吸了一口气。他认为对方要说的话已经说完，现在只等待他的回答。所以他坚定而平静地说:“我不想遭到肢解。那不是我寻找快乐的方法。我要告诉你，伊蒂丝，接下来我将会怎么做，你可以通知你们的头目，不管他是何方神圣。我准备将你们带到法庭。你们所有人。我准备亲眼看到你们伏法。你们是邪教。你们谋杀了几个雅典市民，还有许多并不信仰你们这个荒唐的宗教的阿提卡农民……你们将会遭到审判，被折磨至死。那将会让我感到快乐。”

他再次望向那些凝视着他的冷漠的脸庞。他的眼光停留在伊蒂丝黑色的眼睛上，并说:“毕竟，正如你亲口说过的，这完全是咎由自取，对吧?”

经过一阵沉默之后，她说:“你认为我们会怕死或者酷刑吗？你什么也不懂，赫拉克勒斯。我们发现了一种理性无法理解的幸福……我们怎么会在乎你的威胁呢？在必要的时候，我们将会带着笑容赴死……而你将永远不懂这是为什么！”

赫拉克勒斯一直背对着客厅的门。突然间，有个新的声音——它含混而响亮，但带着嘲弄，仿佛不把自己当回事似的——从门口传来。“我们的老底被人揭了！法官收到一张草纸，上面抖出了关于我们的一切，而且也提到了你的名字，伊蒂丝。我们这位好朋友在来找你之前先留了一手。”

赫拉克勒斯转过身，看到一条脑袋大得畸形的狗。那条狗被一个身材高大的人抱在怀里。

“刚才你问起了我们的头目，对吧，赫拉克勒斯？”伊蒂丝说。

就在此时，赫拉克勒斯觉得他的头上挨了一记重击。[131]

(131)

现在我写下这个注释，他就站在我面前。实际上，我并不在乎，我已经差不多习惯他的存在了。

我刚译完本章，准备休息的时候，他又和往常一样走了进来。当我听到开门声时，我很好奇他这次会戴什么面具。但他没有戴面具。我当然立即就认出他来了，因为他的面容在我们这个行业里面众所周知：白色的头发朝后梳，直垂到他的肩膀，脸上皱纹很深，胡子稀稀疏疏……

"正如你看到的，我想和你坦诚相待，"蒙塔洛说，"你猜对了，所以我不会再继续向你隐瞒我的身份。我确实伪造了我的死亡，并到这里躲起来，但我关心我这本书的命运。我想知道谁会翻译它。当发现是你之后，我就监视了你，最后把你带到这里。我也确实假装威胁你，以免你对这本小说失去兴趣，比如说当时我重复过雅欣特拉的言语和姿势。这些全都是真的。但如果你认为《雅典谋杀案》是我写的，那你就错了。"

"这就是你说的坦诚相待吗？"我问。

他深深地吸了一口气。"我发誓我没有说谎，"他说，"如果是我自己写的，我为什么要绑架你，逼你来翻译呢？"

"因为你需要读者，"我冷静地回答，"没有读者，作者算什么呢？"

蒙塔洛似乎觉得我的理论很可笑。他说："我是一个糟糕得只有将人们绑架起来才能让他们阅读我的作品的作家吗？"

"不是。但阅读是什么呢？"我回答说，"它是一种隐形的活动。我父亲是一名作家，他明白这样的道理：当你写作的时候，你创造出一些形象，它们将会在其他人的眼里重现，变成它们的创造者从来没有想到过的样子。但你需要知道读者每天都在想些什么，因为你希望这本小说能够证实观念的存在！"

蒙塔洛笑了，显得非常和蔼可亲。"没错，许多年来，我一直想证明柏拉图的观念理论是正确的，"他坦白地说，"从而证明世界因此是善的、理性的和正义的。我认为藏秘式小说能够提供证据。我从未获得成功，但也没有感到灰心……后来我发现了《雅典谋杀案》的手稿，它被人遗忘在某个古老的图书馆的书架上，"他暂时停顿下来，眼睛茫然望着监房的暗处。"起初它让我非常兴奋。与你一样，我也发现有一系列由各种形象组成的微妙线索贯穿本书的始终。这些形象是赫拉克利斯的十二件功劳和百合花少女。我越来越坚定地认为，我终于找到了那本我毕生都在寻找的书！"

他把眼光转到我身上，我能看见他深深的绝望。"但是后来……我开始察觉到某些奇怪之处……我发现'翻译家'这个形象很费解。我本来以为我像新手那样吞下了'诱饵'，放任自己被原文征服；但越往后读，我越是充满了怀疑。不是的，不仅仅是'诱饵'那么简单，还有别的……当我读到最后一章的时候，我终于**发现了真相**。"

他停下来。他的脸苍白得很吓人，仿佛他昨天就死了一样。他继续说："我突然发现了关键线索。我终于明白，《雅典谋杀案》所证实的并非柏拉图那个善的、理性的和正义的世界的存在，而是恰好相反。"他突然尖声地说：

“是的，尽管你也许不相信我，这本小说证明了我们的宇宙，这个有秩序的、透明的空间，这个充满了原因和后果、由定义的法律统治着的世界，并不存在！”

他屏住了呼吸，他的脸变成了一个嘴唇不停地抖动而且神情恍惚的面具。我想（我不在意蒙塔洛是否看到这句话）：他彻底疯掉了。他似乎恢复了常态，沉痛地说：“发现这个秘密之后，我害怕得想寻死。我把自己关起来……我不再去上班，也拒绝见任何人。流言说我发疯了。也许确实如此吧——有时候真理会使人发疯。我甚至想过要毁掉这部小说，但我都知道到底怎么回事了，把它毁掉又能怎样呢？所以我做出了介乎两者之间的选择。正如你猜到的，我剽窃了尸体被狼群咬碎的创意，伪造了自己死亡的场景。我给一具老人的尸体穿上我的衣服，毁掉他的面容。然后我自己抄写了《雅典谋杀案》的誊清稿，原封不动地保留了原文，但强调了藏秘法的存在，不过没有直接点破……”

“为什么呢？”我插话说。

他盯着我看了片刻，仿佛想揍我一顿似的。“因为我想知道，未来的读者是否能够在没有我帮忙的情况下找到我发现的秘密！因为我仍然有可能——尽管这种可能性微乎其微——是错的！”他泪水盈眶地补充说：“如果我错了，我祈祷我真的错了，那么这个世界——我们的世界——就会得到拯救。”

我想起来疯子应该得到温柔的对待，于是设法微笑起来。“拜托，蒙塔洛，你想太多了，"我说，"这部小说是有点奇怪，这我也承认，但它跟世界……或者宇宙……甚至我们的存在毫无关系，它只是一本书。尽管它是用藏秘法写就的，尽管我们都为它而着迷，但我们肯定不会因此而死掉。我差不多全看完了……"

"你还没有看到最后一章。"他说。

"是的，但我差不多全看完了，我不认为……"

"你还没有看到最后一章。"他重复说。

我咽了咽口水，望着那本在我的书桌上铺开的书，然后又看着他。"那好吧，"我说，"我们这样吧：我来把这本书译完，我将会向你证明……这本书只是一个虚构的故事而已，写得不算糟糕，但是……"

"翻译吧。"他说。

我不想激怒他，所以我顺从了。他仍在这里，望着我。现在我要开始翻译最后一章了。

第十二章

这洞穴起初是一道金色光芒，悬挂在黑暗中的某个地方。它变成纯粹的痛。它又变回一道金色的光芒。它不停地变来变去。然后出现了几个形状，其中有烧着木炭的火盆，它很奇怪地像水那样荡漾着，它里面的铁条很像受到惊吓的毒蛇的身体。此外还有片黄色的影子，那是一个人，他的轮廓一端显得修长，另外一端却很短，仿佛悬挂在隐形的绳索之上。是的，洞穴里也有声音：微弱的金属敲击声，还有时不时响起的、令人心烦的凄厉狗吠。还有许许多多种潮湿的气味。一切再次像书卷似的闭合，疼痛又回来了。故事到此结束。

他不知道还要经历多少个同样的故事，他的头脑才会开始清醒。就像一个悬挂在半空中的物体，受到撞击之后，起初猛烈而紊乱地摇摆，然后平稳地晃动，最终慢慢地、逐渐地恢复到原来静止的状态，那阵剧烈的眩晕停止了。他的意识到达某个安静的点，终于能够保持平稳和静止，与周边的现实和谐相处了。现在他能够分辨出什么是他的（疼痛）和什么不是他的（那些图像、声音和气味）。他不去想那些身外之物，专注于他的疼痛，他想知道疼的部位（脑袋？手臂？）和原因。要找出原因，他必须恢复记忆，所以他努力地想。啊，是了，当时我在伊蒂丝家里，她说："快乐。"可是，我怎么想不起后来……

就在此时，一声呻吟从他的嘴里发出来，他的手也扭动起来。

"哦，我们可能把你伤得太重啦。"

"我在哪里？"赫拉克勒斯问，其实他想问的是："你是谁？"

但那人同时回答了这两个问题："这里是我们聚会的地方。"

说话的时候，他幅度很大地摆了摆那只强壮的右手，手腕周围的伤疤显而易见。

就像儿童调皮地摇晃被雨水淋透的树木，结果却被悬挂在树枝上的密集水珠淋了满身那样，赫拉克勒斯想起来发生了什么事，却感到浑身冰凉。

这是个巨大的洞穴。那道金黄色的光芒原来是火把，悬挂着它的铁钩被固定在岩石上。它照亮了一条蜿蜒地穿过两面墙壁的中央通道，火把挂在其中一面墙壁上；赫拉克勒斯高举在头顶的双手被毒蛇似的粗绳吊着，绳索的末端系着被钉在另一面墙壁的金黄色铁钉上。在他左边，通道拐了个弯，那边似乎也有光源，不过比这金黄色的火把之光要黯淡一些。解谜人推断出它应该是洞穴的入口，而且天已经快要黑了。在他右边，通道在陡峭的岩壁之间前进，然后消失在漆黑之中。在他面前竖立着的是一个火盆，有根铁钳从它那火焰升腾的、血红的木炭中伸出来。火盆之上，有个装着金黄色液体的碗叽里咕噜地冒泡。刻耳柏洛斯绕着圈子，朝火盆和赫拉克勒斯静止的身体吠叫。它的主人身上裹着破旧的灰色斗篷，正在用树枝搅拌着碗里的液体。他露出怡然自得的神色，像一个厨师看到人们为他制作的苹果派激烈竞价。[132] 火盆后面还有些物品也可能值得留意，但赫拉克勒斯看不清它们是什么。

哼着小调的克兰托暂时停止了搅拌。他拿起那把挂在火盆上的金黄色勺子，舀起些许液体，放到鼻子下面。他用嘴吹了吹，蒸腾的水汽将他的脸给遮住了。“嗯。有点烫，不过……来。它会让你舒服一点。”他把勺子放到赫拉克勒斯唇边，这让刻耳柏洛斯疯狂地吠起来，这

(132)“苹果，”我抱怨道，“居然提到苹果，这未免也太俗气了吧。”

“确实如此，”蒙塔洛表示同意，“用比喻点出藏秘法的主题真是品位低下的做法。在这里，那两个重复出现的次数最多的词汇‘悬挂’和‘金黄色’，已经足够了。”

“足够让人想起赫斯珀里得斯的苹果，”我说，“这我知道。所以我觉得这个比喻很俗气。我倒是不知道买苹果派还需要竞价……”

“闭嘴，继续翻译。”

条狗居然为主人不先喂它，却把东西给那个胖子而勃然大怒。想到自己别无选择，赫拉克勒斯喝了一口，反正他也口渴的。它甜得发腻，而且有点辣。克兰托抬起勺子，大多数液体都倒在赫拉克勒斯的胡子和衣服上面。

“快点喝啊。”

赫拉克勒斯喝了。[133]

喝完之后，他喘着气问：“这就是圣酒，对吧？”

克兰托点点头，回到火盆旁边。“它很快就会发挥作用。你将会体验到它的功效。”

“我的手冷得像蛇，”赫拉克勒斯抱怨说，“松开我吧。”

“等圣酒生效，你自己就能够挣脱啦。我们拥有难以想象的潜在力量，只是我们的理性禁止我们使用它。”

“我到底怎么啦？”

“我们打晕了你，用马车把你弄到这里。顺便告诉你，我们之中有些人发现很难离开雅典城，因为法庭已经通知了士卒。”他的目光从火盆抬起，直盯着赫拉克勒斯。“你给我们造成了很严重的伤害。”

“你们不就是喜欢被伤害吗，”解谜人鄙夷地反驳说，“你们全都逃跑了吧？”

“是啊，我们都逃了。我留下来宴请你喝圣酒，聊聊天。其他人投奔新世界去了。”

(133) “能给点喝的吗？”我刚刚问了蒙塔洛。

“稍等。我去给你带点水来，我也渴了。我马上就回来，这点时间只够你写注释标到这次中断，所以千万别以为你能逃跑。”

实际上，我没想过要逃跑。他们是守信用的：现在他回来了，拿着水罐和两个玻璃杯。

“你一直是他们的头目吧？”

“我不是谁的头目。”克兰托轻轻地用树枝敲击那个碗，似乎问题是它提出来的。“我是教派中的重要人物，仅此而已。我站出来，是因为我们发现有人在调查特拉马舒斯的死。我们非常吃惊，因为我们没想到过它会引起怀疑。由于你是主要的调查人，我的工作虽然变得更加有趣，但也更加棘手。实际上，我同意处理这件事，是因为*我认识你*。我的任务是误导你。不过你太厉害了，所以我很吃力。”

他走到赫拉克勒斯跟前，手里拿着树枝，像一个摇晃着教鞭教训学生的老师。他继续说：“我的问题是：如何愚弄某个什么都逃不过其眼睛的人呢？再复杂的事物在你看来也没有任何秘密，要怎样才能欺骗像你这样的解谜人呢？我得到的结论是，你的优点也是你最大的缺点。凡事你都要进行推理，我的朋友，所以我想到利用你这个特点来分散你的注意力。我告诉自己：‘既然赫拉克勒斯的头脑能够解决最为复杂的难题，那为什么不他妈的用难题来*引他上钩*呢？’请原谅我说话这么粗俗。”

克兰托显然被自己的话逗乐了，他回去继续搅拌碗里的液体。他时不时弯下腰，朝刻耳柏洛斯打响舌，尤其在它凄厉的吠声变得更加迫切的时候。通道拐弯处的光线变得更加黯淡了。

“所以我的决定十分简单，就是让你**不停地进行推理**。用大量的理性来愚弄人们的头脑是件简单的事情——在法庭上，在立法会上，在学园里，你们每天都干着这种勾当……老实讲，赫拉克勒斯，这么做让我得到极大的快乐。”

“杀害尤尼奥斯和安提苏斯也让你很快乐吧。”

克兰托响亮的笑声的回音似乎从洞穴的墙壁悬挂下来，在角落里发出金黄色的光芒。“你还是不明白怎么回事，对吧？我给你的谜语是**假的**！尤尼奥斯和安提苏斯不是死于谋杀——他们只是同意提前牺牲而已。毕竟，迟早都会轮到他们的。你的调查加快了事情的发生。”

“你什么时候招募了这些可怜的孩子？”

克兰托笑着摇摇头。“我们从不‘招募’任何人，赫拉克勒斯。人们听说我们这个教派，然后想了解更多情况。单就这件事而言，特拉马舒斯的母亲伊蒂丝曾在厄琉息斯遇到我们，当时她丈夫刚被处决不久。她加入了我们在洞穴和森林里举行的秘密聚会，也参与了我的同伴最早在阿提卡地区举办的几次仪式。后来，她的孩子长大了，她让他们也成为我们这个教派的信徒。但她是个聪明的女人，不希望被特拉马舒斯谴责说自己没有给他选择的机会，所以她并没有忽略特拉马舒斯的教育。伊蒂丝鼓励他到柏拉图的哲学校园求学，汲取所有能学到的知识，这样等到他长大之后，他就能决定该走哪条路。特拉马舒斯选择了我们。而且，他还让他在学园的朋友尤尼奥斯和安提苏斯也来参加我们的仪式。他们来自雅典的世家大族，我们没费什么力气就让他们心折了。安提苏斯认识米纳伊苏穆斯，令人高兴的是，后者恰好也是我们的教友。他们发现米纳伊苏穆斯的‘教导’比柏拉图的有用多了。他们学到了身体的快感、艺术的奥妙、癫狂的欢愉和由神明引导的精神升华。”

说话的时候，克兰托没有看着赫拉克勒斯，而是凝望着逐渐加深的黑暗中的某个地方。但这时他突然转身面对解谜人，依然满脸笑容地补充说："他们没有相互妒忌！那只是*你的*观念！我们高兴地用它来误导你，让你怀疑米纳伊苏穆斯；他希望尽快成为牺牲品，尤尼奥斯和安提苏斯也一样。不用多久，我们就设计了一个涉及他们三个人的计划……我们在米纳伊苏穆斯作坊里举行了一个最美妙的仪式，尤尼奥斯刺杀了他自己。然后我们给他穿上女人穿的布袍，故意在和伤口*对不上*的地方将其割破，诱导你认为他是被谋杀的——后来你果然信以为真。等轮到安提苏斯时，他也做了他该做的事情。我使尽一切手段，使你认为他们死于*谋杀*，这下你明白了吧？为了达到这个目的，最好的办法是让他们*看起来*是自杀而死的，而实际情况恰好如此。然后你将会小心谨慎地创造出你对这两桩命案的看法，将凶手绳之于法。”克兰托摊开双手，响亮地说：“庞铎区的赫拉克勒斯，这就是你那无所不能的理性的弱点所在——它太容易看出问题所在，所以会自以为它已经将其解决！”

“尤马舒斯呢？他也喝了圣酒吗？”

“当然啦。这个可怜的老奴隶非常渴望释放他的冲动。他亲手将自己干掉了。你居然能猜到我们用了迷幻药……为什么呢？”

“我在安提苏斯和尤马舒斯的身体上闻到它的味道，后来在庞丝卡……顺便问一句，克兰托，我希望你回答我一个问题：我的奴隶在这一切开始之前就是你们教派的成员吗？”

虽然光线很暗，但赫拉克勒斯脸上的表情肯定清晰可见，因为克兰托惊奇地扬起了眉头，直视着他的眼睛说：“别说你没想到！宙斯在上，赫拉克勒斯啊！你认为要说服她很难吗？”他的声音里甚至有点同情。他向前靠近这个虚弱的囚犯，接着又说：“我的朋友，请你看看事物本来的面貌，而不是去看它们被理性改造过的样子。那个可怜的女孩，她自幼落得残废，然后又遭到你的威迫，不得不忍受戴着面具的羞辱……你认为她的愤怒需要别人来煽动吗？赫拉克勒斯啊，赫拉克勒斯！你向来让自己处身于**面具**的包围，你已经有多久没看到过人类赤裸的真面目啦?”

他停顿下来，耸了耸肩膀。“实际上，庞丝卡加入我们，是在你买了她之后不久。”他皱着眉头，烦恼地补充说:“我命令她把你杀了，可惜她没办到。否则可以为我们省去很多麻烦。”

“我想，利用雅欣特拉也是你的主意?”

“是的。当我们听说你去找她的时候，我就想到这个主意了。她不属于我们这个教派，但我们监视着她。我们发现特拉马舒斯曾经想劝她入教，向她泄露了部分秘密，于是对她进行威迫。让她到你家里去可谓一箭双雕：既有助于分散你的注意力，混淆你的视线，也能……这么说吧，也能通过实践向你证明，你原本以为自己无所谓的身体快感实际上比求生的愿望更加强大。”

“雅典娜在上，这真是有用的一课啊，”赫拉克勒斯嘲弄地说，“请告诉我，克兰托，至少让我笑一下也好，你离开雅典那么久，都干了些什么呢? 策划许多阴谋来保护这个疯子的教派?”

“我跟你说过啦，我浪迹天涯许多年，”克兰托冷静地回答说，“但我回到希腊的时间比我跟你说过的要早很多。然后我周游了色雷斯和马其顿，其间和这个教派产生了联系。它有许多个名字，但最常用的名字是莱卡文教。希腊的土壤上竟然能生长出这样的思想，我大喜过望，立即加入这个教派——刻耳柏洛斯，刻耳柏洛斯，够了，别吵啦。我们不是疯子，我向你保证，赫拉克勒斯。我们不会对任何人造成伤害，除非我们自己的安全受到威胁。我们在森林里举行仪式，喝下圣酒。我们所完全信服的是一种古老的力量，它现在被称为狄俄尼索斯，但它不是神明，也不能通过形象被呈现或者通过文字被表达。哪有什么关系呢？我们甚至连自己是谁也不知道！我们只知道它被埋藏在人们体内的深处，能够激起愤怒、欲望、痛苦和欢乐。这就是我们崇拜的力量，赫拉克勒斯，我们甘愿为它牺牲自己。这让你感到意外吗？战争也要求牺牲，然而没人会感到意外。区别在于我们能够选择在什么时候，以什么方式，为什么原因牺牲我们自己！”

他使劲地搅拌着碗里的液体，继续说：“我们的教派起源于色雷斯，但现在主要在马其顿活动。你知道吗？著名诗人欧里庇得斯生前最后几年也是我们的教友。”他扬起眉头看着赫拉克勒斯，显然是在期待后者露出惊奇的神色，但解谜人无动于衷地望着他的眼睛。“没错，欧里庇得斯本人！他碰巧认识了我们的宗教，并且拥抱了它。他喝了圣酒，然后死于其他教友之手。你也知道的，在传说中，他的尸体被狗撕得粉碎，但这只是一种描写莱卡文教牺牲仪式的象征手法。赫拉克利特认为暴力和冲突不仅是人类所必需的，而且也是人类所渴求的东西；人们传说这位爱非斯的哲学家被一群狗给吃了。其实他也属于我们这个教派！”

“米纳伊苏穆斯都说过了。”赫拉克勒斯点点头说。

“真的，他们都是莱卡文教的弟兄。”

仿佛突然想起了什么事情或者话题似的，克兰托补充说：“欧里庇得斯的例子十分奇怪。终其一生，他在艺术创作中完全避开了人类的本性，只写下那些乏味的理性主义剧本。进入晚年之后，故国雅典的伪善让他感到失望，于是他离乡背井，去当马其顿国王阿克劳斯的座上宾。在此期间，他认识了莱卡文教。当年我们的教派还没有传到阿提卡，但在北方许多地区蓬勃发展。在阿克劳斯的宫廷中，欧里庇得斯亲眼见识了莱卡文教的仪式，从而被改变了。他写了新的剧本——《酒神的那些女祭司》，这是一出悲剧，与他先前的作品完全不同，为愤怒、舞蹈和纵欲的欢乐高唱颂歌。他希望借此来偿还他对属于狄俄尼索斯的原始戏剧欠下的债。许多诗人迄今仍在奇怪这位大师为何要在晚年写下这样的作品。但他们并没有意识到，这才是他最为真诚的杰作！” (134)

(134) 刚才蒙塔洛说：“你不觉得《酒神的那些女祭司》是一部藏秘式作品吗？鲜血、愤怒、疯狂——这些因素它里面全都有。也许欧里庇得斯是在用藏秘法描写莱卡文教的仪式。”

“我可不相信大师欧里庇得斯会发疯！”我反驳说。

“那种迷幻药让你们发疯，”赫拉克勒斯疲惫地说，“没有头脑正常的人愿意被其他人杀死。”

“这么说，你认为它只是圣酒了？”克兰托凝视着碗里蒸汽腾腾的液体。碗口悬挂着细小的金黄色水珠。“我相信它是我们所有人体内都有的一种力量。当然啦，圣酒能够帮助我们感觉到它，但是……”他拍了拍胸膛，“它就在这里，赫拉克勒斯。你体内也有。它无法被翻译成文字。人们也无法用哲学来理解它。你可以说它是荒谬的，非理性的，疯狂的……但它是真实的。这就是我们将要教给所有人的秘密。”他贴近赫拉克勒斯，他的脸——那是一个巨大的阴影——绽放出灿烂的笑容。“反正你知道我不喜欢争论。我们很快就会知道它到底是不是圣酒，对吧?”

赫拉克勒斯拉扯那些绑在金黄色钉子上的绳索。他感到绳子不是很结实，但并不认为那药水对他产生了什么作用。他抬头看着克兰托凹凸不平的脸，并说:“你错了，克兰托。这不是人们希望了解的秘密。我不相信预言或者洞察未来的神力，但如果非要我预测的话，我想说的是，雅典将会成为一种新的人类的诞生地。这种人用他们的眼睛和头脑而不是他们的双手进行斗争。这种人将会翻译他们的前辈留下的书籍，并从中汲取知识。”

克兰托聆听着，睁大了眼睛，仿佛他即将忍不住大笑似的。

“我预测，唯一的暴力将只会在想象中出现，”赫拉克勒斯继续说，“无论男女都将有能力阅读和写作，将会成立由博学的翻译家组成的行会，他们将会编辑和解密我们这个时代的作品。当他们翻译那些别人的著作时，他们将会发现这个世界在由理性统治之前是什么样子的。你和我都等不到这一天，克兰托，但人类前进的方向是理性，而非本能。”[135]

(135)“赫拉克勒斯的预言已经变成真的了！也许这就是本书的关键线索！”
蒙塔洛默默地盯着我。过了一会儿，他说：“继续翻译吧。”

“不，”克兰托微笑着说，“错的人是你。”

他脸上带着奇怪的神情，他正在看着的似乎不是赫拉克勒斯，而是某个藏身于他身后岩石之中，或者掩埋在他脚下深处的人；不过光线越来越暗，赫拉克勒斯也不能确定。

实际上，克兰托正在看着你。[136]

(136)“好奇怪啊，”我说，“又变成第二人称了……”
“快点翻译！”这个绑架我的人暴躁地打断我的话，似乎我们迎来了书中的关键时刻。

他说：“你预言的那些翻译家将什么也发现不了，赫拉克勒斯，因为这类人将不会真的存在。哲学将永远战胜不了本能。”他提高声音，继续说：“赫尔克勒斯似乎打败了那些怪兽，但在字里行间，在书本之中，在优美的演讲之中，在逻辑推理的过程之中，在人类的思维之中，海德拉昂起它许多个头，令人战栗的狮子仰天长啸，吃人牝马的铁蹄奔腾如雷。人类的本性并非”[137]

(137)↓

"怎么回事？"蒙塔洛问。

"克兰托说的这些话……"我不停地颤抖着。

"这些话怎么了？"

"我的父亲……我记得……"

"说啊！"蒙塔洛催我快点说，"说啊！你的父亲，怎么了？"

"很久以前他写过一首诗。"

蒙塔洛又催我。我使劲地想。我记得我父亲那首诗的第一节是这样的：

海德拉昂起
它许多个头，
令人战栗的
狮子仰天长啸，
吃人的马的
铁蹄奔腾如
雷

"这是我父亲那首诗的开头！"我瞠目结舌地说。

刹那间，蒙塔洛露出悲伤的神情。他点点头，低声说："我知道剩下的句子：

人类的理论
和观念有时
像赫尔克利
斯的功劳
不停地与那
些和他高贵的
理性作对的
怪兽搏斗

但有时候我
觉得我的可怜灵
魂
是一个被疯
子囚禁的翻译家
被迫破解某
本荒唐的书
挣扎着寻找
意义

而你，最后
的真理，柏拉图
式的观念
你美丽而脆
弱
宛如少女手

中的百合花

你若知道你
的虚无将会把
你埋葬
该怎样呼喊
求救！

赫拉克利斯
啊，你的功劳
其实是徒劳
因为我知道
那些爱上怪兽
的人
他们兴高采
烈地牺牲自己
成为他们的
宗教的祭品！

公牛在鲜血
中咆哮，
猎犬狂吠，
喷出火焰，
毒蛇依然热
切地望着
花园中金黄
色的苹果。”

我把整首诗写下来。我反复重读它。我能把它背出来。

“这是我父亲写的诗！”

蒙塔洛低下头。他将会说什么呢？他说：“这首诗的作者是切森尼斯巴的费罗德克图斯。你还记得他吗？”

“第七章里那个和各位学员的教师共进晚餐的作家？”

“就是他。费罗德克图斯利用他自己的诗来点名《雅典谋杀案》中包含的各种藏秘式形象：赫拉克利斯的十二件功劳、百合花少女、翻译家……”

“那么这本……”

蒙塔洛点点头，脸上带着让人猜不透的表情。“没错。《雅典谋杀案》是切森尼斯巴的费罗德克图斯写的。”他说“别问我为什么知道，反正我就是知道。但请你继续翻译下去。距离全书结束还有一点点。”

“人类的本性并非一本某个翻译家能在其中找到关键线索的书籍，赫拉克勒斯，甚至也并非一套无形的观念。所以打败怪兽也没有用，因为它们潜伏在你心中。圣酒马上就能唤醒它们。你能感觉到它们在你腹中蠢蠢欲动了吗?”

赫拉克勒斯正要反唇相讥，却听到火盆后暗处传来的呻吟；声音是对面墙脚那些模糊的影子中的一个发出的。虽然看不见那影子是谁，但他立即认出了这个声音。

“狄亚哥拉斯!”他说，“你们把他怎么样了?”

“他对自己做出了各种各样的事情，”克兰托回答说，“他喝了圣酒……告诉你吧，它生效的速度之快，令我们大吃一惊。”他提高了嗓音，嘲讽地补充道:“啊，我们这位高贵的柏拉图主义哲学家！伟大的理想主义者！宙斯在上，他内心居然那么仇恨自己!”

刻耳柏洛斯——那个围着克兰托绕圈子的白色影子——愤怒地吠叫，和它主人一唱一和。它的吠叫激起了阵阵回音。克兰托弯下腰，怜惜地抚摸着它。“别叫了，别叫了……安静点，刻耳柏洛斯……没事的……”

与此同时，赫拉克勒斯猛力拽了一根连着金黄色钉子的绳索。钉子被他拉松了一点。燃起希望的他又拽了一次，钉子悄无声息地从墙上脱落。克兰托仍在哄他的狗。赫拉克勒斯必须迅速采取行动。可是当他试图运用这只自由的手时，他发现五根手指不听他的命令——它们被冻僵了，从指尖到指根充满了无数在他皮肤之下孵化出来的小蛇。所以，他用尽全身力气去拉另外一根金黄色的钉子。

那根钉子松开的同时，克兰托也转过身来了。

庞铎区的赫拉克勒斯身材又矮又胖。除此之外，他的两只手正在发疼，像报废的工具般垂在身旁，也派不上用场。他立刻意识到，他唯一的希望就是利用身边的物品来当武器。他的眼睛选择了那把从火红的木炭上伸出来的铁钳。但它离得太远，现在正愤怒地逼近他的克兰托也会挡住他的去路。就在一次心跳或者一次眨眼的刹那间，在这时间停止流逝、头脑不再转动的瞬息里，解谜人看也不看，便想起那两根金黄色的钉子仍然悬挂在绑着他的手腕的绳索上。这时克兰托的影子已经变得大到将赫拉克勒斯整个身体都吞没了，后者迅捷地挥舞右手，猛力地在空中划出一个半圆。

克兰托也许以为赫拉克勒斯想用拳头去打他，由于看到那拳头在身前破空而过，他并没有侧身避开，所以被钉子击中了脸庞。赫拉克勒斯无法确定他打中的到底是哪个部位，但他听到了痛苦的叫声。他向前扑去，眼睛盯着铁钳，但胸口被狠狠地踢中了，被踢得转了个身。他侧身摔倒，在地上打滚，像一颗从树上掉下来的成熟水果。

在紧接而来的折磨之中，他想起了他年轻时和人角斗的情景。他甚至想起了几个对手的名字。各种胜利与失败的场景和画面填满了他的记忆……但他的思维断裂了……那些句子不再连贯……它们变成了零碎的词语……

他缩着身体，护着头部，忍受这顿毒打。等到克兰托岩石似的脚不再踢着他，他吸了一口气，嗅到了鲜血的味道。这阵殴打像清扫一大堆软绵绵的垃圾那样将他扫到了墙边。克兰托正在说话，但赫拉克勒斯听不清他说的是什么——有个野蛮而可怕的孩子正在他耳边叫嚷着某些外国词汇，将恶心苦涩的唾液流到他脸上。他认出来是刻耳柏洛斯。他转过头，勉强睁开眼睛。那条狗就在他的脸庞右边，看上去像一个没有眼睛、满脸皱纹的吵闹面具。反正跟鬼差不多。在狗的后面，隔着一段无尽的痛楚，是背对着他的克兰托。他在说什么呢？赫拉克勒斯搞不清楚，因为刻耳柏洛斯是个噪声障碍，挡住了他和别的一切声音。克兰托为什么不再踢他了呢？为什么不结束他的生命呢？

他想到了一个主意。那并非很好的计划，但此刻已经别无选择。他用双手抓住那条狗瘦小的身体。由于不习惯被陌生人拿着，它像婴儿般挣扎着，露出两排森然可怕、极其锋利的牙齿。赫拉克勒斯将他手里这条疯狂的猎物高高举起。克兰托肯定发现这条狗的吠声变调了，因为他转过身来，开始大嚷大叫。就在此时，赫拉克勒斯想起他自己向来是不算糟糕的铁饼投手。

像一个被儿童淘气地扔掉的软包袱，刻耳柏洛斯掉进火盆里，将它和那个碗撞翻了。当那些如同从火山口慢慢流出的熔岩般溅得满地都是的火红木炭接触到那只动物的毛皮时，它的吠声又改变了。那狗浑身冒火，在地上滚来滚去。赫拉克勒斯扔它的时候并没有很用力，但是附加的力道来自那只畜生本身的动作。它现在成了一团愤怒的火球。它的嚎叫被回音包围着，如金黄色的细针般刺穿了赫拉克勒斯的耳朵。正如他早已料到的，克兰托在再次袭击他与拯救那条狗之间只犹豫了片刻，然后立即决定去救那条狗。

碗。火盆。铁钳。这三件截然不同的物品杂乱地散落在地上。浑身疼痛和肥胖的赫拉克勒斯朝铁钳扑过去。不可预料的幸运女神并没有将它扔得太远。

“刻耳柏洛斯。”克兰托蹲在那条狗旁边，大声地叫唤。他轻轻地拍着那个小小的身体，抹去它身上的灰烬。“刻耳柏洛斯，没事啦。让我……”

赫拉克勒斯以为只要双手抓住铁钳，猛击一下就够了，但他低估了那个巨人的抵抗力。克兰托抬手护着脑袋，试图转身。赫拉克勒斯又抽了他一下。这次克兰托仰面卧倒。但赫拉克勒斯也摔倒了，压在他身上，筋疲力尽。

“……真胖，赫拉克勒斯，”他听到克兰托喘息着说，“你应该……多运动。”

赫拉克勒斯慢慢地、痛苦地坐起身来。他觉得自己的双臂像青铜盾牌那么重。他拄着铁钳。

“你又胖又虚弱。”躺在地上的克兰托带着微笑说。

解谜人吃力地坐到克兰托身上。他们都气喘吁吁，仿佛刚刚结束了奥林匹克的赛跑。一条黑色的、湿润的蛇从克兰托的脑袋里爬出来。它从一条刚孵出来的小蛇变成大蛇，再变成巨蟒，在地面上蜿蜒前进。克兰托又微笑了。“你还没有……感觉到圣酒的功效吗？”他问。

“没有。”赫拉克勒斯说。

这就是他没有杀死我的原因，赫拉克勒斯想。原来他想等待迷幻药在我身上生效。

“你打我啊。”克兰托喃喃自语。

“不。”赫拉克勒斯说。他挣扎着站起来。

那条蛇现在已经令诞生了它的那个脑袋相形失色。但它已经失去了原来的形状，变成了一棵树。[138]

“我要告诉你……一个秘密，”克兰托说，“没有人知道……只有少数几个……教友……圣酒其实什么也

[138] “蛇”和“树”——从克兰托头上流出来的血液变成了美丽的藏秘法形象，让人同时想起了守卫着金苹果的那只怪兽和那些悬挂着金苹果的树……想到我父亲可能剽窃了费罗德克图斯的诗作，我仍然感到十分痛苦！蒙塔洛说：“翻译吧。”

不是……只是水、蜂蜜……”他停下来，舔了舔嘴唇，“……和一些芬芳的葡萄酒。”

他的笑容更加灿烂了。血液从他左边脸上那个被钉子划出的伤口流下来。他接着说：“你怎么看呢，赫拉克勒斯？圣酒……其实什么也不是……”

赫拉克勒斯靠着墙壁。他没说话，聆听着克兰托上气不接下气的低语。“他们全都认为……圣酒是一种迷幻药……所以当喝下它之后，他们就改变了……他们变得狂暴……失去了理智……做出……那些我们希望他们做的事……仿佛真的吃了迷幻药一样……他们全都这样，除了你……为什么？”

因为我只相信我能看到的东西，赫拉克勒斯想。但是虚弱得说不出话的他没有回答。

“杀了我。”克兰托说。

“不。”

“那么请杀了刻耳柏洛斯……拜托……我不希望它受苦。”

“不。”赫拉克勒斯又拒绝了他。

他拖着沉重的脚步走到对面墙壁，狄亚哥拉斯就躺在那里。哲学家的脸上满是瘀伤，额头上还有道很深的裂口，但他还活着。他的眼睛是睁开的，而且炯炯有神。

“走吧。”赫拉克勒斯说。

狄亚哥拉斯似乎没有认出他是谁，但顺从地跟着他走。他们跌跌撞撞地从洞穴走进夜晚，克兰托那条狗痛苦的吠声终于消失了。

当巡逻队发现他们的时候，金黄色的圆月已经悬挂在黑色的天空中。较早之前，倚靠在赫拉克勒斯身上的狄亚哥拉斯开始说话了。

“他们逼我喝下他们的药水……我不太记得后来发生的事情了，但那就和他们预言的一样。我……我该怎么说呢？……我完全失去了控制，赫拉克勒斯……我觉得有个怪兽在我体内扭动——那是一条愤怒的巨蛇……”他回忆着自己的疯癫，喘着气说下去：“我开始大叫大嚷，哈哈大笑。我咒骂神明。我想我甚至还攻击了柏拉图大师！”

“你说什么了？”

沉默片刻之后，狄亚哥拉斯显然很费劲地说：“‘别靠近我，色鬼。’”他转身看着赫拉克勒斯，露出非常不高兴的神情。“我为什么叫他色鬼呢？太可怕啦！”

解谜人安慰着他，说要怪就全都怪那药水。狄亚哥拉斯表示同意，补充道：“在那之后，我开始用头去撞墙，直到失去了知觉。”

赫拉克勒斯想起了克兰托说的关于圣酒的那些话。他说谎了吗？非常有可能。但假如克兰托说谎，圣酒为什么没有影响到他呢？此外，如果圣酒真的只是水、蜂蜜和葡萄酒的混合物，它为什么能诱发人们陷入可怕的疯癫状态呢？它为什么能够让尤马舒斯自杀呢？它为什么会影响到狄亚哥拉斯呢？此外还有别的问题困扰着他：他应该将克兰托透露的告诉狄亚哥拉斯吗？

他决定不说出来。

他们在神圣大道遇上了那群士卒。赫拉克勒斯看到火把，大声招呼他们。幸亏赫拉克勒斯早将卷轴送到雅典的法官手里，所以校尉知道当前的局势。校尉问他们是否知道那些邪教的成员在哪里，因为他们唯一泄露的聚会地点——寡妇伊蒂丝的家——已经人去楼空了。赫拉克勒斯并没有浪费言语，因为在此刻，疲累像盔甲般挂在他的身体上，他的言语像黄金般珍贵。他要求几个士卒护送狄亚哥拉斯回到雅典城，为他找一名医生，并表示愿意带路领校尉和剩下的士卒到那个洞穴去。惶惑而疲惫的狄亚哥拉斯有气无力地反对，但随后同意了。在火把的照耀之下，解谜人很快找到了返回洞穴的道路。

洞穴毗邻吕卡维多斯山附近的某处森林，一个士卒发现洞口附近有几匹马被系在树上，还有一辆散落着斗篷和干粮的马车。那些教徒肯定就在附近，所以校尉命令他的手下拔出刀剑，小心地向洞口前进。赫拉克勒斯解释了早前发生的事情，告诉他们洞里的情况，所以当他们发现克兰托的身体悄无声息、纹丝不动地躺在一摊血液之中时，他们并没有感到吃惊，因为这跟解谜人描绘的一模一样。刻耳柏洛斯蜷缩着身体，在它主人脚边低低地悲嗷着。

赫拉克勒斯不想知道克兰托是否还活着，所以他站住了，其他人则走上前去。那条狗凶猛地朝他们咆哮。这出乎意料的问候让那些士卒如释重负地哈哈大笑起来，因为在此之前，关于该教的谣言和他们自己的想象让他们胆战心惊。那只畸形小畜生怪诞的出现使他们松了一口气。他们逗弄刻耳柏洛斯，假装要揍它，过了一会儿，校尉生硬地命令他们停止。所以他们不再胡闹，割断了它的喉咙，然后对克兰托也是如法炮制。克兰托之死变成了趣闻逸事，经常在军营里重演：趁几个同僚正在忙着对付那条狗时，有个士卒向克兰托走去，把刀架在他的粗脖子上。另外一个士卒问："他还活着吗？"

这时第一个士卒划开克兰托的喉咙，并说："死啦。"

其他人跟着校尉继续往洞穴深处前进。赫拉克勒斯跟着他们。通道末端是个很大的空间。解谜人不得不承认，由于入口很窄，这个地方确实是邪教聚会的理想场所。此处最近显然刚举办过聚会：泥塑面具和黑色斗篷被扔得到处都是，此外还有各种兵器和大量的火把。奇怪的是，这里没有神像和石堆，也看不到任何宗教符号。但他没有多想，因为这时全部人的眼光都被其他东西吸引了。最先发现的人是充当急先锋的一个士卒，他大声通知了校尉。巡逻队停下了脚步。

他们看上去像许多为了宴请贪得无厌的吕底亚国王克罗伊斯而悬挂在中央广场上的大肉块。他们沐浴在火把的金黄色光芒之中。倒悬在空中的至少有十几个人，男女都有，挂住他们脚踝的是岩壁上的铁钩。他们的小腹被切开了，五脏六腑像嘲弄的舌头或者乱糟糟地纠缠在一起的死蛇那样悬挂在外面。每具尸体下面都有一堆衣服、一摊血和一把匕首。[139]

“他们居然把内脏掏出来了！”有个年轻的士卒说，回声不断地重复他的话，令人不寒而栗。

“应该是他们自己干的，”他身后有人用猜测的语气说，“那些刀口是横的，不是竖的，这意味着他们倒挂起来之后才把自己的腹部切开。”

那士卒想知道说话的人是谁，于是转过身，在摇曳的火光中，看见那个把他们领到此处的胖子，他显得很疲倦。（他到底是谁？也许是一名哲学家？）似乎为了让他自己的推理增加些许分量，那个胖子向那些惨不忍

(139) 那些教徒自杀之后的恐怖场面映照出本书最后一个藏秘法形象“沐浴着金黄色光芒”，悬挂在树上的“赫斯珀里德斯的苹果”。

睹的尸体走过去。

“他们怎么会……”另外一个士卒喃喃自语。

“一群疯子。”校尉为此事下了定论。

那个胖子（一名哲学家？）又说话了。虽然他的声音很小，但他们全都听得清清楚楚：“为什么？”

他站住了，面前是一具尸体——那是一个风韵犹存的中年妇女，她的肠子垂挂在她的胸前，看上去像布袍的衣褶。那人的头部正好对着她的脑袋（他可以亲吻她的嘴唇，这个荒唐的念头在他脑里闪过），表情极其悲伤，所以没有人忍心去打扰他。众多士卒开始执行取下尸体这项不愉快的任务，其中几个听到仍然站在尸体旁边的那个人用越来越绝望的语调喃喃自语：“为什么？为什么？为什么？”

然后，翻译家说：[140]

(140) ↓

"这本书不完整啊！"

"你为何这么说呢？"蒙塔洛问。

"因为它的结尾是这个句子：'然后，翻译家说'。"

"不，"蒙塔洛说，他用奇怪的眼神看着我，"这本书是完整的。"

"你是说有些书稿隐藏在某个地方吗？"

"是的。"

"在哪里呢？"

"这里。"他耸了耸肩膀回答说。

我的困惑似乎让他觉得很好笑。他突然问："你发现关键线索了吗？"

我思考了一会儿结结巴巴地说："是那首诗吧？"

"那首诗的含义是什么？"

沉默片刻之后，我说："它的含义是真理不能被理性所认识……或者说真理非常难以寻找……"

蒙塔洛的表情很失望。"真理难以寻找我们早就知道了，"他说，"这个结论不可能是真理……因为，否则的话，真理就什么都不是了……肯定还有别的东西，对吧？告诉我，这本书的关键线索，它的终极概念是什么？"

"我不知道！"我生气地嚷道。

他痛苦地笑了起来。"你的情感有可能是关键线索吗？"他说，"也许你朝我而发的怒火……或者你幻想和那个妓女上床时体验到的欢乐……或者我迟了给你送饭时你感受到的饥饿……或者你那消化不良的肠胃……也许它们是关键线索。为什么要在书中寻找那些关键线索呢？它们就在我们的身体里面！"

"别再耍我了！"我怒喝着，"我想知道我父亲那首诗和这部小说之间的联系！"

蒙塔洛的脸色变得很凝

重，他念书们的，用无奈的口气说："我跟你说过的，这首诗的作者是森尼斯巴的费罗德克图斯，他是一名在雅典生活的色雷斯作家，访问过柏拉图的学园。以他自己的诗歌为基础，费罗德克图斯创造了《雅典谋杀案》中的各种形象。这两部作品都受到当时在雅典发生的真人实事的启发，尤其是某个和书中所写非常接近的教派的教徒集体自杀事件。这件事给作者造成了很大的影响，他认为此类事情证明柏拉图是错误的——我们选择恶的原因并非无知，而是冲动，因为所有人体内都潜伏着某种理性无法理解、言语无法表述的未知事物。"

"但历史已经证明柏拉图是正确的！"我大声说，"我们这个时代的人是理性主义者，致力于思考、阅读和破解书籍中的秘密。我们当中有许多人是哲学家或者翻译家……我们坚信那些我们察觉不到的观念真的存在……我们当中最优秀的人统治着各座城市……男人和女人地位平等。世界处于和平状态。暴力彻底被消除了，而且……"

蒙塔洛脸上的神情让我很紧张。我中止了这通慷慨激昂的陈词，问道："怎么了？"

他深深地叹了口气，红色的眼睛充满了泪水。"费罗德克图斯试图在他的小说中证明的事情之一，便是你描绘的世界，这个我们生活在其中的世界，我们的世界，并不存在。也将永远不会存在。"他悲伤地补充道："唯一存在的世界是你刚刚翻译完这部小说的世界：战争后的雅典，一座充满着疯癫、迷狂和非理性的怪兽的城市。真实的是这个世界，而不是我们的世界。所以我才会说《雅典谋杀案》影响到宇宙的存在。"

我盯着他。他似乎真的这么想，尽管他在微笑。"现在我真的认为你彻底疯掉了！"我说。

"不，孩子。你努力想想。"

这时他的笑容很和蔼，仿佛我们遭遇了相同的不幸似的。他说："你记得第七章里面费罗德克图斯和柏拉图之间的赌注吗？"

"记得。柏拉图称没人能写出一本包含知识的五种要素的书。但费罗德克图斯并不同意……"

"没错。《雅典谋杀案》是这次打赌的结果。费罗德克图斯认为这是一项艰巨的任务——该如何创造一本包含知识的五种柏拉图要素的书呢？前面两种比较简单：'名称'只是事物的名字，而'定义'，则是和这些事物相关的句子。随便哪本书都包含这两种要素。但是第三种'形象'就比较成问题——该如何创造那些不仅仅是'定义'的'形象'，那些文字无法传达的事物的形状呢？所以费罗德克图斯发明了'藏秘法'……"

"你说'发明'是什么意思？"我充满疑问地打断了他的话。

蒙塔洛沉重地点头。"藏秘法是费罗德克图斯发明的。它是一种让他的形象生动、独立的办法……这些形象和书籍无关，依赖于读者的想象力。例如，某一章可能包含了一头狮子的形状，或者一个百合花少女的模样。"

这个说法荒谬得让我忍不住笑了起来。"你知道得和我一样清楚，"我说，"藏秘法是许多希腊作家都使用的文学技巧……"

"不对，"蒙塔洛不耐烦地拦住我的话头，"它是费罗德克图斯发明的，只在这部小说中出现过！你听我说完就明白了。那么，第三个要素已经解决了……但最棘手的还在。如何实现第四种'有关事物的智识或者知识'呢？很明显，那需要一个处在这部作品之外的声音，一个将会随着本书的推进而进行'讨论'的声音……一个在远处观察情节发展的角色……但这个角色不能是孤家寡人，因为还需要'对话'。所以，在这部作品之外设置新的两个角色是非常关键的。但他们应该是什么人物呢？该怎样把他们介绍给读者呢？"

蒙塔洛停顿下来，扬起了眉头，显得很高兴。他继续说："费罗德克图斯发现的解决方法就在他自己的诗歌里，在'被疯子囚禁'那一节。添加几个虚构的翻译家是提供第四种要素的最佳办法……其中一个将会'翻译'这部小说，通过注释对它进行点评，其他的翻译家将会和他发生某种关系。这个妙招使得我们的作家能够引入第四种要素。但是还有最困难的第五种要素：'观念本身'！"

蒙塔洛短暂地停顿了一下，发出轻微的笑声。他接着说："'观念本身'是那条我们从一开始就在寻找的关键线索。费罗德克图斯并不认为它真的存在，所以我们始终找不到它。不过它就在那里——在我们的追寻过程之中，在我们找到它的欲望之中……"笑得更加灿烂的他总结说："所以费罗德克图斯赢得了这次打赌。"

当蒙塔洛说完了之后，难以置信的我喃喃自语："你真是个疯子……"

蒙塔洛那张没有表情的脸变得越来越苍白。"我确实是，"他承认说，"但我知道我为什么要找弄你，然后绑架你，把你囚禁在这里。实际上，你跟我说这部小说所依据的那首诗是你父亲写的，当时我就明白怎么回事了……因为我也很清楚地知道，它是我父亲写的——他跟你父亲一样，也是个作家。"

我哑口无言。蒙塔洛越来越焦虑地说："我们都是这部小说中的形象，难道你还不明白吗？正如那首诗提到的，我是囚禁你的疯子，你是翻译家。我们的父亲，那个生下你和我，以及《雅典谋杀案》中所有角色的人，名字叫作切森尼斯巴的费罗德克图斯。"

一阵寒意沿着我的脊椎往下冲。我看着这间阴暗的监房，摆满卷轴的书桌，油灯，和蒙塔洛苍白的脸。我喃喃自语："这是一个谎言……我……我有自己的生活。我有许多朋友！我认识一个叫作海伦娜的女人。我不是小说中的角色。我是活人！"

他的脸突然因为愤怒而扭曲。"白痴！难道你还不明白吗？海伦娜……伊利贝……你……我！我们共同构成了第四种要素！"

我气急败坏，愤怒地扑向蒙塔洛。我打算袭击他，然后逃出去；但我费尽全身力气，却只能撕下他的脸。他的脸是另外一张面具。但它后面空空如也，只有一片黑暗。他的衣服松弛地掉到地上。我一直用来工作的书桌消失了。床铺和椅子也不见了。监房的墙壁不复存在。我扑进黑暗中。

"为什么？为什么？为什么？"我问。

容纳我的言语的空间坍缩了。我变得像我的注释那样无关紧要。

作者决定让我在这里结束。

跋

写完这部小说之后，我颤抖着将鹅毛笔从草纸上挪开。我无法想象同样迫切地等待我完稿的柏拉图将会怎么想。也许，在阅读的过程中，有几个地方将会让他那光彩照人的面容放松下来，绽放出微笑。而其他地方，我敢肯定，将会让他皱眉。他也许会说（我能听见他那胸有成竹的声音）:“这部作品很奇怪，费罗德克图斯，尤其是它的双重结构——其中一重结构是赫拉克勒斯和狄亚哥拉斯的调查；另外一重结构是那个奇怪的角色，翻译家（你没有为他取名），他生活在想象中的未来，通过注释记录下他的想法，与其他角色对话，最后遭到疯子蒙塔洛的绑架……他的命运真悲惨，因为他并没有意识到他自己是虚构的，和他正在翻译的书一样！”

"但你也借你的老师苏格拉底的嘴说了很多话，"我将会说，而且我还要补充，"谁的命运更悲惨呢？我这个只存在于小说中的翻译家，还是你那个也许真有其人但却变得如同我的角色般虚幻的苏格拉底？我想把虚构的人物当成真人来写，总比把真人当成小说角色来写要好吧。"

按照我对他的了解，我怀疑他将会皱眉而不是微笑。

然而，我并不为他而担心——他是一个不会发窘的人。他扬扬自得地守望着一个无形的观念世界，那是一个充满了美丽、宁静、和谐与文字的乐园，并将它赠送给他的学生。在学园里，他们生活的地方不再是真实的世界，而是柏拉图的头脑。那些教师和学生就像被囚禁在各自的洞穴里的"翻译家"，毕生致力于寻求"观念本身"。我只是希望取笑一下他们（请原谅我，我的本意是好的），鼓动他们，但我也想提高我（作为诗人，而不是哲学家）的声音，大声地说："别再寻找隐藏的观念、关键的线索和终极的意义！别再阅读了，好好生活吧！从书本里面走出来！你们看到什么呢？除了黑暗一无所有？别再寻找了！"我不认为他们会听我的。他们将会继续忙忙碌碌，渺小如同字母，痴迷于通过文字和对话寻找真理。宙斯知道未来还将会有许许多多的书籍、许许多多用鹅毛笔和墨水写下的理论统治着人类的生活，并且愚蠢地改变历史的进程！但我将会服膺色诺芬在他新近刚写下的那本历史书中最后的一句话："至于我，我的作品就到此结束。接下来的事情，就留给别人去写吧。"

《雅典谋杀案》全书完

切森尼斯区的费罗德克图斯　撰

是年，阿基尼德斯是雅典的法官

德米特里雅蒂是女巫师，阿格西劳斯是斯巴达国王

END

译后记

读者，这才是《雅典谋杀案》真正的结尾。看完赫拉克勒斯、狄亚哥拉斯和克兰托等人的精彩故事，你已经知道，注释中出现的蒙塔洛和翻译家是虚构的角色，是切森尼斯区的费罗德克图斯杜撰出来的。你或许还知道，费罗德克图斯——这个名字在希腊语中的意思是“爱书的人”或者“书痴”——同样并不存在，创造他的是西班牙的何塞·卡洛斯·索莫萨。但你是否想过，索莫萨先生可能和费罗德克图斯一样，也不过是伪托的名字，真正的作者其实是我，一个叫作李继宏的中国人？

开个玩笑。何塞当然真有其人。他是国际上享有盛誉的西班牙作家，《雅典谋杀案》是他最著名的作品，2000年出版后引起轰动，曾获英国犯罪小说家协会颁发的最高奖项——金匕首奖。由于机缘巧合，我翻译了这部引人入胜的小说，第一版在2009年刊行。2012年夏天，他来上海讲学，通过塞万提斯学院找到我。我自然要尽地主之谊，陪他逛了豫园、外滩等名胜，一起吃饭喝酒，相谈甚欢。可惜近十年来，我们没有机会再聚，只是偶尔用电子邮件联系。这次译林出版社要出新版，我的高兴并不亚于何塞。

但这些不重要。对你而言，我和小说注释中的译者毫无本质区别。我和他、赫拉克勒斯和狄亚哥拉斯，以及费罗德克图斯和何塞·卡洛斯·索摩萨，都无非是为了讲述这个故事给你听。或者用何塞的话来说，为了陪你玩这个游戏。你和你的感受才是最重要的，我完全可以是你虚构出来的角色。

也许人类意识是同时存在的，过去、现在和未来所有人的观念、思维、情绪和感受，一切意识活动彼此相连，密不可分地组成漫无涯际的信息流。不妨把它想象成互联网，我们每个人都是接入这张网的设备；体能、智力、知识和经验等是我们的硬件参数，通过各自的端口输入和读取信息。我们是信息流的接受者和创造者。经过处理的信息，则变成了个体的意识。信息只有被读取才有意义，因而重要的不是信息，而是读取它的个体。

二十一年前，何塞向意识网输入了《雅典谋杀案》这段信息；十二年前，我读取后重新输入了一次；现在你又读取了，并产生了我敢说肯定有异于何塞或者我的新感受。何塞说这本书的文字属于他，属于我，也属于你，便是这个道理。

从这个意义上来说，人类的悲欢是相通的，我们所有人都是一体的。你觉得呢？

李继宏

lijihong@hotmail. com

2021年10月16日

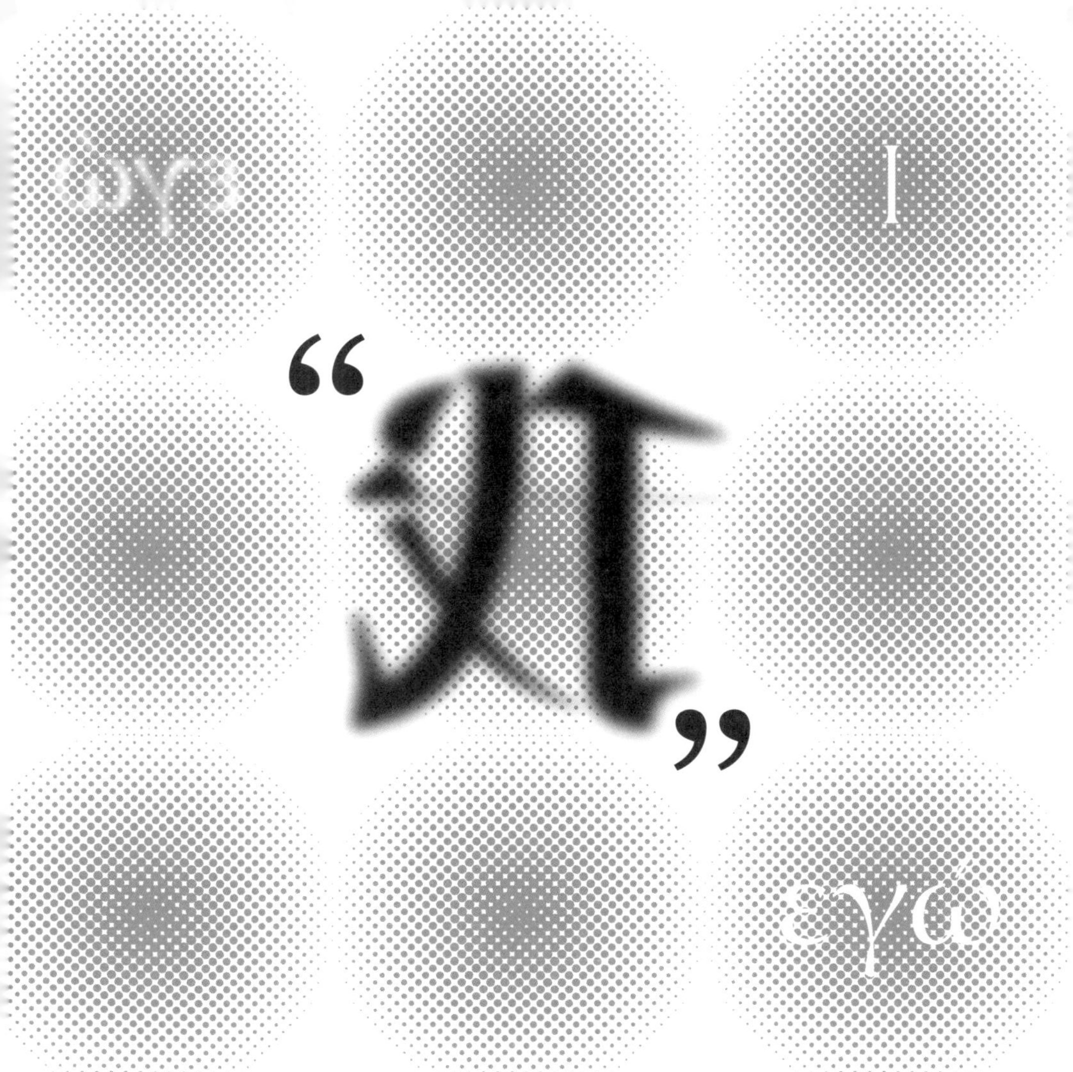

A Note Book

of

La Caverna de las Ideas

读者，你为《雅典谋杀案》添加了另一层故事。

Tips

如果您在阅读本小说时存在对内容的不理解，可以配套阅读本日记。

阅读本日记时，不用担心侵犯任何人的隐私权。

Date

Notes

Cues

阅读前

看这本书前上网查了一下，评价还不错，但是很多莫名其妙的地方让我没看懂。什么叫“谋杀的是人还是柏拉图的理念”？理念还能被谋杀？

我觉得那些东西可能是营销号写出来故弄玄虚用的，不管那些了，我还是接着看吧。

阅读第一章

（P3）这种类型的表达方式还没见过，上来就说蒙塔洛有誊清稿。等等，我看的不是《雅典谋杀案》吗？这个译者说原稿丢失了是什么意思？所以我看的是蒙塔洛的誊清稿？那这个译者又是谁？凶杀案怎么就开始了？

（P6）写作风格有点夸张啊……这个作者很喜欢用鬃毛来形容东西吗？

“又是狼”是什么意思？这种事情发生过很多次了？如果之前是狼群干的，会不会有人作案之后再把事情推到狼群身上呢？这个方法不错，毕竟狼可不会说话，不过现在是用不了了，你如果跑到大街上去说人不是你杀的而是被狼

Summary

Cues

Notes

咬死的，就会被送进精神病院吧。现代城市里，除了动物园，哪还有狼？

（P8）这个译者怎么又出现了？“藏秘法”又是什么东西？看个书还得常备搜索引擎是吗？行吧，我上网查了一下，结果跳出来的都是无关的信息。这个藏秘法不会是作者自己编出来的吧？

后面开始有点本格推理的感觉了，作者写了很多杂乱的信息，目的应该是干扰读者。但是有一点我能确定：死者的母亲有问题。校尉只跟她说了她儿子的尸体是在山上被发现的，而且校尉是在通知完她之后才去找了医生，那么校尉也不知道她儿子是怎么死的，因此也就不存在泄密的可能，但是她非常精准地说出了“面带笑容地挖出和吃掉他的心脏”。可能古希腊人的描述方式就是这样，但以我阅读多本推理小说并被各路大佬反复玩弄于股掌之间锻炼出的直觉来说，我觉得这个人应该不是凶手，但是肯定和凶手脱不了干系。

Summary

Page
03

Date

Notes

Cues

（P19）这个译注让我感到有点奇怪。因为我去查了很多古希腊作家，但是译者提到的这几个人我一个也查不出来。可能这是作者的设定吧，作者本人作为译者出现，给这个世界加了一点虚构成分。

《雅典谋杀案》的西语版原名为《观念的洞穴》。今天我还为了这本书专门去研究了一下柏拉图。柏拉图有个著名的洞穴理论，大意就是一群囚犯从出生开始就被关在一个洞穴里，没有见过外面的世界。他们身后有火光，火光会将一些器物的影子投在他们面前的石壁上。久而久之，他们自然就会以为这些影子才是真正的事物。如果说有一个囚犯获释后走出了洞穴，他就会发现那些东西原来只是影子。如果这时候他回去劝说那些他曾经的同伴，他们不仅不会理解，还会觉得他是个疯子。柏拉图想要通过这个理论证明，他们这些哲学家才是人类中的进步者。这就解释了题目中“洞穴”的由来，那“观念”又是怎么回事？

Summary

Date

Cues

Notes

这种译注也不太一样啊。一般来说，译注不都是解释词句出处或者写一点译者也拿捏不准的东西吗？但是这个译者却在译注里又写了一个故事。难道在他的译注里也会发生重要的事情吗？

感觉这故事并不是一个单纯的谋杀案啊，如果只是谋杀案的话没必要起这么哲学的名字。

Summary

算了，不管这些了，今天我男朋友约我看电影，书明天再看。

Date

Notes

Cues

阅读第二章

接着看书吧。(P30)这里提到了“词语之外肯定有观念的存在”,感觉有点像语言学里的能指和所指。“能指”就是描述某一物体或现象的语言,“所指”则是这个物体或现象本身。狄亚哥拉斯提到的这部理想政府对话录就是《理想国》吧?

这就是古希腊的恋爱观吗?他们觉得女性只是他们繁衍后代的工具,而其他男性才是他们的灵魂伴侣。

(P36)这章的藏秘法应该是指海蛇吧?这些描述只能让我想到蛇。不过与海蛇关系最密切的希腊神话人物应该是拉奥孔,因为他劝告特洛伊人不要把木马拖进城里而受到希腊保护神雅典娜的报复,和他的两个儿子一起被海蛇绞死了。这里可能隐喻特拉马舒斯隐藏了某个秘密,如果他说出来,他就会死。

(P40)这里赫拉克勒斯还说了一句非常重要、可能关乎全文理解的话:“我们只能够认识我们所能够认识的真相。”这不就是柏拉图的那个洞穴理论吗?洞穴里的人只能够认识到他们所能够

Summary

Cues

Notes

看到的真相，如果有人看到的比他们更多，他们还要反过来怀疑这个人是不是疯子呢！

（P47）果然，看到译注时我就明白了，这并不是一部简单的推理小说，第一任译者蒙塔洛去世了。他的死亡里可能也有某种阴谋，虽然文章里暂时还没表现出来，但是我能确定一定与这本小说中所隐藏的秘密有关。

译者在结尾中提到了一个名叫赫尔克利斯的人，我去查了一下，希腊神话中还真有这个人。他是希腊神话中的大英雄，罗马神话中则把他称为海格力斯。他的父亲是宙斯，母亲是忒拜王安菲特律翁之妻阿尔克墨涅，珀尔修斯的后裔。阿尔克墨涅生下他的那一天，宙斯决定让这天诞生的珀尔修斯的后代统治迈锡尼。宙斯的妻子天后赫拉出于嫉妒，推迟了阿尔克墨涅的分娩，同时使珀尔修斯的孙子欧律斯透斯在这一天出生。赫尔克利斯出生后被母亲丢到野地里，赫拉从旁经过，因不知情用自己的乳汁喂了他，他因此力大无比。他八个月大时，赫拉

Summary

Date

Notes

Cues

派两条毒蛇去杀死他，但是这两条蛇反而被他扼死在摇篮里。长大后，他因无意中杀死音乐老师，被安菲特律翁派到乡下放牧，曾杀死基泰戎猛狮，将狮皮披在身上。他一生为人民造福，十八岁回到忒拜城，大败弥尼埃人，强迫他们向忒拜进贡。为了感谢他，忒拜王克瑞翁将女儿墨伽拉嫁给他为妻。

后来，欧律斯透斯召他服役。他去求神示，神谕要求他为欧律斯透斯完成十二件苦差，并开始称他为赫拉克勒斯，意为“赫拉给予光荣的人”或“因受赫拉的迫害而建立功业的人”。赫拉借机使他神经错乱，让他将自己的子女投进火里烧死。他为欧律斯透斯服役期间，完成的十二件大功分别是：

1. 扼死铜筋铁骨的涅墨亚森林的猛狮
2. 杀死勒尔涅沼泽为害人畜的九头水蛇
3. 生擒克律涅亚山里金角铜蹄的赤牡鹿（还有人说赫拉克勒斯不小心杀了它）

Summary

Cues

Notes

4. 活捉厄律曼托斯山密林里的大野猪

5. 引河水清扫奥革阿斯积粪如山的牛圈

6. 赶走汀伐法罗斯湖上的怪鸟

7. 捕捉克里特岛发疯的公牛

8. 把狄俄墨得斯的吃人的马群从色雷斯赶到迈锡尼

9. 战胜首领希波吕忒，取来她的腰带

10. 从埃里忒亚岛赶回革律翁的红牛，途中将两座峭岩立在地中海的尽头（即赫拉克勒斯石柱）

11. 获取赫斯珀里得斯圣园里的金苹果（为此曾代阿忒拉斯支撑整个苍穹。路上还曾战胜该亚的儿子安泰）

12. 把冥府的三头狗刻耳柏洛斯带到人间，后又送回冥府

这个赫拉克勒斯最特殊的地方就在于，作为混血的他拥有神力，但这神力又是来源于最痛恨他的人。我暂时是没看出来他的背景设定与这个故事有什么关系。

今天我和男朋友一起看了一部电影，是一部不大精彩的悬疑片。故事也太无聊了，开头信息一出现我就差不多知道凶手是谁了，难怪评

Summary

Date

Notes

Cues

分不是特别高。不过导演的叙事能力确实不错，能把这么烂的剧本改编成能一下子唬住人的电影，这种镜头语言和叙事节奏值得学习。毕竟我也是看了之后又想了想才发现不对。这么一看，这部电影还算可以。如果让一个镜头语言没那么强的人来展现，观众们可能在还没出片尾字幕时就开始骂了。

这么一看，叙述方式其实和叙述内容同样重要。就像一些推理小说作品中经常会出现叙述性诡计一样，正是叙述方式导致了理解的偏差。同样，对于这部小说来讲，让读者去破解叙述上的藏秘法和译注中的添加内容，可能比单纯地找出凶手更有意思。

看完那部电影，我和男朋友聊了一下其中的剧情。剧本中警察已经抓到了凶手，凶手也对作案事实供认不讳，但是我们总感觉这个案件可以讲述得更复杂、更能给人带来解谜的乐趣。

剧情中，尸体是在一家人偶馆被发现的。虽然剧情不怎么样，但是布景非常华丽诡异，那

Summary

Cues

Notes

些人偶们精致的脸让我恐怖谷效应都要犯了。

最后凶手被抓到了，他是操纵木偶的傀儡师，也正是他控制着木偶们犯下了滔天的罪行。

“你不觉得有问题吗？”男朋友问我。

“我不知道。”我诚实地回答，“为了防止模仿作案，电影里不会出现特别缜密的作案手法对吧？”

“确实，普通人很难接触到什么真正的案子。这样吧，我自己编一个情景，我们来玩海龟汤。”

海龟汤，一种猜测情境性事件真相的智力游戏，其玩法是由出题者提出一个难以理解的事件，参与猜题者可以提出任何问题以试图缩小范围并找出事件背后真正的原因，但出题者仅能以“是”、“不是”或“没有关系”来回答。

Summary

Date

Notes

（P51）不是吧，还有这种方法？作者自己懒得写了就可以在译注中写“接下来五行根本无法辨认”吗？我写日记都没这么偷过懒！

（P54）作者在这里又用了一个典故，皮格马利翁是一位非常著名的雕塑家，他爱上了由他自己创造出来的雕像。因为他苦苦追求，诸神降下神力让他所刻的雕像活了过来，并让雕像与他结婚。这个神话一般被用来鼓励人们干一行爱一行，坚持奋斗。前面的故事里是不是也有一位叫米纳伊苏穆斯的雕刻家？他会和这个故事有什么关系吗？

（P57）好吧，这里又出现了传说中的藏秘法。不过译者似乎也丢了什么，他完全没有把百合花少女和赫尔克利斯的十二件功劳拼凑到一起。会不会从一开始他就推断错了呢？

（P60）这里狄亚哥拉斯大喊了一句“看在阿波罗的分上”。阿波罗这个神的形象在古希腊神话中是十二主神中的太阳神，他和酒神狄俄尼索斯相对，代表理智，而狄俄尼索斯代表的则是

Cues

阅读第三章

Summary

Cues Notes

欲望。这跟赫拉克勒斯的解谜人形象倒挺符合的。不过，他俩在这所代表的意象可能是搏斗，因为酒神祭上的女性都是发狂的，而且是欲望的代表，而狄亚哥拉斯在这里代表的则是阿波罗。我是不是有点过度解读了？

（P64）看来我没有。她这里接下来就说，她和死者特拉马舒斯是在酒神节上认识的。不过，这里赫拉克勒斯用了一个问询手段中常见的技巧，这个妓女没有识破，说出了“他没有父亲”。看来她和特拉马舒斯的关系没有那么简单。

（P67）这里又出现了一个叫克兰托的人，认为理性不能使人们做出最好的选择，因为人的行为受到欲望的支配。行吧，我姑且认同这一说法。毕竟有的时候我们做一些事情也并不是因为理性。

（P78）译注中出现了很重要的话，或许可以解释这本书的题目。“从书中的文句产生的各种形象和观念竟然如此多变”，那么，我们在观察火光将物体投射在墙壁上的影子时，由于位置不

Summary

Date

Notes

Cues

同，是否看到的东西也会变得不一样？

第三章就这么结束了。但是我觉得我有必要在日记里写一下昨天男朋友给我出的海龟汤题目，因为他给我出的这个谜题确实让人印象深刻。

“情景是这样的，”他说，“在一个人偶馆内发现了一具女尸，请找出凶手并还原案发过程。”

难道是用电影里的案子改编的谜题？“死者是自杀吗？”我问。

“不是。”

“人偶馆的傀儡师被认为是凶手？”

“是。”

“凶手是人偶馆的傀儡师吗？”

“不是。”

这就有点难办了啊。“是有人嫁祸给傀儡师吗？”

“与此无关。”

这是什么意思？死者不是自杀，凶手不是

Summary

Cues
Notes

傀儡师，也没有人嫁祸给倒霉的傀儡师。那是谁杀了她？

“真正的凶手并没有想嫁祸给傀儡师？”

“与此无关。”

好吧，傀儡师不是凶手已经被推理出来了，但是关于本案的其他信息一点都没给。而且，这个故事里的凶手好像跟其他人不是一个次元一样。这要怎么猜？我忍不住吐槽：“你这个海龟汤出得不怎么样啊。”

“你最近不是在看那本讲观念的小说吗？等你再多看一点你就知道我这道海龟汤出得怎么样了。”男朋友仍然是那副温温柔柔的样子。

“好，那等我看完你再来。”我把这个话只说一半吊人胃口的人轰出了门。今天很晚了，虽然我确实有点想知道海龟汤的谜底究竟是什么，但是书还是明天再看吧。

Summary

Date

Notes

Cues

行吧，我屈服了，我承认我很想知道这个海龟汤的谜底，所以我到现在都没有睡着并且又打开了书，翻到第四章。我今天就要看看这到底是怎么一回事。

古希腊人对于悲剧的观念还挺一致的，索福克勒斯和欧里庇得斯虽然在悲剧如何表现上存在分歧，但是他们都同意用悲剧去教化民众。只不过，索福克勒斯认为，民众是需要被贵族引导的，他们没有自己的认知；而欧里庇得斯则认为应该用戏剧去引导民众自己思考。他们当时对于喜剧的态度又很奇怪，因为悲剧让人痛苦，而喜剧让人发笑。和欲望一样，笑是颠覆性的。

(P84)酒神节上确实会有癫狂的女人出现，因为在关于酒神的神话传说里，帮助他的就是一群女人。忒拜城国王彭透斯因为本国人民崇拜狄俄尼索斯而执意迫害酒神和追随酒神的忒拜人，所以遭受了酒神的惩罚，惨死在暴怒的妇人手下，而带领这群狂热的女人施罚于彭透斯的就

阅读第四章

Summary

Cues

Notes

是彭透斯他自己的母亲阿高瓦。等等，这个故事会不会和特拉马舒斯的死亡有关？

斯巴达以其严酷纪律、贵族统治和军国主义而闻名（还有一部电影叫《斯巴达三百勇士》来着）。在伯罗奔尼撒战争中，斯巴达及其同盟者战胜了以雅典为首的提洛同盟并霸占了整个希腊。不过很快斯巴达就被新兴的底比斯打败了。如果按照这本书的时间去考证的话，这时柏拉图还活着，那么时间应在公元前427年至公元前347年之间。前面第二章里面说柏拉图正在写一本理想政府的对话录（应该就是那本著名的《理想国》），第三章中说伯罗奔尼撒战争之后，雅典在斯巴达的统治下建立了卅人立法会，不过“后来被起义推翻”了。这里的伊蒂丝说“他和卅人立法会狼狈为奸”，就说明在当时的社会中大家一致认为卅人立法会残暴无道，并且与卅人立法会交好的人也已经被处死了。这说明斯巴达在这时已经失去了对雅典的控制，所以这句“后来被起义推翻了”并不是译者站在后来人

Summary

Date

Notes

Cues

角度对当时历史的评述和对结局的总结，而是站在当时层面对已发生事实的介绍。

因此，这时候雅典已经重新回到了民主模式，这就不难解释下文中的赫拉克勒斯与狄亚哥拉斯的辩论了。

这里狄亚哥拉斯说"美是真的一部分"，乍一读可能会觉得他过于武断，但这其实是柏拉图哲学中非常重要的一部分。柏拉图认为"美是'真'的光辉"。他认为人之所以喜爱美的事物，是因为它们是"善"的组成部分。而这种美又邀请我们以它们的方式发展我们自己，去成为它们的样子。美可以教育我们的灵魂。但是这里的美是邪恶（至少在目前赫拉克勒斯的观点中是邪恶）的美，追求它可不是向善。人可不仅仅会喜欢善的事物啊，有时候破碎和堕落也会引人追逐。

（P105）百合花少女的意象没有在前面出现过啊……连赫尔克利斯的十二件功劳中都没有。

（P110）这个克兰托说他曾经到过许多地方，

Summary

Cues

Notes

这些地方和雅典是完全不同的世界。但是他所描述的这些地方不仅和雅典不同，甚至连自然规律都没有，看起来不像现实世界，倒像是宗教里的神秘世界。

（P112）这里“黑暗的洞穴中飘浮”再次映照了柏拉图的那个“洞穴”理论，加之之前他们说自己现在成了哲学家，很难不让人联想到“哲学家统治世界”的说法。这是柏拉图的最高理想，他认为政治家应为哲学家，哲学家应为政治家。因为只有哲学家能够看到世界的本质，就如同洞穴理论中那些看到物体本来面貌的人，所以政治家必须是哲学家；同时，哲学家也不应当是象牙塔里的书呆子，应该学以致用、求诸实践。

克兰托认为雅典的唯一好剧种是喜剧。结合我对希腊戏剧的一些粗浅认识，我认为他说的喜剧并不是新喜剧（那些轻松浪漫、表现男女自由爱情的喜剧），而是在酒神节上出演的、完全释放欲望的，甚至有点粗俗的喜剧。

赫拉克勒斯说克兰托用手思考，这不就是

Summary

Date

Notes

Cues

柏拉图那位哲学家需要实践的理论吗？但是克兰托总不能真的想要统治世界吧？

嗯，他们吵起来了。反正克兰托的精神支柱在这里已经表现的非常明显了：他不相信理性，也不愿意服从理性，而是认为欲望可以统治一切。他们两个的争端在西方哲学史中是个很重要的母题，古典主义和浪漫主义交替出现又互相取代就很能说明这个问题的答案了。

（P119）下一段就有点恐怖了，一般来说看书时都是我们在看书里的人物，而克兰托突如其来的一句“翻译家”让我感到有一瞬间，书里的他和我对视了。我刚把家里另一个人轰走，现在我有点后悔了。

（P120）更吓人的还在后面，书里的人在找我。虽然我明白这不过是作者在叙述时用来增强读者代入感的东西，但是我还是很不争气地害怕了。不过我还不是最害怕的那一个，书里那位真正的“翻译家”是真的被吓到了。

（P124）更吓人的还在后面。我真傻，真的，

Summary

Cues

Notes

我单知道蒙塔洛死了，我不知道他也是被群狼撕咬成了碎片。书里的死者特拉马舒斯也是被群狼咬死了。

我现在非常后悔把男朋友轰走了，因为这本小说的恐怖之处并不在于案件有多么血腥惊悚，而是这种小说照进现实的诡异感。

现实中不会也有下一个死者吧？

Summary

Date

Notes

Cues

阅读第五章

已经是第二天了。我为读这本小说专门出了门，找了一个客流量比较大的咖啡馆坐着。我点了一杯招牌摩卡，服务员端上来时，温暖的热气极大程度地抚慰了我。这家店比较有名，连装饮料用的杯子都是定制的，印着咖啡馆的名字。我确定我回到了人类社会里。现在没有什么能吓到我了。

解谜人这种好奇心害死猫的情况经常在各种推理作品中出现，钻牛角尖过度解读时就会使案件的推理向奇怪的方向发展。可能也是我过度解读了，这本小说应该没有那么吓人。

（P131）伊蒂丝在这里提出了一个很特殊的概念，这个概念正式在哲学史中出现应该是在十八世纪。伊蒂丝所描述的是个人为群体和平所付出的代价，而十八世纪英国政治哲学家霍布斯则最早从这一层面出发，从人性的角度理解人类社会。他认为人在集体中必须让渡出一部分个人权利给统治者以维系和平，而统治者也有义务用这部分权利去保证民众的安全。

Summary

Cues

Notes

但是这段对话怎么突然从科教频道切到八点档了！他们两个怎么还有一段情？不过赫拉克勒斯在这里显然运用了古希腊人的典型处理方法——女性没有政治权利。

（P134）好吧，他们两个终于谈回正事了。不过死者母亲说的这部分话可信度还有待商榷，毕竟根据我多年的推理小说阅读经验，她肯定大有问题。

（P138）又出现了一段不知所云的景物描述。作者这种随意泼墨的笔法倒有点像自然主义了，因为力求真实而用大量的笔墨描写现实，哪怕这些叙述会打断叙事的节奏。虽然作者描写的并不是真实的生活场景，但是他对藏秘法的追求显然……等等，这本小说的作者是谁？

我意识到了一个严重的问题。我居然不知道这本小说是谁写的。这并不是指小说的作者是无名氏，而是我不知道这位翻译者到底是不是作者本人。

（P147）赫拉克勒斯和克兰托的对话再一次展

Summary

Date

Notes

Cues

现了他们之间最大的分歧。赫拉克勒斯认为一切都是理性的，而克兰托则认为欲望与情感才能解释世界。

（P151）这一段有点让我分不清到底是现实还是虚幻，于是我抬起头来在咖啡馆里巡视了一圈，确定我还在现实世界里，才重新开始看书。蒙塔洛是上一位翻译者，然后他惨死了；这一位翻译者由此开始怀疑自己；现在我也有点担心我自己的人身安全了。

（P159）很明显，这一段戏剧中的翻译家和领唱又在混淆着小说世界与现实世界。但是当我看到“你被警告了时”，我还是吓了一跳。我左右看了看，并且以放松心情的名义开始刷手机。

然后我就看到了一条新闻。

一名女子于今日凌晨被害，尸体在某人偶馆被发现。警方的调查结果是，人偶馆的傀儡师控制人偶杀了她。

Summary

Cues

阅读第五章

阅读第五章出现了两次，因为我一次性没看完，中间耽搁了一天。

Notes

又过了一天。昨天我像见鬼一样点开了那条新闻，但是为了保护死者隐私以及防止模仿作案，那条新闻对案情细节没有更多的描述了。然后我没有再敢读下去，而是收拾东西离开了咖啡馆。我的直觉告诉我我的男朋友一定知道点什么。我决定去他家里找他。

但是他家没有人。我在漆黑的楼道里敲了半天门也没有人应，我给他打电话没有人接，我给他发消息没有人回，连他对门那家经常出来和我打招呼的和蔼阿姨也没有出现。整栋楼里的人仿佛全部消失了似的。黑漆漆的楼道里只有我反复的敲门声。

我不敢逗留，飞快地离开了。但是我也不知道我是不是应该回家，因为冥冥中有个声音告诉我，我该回咖啡馆把那本小说看完，然后继续写我的日记。

我在那个声音的要求下恍恍惚惚地又回到了咖啡馆，甚至不太明白我刚才为什么要去他家。现代通信技术这么发达，我直接打个电话

Summary

Notes

Cues

不就好了。

这时候他终于给我回了电话。他问我找他有什么事。

"你看到那条社会新闻了吗？"我问。

"看到了。"他过了一会儿才回答。

"那个女生为什么会被人偶杀死？是不是模仿作案？你是不是知道什么？"

"我确实知道，但是我不可以告诉你。"他沉默了良久，然后说，"你接着看那本书吧，看完你就明白了。"

"你是凶手吗？"

"我不是。"

"好，我会接着看。但你刚才去哪了？"

电话那边是一阵沉默。他什么都没说就把电话挂了。

我决定不从他这里获取信息了：很明显他不会告诉我。于是我接着看书。

（P164）古希腊人认为男性之间的爱才是高级的爱，是灵魂的交流，男性和女性之间的结合不

Summary

Date

Cues

Notes

过是为了繁衍子嗣。

（P167）这里又提供了一条重要的信息。死者特拉马舒斯的手臂上没有伤痕。如果真是狼咬死了他，那么他的手臂这种肌肉较多的部位上肯定会有撕扯的痕迹。看来某位女士的嫌疑又加深了。

（P173）第二位死者出现了。最令我在意的倒不是这个，而是注释中提到的蒙塔洛对藏秘法的研究。如果他知道藏秘法，那么他不该在前文的翻译之中毫无呈现。

第五章终于结束了。

Summary

Date

Notes

Cues

阅读第六章

（P180）这个案件的死者尤尼奥斯就是上一位死者特拉马舒斯的朋友。不过他这个死亡方式明显带有一点羞辱意味或者是献祭的感觉。如果单纯只是防止尤尼奥斯泄密，那么凶手应该采取最简单有效的方式杀人灭口；而现在死者的身体上有着大量并不致命的伤口，并且被换上了女子的衣服，很明显凶手有一些其他的目的。

死者身上散发着酒味，披头散发又穿着女人的衣服，看起来非常像酒神祭上那些释放欲望的疯狂女祭司。这么说来这个案件又跟本书的主要矛盾之一——欲望与理性之争脱不开干系了。

死者的一只眼睛被挖出来了，而死者的父亲脸上也有一道划过眼睛的伤疤——这两者之间会有什么关系吗?

这个圣秘教又出现了。上一位死者的母亲也信仰这个教派。直觉告诉我特拉马舒斯的另一个朋友也会死，并且他的死亡也会跟这个教派有关。

Summary

Cues

Notes

（P182）这段注释出现得实在是太恰到好处了，成功让我背后冒出了冷汗，因为与此同时，从我家门口传来了敲门声。我走过去扬声问：“谁啊？”

门外传来我男朋友的声音：“是我，我们谈谈。”

我透过猫眼看到确实是他，于是打开了门，然后转过身往里走，一边还说着：“我去给你拿拖鞋……”

我的后脑遭受了一下重击，然后我眼前一黑，晕了过去。

再醒来时我还是在电脑前坐着，我的手还停留在鼠标上。我刚才好像因为太累在电脑前睡着了……这时候从我家门口传来了敲门声。我走过去扬声问：“谁啊？”

门外传来我男朋友的声音：“是我，我们谈谈。”

我透过猫眼看到确实是他，于是打开了门，然后转过身往里走，一边还说着：“我去给你拿拖鞋。”

Summary

Date

Notes

Cues

他嗯了一声，然后直截了当地对我说："你不能再看那本书了。"

"你来找我就是为了和我聊这个？"我简直要被他气笑了，"不是你告诉我看完那本书就可以找到真相了吗？还有，我是一个有独立人格和自主判断能力的人，你有什么权利要求我不看这本书？"

"但是你真的不能再看了。"他直视着我的眼睛，"相信我，你不会想看下去的。"

"所以你说完了吗？说完了就请你出去。"

"你好好想一想，你为什么会开始看这本书？你是真的想看吗？这本书又是从哪里来的？"他语气急促地说着，但我不知怎么的，听着听着，晕了过去。

再醒来时我还是在电脑前坐着，我的手还停留在鼠标上。我刚才好像因为太累在电脑前睡着了……我刚刚看到哪里来着？哦，对了，是这里。

Summary

Cues

Notes

（P185）赫拉克勒斯发现尤尼奥斯的尸体上有很多疑点，基本可以确定尤尼奥斯并不是自杀。作者接下来在注释中说有一个人进入了他家，我感到有些奇怪，因为我家似乎也进来过一个人……也许我最近写这篇日记写得有点精神恍惚了。如果真的有人进过我家，我怎么会不记得呢？

（P201）又一位信仰圣秘教的人出现了。这位雕塑家米纳伊苏穆斯的嫌疑增加了。

这章进度很快，米纳伊苏穆斯基本可以被认定为凶手了。但是前文中很多疑点仍然没有被解释，比如为什么第一位死者特拉马舒斯的母亲会知道死者是被挖出了心脏；还有一个更重要的问题，即藏秘法为什么没有被前任翻译者蒙塔洛发现；最后，本书的行文中不断出现了翻译家的形象。

（P217）哪怕作者预见了将来他这本书会被人阅读乃至翻译，他也不能精准地预测翻译家的相貌吧？

Summary

Notes Cues

（P218）翻译家有了新的发现。他发现书上有几页内容是新粘上去的。也就是说，有可能有一个人正在观察这位翻译家，然后根据他的相貌在书中增添了一些新的内容。这个解释非常合理，但是不知怎么的，我心中仍有些不安。

真相真的就如此简单吗？

Summary

Cues

Notes

阅读第七章

翻译家怎么被关起来了？上一章中他不还在说他要抓住那个在门外偷窥他的人吗？这是被反客为主了？

（P227）信仰欲望的人再次出现了，而且与克兰托达成了统一战线。

（P238）这个名为费罗德克图斯的作家怎么开始跟柏拉图谈论五要素了？而且打赌的内容还是写作一本书？这本书不会是他写的吧？但是如果这本书是他写的，那么作为作者的他，怎么会出现在情节之中呢？

（P239）赫拉克勒斯与安提苏斯一起消失了，但是赫拉克勒斯在回来的时候对狄亚哥拉斯说他已经知道凶手是谁了。我唯一能想到的情况就是他盘问了安提苏斯。不过按这个情节发展下去，下一位死者应该就是安提苏斯了吧。

（P240）比起书中的情节，我们更应该关注的是翻译家的处境。他被一个神秘人关了起来，这个神秘人还要求他继续翻译这本书。怎么可以这样对待打工人！

Summary

Date

Notes

Cues

这时候门外响起了敲门声。我被吓了一跳，脑海中不禁浮现出我被打晕然后被关在小黑屋里不停写作的情景。我走近了门，扬声问道："谁啊？"

"是我。"门外传来我男朋友的声音。我赶忙将门打开，问道："你现在有可以告诉我的线索了？"

Summary

Cues

阅读第八章

Notes

应该已经是第二天了。我昨天在开门之后就失去了意识。在打开门的那一瞬间，我晕了过去，幸亏我男朋友在场，及时把我送去了医院。医生的诊断结果是低血糖，为了不浪费医院的床位，我被直接送回了家。

我不知道现在是什么时间，我也不想知道，因为醒过来的一瞬间我没有任何其他的想法，脑子中只有一个念头：我要去把日记写完。

我感觉最近的自己有些奇怪，因为在从前，我从来没有像这样执着于一件事过。这样的执着让我感觉，我的生命像是为写完这本日记而存在的。

（P243）言归正传，这个第八章看起来有些奇怪。一般来说，翻译家都是出现在注释中的，用第一人称进行描述；而正文中则通常用第三人称描述这件雅典城奇案。但是现在，“我”出现在了正文中，以一种奇怪的方式与文中的主人公赫拉克勒斯在梦境中对话。这种叙述方式太离奇了。

Summary

Date

Notes

Cues

不过结合之前翻译家在注释中提到的情况，这一段显然也是那位绑架他的“神秘人”加进去的。不过，他添加这一段的目的是什么？

（P246）翻译家要翻译真正的第八章了。我也要阅读真正的第八章了。

Summary

Cues

阅读第八章

Notes

（P250）第八章开头出现了一个与第一位死者有关的信息：政府需要更多的志愿者去剿灭狼群，而特拉马舒斯的“官方”死亡方式正是被狼群撕咬而死。

（P257）不过，赫拉克勒斯如此肯定他的推理过程，并且说出了“这就是全部的真相”这种立flag的话，而这本小说又只进行到了第八章……综上所述，我觉得还会有什么大事发生，并且这件大事的出现会彻底推翻他的推理。

在上一章中，赫拉克勒斯说他专门派了人去保护最后一位证人安提苏斯。

在这里，狄亚哥拉斯态度坚决地反对了赫拉克勒斯，理由是他在特拉马舒斯的神情中看到了无法用理性去解释的惊恐。这个问题就脱离了单纯的欲望与理性之争，而把本书的主要矛盾提高到了“理性是否能解释一切”上。

（P267）好吧，赫拉克勒斯很快就被打脸了。他派去监视安提苏斯的尤马舒斯和安提苏斯一起被杀了，尸体还被肢解了。这种类似于行为艺

Summary

Date

Notes

Cues

术的杀人方式实在无法用理性去解释。

（P275）不过狄亚哥拉斯似乎是认命了。他承认了自己的错误，并且认为自己的猜测是不合理的，米纳伊苏穆斯就是凶手。而赫拉克勒斯则同样认为自己犯了错误。他们俩在此基础上展开了一段驴唇不对马嘴的对话，并且都以“我犯了错误”结束。这个写法有点类似于福楼拜在《包法利夫人》中的一段描写，即典型的“双声部”片段，通过这种方式让两个画面交织，展现赫拉克勒斯和狄亚哥拉斯之间的思维碰撞。

（P279）而在这里，诡异的片段再次出现了。那个将翻译家掳走的黑衣人开始背诵书中的问句，而翻译家在注释中进行回答。但是，前文中不是提到过，保有这本书最初版本的蒙塔洛已经死了吗……

我不敢再继续往下想了。这本书在翻译过程中可能经过了很多人的手，所以一些人誊写下来并背诵应该也没有什么值得大惊小怪的吧？我如此安慰着自己。

虽然并没有什么用。

Summary

Cues

Notes

阅读第九章

（P286）第九章开头对于审判米纳伊苏穆斯的描述很奇怪。作者专门强调了时间是在“正午”，在阿波罗的光辉之下；而阿波罗是理性的代表，他怎么会允许犯人被观众吃掉这种明显不理智的审判方式呢？

（P288）下面这一大段，简单来说，就是赫拉克勒斯和雅欣特拉睡了。但是赫拉克勒斯在最后说的那句话，表明这段故事发生的时间是在审判米纳伊苏穆斯的前夜。

（P292）但是在这里，当赫拉克勒斯听闻米纳伊苏穆斯认罪的消息的时候，他反而开始怀疑他推论的正确性。而这种怀疑跟之前狄亚哥拉斯的怀疑是一致的。看来作者已经给出了他的答案：理性并非不能分析世间的一切，它与其他方式是殊途同归的；如果理性的解释出现了错误，那么只能说明这个人之前的分析还不够理性。终极的理性其实可以用非理性的方式展现。

而赫拉克勒斯终于发现了这一点。

Summary

Date

Notes

Cues

（P303）现在压力来到了狄亚哥拉斯这一边。不过，通过与柏拉图的谈话，狄亚哥拉斯终于解开了心结。现在二位侦探胜利会师并决定去探索更深一层的真相了。

（P305）目前我们最需要关心的反倒是莫明其妙失去了人身自由的翻译家。按照神秘人的说法，他曾经也在这里看到过蒙塔洛的翻译，那么他知道这本书中的句子就不足为奇了。但是神秘人在这里彻底否定了翻译家在之前提到过的“藏秘法”，还说他根本没有改动过需要翻译的文稿。

翻译家迷惑了。我也迷惑了。

Summary

Cues

阅读第十章

Notes

（P318）感觉赫拉克勒斯这是带着狄亚哥拉斯进了什么“仙人跳”现场……这里的人应该都信奉酒神狄俄尼索斯，认为人自身的欲望可以支配一切。

现在赫拉克勒斯和狄亚哥拉斯已经接近了一部分的真相，但是由于这本书还有两章，我认为这个真相还没有被完全揭开。那么，后两位死者的死亡可能就并不仅仅是为了掩盖第一位死者死亡的原因。

（P323）好吧，他们两个又打起来了。狄亚哥拉斯坚持他在特拉马舒斯眼中看到的是恐惧而非赫拉克勒斯解释出来的“另类的喜悦”。那么，有没有一种可能，特拉马舒斯并不是自愿参加这些活动的？

（P329）虽然有些不合时宜，但是这一段离奇的描述让我想起了《狄公案》——一些通过托梦进行线索传递的封建迷信活动。但是我看这本书时基本已经分不清现实和虚幻了，或许我所处的才是虚幻，而书中所描述的才是真实的？

Summary

Date

Notes

（P333）但是这段描写中“翻译家”的样貌再次出现了。这已经不能单纯用巴纳姆效应去解释了，因为这种具体且相当详细的描述几乎相当于指名道姓。这也能够让读者明白为什么翻译家在翻译时会产生和书中主角一样的冲动……

（P337）果然，赫拉克勒斯被“仙人跳”了。不过这次对方不是想要钱，而是想要他的命。并且来找他索命的还不止一个，雅欣特拉负责拖住他并且转移他的注意力。另一位来杀他的人还是一直照顾他的女奴隶。赫拉克勒斯，你身边真是没有一个好人啊。

（P348）翻译家比我聪明很多，他直接推理出了眼前的神秘人就是蒙塔洛，而这本书是蒙塔洛自己沉迷于藏秘法而写出来的。我不得不承认他很有想象力。但是这种可能性被神秘人否决了。咱也不知道他是真的不是还是只是恼羞成怒。

从那天我低血糖晕倒开始，我男朋友就光明正大地住进了我家，以便照顾我。不过，即

Cues

巴纳姆效应（Barnum effect），是指人很容易相信一个抽象的一般性的人格描述，并认为它特别适合自己并准确地揭示了自己的人格特点，即使其内容空洞。

Summary

Date

Cues

Notes

使看到了现在，我也不明白那个女孩的死跟这本书会有什么关系。而且我也没办法去报案，我觉得接待人员会反手给我挂一个精神科的号。

但是没来由的，我就是相信他。我相信这本书里有我想要的答案。

Summary

Date

Notes

Cues

阅读第十一章

（P360）赫拉克勒斯去找伊蒂丝摊牌了。而伊蒂丝也向赫拉克勒斯摊牌了。

伊蒂丝认为只有摆脱了思维的控制，人才会是快乐的；但是我不这么认为，我相信作者也不会这么认为。这只是肉体上的快乐，是释放欲望之后的满足，而完全不考虑人在精神满足之后的快乐。恕我无法苟同。

（P374）果然，伊蒂丝这里还有埋伏。这个抱着狗的人应当就是在前文中与赫拉克勒斯反复争辩的克兰托了。

（P375）更值得思考的是神秘人的出现——现在我们应该叫他蒙塔洛了。但是他研究这本书研究得似乎已经失去了神志，只是要求翻译家去看最后一章。

只剩最后一章了，作者还能整出什么新花样？我从桌子前站起来活动了一下身体。这时候男朋友端着一杯水从门外走了进来。我确实有点渴了，于是拿过来喝了一大口。

但是这水的味道不对。

Summary

Cues

Notes

我的头开始昏沉起来，眼前的事物越发模糊。

“剧情终于进行到这一段了。”朦朦胧胧间，我听到他忽然没头没尾地说了这样一句话。

然后他拽着我的手，把我拖出了我的房子。我最终失去了意识。

Summary

Date

Notes

Cues

阅读第十二章

我醒来时，眼前仍旧摆着那本书。我想起我男朋友说过的那些话。

难道读完这本书，就可以知道这一切的真相了吗？

我环视四周，发现这是一个很奇怪的地方。它看起来就像那种在梦境里会出现的奇怪场所，是由各种我曾见过的东西拼接起来的。

屋子里的摆设是我家的摆设，我甚至还坐在那把我最熟悉的椅子上。但是整间屋子的格局却是我男朋友家的格局。我甚至还在桌上看到了那家我曾去过的咖啡馆的特别定制咖啡杯，里面还装着加了料的那杯水。

我要继续读那本书了。

（P405）凶手克兰托终于完全浮出水面了。而蒙塔洛也终于承认，这本书就是曾经与柏拉图打赌的那位费洛德克斯图所写的。但是如果是这样的话，作者为什么要将自己用第三人称写进本书当中呢？

这本书还有一点点。

Summary

Cues

Notes

最讽刺的是，圣酒其实并不是什么迷幻药，最多只能让人喝醉，而那些喝下圣酒的教徒却开始疯狂地释放自己的欲望。这根本不是在祭神，这甚至不能算是一种宗教，因为他们只是在用圣酒和酒神的名义宣泄自己的欲望而已。

读完最后一段注释的我愣住了。

男朋友走了过来。

“你还记得那天我去找你吗？第一次我敲晕了你，然后你醒来后发现自己坐在了电脑前接着看书，门外又响起了敲门声；第二次我要求你不要再读那本书了，还让你好好想想你到底为什么会读那本书。两次你都是直接晕了过去，醒来后什么都不记得，只是以为自己睡着了。

“我后来又去找过你一次，我告诉你我知道了那个女生被害的真相。我说凶手不是我们这个世界的人，而你在听完之后就再次晕倒了，然后时间重置，你出现在了你本该在的位置上，你的脑海中也拥有了一段不属于你的记忆——因为按照作者的设定，这时候是我发现你低血糖然后

Summary

Date

Notes

Cues

送你去医院。”

我抱住了自己的脑袋。脑海中似乎有这段回忆，但是我模模糊糊地想不起来。

“你不用担心，因为这些对你做过的事我都在自己身上试验过。我试过自残甚至自杀，或者在‘不应当的时候’跑去‘不应当的地方’。但是无一例外地，我都会突然晕过去，然后身上的伤口自己愈合，我自己也出现在了我应当出现的地方。

“你知道为什么这个故事会发生在人偶馆吗？多讽刺啊，你自己其实也是人偶，那个傀儡师也是人偶，真凶从来都是那个作者。他才是控制我们这些人偶的傀儡师。

“你还不明白吗？这个世界是由一个人创造的，所以我给你出的那道海龟汤的汤底是凶手是我，是我为了给你讲故事，让那个女人死在了人偶馆。而‘现实’中的凶杀案是那个作者写出来的。我们所有人都在他所建构的一个世界里，他想要谁死就可以让谁死。那天你来找我却没有找到，是因为在作者的构思中你本来就不会在

Summary

Cues

Notes

这个时间出现在我的家门口。所以他没有写这个时候我的家是什么样子，作者没有安排人出场，没有人跟你搭戏。”

“如果我们都在某一个作者的某一本书里，那你是怎么知道这一切的？”凌乱的思绪在我脑海里绕成了毛线球，而在这场信息量过大的风暴中，我终于找到了一个线头。

男朋友耸了耸肩：“因为那本书。你没有发现你其实并没有读这本书的理由吗？你不知道自己为什么要读这本书，因为这是作者想让你读的；你也不知道你读的那本书的作者是谁，因为这两位作者才是同一个世界的人。”

他伸手拿起那本书，接着说：“你被作者控制的程度太高了，所以我这种次要的人物反而能获得更多知悉这个世界真相的权力。不过，”他又把那本书扔回去，“也许这本就是作者想让我知道的。谁知道呢。”

“我终于能把这些话说出来了。”他畅快地说。

我不知道该说什么。作者让我在这里停止了。

Summary

 Date

Notes Cues

尾声

在咖啡馆对着电脑坐了一下午之后，我还是没有理清楚这个别册的内容应该怎么展开。我东张西望了一下，最后决定以放松心情的名义刷手机。我点了一杯店里的招牌摩卡，看到杯子上印着的咖啡馆的名称，感觉终于回到了人类世界。

这时候，一条新闻引起了我的注意。

一名女子于今日凌晨被害，尸体在某人偶馆被发现。警方的调查结果是，人偶馆的傀儡师控制人偶杀了她。

我思考了一下，把这个案子稍加改编放进了我的故事里，然后如释重负地离开了咖啡馆。

我不知道那本书是何时出现在我的案头的，我也不知道我为什么执着于写这个别册。可能是我创造了一个世界，而别人又创造了我。但是现在那些都不重要了。我终于完成了这个任务。

但是，如果那个世界的撰写者是我，那么这个世界的撰写者又是谁呢？

谁知道呢。

Summary

Date

Cues

Notes

Summary

Date

Notes

Cues

Summary

Date

Cues

Notes

Summary

雅典　谋杀案

随 书 附 送 推 理 笔 记